BIRGIT REINSHAGEN

WUNDER JAHRE

Aufbruch in eine neue Zeit

Roman

WILHELM HEYNE VERLAG
MÜNCHEN

Sollte diese Publikation Links auf Webseiten Dritter enthalten,
so übernehmen wir für deren Inhalte keine Haftung,
da wir uns diese nicht zu eigen machen, sondern lediglich
auf deren Stand zum Zeitpunkt der Erstveröffentlichung verweisen.

Penguin Random House Verlagsgruppe FSC® N001967

Originalausgabe 05/2021
Copyright © 2021 by Wilhelm Heyne Verlag, München,
in der Penguin Random House Verlagsgruppe GmbH,
Neumarkter Str. 28, 81673 München
Redaktion: Susann Rehlein
Printed in Germany
Umschlaggestaltung: Nele Schütz Design/Margit Memminger
unter Verwendung von
Shutterstock (Grischa Georgiew, Pandorabox)
und AdobeStock (monikahi)
Satz: Satzwerk Huber, Germering
Druck und Bindung: GGP Media GmbH, Pößneck
ISBN: 978-3-453-42462-3

www.heyne.de

Für meine Eltern

1

Ruth saß auf *ihrem* Stein, einem bemoosten Basaltfindling, den einer der Vulkane vor Millionen von Jahren aus dem Erdmantel an die Oberfläche geschleudert hatte. Er lag auf einer Anhöhe im Schutz des Waldrands, umgeben von Frauenfarn und Buschwindröschen. Sie liebte diesen Ort. Vor ihr breitete sich die Eifellandschaft mit ihren grünen Wiesen, Ginsterbüschen und dunklen Fichtenwäldern aus, zwischen denen das helle Grün der Buchen kleine Lichtoasen bildete. Dahinter flossen bis zum weiten Horizont die Höhenzüge sanft ineinander. Hier konnte man den Kopf frei bekommen und für eine Weile das Leid und die Zerstörung der zurückliegenden Jahre vergessen. Es war Frühling, für Ruth die schönste Jahreszeit – die Zeit des Aufbruchs, des Neubeginns. Sie sog den würzigen Duft des Waldes tief ein, lauschte dem Wind und spürte den warmen Stein unter ihren Händen – ein geradezu sinnliches Gefühl, das sie daran erinnerte, dass ihr Leben ein wenig Freude und Genuss vertragen könnte.

Schluss jetzt, ermahnte sie sich und stand auf. Ein Blick auf die Fliegeruhr an ihrem Handgelenk sagte ihr, dass sie längst hätte zu Hause sein müssen.

»Komm, Arno!« Sie gab ihrem Schäferhund, der sie auf all ihren Streifzügen durch die Natur begleitete, einen liebevollen Klaps auf die Flanke und eilte los. Als sie vom Waldweg zur Straße gelangte, wo sie die Triumph Tiger ihres Vaters geparkt hatte, sprang Arno erwartungsfroh in den Beiwagen. Er genoss die Spritztouren mit dem Motorrad genauso wie Ruth. Das ungewöhnliche Zweiergespann war bei allen in der Umgebung bekannt.

Ruths Elternhaus lag am Fuße eines bewaldeten Hügels. Das zweistöckige Herrenhaus war aus dem robusten Gestein der familieneigenen Steinbrüche gebaut, Fensterstöße und Eingangsportal waren aus hellem Tuffstein, der dem düster anmutenden Basalt Leichtigkeit und Eleganz gab. Wie durch ein Wunder hatte das Haus in seiner exponierten Lage den Krieg unversehrt überstanden.

Ruth fuhr durch das Eisentor in den gepflasterten Hof, wo die Kutsche ihres Großvaters stand. Bei schönem Wetter kam er sonntags immer noch mit Pferd und Wagen zum Essen, bei schlechtem mit seinem Daimler aus den Vorkriegsjahren. Obwohl sie spät dran war, nahm sie sich die Zeit, den alten Haflinger zu streicheln, der sich, ohne sich von seinem Futtertrog ablenken zu lassen, vom schwanzwedelnden Arno beschnüffeln ließ.

Beim Betreten der Eingangshalle schallte ihr Heidis helles Lachen aus dem Esszimmer entgegen. Während Arno schnurstracks in die Küche lief, aus der der köstliche Duft von Rheinischem Sauerbraten strömte, ging sie mit langen Schritten auf die Flügeltür zu, hinter der das Speisezimmer lag. Sie wollte sie schon öffnen, hielt dann jedoch in der

Bewegung inne und warf einen Blick in den mannshohen Spiegel. Ihre lange Hose hatte Grasflecken an den Knien, ihre Wanderschuhe waren verstaubt, und ihre Locken hingen ihr wild über die Schultern. Konnte sie sich so überhaupt an den sonntäglichen Mittagstisch setzen? Ihre Mutter legte Wert auf Etikette. Aber zum Umziehen war nun wirklich keine Zeit mehr, entschied sie und betrat entschlossen das Zimmer, das mit seinen wuchtigen Vitrinen, der dunklen Holzverkleidung und dem schweren Silber einem Rittersaal ähnelte. Alle saßen bereits am gedeckten Tisch und sahen ihr erwartungsvoll entgegen. Ihr Vater und Großvater im dunkelgrauen Zweireiher mit Krawatte; ihre Mutter in einem Kleid, dessen schillernde lichtblaue Farbe ihre ätherische Erscheinung noch unterstrich, und Heidi in ihrer neuesten Eigenkreation, mit schmalem Oberteil, Dreiviertelärmeln und weitem Tellerrock mit Blumenmuster.

»Da bin ich!«, verkündete Ruth betont forsch, während sie mit einer raschen Handbewegung ihre Locken über die Schultern warf. »Entschuldigt bitte, dass ich etwas zu spät bin.« Sie lief auf ihren Großvater zu und drückte ihm einen Kuss auf die Wange.

»Juden Meddisch, Kind«, begrüßte er sie im Eifeler Platt, das er in Gegenwart seiner Frankfurter Schwiegertochter nur selten sprach. Dabei tätschelte er ihr liebevoll die Wange.

»Endlich! Ich bin am Verhungern!«, rief Heidi mit gespielt gequälter Miene aus und fügte dann zwinkernd hinzu: »Hast mal wieder ganz schön lange gebraucht, um dich in Schale zu werfen.«

Heidi wusste genauso wie sie, dass ihre Mutter über ihren Aufzug nicht gerade entzückt war.

Liliane Thelen berührte mit der manikürten Hand ihren weißblonden Nackenknoten – eine Geste, die verriet, dass sie überlegte. Schließlich lächelte sie ihre Tochter an. »Magst du dich nicht rasch umziehen, Liebes?«, fragte sie dann erwartungsgemäß mit ihrer melodisch-weichen Stimme.

»Bloß nicht«, sagte Heidi wie aus der Pistole geschossen. »Dann dauert es mit dem Essen ja noch länger.«

Ruth lachte und knuffte Heidi in die Seite. Sie war wie eine Schwester für sie. Ruths Eltern hatten Heidi bei sich aufgenommen, nachdem ihr Vater im Thelen-Bruch tödlich verunglückt und Heidis Mutter kurze Zeit später an der Schwindsucht gestorben war. Seither war Heidi der Sonnenschein der Familie.

»Liebes, lass Ruth doch«, bat nun auch Friedrich Thelen seine Frau mit dem ihm eigenen Charme, der ihn selbst aus den härtesten Geschäftsverhandlungen erfolgreich hervorgehen ließ. »Die Mädchen haben Hunger und Vater bestimmt auch.«

Josef Thelen nickte. Er hatte bereits seine irdene *Mutz*, die er ausschließlich mit Wittlicher Strangtabak befüllte, im Aschenbecher abgelegt und sich erwartungsfroh die gestärkte weiße Leinenserviette in den Hemdkragen gesteckt.

Über Lilianes Züge huschte ein Lächeln, bevor sie nach Helma klingelte, die nur wenige Sekunden später die Suppe auftrug – Frühlingssuppe, deren besonderes Rezept Helma streng unter Verschluss hielt. Arno, der der altgedienten Haushälterin ins Esszimmer gefolgt war, ließ sich ganz selbstverständlich zwischen Friedrich und dessen Vater auf den Eichendielen nieder – wohl wissend, dass er, sehr zum Missfallen der Hausherrin, von mindestens einem der beiden etwas von dem saftigen Suppenfleisch abbekommen würde.

Bevor Liliane Arno hinausschicken konnte, erkundigte sich Ruth rasch: »Wie war es denn in der Kirche?«

Längst hatten ihre Eltern akzeptiert, dass sie, anders als Heidi, nur noch hin und wieder den Sonntagsgottesdienst besuchte. In dieser Sache hielt sie es mit ihrem Großvater, der nach dem frühen Tod seiner Frau seine ausgedehnten Wälder zu seinem Gotteshaus erklärt hatte.

Als Heidis himmelblaue Augen verräterisch zu funkeln begannen, ahnte Ruth, dass ihre Freundin sie gleich mit einer ganz besonderen Neuigkeit, frisch vom Kirchplatz, überraschen würde. »Weißt du, wer wieder da ist?«

»Nein, aber du wirst es mir wahrscheinlich gleich sagen. Du platzt ja förmlich vor Ungeduld.«

Heidi lachte, legte den Kopf schief und neckte sie: »Willst du es wirklich wissen?«

Liliane tupfte sich mit der Serviette über die Lippen. Dann sah sie ihre Tochter mit wissendem Lächeln an. »Ich bin sicher, dass du dich freuen wirst, mein Schatz. Wie lange ist das jetzt her?« Fragend blickte sie zu ihrem Mann hinüber. »Neun Jahre?«

Friedrich nickte. »Genau neun Jahre, Liebes. In diesen Jahren ist aus ihm ein richtiger Mann geworden.«

»Klingelt es jetzt bei dir?«, erkundigte sich Heidi mit blitzenden Augen.

O nein! Ruth schluckte. Ein mulmiges Gefühl breitete sich in ihrem Magen aus. »Johannes?«, fragte sie unsicher.

»Ja, ganz genau«, bestätigte ihre Mutter mit einem Strahlen, das sie seit dem Tod ihres Sohnes nur noch selten zustande brachte.

»Johannes hat bei der Bank in Hamburg gekündigt, weil bei unserer eine leitende Stelle frei geworden ist«, erzählte nun ihr Vater – und wenn sich Ruth nicht täuschte, sogar mit einem zufriedenen Unterton in der Stimme, so, als hätte er sich das schon längst gewünscht.

»Dann ist sein Vater ja sein Chef«, staunte Ruth. »Die beiden haben sich doch nie verstanden.«

»Blut ist eben dicker als Wasser«, tat Heidi schulterzuckend ihren Einwand ab.

»Wir wollen Johannes und seine Eltern einladen, uns mal wieder zu besuchen«, sagte ihr Vater, ohne seine Tochter anzusehen.

»Ja, wir möchten den Kontakt wieder ein bisschen vertiefen.« Liliane warf den beiden jungen Frauen einen versonnenen Blick zu. »Ihr drei Kinder seid ja sozusagen zusammen aufgewachsen – so eng wie wir mit den Prümms befreundet waren. Aber nach Erichs Tod ...« Sie verstummte und senkte den Kopf.

Sie musste nicht mehr sagen, jeder am Tisch wusste, wie sehr sich das Leben der Familie verändert hatte, nachdem sie die erschütternde Nachricht erhalten hatten, dass Ruths Bruder gefallen war. Seine Fliegeruhr erinnerte Ruth jeden Tag daran, wie sehr sie ihren Bruder vermisste.

»Na ja ...«, meldete sich Heidi zu Wort, die sich stets der Wahrheit verpflichtet fühlte und damit schon manchen brüskiert hatte. »Zusammen aufgewachsen? Wir haben als Kinder im Steinbruch Verstecken gespielt, aber als wir älter waren ...« Abrupt brach sie ab. Ruth hatte ihr unterm Tisch einen Tritt versetzt. Ruth wollte keinesfalls, dass ihre Eltern erfuhren, was zwischen ihr und Johannes damals vorgefallen war.

»Schön, dass Johannes zurück ist«, rang Ruth sich nun ab, woraufhin sie gleichzeitig den erwartungsvollen Blick ihrer Mutter wie den ihres Vaters auf sich spürte. In diesem Moment war sie Helma dankbar, dass sie den Sauerbraten brachte. Rasch half sie der Haushälterin, die Suppenteller ineinanderzustellen.

»Wie schaut es denn mit deinen Investitionen im Steinbruch aus, Friedrich?«, erkundigte sich Josef Thelen bei seinem Sohn, als sie mit dem Hauptgang begannen.

Friedrich zuckte sichtlich zusammen. Auch Liliane, die gerade die Gabel zum Mund führte, hielt in der Bewegung inne. Ruth blickte erst von ihrem Teller auf, als ihr Vater alle viel zu lange auf seine Antwort warten ließ.

»Ich habe in der Zeitung über die Konkurrenz im Westerwald gelesen. Dort will man modernisieren«, fuhr Josef fort. »Drei große Lkws, die die Steine zur Bahn bringen, und zwei neue Bagger.«

Friedrich zerteilte den Knödel auf seinem Teller mit einem einzigen Schnitt und zerdrückte die eine Hälfte so heftig in der Soße, dass diese über den Tellerrand schwappte. »Oh, Entschuldigung«, murmelte er und rückte dem Fleck auf dem Damasttischtuch mit der Serviette zu Leibe, was ihn nur noch größer machte. Liliane sah ihren Mann erstaunt an. Heidis Augen richteten sich ebenfalls auf ihren Titularonkel. Schließlich hob Friedrich den Kopf. Seine Stirn war gerötet, der Blick aus seinen tiefdunklen Augen noch dunkler. »Es gibt in naher Zukunft keine Investitionen«, verkündete er mit rauer Stimme. »Das ist nun mal so.«

Sein Vater nickte nur und aß ungerührt weiter. Ein Nein war für ihn ein Nein. Liliane tat, als hätte sie die barsche

Antwort ihres Mannes gar nicht gehört. Ruth und Heidi jedoch wechselten einen verblüfften Blick. Eine Zeit lang war nur das leise Klirren des Silberbestecks zu hören. In diesen Minuten, die Ruth wie Stunden vorkamen, versuchte sie sich einen Reim auf die Reaktion ihres Vaters zu machen. Er war immer für Neuerungen offen, wollte stets das Beste vom Besten. »Et jet net jefriemelt«, lautete sein Motto. Und jetzt wehrte er sich gegen Investitionen, gegen den technischen Fortschritt in seinem Betrieb?

»Ich habe noch eine Neuigkeit für euch«, brach Heidi nun in ihrer fröhlichen und frischen Art das Schweigen am Tisch.

Ruth wandte sich ihr dankbar zu.

»Meine Chefin kann mir eine Stelle in einer namhaften Schneiderei in Bad Neuenahr vermitteln. Die kommt gleich hinter dem Atelier von Heinz Oestergaard in Düsseldorf. Die Ministergattinnen aus Bonn lassen da schneidern. Meine Chefin meint, dort könnte ich mich besser entfalten als bei ihr. Weil ich ja gerne irgendwann nicht nur nähen, sondern auch Modelle entwerfen möchte. Und da sie viel von mir hält, möchte sie mir diese Chance geben.«

»Tatsächlich?«, fragte Liliane interessiert. Das war schon mehr ihr Thema. Mit Mode beschäftigte sie sich fast genauso gerne wie mit ihrem Klavierspiel.

Heidi legte das Besteck auf dem Teller zusammen und beugte sich vor. »Die in Bad Neuenahr machen keinen Kleinkram wie wir hier in Wilmersbach. Die ändern nichts um oder bessern aus. Die nähen ausschließlich neue Sachen«, erzählte sie begeistert. »Die Stoffe kaufen sie in Italien ein. Solche Stoffe gibt es hier in Deutschland noch gar nicht. Und die Modelle!« Verzückt verdrehte sie die

Augen. »Kleider, wie Balmain sie entwirft. Richtige Roben.«
Heidi wandte sich an ihre Tante und versprach ihr: »Wenn alles klappt mit der Anstellung, bekommst du als Erste von mir ein Kleid. Du wirst darin aussehen wie eine Königin.«

Liliane lächelte sie liebevoll an. »Zu welchem Anlass soll ich das denn tragen?«

Nach dem Tod ihres Sohnes hatte sich Liliane Thelen im Haus eingeigelt. Ganz anders als ihr Mann, der sich in das gesellschaftliche Leben gestürzt hatte. Er war Mitglied des Tennisklubs und des Ahr-Automobilclubs im nahe gelegenen Kurbad und fuhr mindestens zweimal die Woche dorthin. Besonders in der letzten Zeit war er häufiger dort.

»Dann fährst du demnächst mit Onkel Friedrich mal nach Bad Neuenahr«, sagte Heidi ganz selbstverständlich, bevor sie erneut Ruths Fuß an ihrem spürte und jäh verstummte.

Liliane drückte ihre Hand. »Ich weiß, Kind, du meinst es gut«, sagte sie leise.

»Wenn du die Stelle dort annimmst, kannst du ja gar nicht mehr bei uns wohnen«, wandte Friedrich ein.

»Das stimmt. Wenn ich daran denke, wird mir ganz anders.« Heidi seufzte. »Ich werde mir ein Zimmer nehmen müssen. Was bei der derzeitigen Wohnungsnot wahrscheinlich gar nicht so einfach sein wird. Und als alleinstehende junge Frau sowieso nicht.«

Ruth hatte bisher geschwiegen. Der Gedanke, ihre Freundin nicht mehr täglich sehen zu können, schnitt ihr ins Herz.

»Wenn du das unbedingt möchtest, könnte ich mit einem Bekannten reden«, bot sich Friedrich an. »Seine

Schwester ist verwitwet und hat eine große Villa dort. Soweit ich weiß, vermietet sie unter.«

Ruths Kehle wurde immer enger. »Mensch, Heidi, dann sehen wir uns ja nur noch ganz selten«, sagte sie mit belegter Stimme.

»Ich weiß«, erwiderte Heidi leise, »aber das wäre wirklich eine Chance für mich, mir meinen Traum zu erfüllen. Schau mal, als du in Bonn studiert hast, haben wir uns ja auch nur am Wochenende gesehen und waren uns trotzdem immer nah.«

»Stimmt«, musste Ruth zugeben.

»Du kannst mich doch auch in Bad Neuenahr besuchen, wann immer du willst. Das sind ja nur vierzig Kilometer. Und ich mache dann auch irgendwann den Führerschein und kaufe mir einen kleinen Wagen. Dort verdiene ich ja viel mehr als hier in Wilmersbach.«

Ruth seufzte. Sie musste an die vielen Abende denken, die sie ab jetzt ohne Heidi verbringen würde. Kein Verehrer würde diese Lücke schließen können.

»Schau mal, mein Engel«, hörte sie da ihre Mutter tröstend sagen. »Ich kann verstehen, dass Heidi diese Chance wahrnehmen möchte. Dann unternimmst du einfach unter der Woche mal wieder etwas mit Johannes. Und am Wochenende ist Heidi ja wieder bei uns.«

Ruth lächelte ihre Mutter an und nickte, obwohl sie es besser wusste: Sie würde nichts mit Johannes unternehmen – und Heidi würde bestimmt bald den Verführungen des schicken Kurbads verfallen und die Wochenenden lieber dort verbringen.

Die Familie nahm Kaffee und Cognac auf der großen Steinterrasse ein. Hinter der Tuffsteinbrüstung fiel das Grundstück stetig bis zu dem Flüsschen hin ab, das sich unten im Tal wie ein silbernes Band durch die Wiesen schlängelte. Josef hielt wieder seine Mutz zwischen den Lippen, Friedrich rauchte eine Zigarre, seine Frau und auch Heidi eine Zigarette. Ruth rauchte nur selten, genauso selten, wie sie sich die Nägel rot lackierte. Liliane und Heidi dagegen standen im regen Austausch über die neuesten Nagellacke.

Nachdem sich Josef Thelen verabschiedet hatte, stand Heidi auch auf. »Ich muss noch mal in die Schneiderei, um für morgen was vorzubereiten. Gehen wir heute Abend ins Kino?« Sie sah Ruth fragend an.

Ruth lachte. »Du willst bestimmt in *Die Sünderin*.«

Heidi blickte verzückt gen Himmel. »Ich liebe die Knef!«

»Sei ehrlich: Du willst nur die Nacktszene sehen, über die sich alle aufregen«, neckte Ruth sie.

»Mich stört Nacktheit nicht«, meinte Heidi gelassen. »Man muss schließlich mit der Zeit gehen. Was sagt ihr dazu?« Sie sah Ruths Eltern an.

»Mich würde sie auch nicht stören«, erwiderte Friedrich schmunzelnd. »Dich, Liebes?«

»In Frankreich würde eine solche Szene kein Aufsehen erregen. Wir Deutschen sind einfach zu prüde.« Lilianes Mutter war Französin und eine bekannte Opernsängerin, von der Liliane die Liebe zur Musik, zur Mode und zu Paris geerbt hatte.

»Ich gehe mit dir raus«, bot sich Ruth an und rief ihren Eltern über die Schulter zu: »Wartet mit dem Kuchen nicht auf mich! Ich mache mit Arno noch einen Spaziergang.«

»Du willst jetzt bestimmt erst einmal allein sein, um alle Neuigkeiten zu verdauen«, sagte Heidi mitfühlend, als die beiden jungen Frauen auf dem Hof standen.

»Stimmt. Das war eine Neuigkeit zu viel«, entgegnete Ruth trocken, während sie sich ihr Fernglas umhängte.

»Johannes oder Bad Neuenahr?«

»Was wohl?«

»Pass auf! Ich habe schon eine Idee, die ich am Tisch nicht erzählen wollte.« Heidis Augen sprühten Blitze. »Was hältst du davon, dich versetzen zu lassen? Schulen gibt es auch in Bad Neuenahr. Und Lehrer werden immer gebraucht, besonders jetzt, bei den vielen Flüchtlingen aus dem Osten. Schau mal...« Heidi strich ihr liebevoll über den Arm. »Hier werden wir doch auf Dauer versauern.« Sie legte den Kopf schief und sah Ruth prüfend an. »Es sei denn, du willst Johannes heiraten. Dann bleib hier und werde Hausfrau.«

Ruth stemmte die Hände in die Hüften. »Ganz bestimmt nicht.«

»Überleg doch mal! In Bad Neuenahr gibt es Tanzbars, das Kasino, eine Eisdiele, Geschäfte. Das ist eine andere Welt. Da geht es vorwärts.«

Mit ernster Miene schüttelte Ruth mehrmals den Kopf. »Du weißt doch: Ich bin kein Stadtmensch. Auch kein Kleinstadtmensch. Ich brauche die Natur, die Ruhe.«

»Aber ich kann in dieser Beschaulichkeit nichts verdienen«, hielt ihre Freundin ihr entgegen. »In dem Schneideratelier in Bad Neuenahr bekomme ich den dreifachen Lohn. Stell dir das vor! Dann können wir endlich auch nach Italien reisen.«

»Mein Vater würde uns das Geld bestimmt schenken«, wandte Ruth ein. »Du weißt doch, wie großzügig er ist. Aber du glaubst doch nicht etwa, dass sie uns tatsächlich allein nach Italien fahren lassen würden!«

Heidi seufzte. »Stimmt. Aber was das Geld angeht ... Eben beim Mittagessen hatte ich eher den Eindruck, dass dein Vater zurzeit auf Sparkurs ist.«

Ruth biss sich auf die Lippe. Die merkwürdige Reaktion ihres Vaters war ihr auch aufgefallen.

Heidi stocherte mit der Spitze ihres roten Schuhs in dem Lavakies zwischen den Pflastersteinen. Man konnte ihr ansehen, dass ihr etwas auf der Seele lag. Schließlich sagte sie mit gesenktem Kopf: »Hast du gemerkt? Vergangene Nacht ist er auch erst in den frühen Morgenstunden nach Hause gekommen.« Sie zögerte einen Augenblick, dann sah sie Ruth in die Augen. »Du weißt ja, was ich schon seit Längerem vermute. Eine Geliebte könnte der Grund für seinen Sparkurs sein. Zwei Frauen sind auf Dauer kostspielig.«

»Heidi, jetzt hör bitte auf!«, rief Ruth aufgebracht aus. »Das glaube ich einfach nicht.«

»Warum geht er dann immer ohne deine Mutter aus? Deine Mutter ist eine so wunderschöne, liebevolle und gebildete Frau. Stattdessen nimmt er sich eine Geliebte, die nur drei Jahre älter ist als wir«, redete sich Heidi in Rage. »Erika ist einunddreißig! Und er stellt ihr sogar ein Auto zur Verfügung, damit sie von Gerolstein bequemer zur Arbeit fahren kann! Ich kann das nicht verstehen. Und schon mal gar nicht, dass Tante Liliane sich das gefallen lässt.«

Ruth hatte plötzlich das Gefühl, keine Luft mehr zu bekommen. Natürlich wusste sie, dass ihre Eltern Probleme hatten, aber dass sie sich nicht mehr liebten, daran konnte sie nicht glauben. Dafür gingen sie viel zu liebevoll und respektvoll miteinander um. Das konnte doch nicht nur gespielt sein. Andererseits ...

»Ich weiß, ich darf nicht zu viel sagen«, ruderte Heidi zurück. »Ich gehöre schließlich nicht richtig zur Familie, aber vergiss bitte nicht, dass ich deinen Vater und Erika vergangenes Jahr in inniger Umarmung gesehen habe. Das muss nichts heißen, aber normal ist das auch nicht zwischen Chef und Sekretärin.«

Ruth seufzte bekümmert und schwieg. Sie wusste ja nur allzu gut, wie recht Heidi hatte.

Ihre Freundin umarmte sie fest. Mit einem aufmunternden Stups in Ruths Seite beendete Heidi schließlich das Thema. »Was sagst du denn zu Johannes' Rückkehr?«

Da hob Ruth abwehrend die Hände. »Bitte nicht noch Johannes! Jetzt muss ich erst mal ein paar Stunden wandern und meinen Kopf sortieren.«

Ihre Freundin zwinkerte ihr liebevoll zu, bevor sie aufs Rad stieg. »Vergiss dabei nicht, mal über deine Versetzung nachzudenken. Damit hättest du auch das Problem namens Johannes von der Backe.«

Ruth nahm Arno an die Laufleine und marschierte los. Nachdem sie in den Wald eingetaucht war, vermisste sie dessen gewohnte beruhigende Wirkung – das Gefühl von Ursprünglichkeit und Geborgenheit, das sie zwischen den hohen Fichten und mächtigen Buchen sonst immer spürte.

Kommende Woche werde ich Vater im Kontor besuchen, nahm sie sich vor, während sie festen Schrittes über den federnden Waldboden ging. Seit drei Jahren, seit Erika Hammes als Sekretärin im Basaltwerk arbeitete, waren ihre Besuche dort immer seltener geworden. Von Anfang an hatte Erika ihr durch ihr kühles und distanziertes Verhalten vermittelt, sie nicht zu mögen. Doch warum? Ihr Vater ließ nichts auf Erika kommen. *Frau Hammes versteht sich auf ihr Fach und ist mir eine große Hilfe. Das ist nun mal so,* hatte sein Kommentar gelautet, als Ruth sich bei ihm über Erikas Art beschwert hatte. Seine Reaktion hatte ihr wehgetan und sie sogar ein bisschen eifersüchtig gemacht.

Während Ruth die klare, nach Holz und Moos duftende Luft tief einatmete, wanderten ihre Gedanken zu Johannes. Warum kam er jetzt zurück? Nur wegen der Führungsposition bei der Bank seines Vaters? Vor einem Jahr hatte er seine Verlobung gelöst. Es war seine zweite in den neun Jahren in Hamburg gewesen. *Ich kann einfach keine andere Frau lieben als dich,* hatte er ihr damals geschrieben, nachdem er sich von seiner ersten Braut getrennt hatte. Seit ein paar Jahren hatten sie keinerlei Kontakt mehr. Ob er sie etwa immer noch liebte? Diese Vorstellung war ihr unangenehm. Und wieder einmal bereute sie zutiefst, dass sie damals nach dem Kirmesbesuch seinen Annäherungsversuchen nachgegeben hatte. Sie waren beide achtzehn gewesen – und sie neugierig auf die Liebe. Johannes hatte mit seinen Erfahrungen auf diesem Gebiet geprahlt, sich dann jedoch als große Enttäuschung herausgestellt. Nach dieser Nacht hatte sie versucht, das Erlebte zu vergessen, wieder an ihre Freundschaft anzuknüpfen, denn sie hatte ihn nicht lieben können. Ganz anders Johannes. Er hatte sie auf Schritt und Tritt verfolgt, um ihre Liebe gebettelt und geweint. Bis dann Georg in ihr Leben getreten war ...

Ruth blieb stehen. An Georg wollte sie jetzt nicht auch noch denken. Was war denn heute bloß mit ihr los?

Da zog Arno sie plötzlich in eine Richtung, die sie eigentlich nicht hatte einschlagen wollen – zum alten Steinbruch hin. Wollte er wieder Kaninchen jagen, die sowieso viel zu flink für ihn waren?

Der stillgelegte Steinbruch, die Thelener Ley I, mit der Friedrich Thelen sein Basaltwerk zu Beginn der Zwanzigerjahre gegründet hatte, grenzte direkt an den Wald. Ruth blieb am Rand der etwa dreißig Meter tiefen Abbaugrube stehen, die sich die Natur im Laufe der Jahrzehnte durch Brombeersträucher, magere Birken und krautiges Gras Stück für Stück zurückerobert hatte. Nur ein rostiger Kran, der einsam in den Himmel ragte, zeugte noch davon, dass der Gegend hier einst ihr *Schwarzes Gold*, wie ihr Vater den Basalt nannte, abgerungen worden war.

Ruths Blick glitt an den Klippen hinab in die Tiefe, wo noch ein Stück verrottetes Grubenbahngleis im Gras verlief. In der warmen Nachmittagsluft mischte sich der Geruch von verrostetem Stahl und Staub mit dem des Waldes – ein ihr von Kindheit an vertrauter Geruch, den sie jetzt tief in sich einsog. Mit ihm kamen auch Erinnerungen zurück. Ganz genau wusste sie noch, wie ihr Vater sie das erste Mal in den Steinbruch mitgenommen hatte. Hand in Hand hatten sie hier oben an der Abbruchkante gestanden, und ihr Vater hatte mit einer weit ausholenden Armbewegung gesagt: »Schau, Liebes, das ist unser Reich.«

»Das sind ja alles Steine!«, hatte sie erstaunt ausgerufen.

Ihr Vater hatte gelacht. »Wie in dem Märchen von der Steinprinzessin.«

Mit ehrfurchtvollem Blick hatte sie zu ihm aufgeschaut. »Dann bist du also auch ein König?«

»Ja, und du meine kleine Steinprinzessin.«

Als sie ihn jedoch nach dem Tod ihres Bruders mehrmals geradezu angefleht hatte, sie als seine Nachfolgerin in diesem Reich zu bestimmen, hatte er ihren Wunsch strikt abgelehnt. *Das ist nichts für eine Frau,* hatte sein Argument gelautet, und wie immer, wenn er nicht bereit war zu diskutieren, hatte er hinzugefügt: *Das ist nun mal so.* Aus Respekt und Liebe zu ihm hatte sie sich letztendlich gefügt. Der Steinbruchbetrieb hatte bis heute noch keinen Nachfolger.

Unwillig schüttelte Ruth den Kopf. Wieder solche unangenehmen Gedanken. Und dabei hatte dieser Sonntag doch so schön begonnen!

Arno lag inzwischen hechelnd zu ihren Füßen und ließ sich den lauen Wind um die nasse Nase wehen. Seine Kaninchenjagd war erfolglos gewesen. Ruth beschloss umzukehren. Da hörte sie ein Geräusch, das nicht in die Umgebung gehörte. Ein paar Atemzüge später sah sie, wie ein Motorrad in die stillgelegte Abbaugrube gefahren kam. Eine BMW R25, ein neues Modell. Das erkannte sie auf den ersten Blick. Überrascht und neugierig schaute sie in die Tiefe.

Der Fahrer schaltete seine Maschine aus, nahm die Lederkappe ab und blickte sich um. Als er abstieg, sah sie, dass er sehr groß und schlank war. Unwillkürlich wich sie mit Arno ein paar Schritte zurück. Sie zögerte. Einerseits wäre es ihr peinlich gewesen, von dem Fremden auf ihrem Beobachtungsposten entdeckt zu werden; andererseits jedoch war sie gespannt darauf, was der Mann dort unten vorhatte. Schließlich gab sie der Neugier nach, ging hinter einem der struppigen Besenginsterbüsche in Deckung und lugte über den Abhang hinweg.

Der Motorradfahrer hatte sich inzwischen seiner Lederjacke, Schuhe und Socken entledigt. Barfuß stand er da und war gerade dabei, sich die Hosenbeine hochzukrempeln. Ruth fielen fast die Augen aus dem Kopf. Was hatte der denn vor? Mit angehaltenem Atem und einem seltsamen Kribbeln im Bauch beobachtete sie, wie der Mann auf die Steinbruchwand, die ihrem Versteck gegenüberlag, zuging und sie eingehend betrachtete. Ruths Herzschlag beschleunigte sich. Plötzlich ahnte sie, was er vorhatte. Tatsächlich! In Stoffhose, Hosenträgern, weißem Hemd mit aufgekrempelten Ärmeln und Krawatte begann er, an einer der Basaltsäulen hochzuklettern. Seine Hände tasteten nach einer Kante, nach einer Ritze, seine Zehen scharrten an der lotrechten Wand suchend nach Halt. Dann spannte sich sein Körper nach oben, im Kampf gegen die Schwerkraft. Kraftvoll und sicher – ja, geradezu elegant – arbeitete er sich Meter um Meter höher. War der Kerl verrückt? Wenn er den Halt verlor! Ein Fall aus dieser Höhe würde ihm das Rückgrat brechen. Was sollte sie tun? Ihm zurufen, er solle sofort herunterkommen? Das würde ihn womöglich erschrecken, und er würde erst recht abstürzen. In den Steinbruch laufen und ihn, falls er den Abstieg unbeschadet überstand, zur Rede stellen? Ihn darauf hinweisen, dass das Betreten des Geländes verboten war? Mit zittrigen Händen griff sie nach ihrem Fernglas. Sie konnte einfach nicht widerstehen. Was sie dann sah, gefiel ihr. Es gefiel ihr sogar außerordentlich. Schwarzes, glänzendes Haar, eine rebellische Strähne, die ihm in die schweißnasse Stirn fiel, klares Profil, kräftige, gebräunte Hände mit schlanken Fingern, muskulöse Arme und Beine, etwa um die dreißig musste er sein.

Sie ließ das Fernglas sinken, konnte jedoch den Blick nicht von ihm wenden. Je länger sie ihm bei seiner Akrobatik zusah, desto sicherer wurde sie, dass dieser Mann genau wusste, was er tat. Fast oben an der Spitze der Basaltsäule angekommen, hielt er inne, sah hinab in die Tiefe – und machte sich auf den Rückweg, genauso sicher und flink, wie er die Wand erklommen hatte. Als er wieder Boden unter den Füßen hatte, schlug er ein paarmal die Handflächen gegeneinander, klopfte sich den Staub von Hose und Hemd und zog sich wieder an. Dann gönnte er der Steilwand einen langen Blick, als wolle er sich von ihr verabschieden, und fuhr davon.

Das Motorgeräusch des BMW-Motorrads war schon lange verklungen – und Ruth hockte immer noch hinter dem Ginsterbusch, voller Unglauben darüber, was sie gerade gesehen hatte. Welch ein Mann! Einer mit Mut und Abenteuerlust. Ein Himmelsstürmer. Anders als ihre Verehrer, die den ganzen Tag in irgendeiner Behörde saßen und darauf achteten, die Bügelfalten ihrer Hosen nicht zu zerknittern. So einer würde mir gefallen, ging ihr durch den Kopf, als sie mit Arno langsam zurückschlenderte. Zu dumm, dass sie nicht auf sein Nummernschild geachtet hatte.

2

Als nach den Osterferien die Schule wieder begann, musste Ruth selbst während des Unterrichts noch an ihren Himmelsstürmer denken. Und wenn sie sich abends im Bett vorstellte, mit ihm zu den *Caprifischern* zu tanzen oder gar in diesen braun gebrannten, muskulösen Männerarmen zu liegen, durchfuhr sie jedes Mal ein wohliger Schauer. Heidi hatte sie bisher noch nichts von ihrem Erlebnis erzählt. Sie wollte ihren attraktiven Himmelsstürmer mit niemandem teilen. Auch jetzt, als sie an diesem Sonntagvormittag zwischen ihr und ihrer Mutter in der Kirchenbank saß und der Pfarrer seine Schäfchen gerade ermahnte, stets ehrlich und gut zu sein, sah sie ihn wieder vor sich. Um sich abzulenken ließ sie ihren Blick schweifen.

Die Kirche war bis auf den letzten Platz besetzt. Die erste Reihe beanspruchte der Bürgermeister mit seiner Familie für sich. Dahinter saßen die Honoratioren von Wilmersbach. Unter den Kirchenbesuchern waren viele Kriegsversehrte und Frauen, die Schwarz trugen. Überhaupt waren die Frauen deutlich in der Überzahl.

Ruth begann unter ihrer Kostümjacke zu schwitzen. Der schmale Bleistiftrock, den sie angezogen hatte, um ihrer

Mutter einen Gefallen zu tun, engte sie zunehmend ein. Immer wieder schlug sie die Beine übereinander, mal das rechte über das linke, mal andersherum. Die harte Bank verbot jede bequeme Sitzposition. Erst als sie Heidis Ellbogen in der Seite spürte, wurde ihr bewusst, wie unruhig sie war.

»Guck mal, da vorne sitzt Johannes mit seinen Eltern«, raunte ihre Freundin ihr zu.

Ruths Blick folgte Heidis Kopfbewegung und fand ihren Jugendfreund. Oje! Dabei hatte sie so sehr gehofft, dieser Kelch würde an ihr vorübergehen.

Als hätte Johannes ihren Blick gespürt, drehte er sich plötzlich halb zu ihr um. Zwei, drei Sekunden lang sahen sie sich in die Augen. Ja, Johannes war in den vergangenen Jahren *ein richtiger Mann* geworden, wie ihr Vater gesagt hatte. Ein Mann mit blasser Haut, Tränensäcken unter den hellbraunen Augen und einigen Wirtschaftswunderpfunden zu viel unter dem braunen Anzug. Während sie dies alles innerhalb eines Sekundenbruchteils registrierte, zeigte sich auf Johannes' Gesicht ein freudiges Lächeln. Es erinnerte sie an den Jungen, den sie einst gemocht hatte. Da konnte sie nicht anders: Sie lächelte zurück. Plötzlich freute sie sich sogar, ihn zu sehen. Wie vertraut sie miteinander gewesen waren! Johannes war wie eine Freundin gewesen. Wäre diese eine Nacht nicht gewesen, in der sie ein oder vielleicht auch zwei Eierlikör zu viel getrunken hatte, und sein aufdringliches Verhalten danach, wären sie heute bestimmt immer noch gute Freunde. Vielleicht war Johannes ja inzwischen vernünftig geworden, und es würde zwischen ihnen zukünftig wieder so sein wie früher. An ihr sollte es nicht scheitern.

Bevor die Männer nach dem Kirchgang zum Frühschoppen in die Eifelstube gingen, die dem Gotteshaus praktischerweise direkt gegenüberlag, und die Frauen nach Hause, um das Essen vorzubereiten, versammelte man sich wie immer zu einem Schwätzchen auf dem kleinen Kirchplatz.

Plötzlich spürte Ruth auf ihrem Arm die schmale Hand ihrer Mutter, die sie zielsicher auf Familie Prümm zu dirigierte. Man begrüßte sich gegenseitig herzlich. Ruth blieb vor Johannes stehen, der seinen Hut lüftete und dadurch seine bereits lichte Stirn freilegte. Ohne Hut wirkte er noch älter als ohnehin schon. Dabei waren sie doch der gleiche Jahrgang! Er sah aus, als hätten ihn die neun Jahre in Hamburg nicht geschont. Als Kind und Jugendlicher hatte er jeden Raum mit seinen Scherzen und seinem Charme zum Strahlen gebracht. Jetzt wirkte er ernst und gesetzt. Prüfend lag sein Blick auf ihrem Gesicht, als wolle er abschätzen, wie sie derzeit auf ihn zu sprechen war. »Guten Tag, Ruth.«

»Hallo, Johannes.« Aus einem Impuls heraus umarmte sie ihn. Johannes erwiderte ihre Umarmung, ließ sie dann jedoch sofort wieder los, als hätte er sich an ihr verbrannt. Wahrscheinlich wollte er nicht aufdringlich wirken.

»Wie geht es dir?«, begann sie die Unterhaltung in munterem Ton, um die Hürde des jahrelangen Schweigens zwischen ihnen zu nehmen.

Johannes hob die Schultern. »Ich bin wieder hier, wie du siehst. Zurückgekehrt in die Heimat«, fügte er mit schiefem Lächeln hinzu.

»Das ist doch schön«, erwiderte sie.

Johannes straffte sich. »Wie du vielleicht schon weißt, bin ich jetzt Leiter der Kreditabteilung. Falls du mal Geld brauchst ...« Er zwinkerte ihr zu.

»Gut zu wissen«, ging sie auf seinen Scherz ein.

»Nächste Woche werde ich dem Junggesellenverein beitreten«, erzählte er ein wenig atemlos weiter. »Du weißt ja, wie das geht …« Wieder ein Zwinkern. »Drei Schnäpse und reichlich Bier sind die Eintrittskarte, und das« – er verzog das ehemals so hübsche Gesicht – »obwohl ich eigentlich keinen Alkohol trinke.« Ruth lachte. »Dann muss dir der Beitritt aber sehr wichtig sein.«

»Auf die Weise gehöre ich wieder dazu, und ich habe in der Freizeit was zu tun. Feste, Junggesellentouren, Tanzveranstaltungen …«

»Vielleicht wird sich deine Einstellung zum Alkohol noch ändern«, scherzte sie.

Er lachte. »Mal sehen.« Dann wurde sein Blick wieder ernst. »Und du? Was macht die Schule?«

»Alles bestens«, antwortete sie.

»Ich habe gehört, dass du eine sehr beliebte Lehrerin bist. Bei Schülern und Eltern.«

»Ich bemühe mich«, erwiderte sie steif.

Johannes wusste, dass sie diesen Beruf nicht aus Leidenschaft gewählt hatte. Wie viel lieber hätte sie an der Seite ihres Vaters das Basaltwerk geführt.

Neben ihnen plauderten ihre Eltern lebhaft mit den Prümms und taten so, als würden sie sich für sie und Johannes nicht interessieren. Doch Ruth wusste es besser. Längst ahnte sie, worauf ihre Eltern spekulierten: Thelen-Basalt brauchte einen Nachfolger. Doch dieses Mal würde sie dem Wunsch ihres Vaters, zu heiraten, nicht entsprechen. Urplötzlich wurde der schlimmste Tag in ihrem Leben wieder vor ihrem inneren Auge lebendig. Binnen Sekundenbruchteilen sah sie sich am Arm von Georg aus der Kirche treten. Die Mitglieder der Freiwilligen Feuerwehr hatten Spalier gestanden, die Blaskapelle des Schützenvereins hatte den Hochzeitsmarsch gespielt. Über einhundert Gäste waren geladen gewesen, und ihr Vater hatte eine Rede gehalten, in der er die Zukunft der Frischvermählten blumig ausgemalt und seinen Schwiegersohn als seinen Nachfolger im Steinbruchbetrieb gepriesen hatte. Dieser Rede hatte der Einmarsch eines Oberstleutnants mit seinem Gefolge ein jähes Ende bereitet. Georg war eingezogen – und sie dadurch vor der Hochzeitsnacht bewahrt worden.

Ruth schüttelte den Kopf, wie um sich von diesen Bildern zu befreien. Ihr Blick kehrte zu Johannes zurück. Sie lächelten sich an. Was sollte sie sagen? Auch Johannes schwieg. Sie spürte die Spannung zwischen ihnen, eine unangenehme Spannung. Selbst Johannes, der früher nie um einen lockeren Spruch verlegen gewesen war, schien nicht mehr zu wissen, was er sagen sollte.

»Na, Johannes, hast du dich inzwischen eingelebt?«, hörte sie da Heidi fragen, die als blonder, rettender Engel aus dem Nichts auftauchte. Nun überließ Ruth es ihrer Freundin, die Unterhaltung mit Johannes weiterzuführen. Nach einer Weile löste sich die Kirchengemeinschaft auf.

»Besuch uns doch mal«, forderte Friedrich Thelen Johannes mit einem jovialen Schulterschlag auf. »Dann erzählst du uns von deiner Zeit in Hamburg. Eine schöne Stadt. Als ich 1908 als junger Bursche nach Amerika aufgebrochen bin, bin ich von Hamburg aus in See gestochen. Inzwischen wird sich dort bestimmt viel verändert haben.«

Ihr Vater, ein leidenschaftlicher Geschichtenerzähler, hätte noch weitergeplaudert, wenn ihre Mutter sich nicht bei ihm untergehakt und ihn sanft weggezogen hätte.

»Na prima«, meinte Heidi trocken. »Warst du nicht ein bisschen zu herzlich?«

»Quatsch«, verteidigte sich Ruth. »Irgendwie tut er mir leid. Außerdem glaube ich nicht, dass er noch an mir interessiert ist.«

»Genauso Quatsch«, konterte ihre Freundin. »Glaubst du wirklich, dass er dich vergessen hat? Niemals!.«

»Er tritt jetzt in den Junggesellenverein ein. Das würde er wohl kaum machen, wenn er vorhätte, mich zu heiraten.«

»Dann kann er ja wieder austreten«, konterte Heidi.

Nach dem Mittagessen brach Ruth zu ihrem Sonntagsspaziergang auf. Dieses Mal war es nicht Arno, der sie in Richtung Thelener Ley I zog, sondern die Hoffnung, vielleicht den Himmelsstürmer wiederzusehen.

Auch an diesem Nachmittag schien die Sonne. Wieder war es frühlingshaft warm. Ruth setzte sich ins Gras oberhalb der Abbruchkante des alten Steinbruchs, zog die Beine an und wartete. Und wieder überfielen sie die Erinnerungen. Wie oft hatte sie mit Heidi und Johannes sonntags hier oben gesessen. Manchmal war auch ihr Bruder dabei gewesen. Beim Anblick der Basaltsäulen hatten sie ihre Fantasie spielen lassen. Erich hatte sich immer am einfallsreichsten gezeigt. »Schaut mal, die Säule dort drüben sieht wie ein Löwenkopf aus! Und die daneben wie eine Seejungfrau«, hatte er ausgerufen.

In Erinnerung an ihren Bruder zog sich Ruths Herz zusammen. Sie hätte nicht sagen können, wie lange sie dort gesessen hatte – in der Hoffnung, den Motor der BMW zu hören. Irgendwann warf die untergehende Sonne ihr goldenes Licht auf die Eifelhügel. Es wurde kühler, der Wind frischte auf. Längst wusste Ruth, dass ihr Himmelsstürmer nicht mehr kommen würde. Es wäre ja auch einem Wunder gleichgekommen, wenn es ihn am selben Tag, zur selben Stunde an denselben Ort wie sie gezogen hätte.

3

Die beiden nächsten Wochen verliefen für Ruth im gewohnten Gleichmaß. Ihren Himmelsstürmer traf sie nicht wieder. Johannes ließ sich auch nicht blicken, und ihr spontaner Besuch im Basaltwerk brachte keine Klarheit: Sie traf weder ihren Vater noch seine Sekretärin an.

Inzwischen war das Wetter umgeschlagen. Der Frühling hatte eine Pause eingelegt. Tagelang regnete es in Strömen. Ein heftiger Wind jagte Wolken über die Eifelhügel, die Ruth mit ahnungsvoller Beklommenheit erfüllten.

Die kalten Temperaturen taten Heidis Freude darüber, nach Bad Neuenahr umzuziehen, keinen Abbruch. Ruth war traurig zumute. Dennoch war sie neugierig, als sie Heidi in ihrem neuen Zuhause das erste Mal besuchte. Die möblierte Wohnung lag in einer weißen, vom Krieg unversehrten Villa in der Nähe des Ahrufers, bestand aber nur aus einem Zimmer und einer winzigen Kochecke. Bad und Toilette waren zwei Stockwerke tiefer und mussten mit den anderen Bewohnern geteilt werden. Da das Zimmer schräge Wände hatte, bot es neben Bett und Schrank keinen Platz für weitere Möbelstücke. Es war jedoch sauber, mit Kreuz und Marienbild an der Wand, die seiner

Bewohnerin wohl an tristen, einsamen Abenden Trost spenden sollten.

»Und? Was sagst du?« Heidi sah sie erwartungsvoll an.

Ruth hob die Schultern und schwieg.

»*Dass ich ja keinen Herrenbesuch hier sehe*«, ahmte Heidi ihre Vermieterin mit verstellter Stimme und strenger Miene nach. Als Ruth immer noch schweigend ihren Blick durchs Zimmer gleiten ließ, seufzte sie. »Ich weiß, was du denkst. Natürlich ist es hier nicht so schön wie bei euch. Dennoch bin ich deinem Vater sehr dankbar, dass er sich für mich eingesetzt und mir das Zimmer besorgt hat.« Sie hakte sich bei Ruth ein und schmiegte sich an sie. »Hier habe ich die Möglichkeit, irgendwann einmal die deutsche Coco Chanel zu werden.«

Da musste Ruth lachen. »Zurzeit siehst du eher wie Marilyn Monroe aus.«

Die amerikanische Schauspielerin war neuerdings das große Idol vieler deutscher Frauen. Ruth musste zugeben, dass Heidi die wasserstoffblonden Haare mit dem Kurzhaarschnitt – ihre neue Frisur fürs Kurbad – fabelhaft standen.

»Marilyn kommt bei den Männern besser an als die flachbrüstige Coco«, erwiderte Heidi mit wissender Miene. »Vielleicht wohnen hier im Haus ja zwei nette Herren, mit denen wir mal ausgehen können.«

Ruth verdrehte die Augen. »Ich dachte, du willst unabhängig sein und eine berühmte Modeschöpferin werden.«

Heidi stieß sie freundschaftlich in die Seite. »Ich will doch nicht heiraten! Nur ein Fisternöllchen – eine Liebelei«, fügte sie mit einem schelmischen Lächeln hinzu.

Ruth umarmte sie. »Du wirst mir fehlen.«

»Du mir auch«, entgegnete ihre Freundin nun ernst. »Aber denk an Hermann Hesse.«

Ruth sah sie fragend an. »Was ist mit ihm?«

Heidi hob den Zeigefinger und begann mit getragener Stimme zu rezitieren: »*Und jedem Anfang wohnt ein Zauber inne, der uns beschützt und der uns hilft, zu leben.*«

»Dieses Gedicht habe ich vor vielen Jahren mal für dich abgeschrieben und dir geschenkt, weil ich es so schön fand«, erinnerte sich Ruth erstaunt. »Dass du es behalten hast ...«

Heidi strahlte übers ganze Gesicht. »Klar! Sonst wäre ich wohl eine schlechte Schülerin, oder?«

Bei Regenwetter fuhr Ruth statt mit ihrem Motorrad mit dem Volkswagen ihrer Mutter zur Schule. Als sie nach dem Unterricht auf das eiserne Tor der Villa zufuhr, stand es offen – was nur selten vorkam. Sie parkte den VW zwischen der schwarzen Mercedes-Limousine ihres Vaters und einem grünen Opel Olympia mit Bonner Kennzeichen, den sie vorher noch nie gesehen hatte. Während sie über den Hof auf das Eingangsportal zuging, wurde die schwere, geschnitzte Eichentür gerade geöffnet, und zwei Männer traten auf den Treppenabsatz. Der größere von ihnen trug einen langen schwarzen Mantel und einen Borsalino, der kleinere nur Anzug und Krawatte. Der im Anzug stürmte an ihr vorbei, ohne sie eines Blickes zu würdigen. Der andere, älter und eleganter gekleidet, blieb vor ihr stehen. Jetzt bemerkte sie, dass sein Gesicht grob und gewöhnlich aussah, was weder sein flirtender Blick noch sein charmantes Lächeln vertuschen konnte. Mit einer ausholenden Geste lüftete er seinen Hut und verbeugte sich vor ihr in übertriebener Form. »Ich wünsche noch einen schönen Tag, Fräulein Thelen«, grüßte er sie, bevor er rasch die Treppen hinabging.

Täuschte sie sich, oder hatten seine Worte tatsächlich eher frech als höflich geklungen? Verwundert blieb sie stehen, bis der Opel den Hof verlassen hatte.

Als Ruth die Eingangshalle betrat, drang aus dem Musikzimmer Klaviermusik. Ihre Mutter spielte *Funérailles* von Franz Liszt und war gerade bei dem düsteren f-Moll-Trauermarsch angelangt, der dem Zuhörer ein dunkles, trostloses Gefühl vermittelte. Ruth blieb stehen. Wo war Arno? Normalerweise begrüßte er sie auf dem Hof oder in der Halle. Sie öffnete die Tür zur Küche, wo er freudig an ihr hochsprang.

»Ist ja gut«, beruhigte sie ihn.

»Da bist du ja«, sagte Helma. »Wir können gleich essen.«

»Warum hast du Arno eingesperrt?«

»Dein Vater wollte es so. Er hat die beiden Männer angeknurrt.«

»Wer waren die?«

Helma hob die Schultern. »Ich habe sie noch nie zuvor gesehen.«

Nachdem Ruth ihren vierbeinigen Freund nochmals gestreichelt hatte, ging sie entschlossen durch die Eingangshalle zur Bibliothek, deren mit Leder gepolsterte Tür verschlossen war. Sie klopfte. Auf das Herein ihres Vaters hin betrat sie den Raum.

Friedrich Thelen stand mit dem Rücken zu seiner Tochter vor der doppelflügeligen Terrassentür und rauchte.

»Guten Tag, Vater.«

»Aus der Schule wieder zurück?«, fragte er, ohne sich umzudrehen.

Sie lächelte. »Ja. Wer waren denn die Männer, denen ich gerade auf dem Hof begegnet bin?«

»Das waren Geschäftspartner«, klärte ihr Vater sie mit belegter Stimme auf. Dann erst drehte er sich um, und Ruth erschrak. Sein Gesicht war leichenblass. Die tiefdunklen Augen, in denen stets ein Feuer brannte, wirkten leer.

»Helma sagte, Arno hätte sie angeknurrt.«

»Ich konnte ihn nicht beruhigen, deshalb musste ich ihn in die Küche bringen.« Er brachte ein dünnes Lächeln zustande und fügte mit erhobenem Zeigefinger hinzu: »Du solltest ihn besser erziehen, mein Steinprinzesschen.« Dieser liebevollen Maßregelung folgte ein tiefer Seufzer, und dann ließ er seinen Lieblingssatz folgen: »Das ist nun mal so.«

Arno wird schon einen Grund gehabt haben, wollte Ruth schon antworten, doch sie schluckte die Entgegnung hinunter. Für ihren Vater war das Thema bereits beendet.

»Dann bis gleich, zum Essen«, verabschiedete sie sich leise.

An diesem Mittag aß Ruth mit Helma und Arno allein in der Küche. Der Besuch der Geschäftspartner hatte ihren Eltern anscheinend den Appetit genommen.

Nach dem Mittagessen ging sie in ihr Arbeitszimmer, das neben Heidis Räumen im zweiten Stock lag. Die beiden gleich großen Wohnbereiche waren durch ein riesiges Badezimmer, das sie sich teilten, getrennt. Ruth setzte sich an den Schreibtisch und korrigierte Biologiearbeiten. Bald jedoch gestand sie sich ein, dass es ihr an der nötigen Konzentration mangelte. Sie stand auf. »Komm, Arno, wir gehen ein Stück.« Sie schlüpfte in Kleppermantel und Gummistiefel und verließ das Haus, ohne jemandem zu begegnen. In der Villa herrschte eine ungewohnte Stille.

Anders als noch am Vormittag versank die Landschaft inzwischen in einem Nebelmeer. Graue Schleier verwoben sich mit der tief hängenden Wolkendecke. Ein feiner Nieselregen schluckte das spärliche Tageslicht und ließ die Welt trist erscheinen. Fest entschlossen, sich von dem Wetter nicht bremsen zu lassen, marschierte Ruth los. Der vom Regen durchtränkte Waldboden schmatzte unter ihren Schritten. In dem undurchdringlichen Dickicht rechts von ihr stapelten sich vermooste Basaltsteine; linker Hand ragten umgestürzte, wettergebleichte Fichten wie Skelette in den verhangenen Himmel. In der Ferne kreischte eine Säge. Der Regen und das trübe Licht trugen nicht gerade dazu bei, dass sich Ruths Stimmung hob. Warum nur war ihr plötzlich wieder wie damals im Krieg zumute: so als wäre das Leben ihrer Familie und ihr eigenes in Gefahr?

Da der Wald sie an diesem Tag nicht aufmuntern konnte, bog sie an der nächsten Wegquerung in Richtung der Wiesen und Felder ab, die zum Besitz ihres Großvaters gehörten.

Das Haus ihres Großvaters war ein über einhundert Jahre altes behäbiges Steingebäude mit einem gepflasterten Innenhof. Drinnen war es verwinkelt und gemütlich. Mit seinen zweiundachtzig Jahren versorgte sich Josef Thelen noch weitgehend selbst. Dreimal in der Woche kam eine Frau aus dem Nachbardorf und kümmerte sich um den Haushalt.

Ruth war auf der Buchenallee, die das Bauernhaus mit der Landstraße verband, da kündigten die Gänse ihres Großvaters ihr Kommen bereits an. Wahrscheinlich wollten sie beweisen, dass sie genauso wachsam waren wie einst ihre Artgenossen auf dem römischen Kapitol. Arno seinerseits antwortete ihnen nicht weniger laut. Kein Wunder also, dass Josef Thelen schon auf dem Hof stand, als Ruth gerade aufs Haus zuging. Sein wettergegerbtes Gesicht strahlte vor Freude über ihren Besuch. Bevor sie ihn umarmte, nahm er seine Mutz aus dem Mund, nur um gleich danach weiterzupaffen.

Immer wenn Ruth das Bauernhaus mit seinen Holzbalken, niedrigen Decken, dem riesigen Kamin und dem Geruch von warmer Milch und Kuhmist betrat, fühlte sie sich geborgen. Es war ihre zweite Heimat. Sie liebte ihren Großvater von ganzem Herzen. Sie liebte seine Lebensklugheit und Gelassenheit. Das Leben hatte ihn nicht geschont. Er hatte nicht nur nach fünf Ehejahren seine Frau verloren, sondern im Krieg auch seine beiden älteren Söhne. Niemals jedoch war ein Klagelaut über seine Lippen gekommen. *Menschen, die fest eingebunden sind in den natürlichen Ablauf der Natur, mit ihrem Werden und Vergehen, sehen den Tod als Teil eines jeglichen Lebens*, hatte er einmal zu ihr gesagt.

»Möchtest du eine Tasse Kaffee? Ich habe eben erst welchen aufgebrüht«, sagte Josef.

»Gerne. Ich hole mir welchen.« Ruth ging in die Küche, in die das deutsche Wirtschaftswunder noch keinen Einzug gehalten hatte. Keine Spur von Nirostaspüle, Elektroherd oder Kühlschrank. Das gesamte Inventar stammte noch aus dem letzten Jahrhundert.

»Du kannst dir auch was von dem Marmorkuchen abschneiden. Den hat Erika mir gestern gebracht«, rief ihr Großvater.

Ruth wäre fast die Tasse aus der Hand gefallen. »Welche Erika?«, fragte sie, obwohl sie die Antwort bereits wusste.

»Die Sekretärin deines Vaters. Sie hat ihn selbst gebacken. Er ist sehr lecker.«

Als Ruth sich Kaffee einschenkte, zitterte ihre Hand, was sie ärgerte.

»Wie kommt Erika denn dazu, dir Kuchen zu bringen?«, fragte sie, als sie sich neben ihren Großvater in den Sessel setzte.

Mit unschuldiger Miene zuckte Josef mit den Schultern, die sich spitz unter der dicken Strickjacke abzeichneten. Er war, anders als die meisten Männer in diesen Zeiten, noch genauso hager wie eh und je. »Sie bringt mir öfter mal was vorbei«, antwortete er dann. »Wahrscheinlich auf Bitte deines Vaters hin, weil der ein schlechtes Gewissen hat, dass er sich so selten hier blicken lässt.« Josef schenkte seiner Enkelin ein offenes Lächeln. »Eine gute Sekretärin muss eben mehr können als nur Schreibmaschine schreiben.«

Ruth schluckte. Erika schien tatsächlich wesentlich mehr Qualitäten zu haben, als ihr Beruf voraussetzte.

»Sag mal, weißt du eigentlich, warum sie mich nicht leiden kann?«, fragte sie in schärferem Ton, als sie eigentlich wollte.

Ihr Großvater hob die weißen Brauen. »Nicht leiden? Hast du den Eindruck?«

»Ja, den habe ich.« Sie nickte. »Sie verhält sich mir gegenüber kühl und abweisend. Von Anfang an, obwohl ich ihr nie einen Anlass dafür gegeben habe.« *Während sie sich hinterrücks in meine Familie einschleicht,* hätte sie am liebsten hinzugefügt.

»Ich weiß es nicht«, antwortete Josef und bedachte sie mit einem bedrückten Blick, der so gar nicht zu ihm passte und den sie nicht deuten konnte. »Erika Hammes ist ein liebes Mädchen. Sie wäre bestimmt eine gute Hausfrau und Mutter. Aber bis jetzt hat sie den Richtigen ja noch nicht gefunden.«

Ruth schwieg. Irgendwie missfiel es ihr, dass ihr Großvater so freundlich, fast liebevoll, über Erika sprach. Wusste ihr Großvater womöglich von ihrem Vater und Erika und hieß diese Liebesbeziehung sogar gut? Eigentlich unmöglich! Obwohl ... Ihre Mutter und ihr Großvater hatten nicht gerade das innigste Verhältnis. Mit den beiden trafen zwei Welten aufeinander: die Pianistin aus dem Frankfurter Großbürgertum und der Eifeler Bauer.

»Erika hat es in ihrer Kindheit nicht leicht gehabt«, fuhr Josef mit verlorenem Blick auf das Foto an der Wand fort. Es zeigte seinen jüngsten Sohn Friedrich vor dem Firmenschild *Thelener Ley I* – sehr gut aussehend, in hellem Sommeranzug lässig an den Holzpfosten gelehnt, den weißen Panamahut verwegen in die Stirn gezogen. Das Bild eines Lebemannes.

»Was hat Erika denn Schlimmes erlebt, außer dem Krieg, den wir alle erlebt haben?«, erkundigte sich Ruth und biss sich gleich darauf auf die Lippe. Es war so viel Schreckliches geschehen, und viele Menschen sprachen nicht über ihre Erlebnisse. Sie konnte nicht wissen, ob Erika nicht tatsächlich etwas Fürchterliches widerfahren war.

Endlich löste sich Josefs Blick von der Fotografie. »Jeder hat eben sein Päckchen zu tragen«, antwortete er ausweichend, bevor er einen Schluck Kaffee trank. Als er die Tasse absetzte, sah er Ruth auffordernd an: »Jetzt erzähl mal, wie war es denn heute in der Schule?«

Da wusste Ruth, dass sie von ihrem Großvater nichts mehr über Erika Hammes erfahren würde.

4

Ruth war maßlos enttäuscht, als Heidi ihr am Telefon sagte, dass sie über Pfingsten in Bad Neuenahr bleiben wolle. Auf ihre Frage nach dem Warum rückte Heidi mit der Sprache nicht so recht heraus – was Ruth von ihr nicht kannte. Hatte ihre Freundin vielleicht einen Mann kennengelernt, von dem sie noch nicht erzählen wollte? »Nächstes Wochenende besuchst du mich«, sagte Heidi mit Nachdruck in der Stimme. »Dann gehen wir beide hier ganz schick aus. Und zwar ins Kasino.«

Ruth wusste nicht, ob sie sich darauf freuen sollte. Vielleicht bin ich einfach eine Langweilerin, überlegte sie an diesem Sonntagnachmittag, als sie sich für ihre Wanderung mit Arno anzog. In der Eingangshalle traf sie auf Helma, die sich in hellem Mantel, mit Hut und Handtasche gerade anschickte, das Haus zu verlassen. Helma war zum Sonntagnachmittagskaffee bei ihrer Schwester im Nachbarort eingeladen.

»Was willst du denn mit dem Wäschekorb?«, fragte Ruth erstaunt.

Helma setzte den Korb mit einem Ächzen auf den Marmorboden. »Den bringe ich auf dem Weg noch bei Karl vorbei. Das ist seine frische Wäsche für die kommende

Woche. Er hat gestern vergessen, sie mitzunehmen.« Karl Engels war nur wenige Jahre jünger als ihr Vater, war dessen Vorarbeiter und rechte Hand. Niemand kannte den Steinbruchbetrieb und dessen Abläufe besser als er.

»Der ist doch viel zu schwer.« Energisch schüttelte Ruth den Kopf. »Ich fahre schnell zur Hütte und bringe ihn hin.«

Helma freute sich sichtlich. »Das willst du wirklich für mich machen?«

»Klar. Bei dem schönen Wetter nehme ich das Motorrad. Dann wird es auch mal wieder bewegt.«

»Zieh aber bitte den Motorradanzug an«, bat Helma. »Du weißt, dass deine Mutter immer Angst hat, wenn du in normaler Kleidung fährst. Falls du mal stürzen solltest ...«

Ruth lachte. »Ich stürze aber nicht. Erstens fahre ich vorsichtig, und zweitens hält mich der Beiwagen im Gleichgewicht.«

Ein paar Minuten später verließ Ruth mit dem Wäschekorb im Beiwagen den Hof – zur großen Enttäuschung Arnos, der sich schon auf einen Spaziergang gefreut hatte. In der schwarzen Motorradkluft ihres Vaters, die Heidi in Schwerstarbeit auf Ruths Figur angepasst hatte, hätte kaum jemand eine Frau auf der schweren Maschine vermutet.

Die Fahrt zur Anglerhütte ging durch eine idyllische Wiesenlandschaft. Löwenzahn, Klee und Wiesenschaumkraut setzten Farbtupfer in das saftige Grün. Hier und da ragten ein paar goldsprühende Ginsterbüsche heraus. Ruth lächelte. Während das Motorrad knatternd im Sonnenschein dahinglitt, fühlte sie sich wieder rundum wohl. Ein Blick in den Rückspiegel versicherte ihr, dass sie allein auf der schnurgeraden Straße war. Also konnte sie es wagen. Sie ließ den Lenker los, richtete sich auf dem Sitz kerzengerade auf und breitete die Arme aus, so als wolle sie ihrem Ziel entgegenfliegen, statt zu fahren. Ein paar unendlich lange Sekunden gab sie sich dem berauschenden Gefühl grenzenloser Freiheit und Schwerelosigkeit hin und schien mit dem Universum eins zu werden – dem weichen Frühlingswind, den warmen Sonnenstrahlen, dem Duft von Wiesen und Wald. Vor der nächsten Kurve ließ sie sich zurück auf den Sitz sinken – wieder vollkommenen im Gleichgewicht.

Das ausgedehnte Waldstück, in dem die Anglerhütte lag, gehörte zum Grundbesitz ihrer Familie. Es reichte bis zur Thelener Ley I. Karl Engels wohnte seit vielen Jahren hier. Ruth ließ das Motorrad langsam über den Waldweg rollen und hielt bei der Lichtung, auf der ein kreisrunder See lag. Im Schatten der Bäume hielt sie an. Sie konnte sich nicht sattsehen an dem Bild, das sich ihr von hier aus bot: Nur die vereinzelten Basaltbrocken, die sich in dem dichten Schilfgürtel versteckten, erzählten noch davon, dass auch dieser See – genauso wie die großen Maare der Eifel – einmal vor Jahrtausenden durch den Ausbruch eines Vulkans entstanden war. Die Sonne malte silberne Streifen auf seinen blaugrünen Spiegel. Über ihm spielten bunt schillernde Libellen. Die Holzhütte, in der Karl wohnte, duckte sich unter dem Blätterdach einer alten Rotbuche. Von der Terrasse aus führte ein Steg weit hinaus aufs Wasser, in dem sich Forellen, Zander und Hechte tummelten.

Ruth schaltete den Motor aus. Sie wollte gerade von der Maschine steigen, als sie etwas Ungewöhnliches wahrnahm. Im Wasser, am gegenüberliegenden Ufer, tauchte ein Kopf auf. Sie sah nur kurz einen schwarzen Schopf, dann war er wieder verschwunden. Sie kniff die Lider zusammen. Dort hinten schwamm jemand. Das war noch nie vorgekommen. Die Sonntagsausflügler aus dem Kölner und Bonner Raum fuhren eher in die Nordeifel. Außerdem lag der See so versteckt, dass sich ein Fremder kaum hierher verirrte. Mit kraftvollen Kraulbewegungen, als hätte er es eilig, näherte sich der Schwimmer dem Ufer, von dem sie nur unweit entfernt stand. Immer wieder kam sein Kopf an die Oberfläche, tauchte dann wieder unter. Kurz vor dem Schilfgürtel, dort, wo man Grund unter den Füßen hatte, richtete er sich prustend auf. Ruth stockte der Atem. Ihr Himmelsstürmer!

Er schien sie noch nicht entdeckt zu haben und sich unbeobachtet zu fühlen. Mit beiden Händen strich er sich das nasse Haar aus der Stirn. Dabei legte er den Kopf in den Nacken und schloss die Augen, das Gesicht der Sonne zugewandt. Ganz versunken in den Genuss des Augenblicks, bot er ihr Gelegenheit, ihn zu betrachten. Seine breiten Schultern, seine wohldefinierten Brustmuskeln, seine gebräunte, glatte Haut, an der das Wasser herunterperlte. Er erinnerte sie an eine antike Statue. Unter der schwarzen Lederkluft brach ihr der Schweiß aus. Sie konnte den Bick nicht von dem Mann wenden – und schämte sich gleichzeitig dafür, dass sie ihn so unverhohlen betrachtete. Schließlich stieg sie von ihrer Maschine ab und trat aus dem Schatten des Waldes. Während sie langsam auf den Schilfgürtel zuging, nahm sie die Lederkappe ab. In dem Moment, als sie ihre langen Locken schüttelte, entdeckte der Fremde sie. Die Verwunderung über ihr Auftauchen stand ihm ins Gesicht geschrieben. Blitzschnell verschränkte er die Arme vor der Brust. Wahrscheinlich war es ihm peinlich, dass sie ihn hier beim Nacktbaden erwischte. Obwohl ihm das Wasser bis zur Hüfte reichte, war sie sich ziemlich sicher, dass er keine Badehose trug. Sie blieb stehen. Sie sahen sich an. Auf den männlichen Zügen des Schwimmers wechselten Verärgerung, Verwirrung und Bewunderung. Unwillkürlich musste sie lächeln.

»Guten Tag«, begrüßte sie ihn. »Sie scheinen nicht nur klettern, sondern auch schwimmen zu können.«

»Kennen wir uns?«, fragte ihr Gegenüber nicht gerade freundlich, was sie jedoch nicht abschreckte, sondern noch mehr zum Lächeln brachte.

»Sie kennen mich nicht, aber ich Sie.« Sie lachte ihn an.

»Das klingt mir zu geheimnisvoll«, erwiderte er barsch.

»Ist es aber nicht«, fuhr sie fröhlich fort. »Ich habe Sie vor einigen Wochen in dem Steinbruch hier in der Nähe gesehen. Sie sind an einer der Basaltsäulen hochgeklettert, was ich bewundernswert fand.«

Seine Miene entspannte sich ein wenig. »Danke. Und wo waren Sie, wenn ich fragen darf?«, erkundigte er sich in ironischem Ton.

»Wenn Sie es genau wissen wollen, hinter einem Ginsterbusch oben auf der Abbruchkante.«

Da lachte er belustigt auf, was ihn gleich noch attraktiver machte. »Ist das Ihre übliche Sonntagnachmittagsbeschäftigung?«

»Nein. In der Regel schaue ich fremden Männern beim Schwimmen zu.«

Wieder lachte er, was ihr den Mut gab, forsch weiterzureden.

»Wissen Sie was? Ich bringe meinen Wäschekorb in die Hütte, und Sie können sich in der Zwischenzeit was anziehen.« Sie konnte sich ein schelmisches Zwinkern nicht verkneifen. »Oder sind Sie schon nackt hier angekommen?« Ohne seine Antwort abzuwarten, drehte sie sich um und ging zu ihrem Motorrad zurück.

Bin ich noch ganz bei Trost?, fragte sich Ruth, während sie den Korb zur Hütte trug. Ihre Knie fühlten sich merkwürdig weich an. Ihr war leicht schwindelig. Mit zittriger Hand schloss sie die Holztür auf und stellte die Wäsche auf den Boden. Dann atmete sie ein paarmal tief durch. Immer wieder hatte sie an ihren Himmelsstürmer denken müssen. Nicht nur, weil er ihr als Mann gefiel. Nein, auf eine seltsame Weise fühlte sie sich mit ihm verbunden. Seelenverwandtschaft? *So ein Quatsch*, würde Heidi sagen. Trotzdem. Jetzt, da sie ihn wiedergesehen hatte, musste sie ihn unbedingt kennenlernen.

In Karls Hütte war es stickig warm. Ruth stieß die Fensterflügel zur Seeseite auf. Dann zog sie die Motorradjacke aus, unter der sie eine Bluse mit Bubikragen trug, die in ihrer Zartheit so gar nicht zu ihrer schwarzen Lederkluft passen wollte. Und jetzt? Unschlüssig sah sie sich in dem ordentlich aufgeräumten Raum um. Ob sich der Mann inzwischen angezogen hatte? Nachdenklich biss sie sich auf die Lippe. Vielleicht legte er ja gar keinen Wert darauf, sie kennenzulernen. Vielleicht war sie ihm gegenüber viel zu forsch aufgetreten. Erst vor ein paar Tagen hatte sie in einer Frauenzeitschrift unter der Überschrift *So kriegt man einen Mann* gelesen, dass zu großes Selbstbewusstsein und Eigenständigkeit bei der Männersuche eher hinderlich seien.

Ein Klopfen an der Holztür schreckte Ruth aus ihren Gedanken auf. Mit klammer Hand öffnete sie. Da stand er vor ihr – in weißem Hemd, Lederblouson, Harris Tweedhose und mit einem Lächeln auf dem Gesicht. »Ich habe zwei Bier im Beiwagen«, sagte er seltsam atemlos. »Darf ich Sie auf einen Schluck einladen?«

Ihr Herz setzte einen Schlag aus. »Gern«, antwortete sie nicht weniger atemlos. »Ich stifte die Gläser.

Da saß sie nun neben ihm im Gras, und beide blickten sie auf den See hinaus. Nachdem sie angestoßen hatten, schwiegen sie. Ruth gelang es nicht, ihre Befangenheit abzuschütteln. Schließlich hielt ihr Himmelsstürmer ihr noch einmal sein Glas entgegen.

»Ich bin Paul.«

»Ruth.«

Sie tranken beide einen Schluck. So sehr sie sich gerade noch gewünscht hatte, diesen Mann näher kennenzulernen, so schwer fiel es ihr jetzt, eine Unterhaltung in Gang zu bringen. Ihre Redegewandtheit hatte sie plötzlich im Stich gelassen. Stattdessen klopfte ihr Herz so laut, dass sie befürchtete, Paul könne es hören. Für ihr Herzklopfen war neben Pauls Attraktivität sein wohlriechender Duft verantwortlich, Zitrone und Sandelholz, ganz anders als das langweilige Tabak Original, das die meisten Männer benutzten.

»Du fährst eine Triumph Tiger«, sagte Paul jetzt in ihr Schweigen hinein. Dabei sah er sie von der Seite bewundernd an. »Die ist ganz schön schnell und schwer für eine Frau.«

Sie lächelte ihn an – erleichtert darüber, dass er den ersten Schritt gemacht hatte. »Ich habe sie von meinem Vater übernommen. Zum Leidwesen meiner Mutter«, fügte sie hinzu. »Sie meint, ein Motorrad sei kein Fortbewegungsmittel für eine Frau.«

»Zumindest ein ungewöhnliches.«

»Es gibt mir das Gefühl von Freiheit.«

»Das kenne ich.«

Während sie miteinander sprachen, hatte sie Gelegenheit, ihren Himmelsstürmer zu betrachten. Seine Gesichtszüge hatten etwas Sinnliches und Markantes zugleich, was durch die schwarzen Haare, die er aus dem Gesicht gekämmt trug, noch unterstrichen wurde. Seine Augen waren von einem intensiven Blau. Doch sie vermisste in ihnen den Ausdruck von Interesse an ihr – was sie von Männern so gar nicht kannte. Vielmehr glaubte sie darin Verlorenheit und Schmerz zu lesen. Um das gerade begonnene Gespräch nicht abreißen zu lassen, zeigte sie auf Pauls Motorrad. »Du hast auch einen Beiwagen.«

Er nickte nur, während er jetzt stumm aufs Wasser hinaussah.

»In meinem fährt meistens mein Hund oder meine Freundin mit, oder eben ein Wäschekorb«, fuhr sie in der Hoffnung fort, er würde auch etwas über sich erzählen. Hatte er eine Frau? Oder eine Freundin? Vielleicht sogar Kinder? Ein Mann wie er fuhr doch nicht allein durchs Leben – in einer Zeit, in der akuter Männermangel herrschte.

Doch Paul lächelte sie nur kurz an – mit einem charmanten, leicht schiefen Lächeln, so, als wolle er sich für eben diesen Charme gleichzeitig entschuldigen.

Wieder sahen sie eine Weile schweigend aufs Wasser. Ruth war es, als würde sich die Luft zwischen ihnen immer stärker elektrisch aufladen. Sie warf Paul einen Seitenblick zu. Seiner Miene war nichts zu entnehmen. Da sie wieder nicht wusste, was sie jetzt hätte sagen sollen, ohne geschwätzig zu wirken, versuchte sie sich abzulenken. Sie sah den Bienen zu, wie sie von Blüte zu Blüte flogen. Am Himmel segelten ein paar weiße Wolkenschiffe dahin. Wasserflöhe malten winzige Ringe auf den blaugrünen Spiegel. Sie schluckte nervös. Warum sagte Paul nichts mehr? Würde er gleich aufstehen und fahren?

»Darf ich dich etwas fragen?«, brach sie schließlich das Schweigen zwischen ihnen.

Er erwiderte ihren Blick. »Ja.« Dieses Mal lag ein belustigtes Funkeln in seinen Augen. Hatte er doch Freude an ihrer Anwesenheit?

»Du kommst nicht aus dieser Gegend, oder?«, erkundigte sie sich frei heraus.

»Wie kommst du darauf?«

»Dein Dialekt.«

»Ich stamme aus dem Elbsandsteingebirge.«

»Aus Sachsen?«, fragte sie überrascht.

»Ja, aus einer kleinen Gemeinde namens Lohmen. Man nennt sie auch das *Tor zur Sächsischen Schweiz.*«

»Das ist weit weg von hier.«

Er nickte stumm und starrte in sein Bierglas. Während sie schon damit rechnete, dass er nicht länger über dieses Thema reden würde, sagte er: »Das Elbsandsteingebirge ist ein Paradies für Freikletterer. Die Sportart gibt es dort seit Anfang dieses Jahrhunderts. Ich habe als kleiner Junge damit angefangen.«

»Freikletterer?« Erstaunt sah sie ihn. »Bedeutet das, dass man ohne jegliche Hilfsmittel diese Steilwände bezwingt? So, wie du die Basaltsäule hochgeklettert bist?«

»Genau. Keine Haken als Steighilfe und keine Klemmkeile aus Metall, weil der Sandstein zu weich ist. Er ist viel weicher als der Basalt hier. Und kein Magnesium an den Händen, weil es das Gestein angreift.«

»Noch härtere Bedingungen gibt´s wohl nicht.« Ruth lachte ungläubig auf. »Das ist doch lebensgefährlich!«

Paul beugte sich zu ihr herüber, als wolle er ihr ein Geheimnis anvertrauen. »Du musst mit dem Gestein vertraut werden«, sagte er in eindringlichem Ton mit seiner rauen Stimme. »Du musst dem Stein Respekt erweisen, ihn erforschen, ihn mit allen Sinnen wahrnehmen, ihn begreifen.«

Seine leidenschaftlich ausgesprochenen Worte und sein intensiver Blick dabei nahmen Ruth völlig für ihn ein. Ob er so auch mit einer Frau umging?, kam es ihr unwillkürlich in den Sinn. Sie warf einen Blick auf seine Hände. Sie verrieten Sensibilität und Stärke. Bei ihm konnte man sich bestimmt geborgen fühlen. Wie mochten sich diese Hände auf ihrer Haut anfühlen?

Paul setzte sich aufrecht hin. »Und du? Du stammst von hier?«, riss er sie unsanft zurück in die Realität.

»Ja. Aus Wilmersbach.«

»Und wem gehört die Hütte hier? Sie gefällt mir.«

»Meinem Titularonkel.« Sie biss sich auf die Lippe. Das war schlichtweg gelogen. Die Hütte gehörte zum Besitz ihrer Familie, genauso wie der Wald um sie herum. »Karl ist ein Freund meines Vaters. Unsere ...« Wieder hielt sie kurz inne. Eigentlich hatte sie ganz spontan sagen wollen *Unsere Haushälterin macht seine Wäsche,* aber sie konnte sich gerade noch bremsen. »Wir waschen für ihn«, fuhr sie stattdessen fort. Keinesfalls sollte Paul wissen, dass ihre Eltern so viel Land besaßen oder sich eine Haushälterin leisten konnten. Wie sehr hatte sie sich als Kind aus reichem Elternhaus bemühen müssen, um von den Kindern aus der Gegend als eine von ihnen akzeptiert zu werden!

»Und wo ist dein Onkel jetzt?« Forschend, ja, geradezu misstrauisch, lag Pauls Blick auf ihrem Gesicht.

»Auf Besuch im Nachbarort.« Karl besuchte sonntags immer sein *Fisternöllchen,* wie Heidi Karls Freundin nannte. Maria war Kriegswitwe. Ihr gehörte ein Tante-Emma-Laden im nächsten Dorf.

Ruth warf einen Blick auf das Nummernschild von Pauls BMW. »Wohnst du in Bonn?«, wechselte sie das Thema.

»Seit einiger Zeit.«

Seine verschlossene Miene gebot ihr, keine weiteren Fragen mehr zu stellen. Sie verstand ihn sogar. Sie wollte ja auch nicht zu viel von sich preisgeben. Noch kannten sie sich kaum, obwohl ihr dummes Herz dies ganz anders empfand.

»Ich muss weiter.« Paul stand auf.

Sie sprang ebenfalls auf die Beine. *Musst du wirklich?*, wollte sie schon spontan fragen, doch sie ließ es sein. Etwas steif reichte sie ihm die Hand. »Dann vielleicht bis zum nächsten Mal.«

Sein Blick lag auf ihrem Gesicht, so lange, als wolle er sich ihre Züge für immer einprägen. »Vielleicht.«

Du weißt ja, wo du mich sonntags finden kannst, hätte sie noch hinzufügen können, aber auch das sprach sie nicht aus. Sollte nicht der Mann um die Frau werben? Mit voreiliger Direktheit hätte sie ihn bestimmt verschreckt. Sie war ohnehin viel zu forsch gewesen. Vielleicht brach er deshalb jetzt schon auf.

Auf dem Nachhauseweg ließ Ruth ihren Blick immer wieder über die Wiesen schweifen. Aber natürlich war er längst über alle Berge. Lass es gut sein, ermahnte sie sich selbst. Paul hatte sich nicht gerade so verhalten, als hätte er sich auf den ersten Blick in sie verliebt.

An diesem Pfingstsonntag ging Ruth nach dem Abendessen sofort nach oben, während sich ihre Eltern im Radio *Land des Lächelns* mit Rudolph Schock, dem derzeit strahlenden Stern am Operettenhimmel, anhörten. Ruth wollte mit dem Erlebten allein sein und den Nachmittag noch einmal Revue passieren lassen. Immer wieder ging sie die Unterhaltung mit Paul durch, forschte in seinen Worten nach Hinweisen darauf, ob sie ihm gefallen hatte, versuchte, sich an seine Blicke, seine Gesten zu erinnern. Alles in allem kam sie jedoch letztendlich erneut zu dem enttäuschenden Ergebnis, dass ihr diese Begegnung mehr bedeutet haben musste als ihm. Sie kannte die Anzeichen, wenn sie einem Mann gefiel oder er sich gar auf den ersten Blick in sie verliebte. Sein *»Vielleicht«* als Antwort auf ihr *»Dann vielleicht bis zum nächsten Mal«* war in ihrem Kopf inzwischen zu einem *»Bestimmt nicht«* geworden.

Ruth seufzte und sah dem Himmel dabei zu, wie er das Licht des Tages immer mehr aufsog. Zwischen den Fichten im Westen hing das letzte Abendrot, im Osten zeigte sich bereits der Mond. Durch das geöffnete Fenster drang ein kühler Windhauch ins Zimmer, der Duft von Gras, Harz und fruchtbarer Erde. Plötzlich war er wieder da – der Hunger nach Leben, der ihr in den vergangenen Jahren im Alltag irgendwann verlorengegangen war. Die Sehnsucht nach einem Mann, nach Liebe, nach Glück. Ein Mann namens Paul aus dem Elbsandsteingebirge hatte ihn geweckt. Ob sie ihn jedoch jemals wiedersehen würde, das stand in den Sternen, die sich jetzt am blauschwarzen Himmel zeigten.

5

In den nächsten zwei Wochen musste Ruth ständig an die Begegnung mit ihrem Himmelsstürmer denken. Inzwischen war es Juni. Die Tage waren voller Blütenduft und Sonnenschein, geradezu wie für die Liebe geschaffen.

»Spielen wir eine Partie Rommé?«, fragte Liliane an einem dieser Abende.

»Gern.« Kartenspielen mit ihrer Mutter würde sie vielleicht eine Zeit lang von ihren Gedanken an Paul ablenken. Die Vorstellung, ihn nicht mehr wiederzusehen, machte sie traurig.

»Dann geh schon mal in den Wintergarten«, sagte Liliane. »Ich hole die Karten.«

Ruth liebte diesen Raum. Mit den mächtigen Fächerpalmen, Gummibäumen und Farnen, den honigfarbenen Korbstühlen und der Voliere mit dem Kakadu-Pärchen mutete er wie eine exotische Oase an. Durch die Glastüren wehte der laue Wind den lieblichen Duft der Rosenbüsche herein. Ihr Vater saß in seinem Schaukelstuhl und las die *Eifel-Zeitung*. Auf dem Beistelltisch neben ihm stand ein Glas Courvoisier.

»Sollen Ruth und ich lieber im Wohnzimmer spielen?«, fragte Liliane ihren Mann.

»Aber nein, Liebes«, wehrte Friedrich ab. »Lasst euch durch mich nicht stören. Ich lese noch zu Ende und ziehe mich dann zurück.«

Ruth spürte, dass mit ihrem Vater irgendetwas nicht stimmte. Seit einer Woche war er nicht mehr ausgegangen. Irgendetwas schien ihn zu belasten. Vielleicht die Sache mit Erika? Womöglich hatte er ja das Verhältnis beendet und litt jetzt darunter.

»Du bist unkonzentriert, mein Schatz«, sagte ihre Mutter nach der ersten Spielrunde. »Wenn das so weitergeht, werde ich heute Abend gewinnen.«

»Entschuldige, Mutter.« Ruth sah sie schuldbewusst an. »Ich musste nur gerade an etwas denken.«

»Wollen wir ein anderes Mal spielen?«

Bevor Ruth ihr antworten konnte, hörte sie ihren Vater fragen: »Sag mal, Ruth, hast du dich eigentlich inzwischen mal mit Johannes getroffen?«

Erstaunt sah sie zu ihm hinüber. »Nein. Er hat sich, nachdem wir uns auf dem Kirchplatz wiedergesehen haben, noch nicht bei mir gemeldet.«

»Aber du würdest doch mit ihm ausgehen, oder nicht?«

Der Unterton ihres Vaters signalisierte ihr, dass dies keine harmlose Frage war, sondern eine eindeutige Erwartung an sie.

Sie setzte sich aufrecht hin und hielt seinem Blick stand. »Das kann ich dir heute Abend nicht sagen, Vater. Das kommt dann ganz auf meine Stimmung an.«

Das Lächeln auf Friedrichs Zügen erlosch. »Das solltest du aber. Johannes ist eine sehr gute Partie. Vergiss nicht, du bist schon achtundzwanzig. Und Georg ist im Krieg geblieben.«

Wie ein Schlag in die Magengrube trafen sie seine Worte. Nur einen Sekundenbruchteil später erhob sich ihre Mutter. Dabei wäre ihr Stuhl fast nach hinten gekippt. Kerzengerade stand sie da. Ihre kristallblauen Augen sahen ihren Mann mahnend an.

»Bitte nicht, Friedrich«, sagte sie ruhig. »Ruth hat damit nichts zu tun.«

Ruth sah zuerst ihre Mutter, dann ihren Vater an. Nur einmal hatte sie erlebt, dass ihre Mutter ihren Ehemann gemaßregelt hatte. Das war damals gewesen, als ihr Vater ihr das Studium an der Universität in Bonn hatte verweigern wollen. *Warum soll Ruth studieren?*, hatte er wütend gefragt. *Sie wird heiraten.*

»Womit habe ich nichts zu tun?«, fragte Ruth mit fester Stimme in das Schweigen zwischen ihren Eltern hinein.

Ihr Vater schien sie gar nicht zu hören. Er stand auf, ging auf seine Frau zu und küsste ihr die Hand. »Verzeih, Liebes«, sagte er mit unterdrückter Stimme. »Du hast natürlich recht.« Dann verließ er den Raum.

Mit hämmerndem Herzen sah Ruth ihre Mutter an. »Womit habe ich nichts zu tun?«

Liliane zögerte. Schließlich erwiderte sie leise: »Ich ziehe mich jetzt auch zurück, mein Kind. Frag deinen Vater.«

Am nächsten Tag besuchte Ruth ihren Vater im Kontor in der Thelener Ley II. Sie wollte wissen, womit sie *nichts zu tun* hatte.

Der Steinbruch war dreimal so groß wie die Thelener Ley I. In der Abbaugrube wuselten mehr als hundert Arbeiter herum, in Zeiten von besonders guter Auftragslage waren es noch mehr. Auf dem Gelände herrschte ein ohrenbetäubender Lärm. Angeseilt pendelten die »Brecher« entlang der Basaltwände und brachen mit eisernen Stangen das schwarze Gold aus den Wänden. In der Talsohle ratterte ein Bohrer. Er trieb Löcher in den Basalt, um eine Sprengung vorzubereiten. Aus dem Brechergebäude, wo zwei Anlagen den Basalt zerkleinerten, kam ein Krachen und Poltern, und aus den Kipperbuden, wo die Steinezurichter aus den zerkleinerten Basaltbrocken Pflastersteine und Schotter herstellten, dröhnten die rhythmischen Hammerschläge weit in die Landschaft.

Als Ruth die steile Stahltreppe zum Kontor hinaufstieg, war sie stolz auf ihren Vater, der dieses *Reich* erschaffen hatte, das den Männern aus der gesamten Region schon seit Jahrzehnten Arbeit gab. Zu Kriegszeiten hatte er viele seiner Arbeiter vor dem Kampfeinsatz bewahren können, weil sie als »unabkömmlich« eingestuft worden waren. Basalt wurde für den Bau von Straßen und Eisenbahnschienen dringend gebraucht.

Ruth lugte durchs Fenster in den Vorraum der windschiefen Bretterbude, wo Erika ihren Platz am Schreibtisch vor der Schreibmaschine hatte. Ihr Stuhl war jedoch leer. Natürlich hätte sie an Erika ein paar freundliche Worte gerichtet, aber so war es ihr letztendlich lieber. Sie öffnete die Tür und ging an der Theke vorbei, an der die Arbeiter samstags ihren Lohn entgegennahmen, auf die Kontortür ihres Vaters zu. Als hätte ihr eine unsichtbare Hand Einhalt geboten, blieb sie stehen. Ihr Pulsschlag beschleunigte sich, als sie aus dem Raum Erikas Stimme hörte. Sie klang weinerlich. Dann hörte sie die tiefe Stimme ihres Vaters. Weich, tröstend, ja, geradezu zärtlich. Was ihr Vater sagte, konnte sie nicht verstehen, aber sie sah die Szene, die sich hinter dieser Tür abspielen musste, vor ihrem inneren Auge. Ihr Herz begann zu stolpern. Sie begann innerlich zu zittern. Spielte ihre Fantasie ihr einen Streich, oder wurde sie tatsächlich gerade Zeugin einer Liebesszene zwischen den beiden?

Ängstlich bemüht, kein Geräusch zu machen, verließ sie den Vorraum und schlich den metallenen Umlauf entlang, bis zu den Kontorfenstern. Ein einziger Blick bestätigte ihr, dass sie mit ihrem Verdacht richtiggelegen hatte. Ihr Vater und seine Sekretärin standen in inniger Umarmung da. Erika hatte die Arme um seinen Hals gelegt und weinte. Mehrmals strich er ihr über das dunkle, kurz geschnittene Haar, küsste sie jetzt sogar auf die Stirn.

Ruth wurde übel. Nur weg von hier, schoss ihr durch den Kopf. *Ruth hat damit nichts zu tun*, hatte ihre Mutter gestern Abend gesagt – sie musste also tatsächlich von dem Verhältnis wissen. Unglaublich! Ruth verstand die Welt nicht mehr. Natürlich habe ich damit etwas zu tun, sagte sie sich, während sie mit zittrigen Knien die wackelige Stahltreppe hinunterging. Wir sind schließlich eine Familie.

Ohne sich noch einmal umzusehen, stieg sie auf ihr Fahrrad und radelte los. Was sollte sie tun? Ihre Mutter darauf ansprechen? Ihren Vater? Unmöglich. Ihre Eltern hatten sie zu Respekt ihnen gegenüber erzogen. Kinder mischten sich nicht in die Beziehung ihrer Eltern ein. so hatte sie es gelernt.

Donnerstags rief Ruth in Bad Neuenahr in der Schneiderei an.

»Ist was passiert?«, fragte Heidi sofort.

»Ich weiß nicht«, antwortete Ruth zögernd. »Ich bin einfach nicht in der Stimmung, am Wochenende zu dir zu kommen und auszugehen. Könntest du vielleicht nach Hause kommen?«

Samstagnachmittag holte Ruth ihre Freundin am Bahnhof ab. Es tat ihr gut, endlich jemandem ihr Herz ausschütten zu können.

»Siehst du, ich habe es dir gesagt, und du wolltest mir nicht glauben«, sagte Heidi. »Was machen wir jetzt?«

»Wir können nichts machen. Das ist einzig und allein die Sache meines Vaters beziehungsweise meiner Eltern. Wenn meine Mutter sich das gefallen lässt ...« In einer Geste der Hilflosigkeit hob Ruth die Schultern und ließ sie wieder fallen.

»Ich verstehe Tante Liliane nicht«, murmelte Heidi. »Meinst du, er will sich von deiner Mutter trennen?«

»Das kann ich mir nicht vorstellen. Ehrlich gesagt, kann ich auch jetzt noch nicht glauben, dass er ein Verhältnis haben soll. Meine Eltern gehen sehr liebevoll miteinander um.«

»Ist doch klar. Dein Vater hat ein schlechtes Gewissen.«

»Aber meine Mutter auch mit meinem Vater.«

Heidi zuckte mit den Schultern. »Was soll sie anderes machen? Wenn sie sich trennt, steht sie mittellos da – sollte dein Vater ihr die finanzielle Unterstützung verweigern.«

»Das würde er niemals tun«, erwiderte Ruth empört.

»Das weiß man nicht so genau.«

»Mutter könnte Klavierunterricht geben. Sie hat am Konservatorium in Frankfurt studiert, bis sie meinen Vater kennengelernt hat.«

»Deine Mutter gehört aber nicht zu den Frauen, die sich allein durchs Leben schlagen wollen. Dafür ist sie zu verwöhnt«, sprach Heidi wieder einmal unbarmherzig die Wahrheit aus. »Früher von ihren Eltern, später von ihrem Ehemann.«

»Dann muss sie sich schlimmstenfalls einen neuen Ehemann suchen«, sagte Ruth, am Ende ihrer Nerven angelangt.

Schicksalsergeben hob Heidi die Schultern. »Na ja, manchmal erledigen sich die Dinge auch von selbst.«

Nach dem Sonntagsfrühstück im Kreis der Familie, in die Heidi durch ihre sonnige Art wieder jene Unbeschwertheit brachte, die Ruth in der letzten Zeit vermisst hatte, fuhr Ruth ihre Freundin zum Bahnhof. Heidis Chefin gab mittags einen Empfang, zu dem sie ihre Mitarbeiterinnen eingeladen hatte. Natürlich wollte Heidi daran teilnehmen. *Es kommen auch ein paar Ministergattinnen aus Bonn*, erzählte sie Ruth mit geröteten Wangen.

Als die beiden sich auf dem Bahnsteig verabschiedeten, musste Ruth ihrer Freundin hoch und heilig versprechen, sie am nächsten Wochenende zu besuchen. »Du musst Bad Neuenahr kennenlernen«, legte Heidi ihr ans Herz. »Da herrscht eine ganz andere Atmosphäre als hier bei uns auf dem Land.«

Schweren Herzens blickte Ruth dem Zug hinterher. Ihre Befürchtungen hatten sich bewahrheitet: Heidi war dabei, sich zu verändern. Die Gedanken ihrer Freundin kreisten zurzeit nur um ihr neues Leben in der Kurstadt und um die Karriere, die sie dort vielleicht als Modeschöpferin machen konnte. Mit einem tiefen Seufzer verließ sie den jetzt menschenleeren Bahnsteig. An diesem Wochenende hatte sie noch nicht einmal die Gelegenheit gehabt, von Paul zu erzählen – was sie inzwischen zu gern getan hätte. Über ihn zu sprechen hätte ihn noch einmal heraufbeschworen, bevor sie ihn sich endgültig aus dem Kopf schlagen musste. Denn inzwischen war sie sich sicher, ihn nicht mehr wiederzusehen. Das Schicksal hatte ihr eine Chance gegeben, aber irgendwie hatte sie diese verpatzt.

Nach dem Mittagessen mit ihren Eltern und ihrem Großvater, das ohne Heidi recht schweigsam verlief, wollte Ruth allein sein. Sie wanderte mit Arno zu dem Waldstück, hinter dem der alte Steinbruch lag. Wie durch einen Sog fühlte sie sich dorthin gezogen. An diesem Sonntag war es für Mitte Juni viel zu kühl. Sie war froh, ihre »Schuluniform« angezogen zu haben: lange Stoffhose, Haferlschuhe, Bluse, Zopfstrickjacke. Ihr Haar hatte sie zum Knoten im Nacken zusammengesteckt. *Warum lässt du dir nicht das Haar abschneiden?*, hatte Heidi sie gedrängt. *Die Frau von heute trägt Kurzhaarschnitt und Dauerwelle.* Während sie mit Arno in Richtung Thelener Ley I wanderte, schüttelte sie energisch den Kopf. Sie würde ihr langes Haar behalten. Sie wollte gar nicht aussehen wie alle Frauen.

Bis auf das Vogelgezwitscher, ihre Schritte und Arnos Hecheln war es ruhig im Wald. Diese Stille, die sie sonst so liebte, rief an diesem Nachmittag in ihr ein Gefühl von Einsamkeit hervor. Vor einigen Wochen noch hatte sie hier in der Nähe sonntags auf ihrem Lieblingsstein gesessen und war mit sich und der Welt im Reinen gewesen.

Inzwischen war ihr Leben aus dem Gleichgewicht geraten. Überall lauerten Veränderungen. Sie spürte plötzlich ein großes Bedürfnis nach Sicherheit, das eigentlich so gar nicht zu ihrem Wesen passte.

Während Ruth in dieser gedrückten Stimmung durch den Wald wanderte, mischte sich unter den Gesang der Vögel auf einmal eine andere Melodie. Sie blieb stehen. Spielte da tatsächlich jemand Mundharmonika? Sie lauschte. *La Paloma*, gesungen von Hans Albers – ein Lied voller Sehnsucht und Traurigkeit. Das passte ja bestens zu ihrer Stimmung! Die Melodie kam aus der Richtung, in der der alte Steinbruch lag.

Voller Neugier beschleunigte sie ihren Schritt. Je näher sie der Abbruchkante der alten Grube kam, desto deutlicher konnte sie die Mundharmonika hören. Plötzlich nahm eine diffuse Ahnung von ihr Besitz, die so absurd war, dass sie ihr noch nicht zu trauen wagte. Endlich hatte sie die Ley erreicht. Sie wagte kaum, in die Tiefe zu blicken – und tat es schließlich doch. Da entdeckte sie ihn. Paul. Sein Motorrad stand in der Mitte der Grube, inmitten von Steinen, Staub und dürrem Gras. Mit verschränkten Beinen lehnte er an seiner Maschine und war in das Spiel auf der Mundharmonika versunken. Während sie ungläubig zu ihm hinuntersah, glaubte sie, die Einsamkeit und Verlorenheit, die Paul umgaben, mit den Händen greifen zu können. Und wieder fühlte sie sich ihm so eng verbunden, als würden sie zueinandergehören. Hatte er vielleicht auf sie gewartet?

Ruth legte eine Hand an die Kehle und nahm ein paar tiefe Atemzüge. Sollte sie Paul durch Rufen auf sich aufmerksam machen? Nein, sie wollte ihm gegenüberstehen, wollte seinen Gesichtsausdruck lesen, wenn er sie wiedersah, wollte sichergehen, dass er ihretwegen hierher zurückgekommen war und sich freute, sie zu sehen.

»Bei Fuß, Arno«, befahl sie dem Schäferhund und machte sich vorsichtig an den Abstieg. Der steile Pfad war steinig. Wurzeln stachen aus dem kargen Boden heraus, wild wuchernder Besenginster schlug ihr ins Gesicht. Als sie auf der Hälfte des Hanges war, brach die Musik ab. Von dieser Stelle aus hatte sie keinen Einblick in die Abbaugrube. Sie horchte in die Stille, in der nur noch der Wind pfiff. Dann begann sie zu laufen. Kurz bevor sie die Grube erreicht hatte, hörte sie den Motor der BMW-Maschine. Nein! Das durfte nicht sein! Nur noch ein paar Meter – doch da sah sie auch schon, wie Paul aus dem Steinbruch hinausfuhr.

Ruth konnte nicht fassen, dass sie Paul so knapp verpasst hatte. Zutiefst enttäuscht ging sie nach Hause. Als sie durch das Hoftor trat, entdeckte sie Johannes' rotes BMW-Cabrio. Es hatte sich bereits bis zu ihr herumgesprochen, dass Johannes Prümm, der neue Leiter der Kreditabteilung, den schicksten Wagen in ganz Wilmersbach fuhr. Und ebenfalls hatte sich herumgesprochen, dass er bereits zahlreiche Verehrerinnen hatte, die nur allzu gerne mal mit ihm ausgegangen wären.

Ruths Magen sackte tiefer. Johannes war nun wirklich der Letzte, den sie jetzt treffen wollte.

Als sie die Eingangshalle betrat, kam er ihr bereits entgegen. Er hatte abgenommen und sah deutlich besser aus als bei ihrem Wiedersehen auf dem Kirchplatz.

»Wir haben dich von der Terrasse aus kommen sehen«, begrüßte er sie, während er Arno tätschelte. Gott sei Dank umarmte er sie nicht, wie er es früher getan hatte. Als er sich wieder aufrichtete, sah er sie aufmerksam an. »Geht es dir nicht gut?«

Sie zwang sich zu einem Lächeln. »Ich bin ein bisschen müde vom Wandern.«

»Ich bin gerade erst gekommen. Ich habe deinen Eltern Wein mitgebracht. Mein Vater und ich waren gestern an der Mosel.«

»Schön.« Tapfer lächelte sie weiter.

»Wir wollen draußen zusammen ein Glas trinken.« Unsicher sah er sie an.

»Mein Schatz, da bist du ja!«, rief da Liliane, aus dem Wohnzimmer kommend, aus. »Trinkst du ein Glas Wein mit uns?«

Ruth seufzte innerlich auf, sagte aber dann: »Ich komme gleich. Ich mache mich nur ein bisschen frisch.«

Vielleicht würde ihr die Ablenkung guttun, sagte sie sich, während sie die Treppe in den zweiten Stock hinaufstieg. Johannes war früher immer lustig gewesen. Sie hatten viel zusammen gelacht. Wenn sie sich jetzt in ihrem Reich einigelte, würde sie nur an Paul und die verpasste Chance denken und noch trübsinniger werden.

Ein Blick in den Badezimmerspiegel verriet ihr, wie blass sie war – trotz der guten Waldluft. Sie überlegte, ob sie sich einen Hauch Puder auf die Wangen streichen sollte, weil sie sich so selbst nicht gefiel. Lieber nicht, sagte sie sich dann. Johannes könnte denken, sie habe sich für ihn schön gemacht.

Als Ruth die Steinterrasse betrat, schlug ihr eine gelöste Stimmung entgegen. Ihr Vater erzählte gerade eine seiner Geschichten, ihre Mutter hatte ihre schmale Hand auf seinem Knie liegen und lächelte ihn zärtlich an, Johannes lachte ausgelassen.

»Komm, mein Schatz, setz dich hierhin«, forderte ihre Mutter sie auf und klopfte dabei auf den Sessel, der zwischen ihr und Johannes stand. An diesem Platz wartete bereits ein Glas Weißwein auf sie.

»Dann stoßen wir doch mal an«, schlug ihr Vater aufgeräumt vor. In seine dunklen Augen war das Leben zurückgekehrt. Die unbeschwerte Stimmung am Tisch lockerte ein bisschen die Klammer, die Ruths Herz zusammendrückte. Der Wein schmeckte süffig, die Luft hatte sich im Laufe des Nachmittags erwärmt, und sie empfand wieder die altvertraute Geborgenheit, die ihr ihre Familie, zu der früher auch Johannes gehörte, immer gegeben hatte. Entgegen ihrer Befürchtungen verlebte sie tatsächlich zwei schöne Stunden, die sie auch daran erinnerten, wie gut ihr früher die Freundschaft mit Johannes getan hatte. Als es Zeit zum Abendessen war, brach Johannes auf.

»Morgen ruft wieder die Pflicht«, meinte er zwinkernd. »Ich muss noch ein paar Dokumente durchsehen.«

Friedrich nickte anerkennend, Liliane lächelte charmant zu ihm hoch. Dann sah sie ihre Tochter an. »Bringst du Johannes hinaus?«

Ruth verabschiedete ihren Jugendfreund auf dem Hof, nicht ohne seinen neuen Flitzer gebührend zu loben.

»Ich habe mir gedacht, ich gönn mir mal was«, sagte Johannes mit verlegenem Lächeln.

»Warum auch nicht«, stimmte sie ihm zu. »Also dann ...« Sie machte einen Schritt auf ihn zu und wollte ihn spontan umarmen. Johannes aber hielt sie auf Abstand und sah sie bedeutsam an. »Wir beide sind doch älter geworden, nicht wahr?«, fragte er mit eindringlichem Blick. »Ich meine, es sind inzwischen doch so viele Jahre vergangen ... Die Sache damals und wie ich mich danach verhalten habe ...«

Ruth wusste, was er ihr damit sagen wollte, und wollte es ihm nicht noch schwerer machen. »Das liegt doch eine Ewigkeit zurück«, erwiderte sie betont beiläufig. »Längst vergessen.«

Da ging ein Strahlen über Johannes' Gesicht. Er straffte sich und reichte ihr die Hand. »Auf unsere alte Freundschaft?«

Sie schlug ein. »Auf unsere alte Freundschaft.«

Bevor er in den Wagen stieg, zögerte er. Die Frage, die er ihr dann stellte, kostete ihn sichtlich Überwindung: »Wollen wir vielleicht mal wieder Schach spielen? Oder tanzen gehen?«

»Schachspielen klingt gut. Aber nur, wenn du mich gewinnen lässt«, scherzte sie.

Johannes lachte. »Nichts da! Es gibt keinen Frauenvorteil!«

Ruth winkte ihm nach. Dann blieb sie noch eine Weile in Gedanken versunken stehen. Vielleicht würde ihr eine verlässliche Freundschaft mit einem ihr so vertrauten Menschen wie Johannes letztendlich mehr geben können als eine leidenschaftliche Beziehung mit einem aufregenden Fremden, an deren Ende sie womöglich nur Schmerz und Enttäuschung erwarteten.

6

Sechs Tage später fuhr Ruth nach Bad Neuenahr. Heidi fiel ihr um den Hals. »Heute Abend genießen wir das Leben«, kündigte sie mit weit ausgebreiteten Armen an. »Zuerst gehen wir ins Kasino und danach tanzen.«

Als die beiden jungen Frauen an diesem flirrenden Sommerabend über die Kurgartenbrücke schlenderten, folgten ihnen alle Blicke – die der Frauen argwöhnisch-neidisch, die der Männer voller Begehren. Die beiden Freundinnen fielen im Straßenbild auf, nicht nur, weil sie untergehakt gingen und ohne männliche Begleitung waren. Heidi verkörperte in ihrem selbst genähten roten, schulterfreien Kleid, das ihre kurvige Figur betonte, und mit ihren wasserstoffblonden Haaren à la Marilyn Monroe die pure Weiblichkeit. Ruth dagegen wirkte in dem engen, smaragdgrünen Seidenkleid und mit dem elegant hochgesteckten Haar unnahbar wie eine Göttin. Obwohl Ruth anfangs eigentlich gar keine Lust auf den Ausflug in die Kurstadt gehabt hatte, ließ sie sich jetzt von Heidis überschäumender Laune und der prickelnden Atmosphäre ihrer Umgebung mitreißen.

»Wunderschön!« Am Ende der kleinen Brücke blieb sie stehen und betrachtete das weiße Kurhaus zur Linken und das Kurhotel zur Rechten. Beide Gebäude waren im neobarocken Stil erbaut und vom Krieg weitgehend verschont geblieben, da sie als Lazarette unter dem Schutz der Genfer Konvention gestanden hatten. »Wenn man hier steht, kann man kaum glauben, dass der Krieg keine zehn Jahre her ist.«

»Ja, da hast du recht, aber fahr nur mal ein paar Kilometer weiter, nach Ahrweiler. Da ist das Ahrtor immer noch nicht wiederaufgebaut.« Heidi stupste sie auffordernd an. »Nun lass uns aber reingehen. Du wirst Augen machen, wenn du erst mal drinnen bist.«

Tatsächlich ließ die luxuriöse Umgebung des Kasinos die Kriegsjahre voller Hunger, Armut und Zerstörung in weiter Ferne erscheinen. Hier wurde das Wirtschaftswunder gelebt. Fasziniert schlenderte Ruth durch die ineinander übergehenden Säle, in denen Roulette- und Baccaratische standen, bewunderte die Kristalllüster, das verwirrende Spiel der goldumrahmten Spiegel und staunte über das Heer von Angestellten, die den Gästen aus dem In- und Ausland jeden Wunsch von den Augen ablasen. Ruth fiel auf, dass sie und Heidi zu den wenigen Frauen gehörten, die an diesem Abend ohne männliche Begleitung waren.

»Willst du spielen?«, fragte sie Heidi mit unterdrückter Stimme. In der gedämpften Atmosphäre wagte sie es nicht, laut zu sprechen.

Ihre Freundin schüttelte den Kopf. »Nur zusehen und den Duft der großen, weiten Welt schnuppern.«

Ruth hielt mit klammen Händen ihr Sektglas, während sie aus der zweiten Reihe das Geschehen an einem der Roulettetische verfolgte. Wenn es hieß *Rien ne va plus* und der Croupier die kleine Kugel entgegen der Drehrichtung des Roulettekessels warf, hielten alle Spieler den Atem an. Dann waren nur noch das Rollen und Klappern der Kugel zu hören. Manche Spieler zogen nervös an ihren Zigaretten, einige Frauen betupften ihre Taschentücher mit Kölnischwasser, während sie wie hypnotisiert den unsteten Lauf der Kugel verfolgten, bis diese endlich in einem der Zahlenkästchen liegen blieb. Elegant und routiniert schob der Croupier mit seinem kleinen Rechen die Jetons über den Filz. Bei dem einen Spieler wuchs der Turm der bunten, runden Plättchen, beim anderen schrumpfte er. Manche nahmen ihre Verluste mit verzweifelter Miene hin, andere ohne mit der Wimper zu zucken. Ruth wurde übel bei der Vorstellung, welch hohe Summen sich hinter den verschiedenfarbigen Jetons verbargen und wie schnell sie den Besitzer wechselten. Wahrscheinlich verspielte manch einer hier an einem Abend seinen Monatslohn.

Als die beiden Freundinnen später vor einem *Pink Lady* in der Kasinobar saßen, beugte sich Heidi zu Ruth hinüber und vertraute ihr an: »Ich habe jemanden kennengelernt.«

Ruth lächelte wissend. »Den Mann, mit dem du Pfingsten verbracht hast?«

Ihre Freundin sah sie mit großen Augen an. »Woher weißt du ...?«

»Habe ich mir gedacht. Jetzt erzähl schon!«

Heidi zögerte. »Aber nicht entsetzt sein«, warnte sie.

»Wieso sollte ich entsetzt sein?«

»Er ist Amerikaner.«

Ruth sah sie erstaunt an. »Ja, und?«

»Bill ist hiergeblieben, als die Amerikaner nach der Besatzung die Zone an die Franzosen abgegeben haben. Er hatte sich in eine Deutsche verliebt. Die Beziehung hat jedoch nicht gehalten.«

»Und was macht er beruflich?«

Heidi lachte. »Er trägt zum Wirtschaftswunder bei und importiert amerikanische Autos, die er hier an reiche Leute verkauft.«

»Tatsächlich?«, staunte Ruth. Lächelnd zeigte sie auf die Packung Pall Mall, die neben Heidis Glas lag. »Dann sind die bestimmt von ihm.«

»Ja.« Heidi legte ihre Hand auf ihre. »Ich möchte, dass du ihn kennenlernst.«

Ruth nickte eifrig. »Gerne. Wo wohnt er denn?«

»In Bonn.«

»Er hat doch bestimmt ein Auto, oder?«

»Klar, einen Straßenkreuzer in Himmelblau.«

Ruth sah ihre Freundin forschend an. »Wie kommt es, dass ich das Gefühl habe, du hast mir noch nicht alles erzählt?«, fragte sie zwinkernd.

Heidi blies den Rauch scharf aus. »Stimmt. Er ist schwarz.«

»Aber das ist doch nichts Schlimmes.«

»Und deine Eltern? Glaubst du …«

»Natürlich werden sie ihn akzeptieren. Mutter und Vater sind doch sehr weltoffen.«

»Bill möchte gerne …« Heidi sprach weiter, doch Ruth hörte ihre Worte nicht mehr. Ihr Blick wurde von vier Personen angezogen, die gerade die Bar betraten. Ein älteres Paar, das von einem jüngeren begleitet wurde. Die junge Frau, blass und unscheinbar, hing mit schmachtendem Blick am Arm eines Mannes, der zu dem Typ Mann gehörte, der einen Raum schon allein durch seine bloße physische

Anwesenheit beherrschte. Dieser Mann war Paul. In dem schwarzen Anzug, dem schneeweißen Hemd und mit der roten Fliege sah er atemberaubend gut aus. Das Haar hatte er mit Pomade glatt zurückgestrichen, was seine markanten Züge betonte.

Die vier warteten darauf, einen Tisch zugewiesen zu bekommen. Der ältere Mann, dem die junge Frau wie aus dem Gesicht geschnitten war, wirkte wie jemand, der über Macht und Einfluss verfügte. Seine Frau stellte diese Macht durch ihren auffälligen Goldschmuck zur Schau. All das nahm Ruth binnen wenigen Sekunden wahr. Dabei duckte sie sich instinktiv hinter den breiten Rücken ihres Sitznachbarn. Keinesfalls wollte sie von Paul entdeckt werden – oder gar mit ihm reden. Die Situation war offensichtlich: Paul war mit seiner Frau, Verlobten oder Freundin und deren Eltern hier. Auf alle Fälle war er in festen Händen – und sie saß hier mit Heidi. Einsam und herausgeputzt. Wie konnte er die Situation anders deuten, als dass sie und ihre Freundin an diesem Samstagabend auf Männersuche waren?

»Hast du mir überhaupt zugehört? Was ist denn los?« Heidis Stimme riss sie aus ihren Gedanken.

»Ich möchte gehen. Gibt es hier noch einen anderen Ausgang?«

Heidis himmelblaue Augen sahen sie groß an. Dann blickte auch sie zum Eingang. Heidi schaltete blitzschnell. »Wegen der beiden Paare dort?«

Die vier schickten sich gerade an, an einem der Cocktailtische in der Nähe der Tür Platz zu nehmen.

Ruth nickte.

»Ist es der dicke Ältere oder dieser schwarzhaarige Adonis?«

Wenn sie nicht so verzweifelt gewesen wäre, hätte sie lachen müssen. So sagte sie nur: »Nicht der Dicke.«

Heidi gab dem Barmann ein Zeichen. »Gibt es hier noch einen anderen Ausgang?«

Der Himmel war von einem samtenen Blauschwarz, abertausend Sterne funkelten auf die Kurstadt herab. Die Ahr sprudelte unbeschwert in ihrem Bett dahin, und die Luft prickelte wie Champagner. In den Straßen flanierten gut gekleidete und wohlgenährte Menschen, lachten und sangen. Verliebte Paare küssten sich innig unter den Platanen. Heidi hatte sich bei Ruth eingehakt, die sich so schnell von dem Nebenausgang des Kasinos entfernte, als wäre der Teufel hinter ihr her. »Jetzt geh doch mal langsamer«, sagte Heidi atemlos. »Ich komme auf meinen hohen Absätzen ja kaum mit.«

Ruth blieb stehen.

»Können wir zu dir gehen?«

Ihre Freundin wirkte ein wenig enttäuscht, nickte dann aber. »Ich habe eine Flasche Eckes Edelkirsch, den können wir trinken und dabei ein bisschen Jazz hören.«

In Heidis kleinem Zimmer erzählte Ruth ihrer Freundin dann endlich von ihren Begegnungen mit Paul.

»Das ist ja wie ... wie im Film«, staunte Heidi und nahm Ruth in die Arme. »Ich kann verstehen, dass du jetzt völlig durcheinander bist.« Sie griff zu dem Likörglas. »Aber warum war er dann allein in der Eifel? Warum hat er diese Frau nicht mitgenommen?«

Ruth hob die Schultern, um die sie sich Heidis Decke gelegt hatte. Sie fror. »Keine Ahnung.«

Heidi trank einen Schluck. »Vielleicht sind die beiden gar kein Paar. Ein so gut aussehender Mann und ein so farbloses Geschöpf?«

»Immerhin hing sie an seinem Arm und betete ihn förmlich an.«

»Vielleicht hat er ihr beim Betreten der Bar seinen Arm nur aus Höflichkeit geboten.« Ein strenger Blick aus Heidis Augen. »Wenn wir noch geblieben wären, könnten wir uns jetzt ein genaueres Bild machen.«

»Ich wollte ihm aber nicht begegnen«, erwiderte Ruth kurz angebunden. »Vielleicht war es ganz gut, dass ich ihn heute Abend so gesehen habe. Jetzt werde ich ihn endgültig vergessen.«

Sonntagvormittag lud Ruth ihre Freundin zu einem opulenten Frühstück in eines der Kurhotels ein. Damit wollte sie wiedergutmachen, dass sie den Abend so jäh beendet hatte. Am frühen Nachmittag fuhr sie zurück. Abgesehen davon, dass sie Paul begegnet war, hatte ihr der Ausflug nach Bad Neuenahr sehr gefallen. Dennoch stellte sie auf der Rückfahrt wieder einmal fest, dass sie überhaupt kein Stadtmensch war. Hier auf dem Land, wo schattige Waldstücke sich mit kleinen, von Steinhäusern geprägten Ortschaften, Wiesen und Feldern abwechselten, fühlte sie sich wohl. Natürlich bot das Leben hier viel weniger Abwechslung als in Bad Neuenahr, Bonn oder Köln. Dafür aber auch weniger Versuchungen wie zum Beispiel ein Kasino oder gar die illegalen Spielklubs, von denen Heidi ihr erzählt hatte. Wie dumm die Menschen doch waren! Nach dem Krieg ging es ihnen endlich besser – und jetzt verspielten sie ihr hart verdientes Geld.

Ruth fuhr durch das offen stehende Tor, parkte zwischen der Limousine ihres Vaters und dem Käfer ihrer Mutter und lief die Treppe hinauf. Als sie die Haustür öffnete, schlug ihr eine Totenstille entgegen. Enttäuscht blieb sie stehen. Sie hatte sich darauf gefreut, ihren Eltern von ihrem Ausflug erzählen zu können. Erst nach ein paar Sekunden kam Arno und sprang vor Wiedersehensfreude an ihr hoch.

»Ich weiß, mein Lieber«, sagte sie zu ihm, während sie ihn streichelte, »aber wo sind denn die anderen?«

Dieses Mal drangen aus dem Musikzimmer keine Klaviertöne. Die Tür stand offen. »Mutter? Helma?«, rief Ruth durch die Eingangshalle. Doch sie bekam keine Antwort. Schließlich ging sie zur Bibliothek.

»Vater?« Sie klopfte mehrmals. Niemand antwortete. Als sie meinte, einen Laut von drinnen zu vernehmen, stieß sie ohne zu zögern die Tür auf.

Das Bild, das sich ihr bot, ließ sie erstarren. Ihr Vater lag auf dem Perserteppich vor der Terrassentür. Ihre Mutter kniete bei ihm und hielt seinen Kopf in ihrem Schoß.

»Mutter?«

Da hob Liliane langsam den Kopf und sah ihre Tochter aus schreckgeweiteten Augen an. »Ich glaube, er ist tot.«

7

Bis zur Beerdigung ihres Mannes lebte Liliane hinter der verschlossenen Tür des ehelichen Schlafzimmers. Ruth kümmerte sich um alles. Sie regelte die behördlichen Angelegenheiten, suchte zusammen mit Heidi den Sarg aus, besorgte Blumenschmuck für Grab und Kapelle, schrieb Einladungskarten.

Vier Tage nach diesem schicksalhaften Sonntag wurde Friedrich Thelen auf dem kleinen Friedhof außerhalb von Wilmersbach beigesetzt, wo die Toten im Schatten alter Bäume unter ausladenden Zweigen ihre letzte Ruhe fanden. Winzige rosafarbene Blumen wuchsen aus dem Moos, das in den kargen Ritzen der alten Bruchsteinmauer saß – wie zum Beweis dafür, dass das Leben selbst hier zu finden war.

Am Tag der Beerdigung war der Himmel bedeckt, das Licht trübe. Für Anfang Juli war es viel zu kalt. Fröstelnd standen die Trauergäste um das Grab herum. Alle waren gekommen, um dem Verstorbenen das letzte Geleit zu geben: der Bürgermeister, Gemeinderatsmitglieder, Vertreter der Stein- und Erdenindustrie, Geschäftspartner, Freunde, Bekannte und sämtliche Arbeiter aus dem Steinbruch. Während der Pfarrer seine Rede hielt, fegte plötzlich ein Windstoß übers Grab, wirbelte die gelben Blütenpollen der weißen Lilien auf dem Sarg in die Luft und verteilte sie über den schwarzen Grabstein. In diesem Moment brach die Sonne durch die Wolkendecke und verwandelte sie in Goldstaub. Ein magischer Augenblick, der Ruth daran erinnerte, dass ihr Vater einst als junger Mann nach Amerika ausgewandert war, um dort Gold zu suchen. Der Anblick hätte ihm gefallen, dachte sie mit traurigem Lächeln.

»Unser Mitgefühl gilt seiner Frau und seiner Tochter, auf deren Schultern jetzt ein großes Erbe lastet«, beendete der Pfarrer seine Ansprache. »Gott möge ihnen in dieser schweren Zeit ein Trost sein. Erde zu Erde, Asche zu Asche ...« Dann warf er die erste Schaufel Sand in das offene Grab. Nach ihm traten Ruth und Heidi, die Liliane stützten, vor und taten es ihm gleich. Ihnen folgte Friedrichs Vater. Die Schaufel in Josefs Hand zitterte. Tränen hatte er längst keine mehr. An seiner Seite stand Erika, was Ruth und Heidi trotz ihrer Trauer mit fassungslosem Blick zur Kenntnis nahmen. Mit versteinerter Miene beugte Erika sich vor und warf einen kleinen Strauß Wiesenblumen auf den Sarg. Vorarbeiter Karl Engels hatte Tränen in den Augen, als er seinem Chef und Freund ein letztes Lebewohl sagte.

Nach der Beisetzung fanden sich die Honoratioren der Stadt, Freunde und Bekannte des Verstorbenen im Gasthof zur Linde zu Kaffee, Streuselkuchen und Schnaps ein. Bleich und aufrecht sorgte Ruth auch hier dafür, dass alles reibungslos ablief. Heidi wich nicht von Lilianes Seite, die Erika an den Tisch gebeten hatte, an dem die engsten Familienangehörigen saßen.

»Deine Mutter steht unter Schock«, flüsterte Heidi ihrer Freundin zu. »Das ist die einzige Erklärung.«

Bevor die Kellnerinnen den Nelches Birnenbrand herumreichten, stand Karl auf. Er klopfte mit dem Löffel an die Kaffeetasse, um sich Gehör zu verschaffen.

»Sehr geehrte Frau Thelen, liebe Ruth, liebe Heidi, verehrte Trauergäste«, begann er seine Rede mit bebender Stimme im eifeler Tonfall. »Wir haben uns hier versammelt, um Friedrich Thelen, den ein Herzinfarkt aus dem Leben gerissen hat, das er so sehr liebte, die letzte Ehre zu erweisen. Er war ein Patriarch, der sich stets um seine Leute gekümmert hat, ein vorbildlicher Ehemann, ein liebender Vater für Ruth und Heidi und ein treu sorgender Sohn. Ein geschätzter Geschäftsmann, ein gerechter und verantwortungsvoller Arbeitgeber ...« Viele weibliche Trauergäste griffen nun zum Taschentuch. Die Herren fingerten an ihren Krawattenknoten herum. Erika hielt den Kopf gesenkt. Ihre Schultern bebten. Heidi schluchzte einige Male ungehemmt auf, während Liliane mit ihren Gedanken ganz woanders zu sein schien.

Am frühen Abend dieses Tages hatte sich die Sonne dann doch noch gegen die Wolken durchgesetzt, und es wurde wieder sommerlich warm. Nach der Trauerfeier zog sich Liliane ins Schlafzimmer zurück. Ruth fuhr Heidi, die am nächsten Tag arbeiten musste, zum Bahnhof.

»Ich kann immer noch nicht begreifen, dass Tante Liliane Erika fürs Trauermahl an den Familientisch gebeten hat«, sagte Heidi, als die beiden auf den Zug warteten. »Erika ist ihre Rivalin gewesen! Die Geliebte ihres Mannes! Und selbst wenn sie nur die Sekretärin deines Vaters gewesen wäre, hätte sie da nicht hingehört. Ich bin sicher, dass die Leute darüber reden werden.«

Ruth seufzte. »Sollen sie doch! Die Leute sind mir egal. Verstehen kann ich das allerdings genauso wenig wie du.«

Heidi hakte sich bei Ruth ein, während die beiden auf dem Bahnsteig auf und ab gingen. »Was wird jetzt? Ich meine, mit dem Basaltwerk und allem?«

»Ich weiß es nicht«, murmelte Ruth müde. »Ich weiß es wirklich nicht. Ich werde mich in den nächsten Tagen mit Mutter besprechen. Bis dahin läuft im Steinbruch erst einmal alles weiter wie bisher. Karl ist ja da. Und Erika auch.«

Heidi blieb abrupt stehen. »Schon wieder Erika ...!« Voller Unverständnis schüttelte sie den Kopf.

Ruth sah sie eindringlich an. »Sollen wir ihr etwa kündigen? Sie kennt sich in der Firma doch viel besser aus als Mutter und ich. Wir brauchen sie jetzt mehr denn je.«

Nachdem Heidi abgefahren war, wanderte Ruth mit Arno zu dem großen Basaltfindling am Waldrand. Die Abendstille tat ihr gut, genauso wie die Bewegung nach dem langen Sitzen im Gasthaus. Die vielen Menschen, mit denen sie hatte reden müssen, die Sorge um ihre Mutter ... All das hatte ihren eigenen Schmerz betäubt. Innerlich leer und erschöpft, richtete sie den Blick auf die Eifelhügel, die sich in der Ferne in Basaltblau, hellem Lila bis hin zu sanfter Malve hintereinander aufstellten. Hinter ihnen öffnete sich der weite Horizont, die Unendlichkeit – so weit weg und für die Menschen nicht greifbar. Mit diesem

Bild vor Augen wurde ihr der Tod ihres Vaters schlaglichtartig auf ganz eindringliche Weise bewusst. Nie mehr würde sie ihn wiedersehen, nie mehr sein Lachen hören, nie mehr seine Stimme, nie mehr seinen Geschichten lauschen, nie mehr seinen Rat einholen können. Ruth presste die Hände vor den Mund, um nicht aufzuschreien, und begann hemmungslos zu schluchzen. Irgendwann spürte sie Arnos kalte Nase, die sie immer wieder anstupste. Sie blickte auf, sah in seine treuen Augen und streichelte ihn. »Ach, Arno, wie soll es jetzt bloß weitergehen?« Zitternd seufzte sie auf. Während ihr das Herz so schwer war, wanderte ihr Blick über das Land, das sich vor ihr ausbreitete. Schön und friedlich lag die Natur da. Obwohl sie schon so manchen Sturm erlebt hatte, fand sie ihre Ordnung immer wieder, nach ihrem ewig geltenden Gesetz, dass auf Regen Sonne und auf Kälte Wärme folgte. Dieses Ur-Wissen gab Ruth neue Kraft, machte sie sicher, dass die tiefe Traurigkeit, die wie Blei auf ihr lastete, irgendwann vergehen würde. Alles brauchte seine Zeit. Bis dahin mussten jedoch Entscheidungen getroffen werden. Das Leben ging schließlich weiter. Da kam Ruth zum ersten Mal seit Tagen wieder ihr Himmelsstürmer in den Sinn. Er war der Typ Mann, der für sie Kraft und Sensibilität verkörperte. Ja, einen Mann wie Paul würde sie sich jetzt an ihrer Seite wünschen.

Das schaffst du doch allein, hörte sie da Heidi empört sagen. Ja, Heidi hatte recht. Sie brauchte keinen Mann an ihrer Seite, um das Leben zu meistern. Das hatte sie bis jetzt auch sehr gut allein geschafft.

In der Nacht träumte Ruth von ihrem Vater. Sie war wieder fünf Jahre alt und saß bei ihm auf dem Schoß im Wintergarten. Er erzählte ihr eine Geschichte.

Es war einmal ein kleines Mädchen, das lebte mit seinen Eltern in einer Steinwüste. Da kamen ein paar Wanderer vorbei, die erschöpft und fast verhungert waren. Die Eltern pflegten sie gesund und teilten mit ihnen das wenige Essen. »Mehr haben wir nicht. Wir sind nur arme Leute«, entschuldigten sie sich. »Aber wir können euch Steine geben«, sagte da das Mädchen eifrig. »Was sollen sie denn mit Steinen?«, fragte ihr Vater. »Die machen ja nicht satt.« Doch unter den Männern war einer, der hatte eine Idee. »Wir könnten mit den Steinen eine Wasserleitung zu dem großen Fluss bauen, durch die wir das Wasser hierher leiten. Dann könnt ihr Getreide und Gemüse anbauen.« Aus Dankbarkeit für ihre Rettung machten sich die Männer an die Arbeit. Und tatsächlich dauerte es gar nicht lange, bis die Wasserleitung fertig war. Von nun an war der Vater des Mädchens König über ein prächtiges Reich, in dem alles blühte und gedieh. Seither nannte er seine Tochter Steinprinzessin, und sie regierte mit ihrem Vater zusammen das große Reich.

»Baust du mit deinen Steinen auch Wasserleitungen?«, hatte Ruth ihren Vater damals gefragt.

»Nein, aber Straßen und Häuser.«

»Wenn ich groß bin, werde ich auch mit dir zusammen dein Reich regieren«, hatte sie gesagt.

Da hatte ihr Vater sie lachend in die Arme genommen. »Leider ist ein Basaltwerk nicht das Gleiche wie ein Königreich. Das ist nichts für eine Prinzessin. Das soll einmal dein Bruder übernehmen. Das ist nun mal so.«

»Nein«, hatte sie ihm da energisch widersprochen. »Das kann Erich nicht. Der spielt doch viel lieber mit Mutter Klavier.«

»Bis er groß ist, wird er es gelernt haben, und meine kleine Steinprinzessin wird einen Prinzen heiraten, der ihr die Welt zu Füßen legt und mit dem sie viele Kinder bekommen wird.«

Da hatte sie trotzig erwidert: »Wird sie nicht.«

Arnos Bellen weckte Ruth aus ihrem Traum auf. Er hatte ein Eichhörnchen gehört. Es ärgerte ihn, dass die putzigen, rehbraunen Tierchen auf dem Fensterbrett herumturnten.

»Pscht, Arno«, beruhigte Ruth ihn, woraufhin er sich wieder folgsam auf sein Kissen legte. Ruth richtete sich im Bett auf, noch benommen von dem Traum, in dem sie ihrem Vater so nah gewesen war. Sie trank einen Schluck Wasser. Die Nacht war mild und mondhell. Die würzige Waldluft, die durchs Fenster ins Schlafzimmer drang, half ihr, wieder einen klaren Kopf zu bekommen. Wie oft hatte ihr Vater ihr diese Geschichte erzählt! Hatte ihr Vater ihr durch diesen Traum ein Zeichen geschickt?

Morgen muss ich mit Mutter reden, nahm Ruth sich vor, während sie die kühle Nachtluft wie ein Lebenselixier tief in sich einsog. Morgen muss sie mir sagen, ob Vater ein Testament gemacht hat, in dem er einen Nachfolger für den Steinbruch bestimmt hat.

»Es gibt kein Testament«, sagte Liliane. »Davon wüsste ich.«

Ruth sah ihre Mutter an. Das schwarze, schlichte Tageskleid ließ sie noch zerbrechlicher erscheinen, als sie ohnehin schon war. Das Schwarz betonte das Silberblond ihres Haares und die weißen Perlen um ihren Hals. Auch in ihrem größten Schmerz war ihre Mutter immer noch eine schöne Frau.

»Das heißt, er hat bisher niemanden zu seinem Nachfolger bestimmt«, schlussfolgerte Ruth mit eindringlichem Blick.

»So ist es.«

»Wenn Vater kein Testament gemacht hat, sind wir beide die einzigen Erben«, fuhr sie fort.

Ihre Mutter schwieg. Mit übereinandergeschlagenen Beinen und in sich gekehrtem Blick saß sie wie verloren in einem der Korbsessel und rauchte.

»Darf ich?« Ruth zeigte auf die Packung Ernte 23.

»Natürlich.«

Ruth zündete sich eine Zigarette an und stieß scharf den Rauch aus. »Fühlst du dich inzwischen ein bisschen besser, Mutter?«, fragte sie dann.

Liliane seufzte: »Weißt du, Kind, Tage, an denen die Sonne geschienen hat, leuchten im Erinnern fort.«

Was sollte Ruth darauf sagen? Sie war erleichtert, dass ihre Mutter überhaupt wieder sprach.

»Als ich deinen Vater damals auf einer Gesellschaft in Frankfurt kennenlernte, wusste ich sofort, dass ich ihm in die Eifel folgen würde«, erzählte Liliane weiter. »Meine Eltern haben mich nicht verstanden, weil Friedrich und ich so verschieden waren. Sie haben nicht daran geglaubt, dass ich hier jemals glücklich werden könnte.«

»Und?« Ruth flüsterte nur mehr. Sie befürchtete, dass sie ihre Mutter aus ihrer Erinnerung herausreißen könnte.

»Ich bin glücklich geworden. Und er auch.« Lilianes Blick war vollkommen wach und klar, als er Ruths Blick traf. »Dein Vater hat mir alles gegeben. Und noch viel mehr. Er hat für mich dieses Haus gebaut, mir den Steinway-Flügel geschenkt. Er hat mir Erich und dich geschenkt. Und Heidi.« Ein zärtliches Lächeln legte sich auf ihre Lippen. »Auch wenn es nach außen hin so wirkte, als hätte er alles bestimmt, hat er mich doch stets nach meiner Meinung gefragt und sie immer in seine Entscheidungen einfließen lassen.«

Ruth schluckte. *Auch in die, sich eine Geliebte zu nehmen?*, hätte sie am liebsten gefragt, was ihr jedoch ihre Erziehung verbot. Dass ihre Mutter so offen über ihre Ehe sprach, verwirrte sie. Konnte sie ihren Worten überhaupt Glauben schenken? Vielleicht verzerrte der Schmerz ihre Erinnerung?

»Mutter ...« Sie beugte sich vor. »Wir müssen darüber reden, wie es mit dem Basaltwerk weitergehen soll. Es ist zurzeit ohne Leitung.«

Liliane straffte sich. Sie drückte die Zigarette aus und sah Ruth an. »Wir verkaufen es.«

Ruth schluckte. Die Antwort ihrer Mutter traf sie wie eine Ohrfeige. Sie straffte sich ebenfalls. »Du weißt, Mutter, dass es immer mein sehnlichster Wunsch gewesen ist, den Steinbruchbetrieb zu leiten. Und da es keinen von Vater bestimmten Nachfolger gibt ...«

Liliane schüttelte den Kopf, während sie sich eine neue Zigarette aus der Schachtel nahm. Ruth gab ihr Feuer. »Das wäre für dich zu schwierig, mein Schatz«, sagte sie, nachdem sie einen Zug genommen hatte.

»Weil ich eine Frau bin?«, fragte Ruth nun eine Oktave höher.

»Nein.« Ihre Mutter sah sie ruhig an. »Ich traue dir durchaus zu, dieser Aufgabe gewachsen zu sein. Unter normalen Umständen. Diesbezüglich habe ich immer anders gedacht als dein Vater.«

»Was heißt das – *unter normalen Umständen?*« Ruth hielt ihren Blick fest.

Da stand ihre Mutter auf. »Warte.«

Nach ein paar Minuten bangen Wartens, kam Liliane zurück. Sie legte ihrer Tochter Bilanzbücher in den Schoß. »Mach dir selbst ein Bild, Kind. Dann reden wir weiter.«

In den nächsten beiden Tagen durchforstete Ruth die endlosen Zahlenkolonnen in den Journalen, immer in der Hoffnung, auf einen Buchungsfehler zu stoßen, der die roten Zahlen erklären würde. Doch sie stieß nur auf monatliche Barentnahmen, die ihr Vater getätigt hatte. Zuletzt immer höhere.

»Mutter, die Firma steckt tief in den roten Zahlen«, sagte Ruth, als sie am Sonntagspätnachmittag im Wintergarten saßen und Tee tranken. »Wusstest du davon?«

Liliane nickte stumm, während sie mit gesenktem Kopf in ihrer Tasse rührte.

Ruth beugte sich vor. »Wofür hat Vater das viele Bargeld gebraucht?«

Da hob ihre Mutter den Kopf. »Er spielte. Friedrich war spielsüchtig. Es begann nach Erichs Tod. Und wurde dann immer schlimmer.«

Ruth schnappte nach Luft. Alles hätte sie erwartet, nur das nicht. Spielsucht! Plötzlich hatte sie wieder die fiebrigen Blicke der Menschen im Kasino vor Augen, wenn die

Kugel rollte, wenn sie statt auf Rot auf Schwarz fiel. Ihr Vater hatte also auch dazugehört.

»Ist er deswegen immer allein nach Bad Neuenahr gefahren?«, fragte sie mit belegter Stimme.

»Ja.«

Ruth sank in ihrem Korbsessel zurück. Ihre Gedanken wirbelten durcheinander. »Und du hast ihn nicht davon abhalten können?«, fragte sie schließlich ungläubig. Sie war sich bewusst, dass sie ihrer Mutter mit dieser Frage eine gewisse Mitschuld gab.

Liliane sah ihr offen und ruhig in die Augen. »Nein«, antwortete sie schlicht. »Glaub mir, ich habe alles versucht, aber es ist eine Sucht. Gegen die war dein Vater genauso machtlos, wie ich es war.«

In Ruth bäumte sich alles auf. Machtlos!

»Du bist noch jung, mein Schatz. Ich sage dir: Der Kampf, den ein Mensch gegen sich selbst führen muss, ist der härteste.«

Nein, das konnte sie sich nicht vorstellen. Dafür hatte sie einen viel zu starken Willen.

»Dein Vater hatte immer schon gerne gespielt«, fuhr ihre Mutter mit gesenktem Blick fort. »Als junger Mann hat er Las Vegas besucht. Unsere Hochzeitsreise haben wir nach Monte Carlo gemacht. Wir waren jeden Tag im Kasino, und abends haben wir bis in die Nacht getanzt.« Ihre Stimme brach.

»War Vater etwa damals schon spielsüchtig?«

Ihre Mutter schüttelte den Kopf. »Nein. Es fing erst nach Erichs Tod an.«

»Wusste Großvater davon? Oder Onkel Karl?«

»Niemand.«

Mit beiden Händen griff sich Ruth an den Kopf, als könne sie so ihren Aufruhr bändigen.

»Und, Ruth, da ist noch etwas«, fuhr ihre Mutter mit eindringlichem Blick fort. »Erinnerst du dich an die beiden Männer in dem grünen Opel, die vor einigen Wochen hier waren?«

»Ja, sie kamen mir gleich so merkwürdig vor«, entgegnete Ruth mit flatterndem Puls. »Wer waren sie?«

»Sie haben einen privaten Spielklub in Bonn. Sie waren am letzten Sonntag wieder hier. Vater schuldete ihnen Geld.«

»Das sie zurückhaben wollten«, schlussfolgerte Ruth matt.

Liliane nickte stumm.

»Er konnte es ihnen aber nicht zurückgeben, oder?«

Ihre Mutter schüttelte den Kopf.

»Sie haben Druck gemacht, und sein Herz hat das nicht verkraftet.«

»Genau das denke ich auch«, sagte Liliane leise.

Ruth wurde der Hals eng. Wie verzweifelt musste ihr Vater gewesen sein. »Sie werden wahrscheinlich wiederkommen«, murmelte sie vor sich hin.

»Das werden sie.«

»Mein Gott.« Ruth legte den Kopf in den Nacken und schloss die Augen. Da würde noch einiges auf sie zukommen. Dann setzte sie sich aufrecht hin und sah ihre Mutter an. »Mutter, die Firma ist zahlungsunfähig. Wir haben weder Geld, um Vaters Spielschulden zu begleichen, noch um übernächsten Samstag den Arbeitern ihren Wochenlohn auszuzahlen.«

»Wir werden den Steinbruch verkaufen. So schnell wie möglich«, sagte Liliane mit ungewohnt lauter Stimme.

»Das werden wir nicht.« Ruth sprang auf. Ihr Sessel kippte um. Arno machte einen Satz zur Seite, um nicht getroffen zu werden. »Wir werden den Steinbruch nicht verkaufen. Ich werde versuchen, ihn zu retten.«

»Bitte, Ruth …«

Ruth stellte sich vor die Glasfront und sah hinaus in den Garten. »Ich werde Johannes um einen Kredit bitten. Die Geschäfte laufen ja nach wie vor gut. Überall im Land werden Straßen und Häuser gebaut. Vater hat nur sehr viel mehr Geld ausgegeben als eingenommen. Wenn ich das ändere, werden wir ganz langsam wieder in die schwarzen Zahlen kommen.«

»Willst du wirklich Johannes in die Sache hineinziehen?«

Ruth drehte sich erstaunt um. »Warum nicht? Er ist Leiter der Kreditabteilung. Wir sind befreundet. Außerdem ist es durchaus üblich, einen Geschäftskredit aufzunehmen.« Tief in ihrem Herzen war sie sich gar nicht so sicher, ob Johannes ihr einen solchen Kredit bewilligen würde. Seit dem Tod ihres Vaters hatte er sie zwar einige Male besucht, war jedoch immer nur kurz geblieben. Sie hatte den Eindruck, dass er ihre Nähe scheue.

»Alles hat seinen Preis«, sagte ihre Mutter mit bedeutsamem Blick.

»Wie meinst du das?«

»Johannes liebt dich. Das spüre ich. Wenn er dir helfen sollte, wird er wahrscheinlich dafür auch etwas von dir haben wollen. So nett die Prümms sind, aber sie erwarten immer eine Gegenleistung.«

Ruth schluckte schwer. Ihre Mutter hatte gerade ihre eigenen schlimmsten Befürchtungen ausgesprochen.

»Ruth, mach dir doch nichts vor. Johannes ist damals nach Hamburg gegangen, weil du ihn nicht haben wolltest. Dass du Georg bevorzugt und schließlich geheiratet hast, hat ihn tief verletzt.«

Ruth setzte sich wieder. »Erstens hätte ich Johannes sowieso nie geheiratet. Und zweitens habe ich Georg doch nicht freiwillig geheiratet, sondern nur weil Vater es von mir verlangt hat. Er brauchte einen Nachfolger, und ich sollte ihn liefern. Niemanden hat interessiert, wie ich mich dabei fühlte. Und ich dummes Schaf habe mich darauf eingelassen.«

Liliane winkte ab. »Lassen wir das.«

»Ja, lassen wir das. Jetzt gibt es Wichtigeres zu besprechen.«

Liliane zog an ihrer Zigarette und sah dem Rauch nach. »Wir könnten das Haus verkaufen. Dann brauchst du Johannes nicht um einen Kredit zu bitten. Ich würde zurück nach Frankfurt gehen und erst einmal bei Tante Marlene wohnen. Und du würdest zu Großvater ziehen. Dann bleibt aber noch immer die Frage, ob du tatsächlich die Firma übernehmen solltest.«

»Das Haus behalten wir«, hielt Ruth energisch entgegen. »Es muss eine andere Lösung geben. Und was die Firma angeht, bitte ich dich, Mutter, mir zu vertrauen.« Sie holte tief Luft. Das Herz hämmerte ihr gegen die Rippen. »Wie hat Vater immer gesagt? *Das schwarze Gold ist unsere Lebensader. Der Steinbruch ist unser Reich.*« Und ich bin die Steinprinzessin, hätte sie fast hinzugefügt. Doch das klang ihr dann doch zu theatralisch.

»Du bist Lehrerin und unterrichtest am Vormittag.«

»Na und? In zwei Wochen sind erst einmal Sommerferien. Und selbst während der Schulzeit kann ich mich am

Nachmittag und Abend um die Geschäfte kümmern. Im Übrigen, vielleicht gebe ich meinen Beruf ja auch auf. Ich wollte ohnehin nie Lehrerin werden.«

»Liebes, ich weiß nicht ...«, murmelte ihre Mutter mit zweifelnder Miene.

Nach diesem Gespräch hatte Ruth das Bedürfnis, mit Karl Engels zu reden. Sie warf einen Blick auf ihre Fliegeruhr. Fünf. Um diese Zeit war Karl in der Regel wieder zurück von Maria.

Ruth mochte Karl von ganzem Herzen. Wie ihr Großvater war er ein Eifeler Urgestein – unverwüstlich, treu und gerecht. Karl kannte den Steinbruchbetrieb und dessen Abläufe noch besser als ihr Vater. Ihn brauchte sie auf ihrer Seite. Ohne Karl ging es nicht.

Dieses Mal zog Ruth nicht ihre Motorradkleidung an, sondern setzte nur Lederkappe und Brille auf. Arno sprang in den Beiwagen. Während Ruth langsam durch die Wiesen fuhr, thronte er neben ihr in dem kleinen Gefährt, als wäre dies die selbstverständlichste Sache der Welt. Die wenigen Autofahrer, die auf der Landstraße unterwegs waren, winkten Ruth lachend zu. Das ist Heimat, dachte Ruth mit einem wehmütigen Ziehen im Herzen. Eine Landschaft, die sie liebte, Menschen, die sie kannten. Und das alles sollte sie verlieren? Niemals!

Auf dem Waldweg, der zu dem kleinen See führte, erinnerte sie sich an das letzte Mal, als sie zur Hütte gefahren war. An diesem Sonntagnachmittag hatte sie dort ihren Himmelsstürmer wiedergesehen. Immer noch musste sie hin und wieder an Paul denken. Und das Bild von ihm, mit der jungen, farblosen Frau an seiner Seite, tat ihr immer noch weh.

Karl saß auf der Veranda und sah auf den See hinaus.

»Na, Mäderscher«, begrüßte er sie in seinem eifeler Tonfall. Bevor er sie an sich drückte, sah er sie prüfend an. »Wie geht's?«

Ruth seufzte. »Darf ich ehrlich sein?«

»Immer.«

»Ich weiß nicht, wie es weitergehen soll.«

»Komm, trink erst mal ein Schnäpschen, und dann erzählst du.«

Sie nickte, obwohl sie Marias Selbstgebrannten eigentlich gar nicht mochte. Nachdem sie miteinander angestoßen hatten, erzählte sie Karl von der wirtschaftlichen Situation des Steinbruchbetriebes – und wie es dazu gekommen war. »Wusstest du, dass der Betrieb in den roten Zahlen steckt?«

Karl schüttelte, sichtlich mitgenommen von dieser Neuigkeit, den Kopf. »Zur Buchführung hatte ich keinen Zugang.«

Ruth zögerte. Schließlich fragte sie dann doch. »Und Erika?«

Ihr Onkel hob die grauen Brauen. »Erika ist nur für die Geschäftspost zuständig und schreibt Angebote und Rechnungen.«

»Was hältst du davon, wenn ich an Vaters Stelle trete?«

»Habe mir schon so was gedacht«, antwortete Karl in seiner bedächtigen Art. »Ich traue dir das zu.« Er nickte bekräftigend. »Ja, das tue ich wirklich.«

Ruth sah ihn eindringlich an. »Danke, aber ohne dich schaffe ich es nicht. Du kennst alle Abläufe. Du bist immer das Bindeglied zwischen den Arbeitern und Vater gewesen. Ich habe keine Ahnung von den Abläufen.«

Ihr Onkel nickte ernst. »Du kannst dich auf mich verlassen.«

Da beugte sie sich zu ihm hinüber und umarmte ihn. »Danke, das wollte ich hören.«

»Aber ...« Karl hob den krummen Zeigefinger. »Sei dir bewusst, dass es nicht einfach wird. Die Abbaugrube ist eine raue Welt. Eine Männerwelt. Du bist eine Frau – eine junge noch dazu. Es wird Zeit brauchen, bis dich die Männer ernst nehmen und sich von dir etwas sagen lassen.«

Da stand sie auf, stellte sich breitbeinig vor ihn hin und stemmte in herausfordernder Geste die Hände in die Taille.

»Wie du siehst, habe ich die Hosen bereits an«, sagte sie mit entwaffnendem Lächeln.

Als Ruth kurze Zeit später ihr Motorrad vor dem Anwesen ihres Großvaters abstellte, saß Josef auf der Bank vor dem Haus und paffte an seiner Mutz. Ein Lächeln huschte über sein Gesicht.

»Du bist ein liebes Mädchen – dass du jeden Tag nach mir siehst«, sagte er heiser, als sie ihn zur Begrüßung umarmte.

»Ich muss doch wissen, wie es dir geht«, erwiderte sie betont beschwingt. »Und heute bringe ich sogar eine gute Nachricht«, fügte sie hinzu, als sie sich neben ihn auf die

Holzbank setzte. »Ich werde zukünftig den Steinbruchbetrieb leiten. Mit Onkel Karl zusammen. Ich meine, ich werde die Chefin sein, aber Onkel Karl hat mir seine Unterstützung zugesagt. Ohne ihn würde ich es ja gar nicht schaffen.«

»Hhm ... Das wolltest du ja schon als kleines Mädchen ...« Josef ließ sich mehrere Pfeifenzüge lang Zeit, bevor er fortfuhr: »Ich traue dir das zu, aber die Arbeiter werden sich damit schwertun.« Er seufzte tief. »Andererseits ist es ganz im Sinne deines Vaters.«

Ruth sah ihn erstaunt an. »Da bin ich mir leider nicht so sicher. Vater hat das nie gewollt. Außerdem hat er kein Testament diesbezüglich gemacht.«

»Friedrich hat doch nicht mit seinem Ableben gerechnet.« Josef sah sie bedeutsam an. »Ich weiß, dass er, nachdem Georg im Krieg gefallen ist, seine Meinung geändert hat. Es ist noch nicht lange her, als er zu mir sagte: *Wenn einer für meine Nachfolge geeignet ist, dann ist es meine Steinprinzessin.*«

Da wurde Ruth ganz warm. Mehr musste sie nicht hören. Die Worte ihres Großvaters waren für sie wie eine Absegnung für ihren Entschluss. Nur – welch ungeheure Bürde lag auf dieser Nachfolge! Ob ihr Großvater wusste, dass der Steinbruchbetrieb zahlungsunfähig war? Sie wollte ihn nicht fragen. Diese Wahrheit hätte ihn nur belastet.

»Wirst du Erika als Sekretärin behalten, wenn du den Betrieb übernimmst?«, erkundigte sich ihr Großvater in ihre Gedanken hinein.

»Wie kommst du darauf?«, wich sie in ihrer Verwirrung darüber, wie sehr ihrem Großvater Erikas Schicksal am Herzen zu liegen schien, einer Antwort aus.

Josef hob die Schultern. »Wenn du die Chefin bist, kannst du bestimmen.«

»Ich ...« Ruth schluckte. »Wir werden sehen, wie wir miteinander auskommen. Vater hat ja große Stücke auf sie gehalten«, fügte sie hinzu – was sie gleich darauf bereute, da sie selbst den ironischen Unterton in ihrer Stimme gehört hatte.

»Erika ist ein liebes Mädchen. Sie hat eine schwere Kindheit gehabt.«

»Das hast du mir schon einmal erzählt«, erwiderte Ruth sachlich.

Dass ihr Großvater sich so für Erika Hammes einsetzte, missfiel ihr und weckte in ihr erneut den Verdacht, dass er von der Liebesbeziehung ihres Vaters gewusst und sie toleriert haben musste.

Entschlossen richtete sie sich auf. »War Erika Vaters Geliebte?«

Josef fuhr zurück, wie von der Natter gebissen. »Marie, Jusep und Pitter! Wie kommst du denn darauf?«

»Ja, aber ...« Sie räusperte sich. »Sowohl Heidi als auch ich haben die beiden in inniger Umarmung gesehen. Was kann man denn sonst daraus schließen?«

Josef stand auf, und mit ihm Arno, der zu Ruths Füßen gelegen hatte. »Vermisst du die Gänse heute?«, fragte er den Schäferhund, während er sich zu ihm hinunterbeugte und seinen Kopf tätschelte. »Die sind im Stall.«

Ruth ahnte, dass ihr Großvater für seine Antwort Zeit gewinnen wollte. Schließlich richtete er sich ächzend auf und suchte ihren Blick. »Dein Vater war ein guter Mann. Vergiss das nie. Er hatte stets ein Herz für die Schwachen, für die, denen es weniger gut ging als ihm. Das hat er bei

Heidi bewiesen, der er eine Familie gegeben hat. Und das hat er auch viele Male während des Krieges bewiesen. Erinnerst du dich noch, als er das jüdische Ehepaar auf eurem Dachspeicher versteckt hat? Und dass er seine Arbeiter geschützt hat, damit ihnen nicht widerfuhr, was seinem einzigen Sohn zugestoßen ist?«

»Aber das weiß ich doch.«

»Und bei Erika war es genauso. Erikas Mutter hat ihre Tochter einfach alleingelassen und ist vor Kriegsausbruch mit einem Mann nach Schweden durchgebrannt. Das Mädchen musste sich mutterseelenallein durchschlagen. Und das in Kriegszeiten! Da sie klug ist, hat sie eine Ausbildung zur Sekretärin gemacht.«

»Und Vater hat sie eingestellt, nachdem er ihre Geschichte gehört hatte«, stellte Ruth erneut mit ironischem Unterton fest – für den sie sich schämte. Dennoch. Ihr Instinkt sagte ihr, dass an der Geschichte ihres Großvaters irgendetwas nicht stimmte. Sie wusste jedoch, dass sie ihm jetzt keine weiteren Informationen mehr würde entlocken können. Es war ja auch nur normal, dass er nicht schlecht von seinem Sohn denken oder sprechen wollte.

Ihr Großvater ließ sich wieder auf die Bank sinken. Zu ihrer Überraschung nahm er ihre Hand in seine, die sich trocken und schwielig anfühlte. »Es wäre im Sinne deines Vaters, wenn Erika weiterhin im Basaltwerk arbeiten könnte. Mit ein bisschen gutem Willen könnt ihr beiden doch miteinander auskommen.«

Ruth drückte seine Hand. »Ich habe auch nicht vor, ihr zu kündigen«, erwiderte sie mit belegter Stimme. »Ich brauche sie.« Dann zwang sie sich zu einem beruhigenden

Lächeln. »Ich bin sicher, dass wir miteinander klarkommen werden.«

Noch am gleichen Abend rief Ruth bei Heidis Vermieterin an.

»Fräulein Ehlert ist gerade von ihrem Freund abgeholt worden«, hörte sie die ältere Dame in deutlich missbilligendem Ton sagen. »Soll ich ihr etwas ausrichten?«

»Nein, vielen Dank«, antwortete Ruth und verabschiedete sich höflich. Wie gerne hätte sie mit Heidi gesprochen, hätte ihr von ihrem Entschluss, die Firma fortan zu leiten, erzählt. Zum ersten Mal in ihrem Leben hatte sie eine Entscheidung getroffen, ohne vorher mit Heidi darüber ausführlich zu reden. Aber so war es nun mal: Heidi führte jetzt ihr eigenes Leben, hatte seit Kurzem Bill und kam nur noch jedes zweite Wochenende nach Hause. Der Postweg war zu umständlich, um schnell einen Rat einzuholen. Alles hatte sich so schnell verändert.

8

»Nimm Vaters Limousine«, sagte Liliane, nachdem sie ihrer Tochter einen Kuss gegeben hatte. »Toi, toi, toi – du machst das schon. Zeig den Arbeitern, dass du das Gleiche kannst wie ein Mann in dieser Position.«

Ruth nahm jedoch nicht die Mercedes-Limousine, sondern fuhr an diesem Montagmittag mit ihrem Motorrad zur Thelener Ley II. Als sie ihre Tiger dort abstellte, wo ihr Vater immer geparkt hatte, wurde ihr ganz flau. Überschätzte sie sich vielleicht? Mit weichen Knien stieg sie die Stahltreppe hinauf, machte sich durch ein Anklopfen bemerkbar und trat in das Reich ein, in dem ihr Vater noch vor etwas mehr als einer Woche geherrscht hatte.

Erika saß vor ihrer Schreibmaschine. Sie blickte hoch und sah sie aus ihren großen, tiefdunklen Augen unergründlich an.

»Guten Tag, Fräulein Hammes«, begrüßte sie die Sekretärin, woraufhin Erika aufstand.

Erika war fast einen Kopf kleiner als Ruth. Trotz ihrer zierlichen Figur strahlte sie eine natürliche Würde aus, die Ruth von Anfang an beeindruckt hatte.

»Guten Tag, Fräulein Thelen«, erwiderte Erika mit geschäftlicher Miene.

»Wollen wir uns im Kontor meines Vaters unterhalten?«, fragte Ruth. »Dort ist es ein bisschen gemütlicher.« Der Raum hatte eine Sitzecke mit zwei Ledersesseln, einem Couchtisch und einem kleinen Bartisch.

Erika folgte ihr.

»Bitte ...« Ruth zeigte auf einen der Sessel. In ihrem Magen rumorte es. Es fiel ihr schwer, Erika gegenüber unbefangen zu sein.

Nachdem Erika sich gesetzt hatte, sah sie Ruth offen an. »Ich glaube, ich weiß bereits, was Sie mir sagen wollen: Sie werden den Betrieb übernehmen. Einer der Arbeiter hat es mir eben erzählt.«

Ruth musste lächeln. »Das hätte ich mir eigentlich denken können. Ich hatte Herrn Engels gebeten, die Leute im Steinbruch darauf vorzubereiten.«

Erikas Blick hielt ihren fest. »Werde ich weiter für Sie arbeiten können?«

Es lag keine Bitte in diesem Blick, keine Unsicherheit. Erika wollte ein klares Ja oder Nein hören. In diesem Moment wurde Ruth bewusst, dass Erika keinesfalls ein schwacher Mensch war. Wer sich in jungen Jahren hatte durchschlagen müssen, war stark.

Sie schluckte und bemühte sich um ein warmes Lächeln. »Ja, ich würde mich freuen, wenn Sie zukünftig auch für mich arbeiten würden.«

Erika nickte nur stumm, ohne Ruth aus den Augen zu lassen – was Ruth irritierte und veranlasste weiterzusprechen. »Ich brauche Sie. Sie kennen sich in der Firma besser aus als ich zurzeit. Deshalb will ich auch mit offenen Karten spielen.« Sie biss sich auf die Lippe und hob dann den Kopf, um fortzufahren. »Der Steinbruchbetrieb ist zahlungsunfähig. Wir stecken tief in den roten Zahlen. Für mich, wenn ich ehrlich sein darf, nicht der einfachste Start. Und dennoch werde ich den Familienbetrieb weiterführen. Ich will versuchen, die Firma wieder in die schwarzen Zahlen zu führen. Was bedeutet: Mehr Aufträge einholen und weniger Ausgaben machen. Wir müssen sparen, wo es nur geht. Es wird seine Zeit brauchen, aber ...« Abrupt brach sie ab. Erikas Überraschung, ja Erschrockenheit, war echt, das spürte sie. Also hat sie nichts von Vaters Spielschulden gewusst, ging Ruth durch den Kopf.

Erika setzte sich aufrecht hin und verschränkte die schmalen Hände im Schoß. Sie wirkte sehr damenhaft in ihrem blassgrauen Kostüm und mit der lockigen Kurzhaarfrisur – ganz anders als Ruth, der bewusst war, dass sie in ihrer langen Hose, dem männlich geschnittenen Jackett und dem streng zurückgekämmten Haar keinen femininen Eindruck machte.

»Ich habe mir die ersten Aufstellungen angesehen und bin zu dem Schluss gekommen, dass ich den Volkswagen leider verkaufen muss«, fuhr Ruth fort. »Ich hoffe, dass Sie das verstehen.«

Erika nickte. »Das ist kein Problem für mich. Dann fahre ich eben wieder mit dem Zug.«

Ruth schämte sich insgeheim. So unterschiedlich sie beide waren, so musste sie doch zugeben, dass sie Erika völlig falsch eingeschätzt hatte. Sie war wirklich *ein liebes Mädchen* – wie ihr Großvater gesagt hatte. Von schlechtem Gewissen übermannt, beugte sie sich vor und legte ihre Hand auf die von Erika. »Ich werde natürlich alles tun, um den Betrieb am Laufen zu halten. Meine Mutter und ich werden unser Privatvermögen einsetzen, damit weiter abgebaut werden kann.« Sie drückte Erikas Hand und lächelte. »Wenn wir alle an einem Strang ziehen, können wir es schaffen.«

Erika nickte und stand auf. »Sagen Sie mir bitte, wie ich Sie unterstützen kann. Ansonsten mache ich meine Arbeit weiter wie bisher.«

Ruth hatte sich gleichzeitig mit ihr erhoben. »So machen wir es. Ich danke Ihnen.« Dann rieb sie sich voller Elan die Hände. »So, jetzt werde ich mich mal einarbeiten. Zu Beginn werden Sie mir noch bei vielem helfen müssen. Ich hoffe ...« Sie lächelte Erika gewinnend an.

Ihre Sekretärin lächelte reserviert zurück. »Fragen Sie mich ruhig immer.«

Erika hatte schon die Türklinke in der Hand, als Ruth noch einfiel: »Warten Sie bitte. Was hat mein Vater gemacht, wenn er mit Geschäftspartnern einen guten Abschluss getätigt hat?«

Da legte sich ein weiches Lächeln auf Erikas schmales Gesicht. »Er hat ihnen einen Cognac angeboten.«

Ruth lachte. »So wollen wir es jetzt auch machen!« Dann ging sie zum Bartisch und schenkte ihnen beiden ein. »Auf gute Zusammenarbeit«, sagten beide Frauen wie aus einem Mund, als sie sich zuprosteten.

Die ganze Woche über fuhr Ruth jeden Mittag nach der Schule auf direktem Weg in den Steinbruch und versuchte, die von ihrem Vater angelegten Akten zu sichten, zu verstehen und zu bearbeiten. Karl und Erika halfen ihr dabei, so gut sie konnten. Es stellte sich jedoch bald heraus, dass sich Friedrich Thelen von den beiden nicht in die Karten hatte blicken lassen.

»Wie kommt es, dass mich noch kein Arbeiter irgendetwas gefragt hat? Ist das normal?«, fragte Ruth am Ende der Woche erstaunt.

Erika lächelte sichtlich verlegen. »Nein, irgendwas ist immer. Sei es, dass jemand einen freien Tag will, einen Vorschuss, einen Rat oder Ähnliches.«

»Was denken Sie? Bitte, seien Sie ehrlich. Die Arbeiter meiden mich, oder? Ist es, weil sie mit einer Frau als Chef nicht umgehen können?«

Erika erwiderte Ruths direkten Blick. »Ja, ich denke, das wird der Grund sein. All die Männer dort unten in der Grube tun sich mit einer Frau als Chefin schwer.«

Ruth hob trotzig das Kinn. »In den Kriegsjahren haben die Frauen doch auch alle möglichen Aufgaben übernommen, die vorher von Männern erledigt worden waren. Warum nicht jetzt?«

»Das war eine Notsituation. Jetzt sind die Männer aus dem Krieg zurück. Deshalb sollen die Frauen wieder ihren alten Platz einnehmen, bei der Familie und im Haushalt. Sie sollen das Feld räumen.«

»Und wie sehen Sie das?«

Erika lächelte zu ihr hoch. »Ich sitze hier, weil ich Geld verdienen muss, um meinen Lebensunterhalt zu bestreiten. Ich würde lieber heiraten, Kinder bekommen und für die Familie sorgen. Ich würde gerne meinem Ehemann ein schönes Heim bieten, in dem er sich von der Arbeit erholen kann.« Sie senkte den Kopf, als wären ihr ihre Worte peinlich. »Vielleicht deshalb, weil ich als Kind nie eine richtige Familie gehabt habe«, fügte sie dann leiser hinzu.

Ruth räusperte sich. »Darf ich fragen, ob Sie verlobt sind oder einen Freund haben?«

Erika sah sie wieder an und lächelte. »Ja, ich habe einen Freund. Seit ein paar Jahren, aber er wohnt an der Mosel, und wir sehen uns nicht so oft.«

»Werden Sie ihn heiraten?«

Ihre Sekretärin zuckte mit den Schultern. »Wenn es nach ihm ginge, wären wir schon längst verheiratet. Aber ich ... Er ist einfach nicht mein Traummann – wenn Sie verstehen, was ich meine.«

Traummann. Ruth lächelte versonnen vor sich hin. Unwillkürlich musste sie wieder an Paul denken. »Mit den Traummännern ist es doch meistens so, dass sie schon vergeben sind, nicht wahr?«

»Ich weiß nicht. Ich bin ihm noch nicht begegnet.«

Ruth lächelte Erika warmherzig an. Es tat ihr gut, mit ihr von Frau zu Frau zu reden, auch wenn sie Erikas Vorstellungen von Ehe nicht teilte. Erika war wirklich sympathisch – ganz gleich, wie sie zu ihrem Vater gestanden haben mochte. Inzwischen neigte sie eher dazu zu glauben, dass sich ihr Vater dieser jungen Frau tatsächlich nur angenommen hatte, weil sie eine *arme Seele* war, wie ihr Großvater ihr erzählt hatte. Oder wollte sie das nur glauben? Sie hatte schließlich schon genügend andere Probleme. Vielleicht würde sie ihre Mutter irgendwann einmal darauf ansprechen. »Darf ich Ihnen einen Rat geben?«, fuhr Ruth nun ganz spontan fort. »Wenn Sie so gerne eine Familie hätten und Ihr Freund nett ist und Sie liebt, greifen Sie zu. In dieser Zeit sind Männer rar.«

Erika sah sie mit ihren tiefbraunen Augen forschend an. »Und Sie? Darf ich Ihnen dieselbe Frage stellen?«

Ruth lachte kurz auf. »Tja, und ich? Ich kann mit der Rolle der Hausfrau nicht so viel anfangen. Mich würde die

Aufgabe, meinem Ehemann ein schönes Zuhause zu bereiten, nicht erfüllen.«

»Und Kinder? Mögen Sie keine Kinder?«

»Doch, natürlich«, beeilte sich Ruth zu antworten. »Ich bin Lehrerin und bin gerne mit Kindern zusammen, aber nur Hausfrau und Mutter sein – das ist nichts für mich.« Sie nickte entschlossen, als wolle sie ihre Worte noch einmal bekräftigen, bevor sie mit einem Lächeln hinzufügte: »Ich glaube, ich bin hier auf genau dem richtigen Platz. Ich muss nur noch die Männer dort unten in der Grube davon überzeugen.« Dann wurde sie wieder ernst. »Jetzt noch ein anderes Thema, Fräulein Hammes. Morgen ist Zahltag. Ich habe heute schon mal die Löhne mitgebracht.« Sie schob Erika ein dickes Kuvert zu. »Zahlen Sie morgen bitte wie gewohnt das Geld aus.«

Ihre Sekretärin nickte. »Ich werde es über Nacht in den Safe einschließen. Aber wollen wir vielleicht gerade zusammen die Lohntüten durchzählen?«

Ruth freute sich, dass Erika so mitdachte. »Das ist eine gute Idee.«

Auch am nächsten Tag fuhr Ruth sofort nach dem Unterricht zur Thelener Ley II. Die Sonne stand fast im Zenit und brannte vom Himmel. Ruth genoss den Fahrtwind, der durch die geöffneten Fenster des VW ins Wageninnere wehte. Als sie dem Steinbruch näher kam, vermisste sie den ohrenbetäubenden Lärm der Bohrer, die tagein und tagaus den Basalt aus den Abbruchwänden lösten. Ein ungutes Gefühl breitete sich in ihr aus. Langsam fuhr sie in die Abbruchgrube hinein. Es gab keinen Zweifel. Hier ruhte die Arbeit, obwohl die Betriebssirene das Wochenende längst noch nicht angekündigt hatte. Vor dem Brechergebäude, den Kipperbuden und der Schmiede standen die Männer in Gruppen zusammen. Ihre aufgeregten Stimmen durchbrachen die spannungsvolle Stille in der Ley, über der die Mittagshitze brütete.

Ruth stieg aus. Ihr Herz begann zu pochen. Inzwischen hatten einige Arbeiter ihr Kommen bemerkt. »Da ist sie!«, wurden plötzlich Rufe laut, woraufhin die Männer von allen Seiten in die Mitte der Grube strömten und sich zu einer geschlossenen Front zusammenstellten. Angeführt von Heinz Zorn, dem Schmiedemeister, einem kantigen Mann mittleren Alters, kamen sie jetzt Schritt für Schritt auf sie zu. »Heinz ist ein unangenehmer Bursche, der die Interessen der Arbeiter gerne lautstark vertritt«, hatte Karl sie noch vor ein Tagen gewarnt. »Er könnte dir Schwierigkeiten machen.«

Trotz der dünnen, weißen Bluse und des leichten Rocks begann Ruth zu schwitzen. Irgendetwas musste passiert sein. Heute war Zahltag, was die Stimmung der Leute in der Regel hob – wie sie von ihrem Vater wusste. Zu dumm, dass Karl an diesem Samstagmorgen nicht da war. War das jetzt ihre Feuerprobe?

»Wir wollen unseren Lohn! Wir wollen unseren Lohn!«, rief Heinz Zorn, und binnen einem Wimpernschlag fielen die anderen in seine Forderung ein. Ruth sah den Männern entgegen, die sich drohend auf sie zubewegten, blickte in die staubigen, verschwitzten Gesichter, die viel älter aussahen, als sie waren. Manche Männer taten es ihrem Anführer gleich und hoben zur Untermalung ihrer Forderung kämpferisch die Faust. Obwohl ihr die Angst im

Nacken saß, stieg sie geistesgegenwärtig auf einen der Basaltbrocken. Mit durchgedrücktem Rücken stellte sie sich kerzengerade vor der Phalanx auf und hob beide Hände, woraufhin tatsächlich die meisten verstummten. So blieb sie einige Sekunden, die sich für sie zu gefühlten Stunden ausdehnten, regungslos stehen und sah auf die Männer hinunter, von denen immer mehr verstummten. Schließlich trat Heinz Zorn vor. Er musste zu ihr hochblicken, was ihm wahrscheinlich überhaupt nicht gefiel.

Mit wütender Miene hob er an: »Haben Sie angeordnet, dass Fräulein Hammes uns heute unsere Löhne nicht auszahlt? All diese Männer hier haben die ganze Woche hart gearbeitet. Das Geld steht ihnen zu. So etwas wäre unter Ihrem Vater niemals passiert. Von Anfang an haben wir gewusst, dass der Steinbruch unter Ihrer Führung keine Zukunft haben wird, aber dass Sie gleich damit anfangen, uns um unseren Lohn zu betrügen, hätte niemand von uns gedacht. Macht ihr Weiber so eure Geschäfte? Wir wollen ...«

In Ruths Kopf wirbelten die Gedanken durcheinander. Einer kristallisierte sich heraus: Sie musste die Mannschaft zuerst einmal beruhigen, bevor sie das Missverständnis aufklären konnte.

»Bitte ...«, rief sie in die Menge. »Bitte beruhigen Sie sich. Hören Sie mir bitte zu! Natürlich sollen Sie Ihre Löhne bekommen. Gestern habe ich die Lohntüten mitgebracht. Es muss sich um ein Missverständnis handeln, das ich sofort mit Fräulein Hammes klären werde. Geben Sie mir ein paar Minuten. Keiner von Ihnen wird heute Mittag ohne Lohn nach Hause gehen müssen. Dafür verbürge ich mich. Vertrauen Sie mir!« Mit angehaltenem Atem wartete sie ab, wie die Männer reagieren würden. Einige besprachen sich, einige traten zur Seite und lehnten sich abwartend und mit verschränkten Armen an die Loren. Ein paar jedoch blieben mit immer noch aufgewühlten Gesichtern hinter Heinz Zorn stehen, der zu überlegen schien, was er als Nächstes tun sollte. Schließlich kam von ihm das erlösende Nicken.

»Wir geben Ihnen eine Viertelstunde. Danach gehen wir in das Kontor und nehmen uns, was uns zusteht«, erwiderte er mit flammendem Blick. »Keine Minute mehr.«

»Einverstanden. Danke.« Behände sprang sie von dem Stein und lief auf die Stahltreppe zu, die zum Kontor hinaufführte. Dort fand sie Erika in Tränen aufgelöst vor.

»Fräulein Thelen, wie gut, dass Sie da sind. Es ist etwas Schreckliches passiert.«

Ruth zwang sich zur Ruhe, obwohl sie das Gefühl hatte, ihr würde der Kopf platzen. »Erzählen Sie«, forderte sie Erika auf.

»Jemand hat ...« Erika schluchzte wieder laut auf. »Ein paar Lohntüten fehlen. Deshalb habe ich die Löhne noch nicht ausgezahlt.«

Ruth blinzelte verwirrt. »Wie meinen Sie das?«

»Um zwölf verteile ich immer die Lohntüten. Um halb zwölf bin ich noch schnell zur Toilette gegangen. Wirklich nur kurz.« Erika sah sie beschwörend an. »Als ich wiederkam, habe ich sofort gesehen, dass ein paar Lohntüten fehlten. Die, die am Ende der Reihe lagen. Die für die Schmiede bestimmt waren.«

»Also vier Tüten.« Ruth schluckte. »Haben Sie einen Verdacht, wer sie genommen haben könnte?«

Da hob Erika abwehrend beide Hände. »Ich war es nicht. Das versichere ich Ihnen.«

Ruth strich ihr beruhigend über die Schulter. »Davon gehe ich doch gar nicht aus. Aber irgendjemand muss es ja gewesen sein.«

Erika sah sie aus rot geränderten Augen an. »Ich will niemanden zu Unrecht beschuldigen.«

»Bitte! Es können ja nicht die Mäuse gewesen sein.«

Erika wand sich. »Vielleicht hatte derjenige gar nicht vor, etwas zu stehlen. Vielleicht wollte er nur etwas fragen, sah die Lohntüten auf der Theke und griff einfach zu.« Sie schluchzte erneut auf. »Im Grunde genommen bin ich schuld, weil ich die Tür nicht zugesperrt habe.«

Stimmt, dachte Ruth insgeheim. Gelegenheit schafft Diebe.

»Fräulein Hammes, jetzt sagen Sie schon! Haben Sie jemanden in Verdacht?«, sagte sie bemüht ruhig.

»Als ich zurückkam, sah ich Hans Bauer, wie er die Treppe hinunterging. Ich hatte den Eindruck, dass er im Kontor gewesen war, wo er mich nicht angetroffen hat. Aber er kann natürlich auch im Kabuff gewesen sein, um Verbandszeug zu holen.«

»Hans Bauer? Der lange Blonde?« Ruth zog die Brauen zusammen.

Erika schniefte und nickte.

Mit ihm war sie zusammen auf der Volksschule gewesen. Ruth straffte sich. »Ich will ihn sprechen. Er soll in mein Kontor kommen.«

Als Ruth an diesem Samstagnachmittag nach Hause kam, saßen ihre Mutter und Heidi auf der Terrasse unterm Sonnenschirm.

»Du bist schon da?«, fragte Ruth ihre Freundin verwundert. »Ich sollte dich doch erst am Spätnachmittag vom Bahnhof abholen.«

Heidi umarmte sie. »Ich bin schon heute Vormittag gekommen.« Ihr Lächeln kam Ruth weniger strahlend vor als sonst.

»Setz dich, Schatz«, sagte Liliane zu ihrer Tochter. »Helma hat Kirschstreusel gebacken. Wir haben schon auf dich gewartet.« Sie hob die Brauen. »Warum bist du so spät?«

Ruth seufzte laut auf. »Das erzähle ich euch gleich.« Sie sah sich suchend um. »Wo ist Arno?«

»Helma geht gerade mit ihm spazieren. Er war so unruhig.«

»Ist doch klar«, erwiderte Ruth mit betretener Miene. »Ich hatte in dieser Woche ja gar keine Zeit für ihn.«

»Tante Liliane hat mir alles erzählt«, teilte Heidi ihr mit ernstem Blick mit.

»Glaubst du wirklich, dass das eine gute Entscheidung ist, den bankrotten Betrieb weiterzuführen? Immerhin hast du ja schon einen Beruf.«

»Das weiß ich selbst«, entgegnete Ruth gereizt. Durch den Vorfall im Steinbruch war sie innerlich noch aufgewühlt – und obendrein auch unsicher, ob sie in dem Gespräch mit Hans Bauer richtig agiert hatte.

»Jetzt trink erst einmal eine Tasse Kaffee«, schlug ihre Mutter vor.

Ruth setzte sich auf den Terrassenstuhl und atmete tief durch. Nachdem sie den ersten Schluck getrunken hatte, erzählte sie den beiden von dem Diebstahl und der Reaktion der Männer.

Heidis Augen blitzten kämpferisch auf. »Wenn Fräulein Hammes die Tür abgeschlossen hätte, wäre das nicht passiert.«

»Sie hat das bestimmt nicht absichtlich vergessen«, ergriff Liliane sofort Partei für Erika, woraufhin Heidi die Augen verdrehte.

»Jeder macht Fehler«, sagte Ruth mit matter Stimme. »Wenn Vater noch leben würde, hätte Hans Bauer niemals gewagt, das Geld zu entwenden.«

»Das ist doch gerade der Punkt«, trumpfte ihre Freundin auf. »Warum tust du dir das an? Wem möchtest du hier etwas beweisen? Deinem Vater? Weil er dich nicht zu seiner Nachfolgerin gemacht hat? Er ist nicht mehr da, Ruth! Verkauf den Steinbruch! Von dem Erlös könnt ihr Onkel Friedrichs Spielschulden bezahlen.«

Ruth setzte sich gerade hin. »Das werden wir nicht tun. Ich werfe nicht nach einer Woche schon die Flinte ins Korn. Außerdem geht es mir nicht darum, etwas zu beweisen. Ich wollte schon immer den Steinbruch übernehmen. Jetzt ist meine Zeit gekommen. *Der Steinbruch ist die Lebensader unserer Familie*. Ich bin die Erbin und werde diese Lebensader erhalten. Das ist nun mal so.«

Heidi sah sie zunächst sprachlos an, dann senkte sie den Kopf und widmete sich ihrem Kuchenstück.

»Hast du Hans Bauer entlassen?«, wollte Liliane wissen.

Ruth blickte von ihr zu Heidi und seufzte dann. »Das konnte ich nicht.«

Ihre Mutter wie auch Heidi sahen sie erstaunt an.

»Hans hat drei Kinder«, fuhr sie fort. »Seine Frau ist mit dem vierten schwanger. Eines der Kinder hat einen Herzfehler. Die Ärzte in der Universitätsklinik Bonn geben

dem Jungen nur noch wenige Monte, wenn er nicht operiert wird. Hans fehlt das Geld für eine solche Operation.«
Sie hielt inne und biss sich auf die Lippe, bevor sie weitersprach: »Es war zwar nicht in Ordnung, und ich will auch nichts schönreden, aber als Hans das Geld da liegen sah, ist in seinem Kopf bestimmt eine Sicherung durchgebrannt. Er ist nicht kriminell.«

Heidi und Liliane sahen betreten vor sich hin.

»Ich habe den vier Schmieden versprochen, ihnen morgen nach der Kirche ihren Lohn zu Hause vorbeizubringen«, fuhr Ruth fort. »Ich bezahle sie von meinem Gesparten. Das Geld aus den Lohntüten soll Hans behalten. Davon kann er die Operation wenigstens schon mal anzahlen.« Sie atmete tief durch. »Montag werde ich Johannes fragen, ob er Hans einen Kleinkredit geben kann. Hans besitzt ja den kleinen Hof, der könnte für die Bank möglicherweise eine Sicherheit sein.«

Heidi sagte immer noch nichts. Stattdessen nahm sie noch eine Portion Schlagsahne.

»Weiß Karl schon Bescheid?«, fragte Liliane.

Ruth schüttelte den Kopf. »Ich habe ihn heute nicht gesehen. Er ist am Vormittag nach Daun gefahren, um den Volkswagen zu verkaufen.«

»Dann muss Erika jetzt wieder mit dem Zug fahren?«, fragte ihre Mutter erstaunt, was in Ruths Ohren so klang, als würde ihr das für Erika leidtun.

»Es geht nicht anders, Mutter«, antwortete Ruth. »Wir brauchen jetzt jede Mark.«

»Welche Sekretärin hat schon einen Dienstwagen?«, schaltete sich da Heidi ein, die ihrer Freundin einen vielsagenden Blick zuwarf.

Ruth zuckte nur mit den Schultern und probierte den Kirschstreusel.

»Deine Reaktion auf den Diebstahl ist zwar sehr edel, aber hoffentlich haben in Zukunft nicht noch mehr deiner Arbeiter kranke Kinder«, sagte Heidi mit vollem Mund.

Ruth wusste nicht, ob sie lachen oder wütend werden sollte. Typisch Heidi! Sie sprach stets ungeschönt das aus, was man gerade am wenigsten hören wollte. Sie sah ihre Freundin eindringlich an. »Ich glaube nicht, dass Hans so dumm ist, seinen Kollegen von seiner Missetat zu erzählen.«

Bevor Heidi darauf etwas sagen konnte, kam Arno auf die Terrasse gestürmt.

»Ich freue mich ja auch, mein Großer«, sagte Ruth zu ihm, während sie ihn streichelte. »Ich weiß ja, dass ich dich vernachlässige. Aber Ende nächster Woche beginnen ja die Ferien. Dann habe ich wieder mehr Zeit für dich.«

Eine Stunde später wanderten Ruth und Heidi mit Arno forschen Schrittes durch den Wald. Ruth hatte den Eindruck, dass ihre Freundin schweigsamer war als sonst.

»Ist alles gut bei dir?«, fragte sie sie schließlich, als sie auf Ruths Lieblingsstein eine Verschnaufpause einlegten.

Heidis Blick verlor sich in der Ferne.

»Du hast doch was«, drängte Ruth sie besorgt.

»Ich glaube, das mit mir und Bill wird nichts«, antwortete Heidi schließlich, ohne sie anzusehen.

»Warum?«

»Bill möchte heiraten und Kinder haben. Und seine Ehefrau soll nicht arbeiten, weil er genug verdient, um eine

Familie zu ernähren. Wir haben uns gestern Abend gestritten«, erzählte Heidi traurig weiter. »Dann hat er mich nach Hause gebracht, obwohl wir verabredet hatten, dass ich gestern zum ersten Mal bei ihm übernachten sollte.« Sie schluchzte leise. »Aber ich kann doch nicht so einfach alles aufgeben. Meinen großen Traum, irgendwann einmal eine erfolgreiche Modeschöpferin zu sein.«

»Das tut mir so leid«, sagte Ruth leise und nahm ihre Freundin fest in die Arme.

»Ist das nicht komisch?«, fuhr Heidi fort. »Die meisten Frauen in unserem Alter suchen verzweifelt einen Mann, der sie heiratet und ihnen ein schönes Leben bietet, und ich ...« Verzweifelt sah sie Ruth an. »Bill würde bestimmt ein wunderbarer Ehemann und Vater sein. Ich würde ein gutes Leben bei ihm haben.«

»Liebst du ihn?«, fragte Ruth sanft.

Heidi hob die Schultern. »Wir kennen uns ja erst kurz. Ich bin in ihn verliebt, ja, aber ich kann mir nicht vorstellen, alles aufzugeben, meine Arbeit, meine Selbstständigkeit, um zukünftig nur noch für ihn da zu sein.«

Ruth schüttelte energisch den Kopf. »In dieser Rolle sehe ich dich auch nicht.«

»Sind wir beide vielleicht irgendwie krank?«, fragte Heidi mit so ernster Miene, dass Ruth herzlich lachen musste. Und Heidi stimmte in ihr Lachen ein.

Als die beiden auf dem Rückweg waren, blieb Heidi unvermittelt stehen. »Denkst du manchmal noch an Paul?«

»Ja. Es ist ja erst vierzehn Tage her, dass wir im Kasino waren.«

»Ich habe ihn gesehen.«

Ruth fühlte sich wie vom Blitz getroffen. »Paul?«

Heidi nickte. »Gestern Abend. Vorm Kasino. Ich war mit Bill in der Kasinobar, bevor wir uns gestritten haben.«

»Und?«

»Paul ist Chauffeur für irgendeinen Minister oder so was. Die Limousine war ein Regierungsfahrzeug. Das habe ich am Kennzeichen erkannt. Und jetzt rate mal, wen er gestern Abend kutschiert hat!«

»Nun sag schon!«

»Die Eltern von der Unscheinbaren mit dem schmachtenden Blick.«

Ruth trat einen Schritt zurück. »Bist du sicher?«

»Klar bin ich sicher.« Heidi sah sie triumphierend an. »Als Bill und ich das Kasino verließen, stiegen sie gerade ein.«

»War die Tochter auch dabei?«

»Nur die Eltern.«

Ruth rieb sich die Stirn, als könne sie durch diese Geste in ihrem Kopf Klarheit schaffen. »Als wir Paul in der Kasinobar gesehen haben, sah es so aus, als wären er und die blonde Frau ein Paar.«

»Wir hatten doch gar keine Zeit, die beiden zu beobachten«, wandte Heidi ein. »Vielleicht musste Paul an diesem Abend als Begleiter für die Tochter seines Chefs herhalten.«

»Und du bist sicher, dass Paul wirklich Chauffeur ist?«

»Bin ich. Er trug die typische Chauffeuruniform mit Mütze. Als wir aus dem Gebäude kamen, hat er den beiden dienstbeflissen die Türen geöffnet und ist dann losgefahren. Das ist doch eindeutig, oder?«

An diesem Abend nahmen Ruth, ihre Mutter und Heidi das Abendessen auf der Terrasse ein. Zum ersten Mal seit dem Tod ihres Mannes trank Liliane wieder ein Glas Weißwein. Und zum ersten Mal nahm sie wieder voller Interesse an der Unterhaltung bei Tisch teil. Heidi, deren Stimmung sich im Laufe des Nachmittages gehoben hatte, schien eine belebende Wirkung auf sie auszuüben.

»Stellt euch vor, was einer Freundin meiner Chefin passiert ist«, erzählte Heidi nach dem Dessert, nachdem sie Ruth und ihre Mutter schon während des Essens mit lustigen Geschichten aus dem Schneideratelier unterhalten hatte. »Frau Frick hat das alteingesessene Café Frick in Bad Godesberg weitergeführt, als ihr Mann in den Krieg musste. Als er nicht mehr zurückkam, hat sie die Trümmer weggeräumt und es wiederaufgebaut. Viele Honoratioren gehören heute zu ihrem Kundenkreis. Und vor einem Monat – und jetzt hört gut zu – steht Herr Frick dann plötzlich vor der Tür. Er kam geradewegs aus russischer Gefangenschaft. In Lumpen gekleidet, abgemagert, krank und völlig verändert. Überlegt euch das mal! Nach mehr als sieben Jahren! Während des Krieges hatte es geheißen, er sei gefallen. Frau Frick hatte ihn schon für tot erklären lassen wollen, aber ist irgendwie vor lauter Arbeit nicht dazu gekommen.« Heidi legte eine Kunstpause ein, sah Ruth und ihre Tante bedeutsam an. Ruth blickte auf ihre Finger, die sie verschlungen im Schoß hielt. Ihren Ehering hatte sie sofort, nachdem sie von Georgs Tod erfahren hatte, abgelegt. »Da steht er nun, dieser arme Mann«, fuhr Heidi fort. »Zuerst hat sie ihn gar nicht erkannt. Sieben Jahre! Was ist in diesen Jahren alles geschehen!«

»Das ist ja fürchterlich«, sagte Liliane entsetzt. »Die beiden müssen sich doch völlig fremd geworden sein. Allein sich vorzustellen, sich am Abend mit einem Fremden ins Ehebett legen zu müssen ...« Sie erschauerte. »Und dann? Ich meine, wie ist es jetzt – nach einem Monat?«

»Für Frau Frick muss es die Hölle sein. Ihr Mann mischt sich in alles ein, weiß alles besser, sie haben ständig Streit. Er will das Café jetzt wieder führen, obwohl sie das in den letzten Jahren erfolgreicher getan hat als er damals vor dem Krieg.«

Liliane seufzte. »Ich weiß nicht, wer mir mehr leidtut: die Frauen oder die Männer, die zurückkehren in eine Welt, die ihnen nach dem Wiederaufbau ja völlig fremd sein muss.« Alle drei schweigen. Es vergingen einige Augenblicke in angespannter Stille. In dieses Schweigen hinein sagte Heidi schließlich zu ihrer Freundin: »Jetzt stell dir mal vor, Georg würde morgen hier vor der Tür stehen.«

»Georg ist tot«, kam es aus Ruths Mund wie aus der Pistole geschossen.

»Wir haben diesbezüglich nie eine offizielle Bestätigung erhalten«, erinnerte ihre Mutter sie sanft. »Nur, dass er ab Ende August 1944 als vermisst gegolten hat.«

Ruth schüttelte den Kopf, als wolle sie dieses Thema abstreifen. »Georg ist in einem Bombenhagel ums Leben gekommen«, fuhr sie hitzig fort. »Das hat mir ein Kriegsheimkehrer, der ihn auf meinem Foto eindeutig erkannt hat, vor sechs Jahren bestätigt.«

»Du hast ihn aber nie für tot erklären lassen«, erinnerte Heidi sie mit schulmeisterlicher Miene.

»Nein, habe ich nicht. Aber tot ist tot«, erwiderte Ruth knapp. »Er ist im Krieg gefallen. Das ist nun mal so.«

9

Das heiße Sommerwetter setzte sich auch zu Wochenbeginn fort. Drückende Hitze brütete über der Eifel. Die Sonne brannte, die Luft stand glasig über den Feldern. Kein Halm regte sich. Ruth überholte ein Pferdegespann, das eine lange Staubwolke hinter sich herzog. Sie war auf dem Weg zum Steinbruch. An diesem Vormittag hatte sie mit dem Direktor ihrer Schule gesprochen. Schon nach der einen Woche, in der sie morgens unterrichtet und sich nachmittags um das Basaltwerk gekümmert hatte, war ihr bewusst geworden, dass sie sich auf Dauer für eine der beiden Tätigkeiten würde entscheiden müssen.

»Sie wollen den Lehrerberuf aufgeben?«, hatte Direktor Meister entsetzt gefragt. »Bedenken Sie, welche Sicherheit Sie damit verlieren. Außerdem ist es für eine Frau unmöglich, einen Steinbruchbetrieb zu leiten. Das sollten Sie sich wirklich noch einmal überlegen.« Wie oft Ruth das inzwischen gehört hatte! Ihr Entschluss stand fest. Sie würde all ihre Kraft und Energie in das Basaltwerk stecken.

Als sie wenige Minuten später auf den Steinbruch zufuhr, hörte sie die schweren Bohrer in den Abbruchwänden, das Krachen und Poltern der Brecheranlagen und die rhythmischen Hammerschläge aus den Kipperbuden. Erleichtert atmete sie aus. Alles lief wie gewohnt. Die Arbeit war in vollem Gange. Sie stellte ihr Motorrad unter der Stahltreppe ab und lief hinauf.

»Ich habe einen Kaffee für Sie aufgebrüht«, sagte Erika beflissen. »Den können Sie nach dem Unterricht bestimmt gebrauchen. Trotz der Hitze.«

»Danke, Fräulein Hammes.« Ruth lächelte sie an.

»Ein Stückchen selbst gebackenen Nusskuchen dazu?«

»Sehr gerne. Ich habe einen Bärenhunger.«

Erika nickte zufrieden. »Ich bringe Ihnen beides.«

Ich kann verstehen, dass Vater sie gemocht hat, dachte Ruth, als sie ihre Kontortür hinter sich schloss. Sie wollte sich gerade mit dem Städtischen Bauamt in Köln verbinden lassen, das eine schriftliche Anfrage zu einer Basaltkieslieferung gestellt hatte, als Karl ins Zimmer kam. Ruth hatte ihn Sonntagabend, nachdem sie den Schmieden ihre Löhne gebracht hatte, besucht.

»Wie ich heute so höre, hat dein Verhalten am Samstag auf einige Arbeiter Eindruck gemacht«, berichtete Karl ihr mit freudiger Miene. »Du hast Wort gehalten. Das zählt für die Männer. Ich glaube, damit hast du bei einigen den Grundstein für Vertrauen gelegt.«

Ruth seufzte erleichtert auf »Danke.« Sie lächelte. »Eine bessere Nachricht hättest du mir nicht bringen können.«

Karl strich sich über die Stirn, auf der feine Schweißperlen standen. Erst jetzt fiel Ruth auf, wie blass er war.

»Geht es dir nicht gut?«, fragte sie besorgt.

»Das ist das Wetter. Diese Hitze, die Schwüle machen mich ein bisschen schwindelig. Abends, wenn es abkühlt, geht es besser.« Er zog einen Stuhl heran und setzte sich ihr gegenüber. »Wir brauchen neues Dynamit«, wechselte er das Thema. »An die hohe Säule, den langen Egon, kommen wir mit den Bohrern nicht ran.« Unsicher sah er sie an. »Geht das finanziell?«

»Wir haben ja jetzt das Geld aus dem Verkauf des VW.« Sie verstummte. Längst hatte sie beschlossen, Johannes um einen Kredit zu bitten – auch wenn sie dadurch womöglich wieder Probleme mit ihm bekommen würde. Um produzieren zu können, musste man investieren. Außerdem waren da ja auch noch die Spielschulden ihres Vaters.

»Soll ich das Dynamit bestellen?«, bot sich Karl an.

»Nein, danke. Es wird Zeit, dass ich mich mit den Zulieferern bekannt mache.« Sie spielte mit dem Bleistift, während sie weitersprach: »Ich habe mir letzte Nacht Gedanken darüber gemacht, wie wir die Abbaumenge erhöhen könnten. Abnehmer gibt es genug. Ich bin die Anfragen der letzten vierzehn Tage durchgegangen.«

Karl sah sie bedeutsam an. »Dafür brauchen wir mehr Männer. Und die kosten Geld.«

Ruth schluckte schwer. »Ich weiß. Ich werde Geld beschaffen.«

Karls graue Brauen zuckten hoch. Er stellte keine Fragen, wartete erst einmal ab.

»Ich werde einen Kredit aufnehmen.«

»Der muss auch abbezahlt werden«, gab ihr Onkel zu bedenken.

»Auch das weiß ich. Das schaffe ich schon«, versicherte sie ihm.

»Wir werden in Kürze auch einen neuen Bagger brauchen und zwei neue Loren. Dein Vater hat in den vergangenen Jahren kaum mehr investiert.«

Plötzlich spürte Ruth einen feinen Film auf der Stirn. Der Schweiß brach ihr aus allen Poren. Lag das an der stickigen Luft im Kontor oder daran, dass ihr wieder jäh bewusst wurde, wie schlimm es um das Basaltwerk stand?

Karl erhob sich. Dabei wankte er leicht. Instinktiv griff Ruth nach seinem Arm, doch ihr Onkel wehrte ihre Geste mit gezwungenem Lächeln ab. »So alt bin ich nun auch noch nicht«, meinte er zwinkernd. »Das ist nur das Wetter.« Er wischte sich mit dem Handrücken über die feuchte Stirn und fuhr ernst fort: »Da ist noch etwas, Ruth. Einer der Arbeiter hat mich heute Vormittag darauf angesprochen, dass er seine Überstunden ausbezahlt haben will.«

Ruth sah ihn empört an. »Das müsste er mich doch fragen.«

»Das habe ich ihm auch gesagt.«

Sie biss sich auf die Lippe. »Wie hat Vater das denn gehandhabt?«

»Entweder hat er die Überstunden bezahlt oder sie gegen einen freien Tag aufgerechnet.«

Ruth nickte entschlossen. »Schick den Mann zu mir. Ich möchte mit ihm reden. Die Männer müssen lernen, dass sie mit ihren Anliegen zur Chefin gehen müssen.«

Da glitt ein zufriedenes Lächeln über Karls zerfurchtes Gesicht. »Richtig so. Ich sehe schon, du kommst auch ohne mich klar.«

»Nein, Onkel Karl, ganz und gar nicht«, widersprach sie ihm ernst und umarmte ihn. »Längst noch nicht«, sagte sie mit eindringlichem Blick, während sie ihn an den Händen hielt. »Du bist für mich hier der sprichwörtliche Fels in der Brandung. Und dafür danke ich dir von ganzem Herzen.«

»Na, na, Mädchen, jetzt übertreib aber nicht«, tat Karl ihre Worte betont schnoddrig ab und wollte sich abwenden. Doch Ruth hielt ihn fest.

»Möchtest du nicht lieber nach Hause gehen und dich ausruhen?«, fragte sie. »Du siehst wirklich nicht gut aus.«

»Unkraut vergeht nicht«, murmelte er wie zu sich selbst und verließ schnell ihr Kontor.

Ruth schüttelte lächelnd den Kopf. Harte Schale, weicher Kern – diese Beschreibung traf auf ihren Onkel zu. Sie setzte sich wieder an ihren Schreibtisch und griff zum Telefonhörer. Als Erstes würde sie heute den Auftrag der Stadt Köln dingfest machen – und einen guten Preis aushandeln.

Bevor sie die Wählscheibe drehen konnte, hörte sie lautes Geschrei in der Abbaugrube. Sie hielt in der Bewegung inne und lauschte. Dann wurde es plötzlich ganz still. Die Bohrer waren verstummt, kein Krachen und Poltern, keine Hammerschläge mehr.

»Nein!« Erikas Aufschrei im Nebenraum ging Ruth durch Mark und Bein. Sie sprang auf, riss die Kontortür auf und sah durchs Fenster, wie sich ihre Sekretärin über das Stahlgeländer beugte. Mit wenigen Schritten war sie neben Erika. »Was ist passiert?«

Erika starrte sie mit schreckgeweiteten Augen an. Sie antwortete nicht, zeigte nur mit zitternder Hand in die Tiefe. Was Ruth dann sah, ließ ihr das Blut in den Adern stocken. Am Fuße der Stahltreppe lag ein Mann im Staub, regungslos, mit verdrehten Gliedmaßen. Dieser Mann war Karl. Die Arbeiter bildeten einen Halbkreis um ihn. Heinz Zorn kniete neben ihm, schüttelte immer wieder den Kopf. Schließlich sah er hoch und rief ihr zu: »Er ist tot.«

Gleich nachdem der Arzt bei Karl als Todesursache *Genickbruch* festgestellt hatte, setzte sich Ruth mit Karls Schwester im Ruhrgebiet in Verbindung. Obwohl Karl die kinderreiche Familie jahrelang finanziell unterstützt hatte, zeigte seine einzige Verwandte keinerlei Interesse daran, die Beerdigung auszurichten. Also kümmerte sich Ruth um alles. Schließlich war dies das Letzte, was sie für den treuen Freund der Familie tun konnte.

Die Einäscherung – sie war Karls Wille gewesen – fand schon am übernächsten Vormittag statt. Nachmittags folgte die Beisetzung der Urne. Ruth hatte den Arbeitern unter Fortzahlung ihres Stundenlohns freigegeben, damit sie ihrem Kollegen das letzte Geleit geben konnten. Nach der Beerdigung kam man dann in kleinster Runde zum Trauermahl im Gasthaus zusammen, zu dem Liliane auch Erika gebeten hatte, die jedoch zurück ins Büro wollte. Nachdem sich Karls Schwester, ihr mürrischer Ehemann und deren sechs Kinder an Schnittchen und Streuselkuchen satt gegessen hatten, drängten sie darauf, Karls Nachlass zu sichten.

An diesem traurigen Tag hatte wieder eine drückende Hitze über dem Land gelegen. Auch am Abend kühlte es kaum ab. Aus den Wiesen stieg warme Luft auf die Terrasse, wo die Familie noch beisammensaß – Ruth, ihre Mutter, ihr Großvater, Heidi und Helma. Nachdem binnen drei Wochen zwei ihrer liebsten Menschen aus dem Leben geschieden waren, wollte keiner von ihnen an diesem Abend allein sein. Helma hatte Döppekooche gemacht, einen Kartoffelkuchen mit Speck und Zwiebeln, der Karls Lieblingsessen gewesen war. Außer Heidi rührte niemand etwas davon an. Über dem Terrassentisch hing eine bedrückte Stimmung. Heidi war schließlich diejenige, die nach langem Schweigen endlich etwas sagte. »Und jetzt?« Sie sah Ruth an. »Wie geht es jetzt weiter mit dem Steinbruch?«

Ruth biss sich auf die Lippe, zögerte. Dann hob sie energisch den Kopf. »Wie bisher.«

»Ohne Karl wirst du einen noch schwereren Stand bei den Männern haben«, wandte ihre Mutter vorsichtig ein.

»Nee, nee, nee ...«, murmelte Helma mit verzweifelter Miene in sich hinein. »Dat dat auch noch passieren musste.«

Josef Thelen, der Karl von Kindesbeinen an gekannt hatte, kaute mit gesenktem Kopf auf seiner Mutz und sagte gar nichts.

Ruth setzte sich aufrecht hin. »In drei Tagen sind Ferien. Sechs Wochen, Zeit genug, um meine Position im Steinbruch zu festigen. In dieser Zeit kann ich ganztags im Betrieb sein und mich um alles kümmern.«

»Natürlich wissen wir alle, dass du die Fähigkeiten hast, den Betrieb weiterzuführen«, erwiderte Heidi in leicht aggressivem Ton. »Aber es geht doch hier um etwas ganz anderes: Als Frau in einer so rauen Männerwelt wirst du Schiffbruch erleiden. Das ist so sicher wie das Amen in der Kirche. Die Männer werden sich jetzt, da Karl nicht mehr vermittelt, überhaupt nichts mehr von dir sagen lassen. Oder glaubst du wirklich, dass du die in Nullkommanichts zum Umdenken erziehen kannst?«

Obwohl Ruth ihr im Grunde recht gab, entgegnete sie nicht weniger angriffslustig: »Das werden wir sehen. Aber ich verstehe wirklich nicht, warum gerade du, die du doch selbst beruflich vorankommen willst, mir so wenig Mut machst.«

Heidi verdrehte die Augen. »Himmel! Eine Schneiderin ist nichts Ungewöhnliches. Eine Frau, die einen Basaltsteinbruch mit hundert Männern leitet, allerdings.«

»Jetzt streitet euch doch nicht«, griff nun Liliane mit ihrer melodisch-weichen Stimme ein. Während sie die Hand ihrer Tochter ergriff, fügte sie hinzu: »Wir meinen es doch alle nur gut mit dir. Nach Karls Tod bin ich mehr denn je dafür, den Steinbruchbetrieb zu verkaufen. Du könntest mal bei unserer Konkurrenz im Westerwald anfragen. Vielleicht ...«

»Das Mäderscher ist wie ihr Vater«, meldete Josef sich jetzt zur Überraschung aller zu Wort. »Wenn der sich was in den Kopf gesetzt hatte, ist er seinen Weg trotz aller Widerstände gegangen. Und das mit großem Erfolg, wie wir alle wissen. Lasst das Mädchen mal machen. Sie ist schließlich seine Steinprinzessin.«

Ruth sah ihn von der Seite liebevoll an. »Danke, Großvater«, sagte sie leise und streichelte seine knochige Hand – wohl wissend, dass ihr Vater wegen der Spielsucht in den letzten Jahren gar nicht mehr so erfolgreich gewesen war. Aber das durfte ihr Großvater niemals erfahren.

An diesem Abend fragte sich Ruth zum ersten Mal ganz ernsthaft, ob sie tatsächlich auf Dauer die Kraft haben würde, die Bürde, die sie sich aufgeladen hatte, zu tragen.

Am nächsten Tag fuhr Ruth von der Schule aus auf direktem Weg zu Johannes in die Bank.

»Ich weiß nicht, ob Herr Prümm so spontan Zeit für Sie hat«, sagte Johannes' Vorzimmerdame, während sie Ruth von Kopf bis Fuß mit kühler Miene musterte. Für diesen

Geschäftstermin hatte Ruth morgens ein feminin anmutendes Kleid angezogen, dessen strahlendes Weiß ihre bernsteinfarbenen Locken leuchten ließ.

Ruth musste lächeln. Von einer ehemaligen Schulfreundin wusste sie, dass die junge Frau hinter dem Schreibtisch bis über beide Ohren in Johannes verliebt war.

»Fragen Sie ihn«, erwiderte sie leichthin.

Doch das war nicht nötig. Kaum hatte Ruth zu Ende gesprochen, öffnete sich die Tür seines Büros.

»Ruth! Was verschafft mir denn diese Ehre?«, fragte Johannes sichtlich erfreut. Und an seine Sekretärin gewandt sagte er: »Bitte bringen Sie Kaffee, Fräulein Schmitz. Danach möchte ich die nächste halbe Stunde nicht gestört werden.« Dann trat er auf Ruth zu, küsste sie freundschaftlich auf die Wange und führte sie am Ellbogen in sein Reich.

Ruth schaute sich um. Der große, lichte Raum strahlte eine gute Atmosphäre aus. An den Wänden hingen Fotos von Wilmersbach und Umgebung. Mehrere Grünpflanzen verliehen dem Zimmer in der sommerlichen Hitze eine wohltuende Frische. Auf dem herrschaftlichen Schreibtisch herrschte penible Ordnung. Johannes, der in seinem sandfarbenen Sommeranzug und mit der leichten Bräune überraschend attraktiv aussah, bot ihr mit einladender Geste einen der beiden Clubsessel an, die unter dem weit geöffneten Erkerfenster standen. »Bitte. Jetzt bin ich aber gespannt«, fügte er zwinkernd hinzu. Fräulein Schmitz, die gleich darauf das Zimmer betrat, als wolle sie sich nichts entgehen lassen, nahm er kurzerhand das Tablett aus den Händen und schickte sie mit einem »Danke, das mache ich selbst« zurück an ihren Arbeitsplatz. Während er einschenkte, fragte er Ruth: »Also, was führt dich zu mir?«

Ruth seufzte. »Probleme.«

Johannes hielt in der Bewegung inne und blickte kurz auf. »Die sind da, um gelöst zu werden.«

Da konnte Ruth nicht anders: Befreit lachte sie auf. Sie rechnete es Johannes hoch an, dass er – außer ihrem Großvater – der Einzige war, der sie darin bestärkt hatte, die Leitung des Steinbruchbetriebes zu übernehmen.

Sie lehnte sich zurück und sah Johannes zu, wie er ihr Zucker und Milch in den Kaffee gab und sich dann ihr gegenübersetzte – nicht ohne vorher seine Hosenbeine hochzuziehen, damit die exakten Bügelfalten nicht ausbeulten. Ja, so war Johannes: ordentlich, korrekt, verlässlich. Wie gut, dass sie ihn wieder zum Freund hatte!

»Erzähl mir erst einmal, wie es dir geht«, begann sie das Gespräch schon wesentlich entspannter. »Wir haben uns ja schon wieder vierzehn Tage lang nicht mehr gesprochen.«

In einer entschuldigenden Geste hob Johannes die Schultern. »Die Zeit vergeht so schnell.«

»Und die Verpflichtungen im Junggesellenverein beanspruchen dich, nicht wahr?« Verschwörerisch zwinkerte sie ihm zu.

Er lachte und glich dabei wieder dem fröhlichen Jungen von früher. »Auch die«, gab er gut gelaunt zu.

Sie lächelte ihn liebevoll an. »Du siehst viel besser aus als noch vor Monaten, als du zurückgekommen bist. Ich freue mich, dass du dich so gut eingelebt hast.«

Mit schief gelegtem Kopf sah er sie belustigt an. »Danke für das Kompliment. Willst du mich gnädig stimmen?«

Da musste sie lachen. »Vielleicht«, ging sie auf seinen Scherz ein. »Ich habe zwei Anliegen und Gesprächsbedarf. So wie früher, als ich dir alle meine Probleme anvertrauen konnte«, fügte sie hinzu, während die Erinnerung an ihre gemeinsame Kindheit eine warme Welle in ihr Herz spülte.

Johannes ließ sein silbernes Zigarettenetui aufschnappen. »Bitte!«

Sie schüttelte den Kopf. »Nicht jetzt.«

»Du erlaubst?« Nachdem er sich eine Zigarette angezündet hatte, lehnte er sich entspannt zurück. »Dann leg mal los!«

Als Erstes sprach Ruth die finanzielle Situation von Hans Bauer an. »Sein Kind braucht unbedingt diese Operation. Hans und seine Frau besitzen einen kleinen Hof. Der könnte für einen Kredit doch vielleicht als Sicherheit dienen, oder?«

Johannes hatte ihr mit unbewegter Miene zugehört. Jetzt drückte er die Zigarette aus und nickte. »Schick den Mann morgen zu mir. Sagen wir, gegen sechzehn Uhr. Da habe ich noch einen Termin frei.«

Voller Erleichterung atmete Ruth auf. Ihre erste Mission hatte sie erfüllt. Sie trank einen Schluck Kaffee.

»Liege ich richtig in der Annahme, dass du auch einen Kredit brauchst?«, fragte Johannes da so unerwartet, dass sie sich fast verschluckt hätte.

Sie stellte die Tasse zurück auf den Tisch und sah ihn sprachlos an. »Woher …?«

Johannes lachte amüsiert. »Na ja, ich habe doch Konteneinsicht bei unseren Kunden. Wie auch mein Vater.«

In Ruths Kopf rasten die Gedanken. Schließlich kristallisierte sich einer heraus. »Du weißt also von der finanziellen Situation des Steinbruchs«, sagte sie mit belegter Stimme.

Warum war sie nicht darauf gekommen? Natürlich hatte Johannes' Vater von den Geldentnahmen ihres Vaters gewusst!

»Dann weißt du also auch, dass mein Vater das ganze Geld verspielt hat?«, erkundigte sie sich zögernd. Dabei stieg ihr die Röte in die Wangen.

Johannes nickte ernst. »Mein Vater wusste Bescheid. Kurz vor Onkel Friedrichs Tod hatten die beiden über einen Kredit gesprochen.« Er beugte sich zu ihr herüber und nahm ihre klammen Hände fest in seine. »Keine Sorge, als Bankangestellte unterliegen wir der Schweigepflicht.«

Immer noch verwirrt, suchte sie seinen Blick. »Warum hast du mich nicht längst darauf angesprochen?«

Er ließ ihre Hände los, lehnte sich zurück und zuckte mit den Schultern. »Aus Rücksichtnahme? Um dich nicht zu brüskieren? Vielleicht auch, weil ich mir wünschte, du würdest wieder das Vertrauen zu mir gewinnen, um von dir aus darüber zu reden.«

»Das tue ich ja jetzt«, entgegnete sie, wobei sie gegen das Beben ankämpfte, das sie in diesem Moment durchlief. Ja, sie waren wieder Freunde. So wie früher.

»An welche Kredithöhe hast du denn gedacht?«, erkundigte er sich.

Sie lächelte schief. »Du kennst doch meine gegenwärtige finanzielle Situation. Davon abgesehen, stehen in der nahen Zukunft Investitionen an, wenn ich die Produktivität des Steinbruchs steigern will. Nenn du mir eine Summe!«

Johannes nickte. »Gib mir einen Tag. Ich werde alles mal durchrechnen. Morgen reden wir weiter.« Er verstummte. Sein langer, abschätzender Blick ließ sie ahnen, dass er noch eine Bedingung stellen würde. *So nett die Prümms sind, aber sie erwarten immer eine Gegenleistung,* hörte sie da ihre Mutter sagen, und sofort wurde ihr ganz mulmig zumute.

»Unter einer Bedingung«, sagte Johannes dann auch prompt.

Verunsichert sah sie ihn an. »Welche wäre das?«

Er beugte sich zu ihr vor und verschränkte die Hände zwischen den Knien. Sein Blick schien in ihre Seele vordringen zu wollen. »Du brauchst für Karl einen Nachfolger. Eher gestern als heute. Einen Mann, der was vom Steinabbau versteht und dem die Leute im Bruch vertrauen, von dem sie sich was sagen lassen.«

Für einen Sekundenbruchteil war sie erleichtert, dass Johannes' Bedingung nicht persönlicher Art war. Doch dann meldete sich auch schon ihr Kampfgeist. Sie setzte sich kerzengerade hin und hielt Johannes' eindringlichen Blick fest. »Du glaubst also, dass ich nicht Manns genug bin, um das allein zu schaffen. So ist es doch, oder?«

Ihre Blicke kreuzten sich wie Schwerter.

»Ja«, antwortete Johannes ruhig.

Sie schluckte schwer. Ihre Schultern sanken herab. Plötzlich überfiel sie eine große Müdigkeit. »Du hast ja recht«, gestand sie ihm dann ein. »Ich habe die letzten Nächte kaum geschlafen und bin auch zu dem Ergebnis gekommen, dass ich für Karl möglichst schnell Ersatz finden muss. Ich werde eine Annonce aufgeben. Im Kölner und Bonner Raum sowie im Westerwald. In diesen Zeiten will jeder Arbeit haben und am Wirtschaftswunder mitwirken. Ich denke dabei auch an die Vertriebenen und Kriegsheimkehrer, die immer noch kommen und hier neu Fuß fassen müssen.« Sie hatte so schnell gesprochen, dass sie jetzt erschöpft innehielt.

Johannes hatte ihr mit einem Blick, den sie nicht zu deuten vermochte, zugehört. Jetzt breitete sich ein liebevolles Lächeln auf seinem Gesicht aus. Dann nickte er. »Ich bin froh, dass du die Sache genauso siehst. Wenn du willst, helfe ich dir dabei, den Richtigen zu finden.«

»Nein, vielen Dank«, wehrte sie hastig ab. »Den muss ich selbst aussuchen. Ich werde seine Vorgesetzte sein. Er muss mich nicht nur bedingungslos respektieren, sondern mir auch die gleiche Solidarität entgegenbringen wie Karl. Mir ist mit niemandem geholfen, der irgendwann mit den Arbeitern den Aufstand gegen mich probt. Das macht schon Heinz Zorn.«

»Stimmt.« Johannes stand auf, nahm ihre Hand und zog sie aus dem Sessel hoch. Als sie sich gegenüberstanden, strich er ihr kurz über die Wange. »Ich glaube an dich. Du wirst es schaffen. Sonst hätte ich versucht, dich von deiner Entscheidung abzuhalten.«

Da machte ihr Herz einen Freudensprung. Spontan umarmte sie ihn und drückte ihn fest an sich. »Danke.«

Schnell löste er sich aus ihrer Umarmung. »Wenn es dir recht ist, komme ich morgen Abend vorbei, und wir sprechen das Kreditangebot durch.«

»Wunderbar. Und ich werde noch heute Nachmittag die Zeitungsanzeige aufgeben.«

Von der Bank aus fuhr Ruth nach Hause, um sich umzuziehen. Sie drehte das Seitenfenster des VW herunter, um den Duft des Sommers hereinzulassen. Die Sonne stand hoch am wolkenlosen Himmel. Ein klares Licht lag über den Eifelhöhen. Ruth atmete tief durch. In ihrem Kopf herrschte wieder mehr Klarheit. Für ihre finanziellen Probleme stand jetzt eine Lösung in Aussicht. Ein gutes Gefühl. Mit einem Mal hatte sie wieder Augen für die Natur um sie herum, für die sie seit Karls Tod eher blind gewesen waren. Auf den Wiesen zu beiden Seiten der Landstraße wuchsen Klatschmohn und violetter Fingerhut. Kornblumen und Löwenzahn zauberten Farbtupfer in die Felder, auf denen goldgelbe Ähren im warmen Wind wogten. Dieser Anblick erfüllte ihr Herz wieder mit ein bisschen Frieden.

Ruth befand sich schon auf der unbefestigten Straße, die zu ihrem Elternhaus führte, als ihr ein grüner Opel entgegenkam. Er fuhr so schnell, als befände er sich auf dem Nürburgring. Instinktiv hielt sie am Straßenrand an und ließ den Wagen vorbei – so knapp, dass sich die Außenspiegel beider Fahrzeuge beinahe berührt hätten. Doch das schienen die beiden Männer in dem Auto gar nicht zu bemerken. Trotz der Staubwolke erkannte Ruth die beiden. Der Fahrer hatte eine Glatze, der Beifahrer trug einen hellen Panamahut. Die beiden konnten nur bei ihrer Mutter gewesen sein. Weit und breit stand hier kein anderes Haus. Ruths Herz begann zu hämmern. Sie gab Gas, fuhr durch das offen stehende Tor und sprang aus dem Wagen. Während sie die Treppe hinauflief, zog sich ihr Herz vor Angst zusammen. Als sie die Haustür öffnete, bot sich ihr ein völlig unerwartetes Bild.

Ihre Mutter stand in der Mitte der Eingangshalle unter dem Kronleuchter – so gestrafft, als wäre sie einen Meter gewachsen. Ihre lichtblauen Augen glitzerten genauso kalt wie die erbsengroßen Diamanten in ihren Ohrläppchen. Sie hielt Arno an der kurzen Leine, der wie aus Stein gemeißelt neben ihr saß. Einem Bollwerk gleich stand links von ihr Helma – mit feuerrotem Gesicht, die runden Arme über dem Busen fest verschränkt. Das alles nahm Ruth binnen einem Sekundenbruchteil wahr. Im nächsten Moment kam Arno bellend und fiepend auf sie zugestürzt, als wolle er ihr von seiner Heldentat erzählen. Während Ruth versuchte, ihn mit Streicheleinheiten zu beruhigen, sah sie ihre Mutter an. »Was wollten die hier?«

»Geld«, antwortete Liliane mit klirrender Stimme.

»Und? Wir haben doch keines mehr.« Sie hörte selbst, wie verzweifelt sie klang.

»Ich hatte noch etwas von meinem Erbe in meinem Schmuckkästchen. Für Notfälle.«

»Und du hast ...?« Entgeistert starrte Ruth ihre Mutter an.

»Spielschulden sind Ehrenschulden, mein Kind. So sagte man früher.« Ein erleichtertes Lächeln spielte um Lilianes Lippen, als sie hinzufügte: »Jetzt sind wir sie für immer los.«

Ruth lachte ungläubig auf. »Und wenn sie wiederkommen?«

»Ich habe mir schriftlich geben lassen, dass sie zukünftig keinerlei Forderungen mehr stellen dürfen.«

»Und das haben die unterschrieben?«

Da vertiefte sich Lilianes Lächeln. »Arno hat gute Arbeit geleistet. Er saß die ganze Zeit neben mir und hat sie angeknurrt.«

»Mutter!« Ruth sah sie bewundernd an. Dann glitt ihr Blick zu Helma, die energisch nickte und voller Stolz die Geschichte zu Ende führte. »Danach haben sie fluchtartig das Haus verlassen.«

Nicht weniger stolz fügte Liliane hinzu: »Jetzt haben wir wenigstens schon mal ein Problem aus der Welt geräumt.«

Da nahm Ruth sie in die Arme und sagte mit bewegter Stimme: »Zwei sogar, Mutter. Johannes kommt morgen und bringt den Kreditvertrag.«

»Wir beide machen heute Abend einen langen Spaziergang«, verabschiedete sich Ruth eine halbe Stunde später von Arno, der vorwurfsvoll zu ihr hochblickte. »Versprochen.« Dann sprang sie aufs Motorrad und fuhr in Richtung Steinbruch. Sie nahm den Weg durch den Wald, obwohl es dort kaum kühler war. Die Hitze ließ das Harz aus den Fichtenstämmen treten, dessen würziger Geruch die Luft erfüllte. Flirrendes Sonnenlicht schien wie Goldflitter durch die dunklen Zweige. Am liebsten hätte Ruth angehalten und die Stille genossen, aber die Arbeit rief.

Als sie aus dem Wald hinausfuhr, brannte die Sonne unbarmherzig auf den Steinbruch nieder. Die meisten Männer arbeiteten mit freiem Oberkörper. Eigentlich müssten sie mehr Lohn für diese harte Arbeit bekommen, ging es Ruth durch den Sinn, als sie die Stahltreppe hinaufstieg.

Unter dem Blechdach stand die Luft. Doch selbst an diesem Tag wirkte Erika so, als könne ihr die Hitze nichts anhaben. In dem blau-weiß gepunkteten Kleid aus dem fließenden Stoff sah sie sehr weiblich aus. Erika begrüßte sie wieder mit dem langen, undefinierbaren Blick aus ihren großen tiefbraunen Augen – und Ruth fragte sich erneut, was Erika durch den Kopf gehen mochte.

»Guten Tag, Fräulein Thelen«, sagte Erika in ihrer zurückhaltenden Art.

Ruth lächelte sie an. »Liegt heute etwas Besonderes an?«

»Mir ist etwas eingefallen«, begann Erika mit bedeutsamer Miene. »Ihr Vater stand kurz vor seinem Tod mit Holland in Kontakt wegen einer Basaltlieferung für den dortigen Deichbau. Hier!« Sie reichte Ruth einen Zettel. »Das ist die Telefonnummer in Den Haag, mit der Ihr Vater diesbezüglich telefoniert hat. Vielleicht können Sie das Geschäft ja ins Rollen bringen.«

»Fräulein Hammes! Das ist ja fantastisch!«, rief Ruth begeistert aus. »Das wäre ein neuer Absatzmarkt, den wir dringend brauchen können.«

»Dafür bräuchten wir aber vielleicht mehr Arbeiter«, meinte Erika zögerlich.

Ruth biss sich auf die Lippe. »Das kommt auf den Umfang des Auftrags an.« Mit einem Blick auf den Zettel fuhr sie fort: »Dem widme ich mich morgen Vormittag in aller Ruhe. Heute will ich die Auftrags- und Rechnungsbücher prüfen. Vielleicht gibt es inzwischen Außenstände. Dann müssten wir schleunigst Mahnungen schreiben. Wir brauchen jede Mark. Außerdem werde ich eine Zeitungsanzeige aufsetzen. Wir brauchen so schnell wie möglich Ersatz für Herrn Engels. Bitte suchen Sie dafür die Adressen der großen Zeitungen im Kölner und Bonner Raum sowie im Westerwald heraus.«

Voller Tatendrang betrat Ruth ihr Büro. Bevor sie sich an den Schreibtisch setzte, riss sie die Fenster auf, um die stickige Luft hinauszulassen, was ihr jedoch wenig Linderung brachte, da die Luft, die hereinkam, heiß und staubig war. Während sie sich mit dem Handrücken den feuchten Film von der Stirn strich, setzte sie sich an den Schreibtisch. Die Ausschreibung der Stelle ging ihr leicht von der Hand, und bereits zehn Minuten später tippte Erika den Text in die Schreibmaschine. Ruth wollte sich gerade ihrer nächsten Aufgabe widmen, als sie schwere Schritte auf der Stahltreppe hörte, dann eine dröhnende Männerstimme und Erikas empörten Ausruf »Da können Sie nicht so einfach reingehen«. Eine Sekunde später wurde ihre Tür aufgerissen, und Heinz Zorn stand im Rahmen. Mit ihm wehte der Geruch von Schweiß und Erde in den Raum. Wie ein Stier stand er da, bereit zum Angriff. Das Hemd klebte ihm am Oberkörper. Sein Gesicht war staubig und verschwitzt. »Ich will Sie sprechen«, sagte er ohne jeden Gruß mit düsterem Blick.

Ruth stand auf. Dabei ignorierte sie tunlichst den Anflug von Panik, der sie beim Anblick dieses aufgebrachten Mannes überfiel.

»Bitte, setzen Sie sich.« Sie zeigte auf den Stuhl vor ihrem Schreibtisch.

Er schüttelte den Kopf. »Ich bin zu schmutzig.«

Ein bisschen Anstand besaß er also doch. Sie musste lächeln. »Wasser?« Sie zeigte auf die Flasche, die auf dem kleinen Tisch stand.

Sichtlich erstaunt, schnellten seine dunklen Brauen hoch. Dann schüttelte er den schweren Kopf.

»Meine Männer fordern eine Hitzezulage«, sagte er mit herausforderndem Blick. Er fühlte sich in seiner Rolle als selbst ernannter Betriebsrat sichtlich wohl.

»Hitzezulage?«, wiederholte sie verblüfft. »Meinen Sie Lohnerhöhung wegen des heißen Wetters?«

»Genau das.«

Himmel! Wo sollte sie das Geld hernehmen? Sie zwang sich zu einem verbindlichen Lächeln. »In den vergangenen Jahren hat es schon einige heiße Sommertage gegeben, und mein Vater hat den Stundenlohn an diesen Tagen auch nicht erhöht.« Das hatte sie einfach so ins Blaue gesagt. In Wirklichkeit hatte sie keine Ahnung, wie ihr Vater in einer solchen Situation entschieden hätte. Sie war sich nur sicher, dass Heinz Zorn bei ihrem Vater eine solche Forderung gar nicht erst gestellt hätte. Dieser Mann wollte ausloten, wie weit er bei ihr gehen konnte.

Mit kriegerisch blitzenden Augen sah er sie an. »Ich will für meine Leute bei solchen Arbeitsbedingungen mehr Geld. Besonders die Älteren leiden unter den Temperaturen.«

Ruth machte einen Schritt auf ihn zu und straffte sich. Heinz Zorn war genauso groß wie sie, was ihm sicherlich missfiel. »Nein«, antwortete sie schlicht, während sie ihm in die Augen blickte.

Er stierte sie an, als wollte er sie verschlingen und so das Übel, das sie für ihn darstellte, aus der Welt schaffen. Dann machte er einen bedrohlichen Schritt auf sie zu, der sie unwillkürlich zurückweichen ließ. »Dann legen die Männer die Arbeit nieder.«

»Dann bekommen sie am Samstag weniger Lohn«, entgegnete sie in ungerührtem Ton, obwohl ihr innerlich ganz anders zumute war. Einerseits wusste sie, dass sie in dieser Situation keine Schwäche zeigen durfte, andererseits war sie sich dessen bewusst, dass sie sich mit diesem Mann gut stellen musste. Ein Wort von ihm – und die Männer im Steinbruch würden den Aufstand proben. In Anbetracht dieser Situation überwand sie sich und schenkte ihm ein freundliches Lächeln.

»Herr Zorn«, begann sie mit erzwungener Ruhe, »ich schätze es sehr, dass Sie sich für die Männer dort unten einsetzen. Sie haben den Ruf, dass man mit Ihnen vernünftig reden kann. Also – lassen Sie uns reden. Ich möchte Ihnen einen Vorschlag machen.«

Der Blick aus den eng zusammenstehenden Männeraugen begann zu flackern, was sie als Unsicherheit deutete.

»Wollen wir uns nicht doch kurz setzen?«, sprach sie weiter, während sie entschlossen auf die Sitzecke zusteuerte. Sie hörte, wie er ihr folgte.

»Bitte.« Sie zeigte auf den Ledersessel. Als er sich mit der Hand prüfend über den Hosenboden strich, sagte sie mit beruhigendem Lächeln: »Den Staub kann ich gleich wieder abwischen. Einen Cognac?«

Endlich nahm er auf der Sesselkante Platz. »Während der Arbeit trinke ich nicht.«

Sie nickte anerkennend. »Respekt, Herr Zorn.«

»Jetzt Ihr Vorschlag«, forderte er, unbeeindruckt von ihrer Freundlichkeit.

»An solch heißen Tagen wie heute beginnen wir zwei Stunden früher und machen entsprechend früher Schluss. Das heißt von fünf Uhr morgens bis vierzehn Uhr. Die halbstündige Pause verlängere ich auf eine Stunde, die zwischen elf und zwölf Uhr erfolgen soll. Sie sind dafür verantwortlich, dass die Zeiten eingehalten werden. Diese Regelung gilt natürlich nur an so heißen Tagen wie den vergangenen. Und für alle im Bruch, auch für Schmiede und Kipper.«

Zorns reges Mienenspiel verriet ihr, dass es in seinem Kopf arbeitete.

»Stimmen Sie den Vorschlag mit den Männern ab, und teilen Sie mir in einer Stunde das Ergebnis mit. Da es in den nächsten Tagen noch so warm bleiben soll, können wir morgen schon um fünf Uhr beginnen. Ich werde übrigens um die gleiche Zeit hier sein.«

Da traf sie ein so ungläubiger Blick, dass sie lachen musste.

»Ja, Herr Zorn, das ist nun mal so. Also?« Sie erhob sich, zum Zeichen, dass das Gespräch für sie beendet war.

Sofort erhob er sich auch und nickte. »Ich werde mit den Männern reden und Ihnen Bescheid geben.«

Ruth schluckte. Unter ihrer weißen Bluse brach ihr der Schweiß aus, was nicht nur an der Hitze lag. Hatte sie diesen Kampf gewonnen?

»Da ist noch etwas«, sagte sie, als sie den Schmied zur Tür begleitete. »Ich habe die Stelle von Karl Engels ausgeschrieben. Mir wäre daran gelegen, dass Sie sich die Männer, die ich dafür in die engere Wahl ziehe, anschauen. Immerhin müssen Sie mit demjenigen ja dann auch auskommen.«

Wieder rundeten sich Zorns Augen voller Staunen. »Sie wollen meine Meinung hören?«

»Ja.«

»Ja dann ...« Heinz Zorn drehte seine Kappe in den Händen. »Dann geh ich jetzt mal.«

»Was haben Sie denn mit dem gemacht?«, fragte Erika erstaunt, nachdem die Eisentür hinter Zorn zugeschlagen war. »Der wirkte ja plötzlich ganz zahm.«

Ruth erzählte ihr von dem Gespräch. Dann lachte sie. »Und zusätzlich habe ich ihm ein bisschen geschmeichelt.«

Erika lächelte wissend. »Ja, das gefällt den Männern. Damit können wir Frauen viel mehr erreichen als mit Streit.«

»Aber das habe ich ganz bestimmt nicht auf Dauer vor«, widersprach Ruth ihr. »Dieser Betrieb hat jetzt nun mal eine Chefin, die klare Ansagen macht, und das müssen die Männer schlucken. Wenn einer damit nicht klarkommt, soll er kündigen. Ich habe das Zugeständnis eben auch nur gemacht, weil mir die Arbeiter zurzeit wirklich leidtun.«

»Bestimmt werden die Männer es Ihnen danken«, meinte Erika zuversichtlich.

»Dieser Zorn ist mir unsympathisch«, erzählte Ruth ihrer Mutter beim Abendbrot, das die beiden im Esszimmer zu sich nahmen, weil es dort kühler war als auf der Terrasse. »Ich glaube, der wird mich niemals als Vorgesetzte richtig akzeptieren.«

»Dann entlass ihn«, sagte ihre Mutter mit einer Selbstverständlichkeit, die ihr zeigte, wie wenig sie sich mit der Situation des Betriebes auseinandersetzte.

»Er hat sich bis jetzt nichts zuschulden kommen lassen, was eine Kündigung rechtfertigen würde«, erwiderte Ruth hitzig. »Und selbst wenn, würde er viele Arbeiter mitnehmen. Ich brauche meine Leute aber, damit wir weiter abbauen können.« Sie schüttelte den Kopf. »Nein, ich muss sein Vertrauen gewinnen, auch wenn es mir gegen den Strich geht. Ich hoffe, ich habe heute dafür den ersten Grundstein gelegt. Die Männer haben sich jedenfalls auf meinen Vorschlag eingelassen, obwohl sie mit Sicherheit lieber eine Hitzezulage gehabt hätten.«

Liliane seufzte. »Ich bewundere dich, Kind.«

Ruth lachte. »Ich mich auch. Dass ich mich gegenüber diesem ungehobelten Klotz so zusammennehmen konnte! Aber den möchte ich wirklich nicht zum Feind haben. Der würde auch nicht davor zurückschrecken, gegen mich vors Arbeitsgericht zu ziehen.«

»Es gibt ein chinesisches Sprichwort.« Ihre Mutter sah sie bedeutsam an. »Umarme deinen Feind, dann kann er dich nicht erschießen.«

»So nah möchte ich Zorn nun auch wieder nicht kommen«, entgegnete Ruth trocken, woraufhin beide lachten.

Nach dem Abendessen löste Ruth ihr Versprechen gegenüber Arno ein und begab sich mit ihm auf einen langen Spaziergang. Sie schlug den Weg zum See ein. Im Wald begegneten sie keiner Menschenseele. Nur ein rotbraunes Eichhörnchen begleitete ihren Weg von Ast zu Ast und schielte neugierig mit seinen glänzenden Perlenaugen auf sie und Arno hinunter.

Der See lag wie ein blauer Teller im Schilf. Auch das Wildentenpärchen, das Karl immer gefüttert hatte, war wieder da. Eng nebeneinander drehten die beiden Vögel im sanften Abendlicht ihre Runden. Ruth setzte sich ins Gras und atmete den Duft der Wiesenblüten, der wie eine süße Verheißung über allem schwebte, tief in sich ein. Der Blick auf die Hütte machte sie traurig. Einsam und verlassen lag sie da. Nichts deutete mehr darauf hin, dass vor Kurzem noch einer ihrer liebsten Menschen dort sein Zuhause gehabt hatte. Die Fensterscheiben waren blind, die Geranien in den Blumenkästen vertrocknet. Die weißen

Spitzengardinen, die Maria für ihren Liebsten genäht hatte, hingen jetzt im Ruhrgebiet.

»Ach, Arno!« Ruth streichelte das Fell ihres Schäferhundes. Das Gefühl grenzenloser Einsamkeit überfiel sie. Außer Johannes, der ihr aus ihrer finanziellen Not helfen wollte, hatte sie niemanden, an den sie sich für ein paar Augenblicke hätte anlehnen können, der sie in die Arme genommen, ihr durch seine Liebe neue Kraft gegeben hätte. Wie sehr sehnte sie sich nach ihrem Vater!

Mit verschwommenem Blick schaute sie ziellos über den See. Da sah sie wieder den muskulösen, braun gebrannten Oberkörper vor ihrem inneren Auge, der plötzlich aus dem Wasser aufgetaucht war, das markante Gesicht, das schwarze nasse Haar. Und mit einem Mal hörte sie wieder die raue, sinnliche Männerstimme, die eher leise als laut gesprochen hatte. In ihrer Erinnerung lächelte Paul sie an – mit diesem leicht schiefen, umwerfend charmanten Lächeln, das nur er besaß und das etwas in ihr zum Klingen gebracht hatte. Obwohl sie seit dem Tod ihres Vaters seltener an ihn dachte, fragte sie sich jetzt, worin der Sinn ihrer Begegnung gelegen haben mochte, wenn sie sich dann doch sofort wieder verloren hatten? Ob er noch mit der blassen Tochter seines Chefs zusammen war?

In all diese Gedanken vertieft, blieb Ruth lange am Seeufer sitzen, lauschte dem Quaken der Frösche, dem Zirpen der Grillen und dem Lied der Nachtigall, das aus dem Wald voller Wehmut zu ihr herüberklang. Irgendwann wurde das Licht immer blasser. Am gläsernen Himmel stieg ein praller Vollmond auf, der das tief gezogene Dach der Hütte wie altes Silber glänzen ließ. Als sie sich mit Arno auf den Rückweg machte, senkte sich die Dämmerung übers Land. Sie war froh über die Dunkelheit. So würde niemand ihre Tränen sehen.

10

»Hier, diese Ausfertigung ist für deine Unterlagen.« Johannes schob Ruth die Kopie des Kreditvertrages über den Terrassentisch zu. »Mittwoch oder Donnerstag kommender Woche wird das Geld auf deinem Geschäftskonto sein. Durch das bevorstehende Wochenende dauert es etwas länger.«

Ruth atmete erleichtert aus. »Ich danke dir.« Sie stand auf, beugte sich zu Johannes hinüber und gab ihm einen freundschaftlichen Kuss auf die Wange. »Ich kann dir gar nicht sagen, wie froh ich bin«, fügte sie hinzu, während sie sich wieder hinsetzte.

Johannes lächelte sie an. »Jetzt bist du erst einmal das finanzielle Problem los.« Sein Blick glitt zu den lang gezogenen Hügeln am Horizont, über denen zum ersten Mal seit Tagen große Wolken segelten, deren Ränder die tief stehende Sonne rosig färbte. Ruth beobachtete ihren Freund, der ungewöhnlich lange schwieg, so, als würde er über etwas nachdenken. Und plötzlich regte sich in ihr ein ungutes Gefühl, eine Vorahnung. Schließlich kehrte Johannes' Blick zu ihr zurück. Unwillkürlich hielt sie den Atem an.

»Da ist noch etwas«, begann er mit gewinnendem Lächeln. »Ich hätte da noch eine Bitte an dich.«

»Sag«, erwiderte sie mit klopfendem Herzen. War sie jetzt nicht geradezu verpflichtet, ihm seine Bitte zu erfüllen?

Doch bevor er mit der Sprache herausrückte, zündete er sich eine Zigarette an. Endlich, nachdem er den Rauch geräuschvoll ausgestoßen hatte, begann er: »In sechs Wochen feiert der Junggesellenverein sein dreißigjähriges Bestehen. Einer der Höhepunkte dieser Feier wird das Hahneköppen sein. Ich habe mich dazu angemeldet.« Seine Augen wurden schmal, sein Blick durchdringend. »Falls ich gewinne, würdest du dann meine Hahnekönigin sein?«

Ruth schnappte nach Luft. O weia! Nur nicht das! Dann brach es, ohne zu überlegen, aus ihr heraus. »Johannes – ich hasse diesen Brauch. Ich finde ihn geradezu abartig und widerlich. Dass Männer ihre Männlichkeit dadurch unter Beweis stellen, dass sie mit verbundenen Augen einem geschlachteten Hahn den Kopf abschlagen, kann ich nicht verstehen. Tut mir leid, aber das mache ich nicht.« Sie hatte sich in Rage geredet, fühlte, wie ihr das Blut zu Kopf gestiegen war.

»Augenblick mal.« Johannes drückte die gerade erst angezündete Zigarette aus und sah sie erbost an. »Erst einmal ist es kein echter Hahn, sondern eine hölzerne Nachbildung. Und zum anderen dient dieser Brauch nicht etwa als Männlichkeitsbeweis, meine Liebe.« Dann hielt Johannes ihr ein kurzes Referat darüber, dass der Hahn früher als Symbol eines bösen, die Ernte verderbenden Geistes galt, der sich in die letzte Garbe flüchtete und durch das Köpfen getötet werden sollte. Unter Napoleon hatte der Hahn dann auch für die verhassten französischen Besatzer gestanden.

»Wie dem auch sei ...« Ruth schüttelte energisch den Kopf. »Ich werde keine Hahnekönigin. Nimm es bitte nicht persönlich. Ich bin grundsätzlich nicht dagegen, alte Bräuche fortzuführen, aber ...«

»Ist schon gut«, unterbrach Johannes sie da in barschem Ton. »Ich habe mir so was schon gedacht. Wahrscheinlich hast du nur Angst, dass ich auf dem Fest zu viel trinke und danach wieder über dich herfallen könnte.«

Ruth fuhr zurück. »Spinnst du? An so was habe ich überhaupt nicht gedacht.«

Beleidigt zuckte Johannes mit den Schultern. »Na, ich weiß nicht. Du hast es doch immer noch nicht vergessen. Gib's doch zu!«

Gerade noch war sie froh und dankbar gewesen, dass sie zu der alten Freundschaft zurückgefunden hatten, und jetzt das!

»Vielleicht täusche ich mich ja auch«, sagte er mit schuldbewusster Miene in versöhnlichem Ton. »Ich nehme meine Worte zurück. Entschuldige.«

»Ja, Johannes, du täuschst dich«, erwiderte sie mit fester Stimme. »Wie lange liegt das zurück! Außerdem habe ich es damals an dem Kirmesabend ja genauso gewollt wie du. Was ich damals nicht gewollt habe, war dein Verhalten danach. Aber auch das habe ich vergessen. Ich dachte, wir beide sind in den vergangenen Monaten wieder die Freunde geworden, die wir früher mal waren.«

Johannes senkte den Kopf. »Sind wir ja auch.« Irgendwie glaubte sie ihm nicht. Vielleicht hatte sie sich etwas vorgemacht? *Glaubst du wirklich, dass er dich vergessen hat?*, hatte Heidi sie gefragt, als sie Johannes zum ersten Mal nach all den Jahren auf dem Kirchplatz wiedergesehen hatte.

Johannes liebt dich. Das spüre ich, hatte ihre Mutter noch vor Kurzem gesagt.

Ruth rückte auf die Stuhlkante und griff über den Tisch hinweg nach Johannes' Hand, die zur Faust geballt auf dem Kreditvertrag lag. »Johannes«, begann sie aufs Neue. »Du bist mein bester Freund, der einzige, den ich außer Heidi habe. Ich möchte dich nicht noch einmal verlieren. Also …« Sie bemühte sich um ein offenes Lächeln und fuhr in aufmunterndem Ton fort: »Also, wann spielen wir wieder mal Schach? Das wollten wir doch, oder? Und vorher lade ich dich zum Essen in die Linde ein – mit allem Pipapo. Als Dankeschön dafür, dass du mir geholfen hast. Was hältst du davon? Sagen wir, vielleicht schon morgen Abend?«

Johannes' Faust öffnete sich langsam unter ihrer Hand. Seine Finger umschlossen ihre und drückten sie. Dann erschien auf seinem Gesicht ein gelöstes Lächeln. »Abgemacht. Jedoch nur unter einer Bedingung: Ich lade dich ein. So weit kommt das noch, dass ich mich von einer Frau zum Essen einladen lasse.« Er ließ ihre Hand los und stand auf. »Ich hole dich morgen um sechs ab. Und danach spielen wir Schach.«

Samstagmorgen rief Johannes im Steinbruch an und sagte die Verabredung ab. Er hätte sich den Magen verdorben. Ruth wusste nicht, ob sie ihm glauben sollte. War er beleidigt, dass sie nicht seine Hahnenkönigin sein wollte? Wollte er vielleicht doch nicht nur Freundschaft, sondern mehr?

Heidi blieb an diesem Wochenende in Bad Neuenahr. Eine Kundin hatte ein Modellkleid in Auftrag gegeben, und Heidis Chefin hatte ihr die Aufgabe übertragen, einen

Entwurf dafür zu zeichnen. So nutzte Ruth das erste Ferienwochenende, um ihre Schulsachen zu ordnen und wegzuräumen. Voller Erwartung sah sie der neuen Woche entgegen, in der sich die ersten Bewerber auf die Stellenanzeige melden würden.

Sonntagmittag stand die Polizei vor der Tür. Ruth und ihre Mutter fielen aus allen Wolken. »Was ist passiert?«, erkundigte Ruth sich, nach außen hin gefasst, obwohl ihr das Herz gegen die Rippen hämmerte.

»Wir wurden eben darüber informiert, dass auf Ihrem Gleis, das vom Basaltbruch zum Bahnhof führt, eine Ihrer Loren entgleist ist und jetzt mitten auf der Straße liegt, die nach Wilmersbach führt«, berichtete der ältere von den beiden.

Ruth fuhr der Schreck durch alle Glieder. Sie musste sich erst räuspern, bevor sie etwas darauf erwidern konnte. »Aber die Loren werden doch bei Arbeitsende immer gesichert, damit sie nicht bewegt werden können«, brachte sie schließlich hervor.

»Das muss dann wohl einer Ihrer Arbeiter vergessen haben«, entgegnete der Polizist ungerührt.

Wenn Onkel Karl noch leben würde, wäre das nicht passiert, schoss es ihr durch den Kopf.

»Ein Spaziergänger hat beobachtet, dass Kinder in der Lore gesessen haben, denen jedoch glücklicherweise nichts passiert ist«, hörte sie den Beamten weiterreden. »Sie sind dann weggelaufen, aber der Spaziergänger hat die drei Bengel erkannt. Es sind die vom Zorn gewesen.«

»Heinz Zorn?«, fragte Ruth ungläubig.

Der Polizist nickte. »Sie sollten sich mit dem Mann in Verbindung setzen, damit er für den Schaden aufkommt.

Als Allererstes muss die Straße geräumt werden, damit die Autos wieder durchkommen.«

»Ja, natürlich«, erwiderte sie hastig. »Ich werde mich sofort darum kümmern.«

»Gott sei Dank«, sagte Liliane, als die Beamten weg waren, und presste sich die Hände aufs Herz. »Ich dachte schon, mit Heidi oder Großvater wäre etwas passiert.« Mit einem befreiten Lächeln atmete sie tief durch. »Aber wenn schon so etwas passieren musste, ist es in diesem Fall doch gar nicht schlecht«, fuhr sie fort. Dabei stand in ihren Augen ein schelmisches Leuchten, das Ruth schon lange nicht mehr gesehen hatte. »Das wäre eine gute Gelegenheit, Heinz Zorn für dich zu gewinnen – je nachdem, wie du jetzt reagierst.«

»Mutter!«, rief Ruth bewundernd aus. »Du hast recht! Ich muss natürlich davon ausgehen, dass er zunächst leugnen wird, es wären seine Kinder gewesen.« Sie seufzte. »Na ja, mal sehen, wie sich das Gespräch entwickelt.«

Kurze Zeit später machte sich Ruth auf den Weg. Heinz Zorn wohnte mit seiner Familie in Wilmersbach, in einer Straße, in der die Häuser sich dicht gegenüberstanden und einander zuzuneigen schienen. Es waren graue Vorkriegsbauten. In jedem wohnten vier Familien. Ruth parkte am Bürgersteig. In der Straße herrschte sonntägliche Ruhe. Die Haustür war angelehnt. Zögernd betrat sie das Treppenhaus mit der stellenweise abgeblätterten Farbe, den gesprenkelten Steinstufen und dem abgegriffenen Holzgeländer. Es roch nach Essen und kaltem Zigarettenrauch. Ruth stieg am Halbparterre vorbei, wo sich die Gemeinschaftstoilette befand, in den zweiten Stock. Irgendwo stritten lautstark zwei Kinder. In einer anderen Wohnung lachte eine Frau schrill auf. Ruth klopfte an die Wohnungstür der Zorns. Heinz Zorn öffnete. Er trug ein weißes Unterhemd und eine Arbeitshose. Bei ihrem Anblick fielen ihm fast Augen aus dem Kopf. »Sie?«, fragte er alles andere als einladend.

Höflich entschuldigte sie sich für die Störung. »Ich muss Sie unbedingt sprechen.«

Zorn zögerte.

»Wer ist da?«, hörte Ruth eine Frauenstimme im Hintergrund rufen.

»Fräulein Thelen«, antwortete er über die Schulter hinweg.

Da erschien in dem engen, dunklen Flur eine Frau in geblümter Kittelschürze. Sie war dünn, sah abgearbeitet und viel älter aus, als sie sein konnte. Früher musste sie einmal sehr hübsch gewesen sein. Ihr Blick war erstaunt, aber freundlich. »Willst du Fräulein Thelen nicht hereinbitten?«, fragte sie mit angenehm weich klingender Stimme, woraufhin ihr Mann die Tür freigab.

Unsicheren Schrittes betrat Ruth die Wohnung.

»Bitte ...« Frau Zorn wies ihr den Weg in die Küche, wo auf dem Gasherd in einer riesigen Eisenpfanne würzig duftende Bratkartoffeln brutzelten. »Die Kinder kommen gleich«, erklärte Frau Zorn ihr mit entschuldigendem Lächeln.

Ruth lächelte zurück. »Wegen Ihrer Kinder bin ich hier«, sagte sie, wobei sie Heinz Zorn, der am Türrahmen lehnte und rauchte, bedeutsam ansah.

»Was ist passiert?«, fragte seine Frau erschrocken.

Ruth erzählte es den beiden.

»Diese Lausebengel«, schimpfte Zorn da los. »Wie oft habe ich denen verboten, in den Bruch zu gehen! Die werden gleich was zu hören bekommen. Da können Sie sich drauf verlassen. Das setzt Hiebe.«

Ruth sah ihn überrascht an. »Na ja«, sagte sie dann beschwichtigend. »Es ist ja nichts Schlimmes passiert. Nur dass die Lore entgleist ist und jetzt die Straße blockiert.«

»Die werden was erleben«, schimpfte Zorn ungebremst weiter. »Die Jungs wissen genau, dass der Steinbruch kein Spielplatz ist. Ich predige den Arbeitern immer wieder, dass sie ihren Kindern den Zugang zum Steinbruch verbieten sollen. Wie stehe ich denn jetzt da?«

Ruth lächelte ihn beruhigend an. »Als ich klein war, habe ich auch gerne mit meinen Freunden dort gespielt. Der Ort hat für Kinder ja auch etwas Abenteuerliches an sich. Dennoch ist er gefährlich. Aber abgesehen davon, möchte ich natürlich keine Probleme mit der Polizei haben. Letztendlich bin ich die Eigentümerin und für alles, was dort passiert, verantwortlich.«

Zorn drückte die Zigarette im Aschenbecher aus und zog sich sein kariertes Hemd an, das über dem Küchenstuhl hing. »Der Weg muss geräumt und die Lore zurück in den Bruch gebracht werden«, sagte er sichtlich nervös, an seine Frau gewandt. Dann sah er Ruth an und nickte entschlossen. »Und was meine Jungs angeht – ich entschuldige mich für sie. Das wird nie wieder vorkommen.«

In der nächsten Woche, die bei einem blau-weißen Himmel angenehme Sommertemperaturen brachte, blieb zu Ruths großer Enttäuschung der Ansturm auf die Stellenanzeige aus. Genauso in der übernächsten Woche, an deren Ende Heidi nach Hause kam. Ruth holte ihre Freundin Samstagnachmittag vom Bahnhof ab. Sonntags machten die beiden nach dem Mittagessen einen Spaziergang. Sie schritten zügig voran. Nach der Arbeitswoche am Schneider- beziehungsweise Schreibtisch genossen sie die Bewegung an der Luft. Rotbuchen mit mächtigen Kronen spendeten ihnen Schutz vor der Sonne, die den Asphalt der schmalen Landstraße flimmern ließ. Stille und Geruhsamkeit der späten Mittagsstunde lagen über der Landschaft. Aus den Wiesen stieg ihnen der Duft frisch geschnittenen Grases in die Nase. Während Arno rechts und links der stillen Straße Kaninchen jagte, sagte Heidi: »Jetzt erzähl endlich mal, wie es im Steinbruch läuft! Im Beisein deiner Mutter hast du ja noch kaum davon gesprochen.«

»Ich hatte dir doch eine Karte geschrieben. Hast du die erhalten?«

»Klar. Deshalb frage ich ja. Hat sich schon der Richtige auf die Stellenanzeige gemeldet?«

Ruth seufzte. »Nein. Von den wenigen, die sich überhaupt gemeldet haben, kam keiner infrage.«

»Warum haben sich denn nur so wenige gemeldet?«, fragte Heidi erstaunt. »Heutzutage wird doch Arbeit gesucht, zumal in einer verantwortungsvollen Position.«

»Wahrscheinlich wollen die meisten nicht unter der Leitung einer Frau arbeiten«, entgegnete Ruth matt.

»Und warum kam keiner von denen, die sich gemeldet haben, infrage?«

»Keiner hatte Ahnung vom Steinabbau, obwohl ich das als unbedingte Voraussetzung in die Anzeige geschrieben habe. Und die drei Bewerber, die mit Maschinen umgehen konnten, besaßen absolut keine Persönlichkeit. Die hätten die Arbeiter niemals akzeptiert.« Mit sorgenvoller Miene sah Ruth zu Arno hinüber, der auf der Wiese seine Runden drehte. »Ich weiß wirklich nicht, wie das weitergehen soll. In den vergangenen vierzehn Tagen kam es mehrmals zu Maschinenausfällen. Es mussten zum Beispiel die Wellen für die Basaltbrecher wieder neu abgedreht werden, was Aufgabe der beiden Schlosser ist. Die jedoch behaupteten, das hätten sie noch nie gemacht. Natürlich habe ich dann einen Schlosser aus Wilmersbach kommen lassen. Wenn du mich fragst, war das einfach nur ein Protest der Männer. Vielleicht waren die Reparaturen auch gar nicht erforderlich. Onkel Karl war Maschinenbauer. Der hätte das beurteilen können.«

Heidi war während Ruths Monolog stramm weitermarschiert, den Blick auf den Feldweg gerichtet, den sie inzwischen eingeschlagen hatten. Als Ruth verstummte, blieb sie stehen und sah ihre Freundin ernst an. »Das meinte ich unter anderem damit, als ich sagte, du würdest auf Dauer Schiffbruch erleiden. Ich kann mich noch genau daran erinnern, dass die Arbeiter zu Zeiten deines Vaters und Onkel Karls fast alles selbst repariert haben, weil es die meisten von ihnen können. Nun nutzen die Männer schamlos aus, dass du keine Ahnung von der Materie hast. Ganz nach dem Motto: Soll die doch dafür zahlen. Wir sparen uns zusätzliche Arbeit.«

Ruth ging auf Heidis Bemerkung nicht ein, Sie wusste nur zu gut, dass ihre Freundin recht hatte. Stattdessen fuhr sie fort: »Ich habe aber auch eine gute Neuigkeit zu vermelden: Mit den Holländern, von denen ich dir geschrieben habe, bin ich handelseinig geworden. Sie ordern eine riesige Basaltlieferung. Ich habe sogar einen sehr guten Preis erzielt. Die haben mich als ebenbürtigen Verhandlungspartner angesehen, obwohl ich eine Frau bin. Das gibt mir Mut. Kannst das verstehen?«

»Und wie ich das verstehen kann! Vielleicht sollten wir beide nach Holland auswandern«, erwiderte Heidi zwinkernd.

Ruth lachte. »Ach, da gibt es noch etwas. Herr Zorn ist inzwischen mir gegenüber weniger *zornig*.« Sie erzählte Heidi von dem Vorfall mit der Lore. »Ich glaube, er rechnet es mir hoch an, dass ich ihm kein Theater gemacht und niemandem gesagt habe, dass es seine Kinder waren. Außer Erika, aber die ist verschwiegen wie ein Grab.«

»Wie läuft es denn mit ihr?«, fragte Heidi wie nebenbei.

»Gut«, erwiderte Ruth. »Sie ist längst nicht mehr so kühl zu mir wie früher. Und sie ist wirklich eine gute Sekretärin. Sie denkt für den Betrieb. Ihre nette und freundliche Art nimmt manchem dreisten Arbeiter den Wind aus den Segeln.«

»Das klingt ja wunderbar!«, rief Heidi aus, obwohl Ruth ihr die Begeisterung nicht abnahm. Sie wusste ja nur zu gut, wie ihre Freundin der mutmaßlichen Geliebten ihres Vaters gegenüberstand. Als Heidi dann auch noch eins draufsetzte und in süffisantem Ton sagte: »Ihr werdet bestimmt noch beste Freundinnen«, musste Ruth lachen.

»Kann es sein, dass du eifersüchtig bist?«, neckte sie Heidi.

»Ich doch nicht!«, entgegnete ihre Freundin mit gespielter Empörung.

»Aber du machst sie auffällig oft zum Thema.«

»Ich mache mir eben meine Gedanken«, erwiderte Heidi, um dann gleich darauf mit forschendem Blick zu fragen: »Hast du deine Mutter eigentlich mal darauf angesprochen, ob Erika die Geliebte deines Vaters war?«

Ruth blieb abrupt stehen. »Natürlich nicht! Erstens würde ich mich nicht trauen, ein solch persönliches Thema anzuschneiden. Und zweitens ist das inzwischen doch auch völlig egal. Vater ist tot, und über Tote soll man nicht schlecht reden.«

Heidi zuckte nur mit den Schultern und ging weiter.

Die beiden schwiegen eine Weile, bis sie an eine Wegkreuzung kamen. »Hast du Lust, Großvater einen kurzen Besuch abzustatten?«, fragte Ruth. »Seit Vaters Tod kommt er nur noch selten sonntags zum Essen.«

»Vielleicht hat er Angst vor den Erinnerungen«, meinte Heidi mitfühlend und hakte sich bei Ruth ein. »Lass uns zu ihm gehen. Er wird sich bestimmt freuen.«

»Hast du eigentlich noch einmal was von Bill gehört?«, fragte Ruth nach ein paar Schritten.

Heidi seufzte laut, ließ sie los und schlang die Arme um den Oberkörper. »Nein. Er hat sich nicht mehr gemeldet. Aber damit habe ich ja auch gerechnet. Er ist ein konsequenter Mensch.«

Ruth warf ihr einen besorgten Seitenblick zu. »Bist du sehr traurig darüber?«

»Manchmal abends, wenn ich allein in meinem Kämmerchen hocke.«

»Das kann ich verstehen.«

Wieder gingen sie ein paar Meter schweigend nebeneinander her. »Und du?«, erkundigte sich Heidi. »Denkst du noch an Paul?«

Ruth lächelte schwach. »Manchmal abends, oder wenn ich spazieren gehe.«

»Ich habe ihn nicht mehr gesehen, aber ich gehe ja auch nicht mehr in die Kasinobar.«

Wieder schweigend und jede in ihre Gedanken versunken, wanderten die beiden Freundinnen über die Buchenallee auf den alten Bauernhof zu. Wie meistens kündigten auch an diesem Tag die Gänse ihr Kommen an – und Arno antwortete ihnen. Josef Thelen saß auf der Bank neben der Haustür und rauchte seine Mutz. Als er sich erhob, um die beiden zu begrüßen, drückte sein Gesicht statt Freude eher Besorgnis aus. Ruth sah ihn erstaunt an. »Kommen wir ungelegen?«

»Nun ja ...« Josef zog an seiner Pfeife. »Ich muss gleich weg.«

»Wohin denn?«, erkundigte sich Heidi in ihrer direkten Art.

»Auf Besuch«, lautete die Antwort, bei der Josef den Blick senkte.

Obwohl ihr Großvater immer eher schweigsam als redselig war, spürte Ruth, dass ihn irgendetwas bedrückte. Eine solche Einsilbigkeit kannte sie dann doch nicht von ihm.

»Sollen wir wieder gehen?«, bot sie ihm an.

Ihr Großvater wand sich. Schließlich schüttelte er den Kopf. »Wenn ihr jetzt schon mal da seid ...«

Heidi hakte sich bei ihm ein und sagte in aufmunterndem Ton: »Wir trinken jetzt ein schönes Tässchen Kaffee, und dann ziehen wir wieder ab. Ich muss ja heute auch wieder zurück.«

»Der Kaffee ist schon fertig«, erwiderte Josef.

»Hast du auch Kuchen?«, fragte Heidi.

Josef Thelen, der sich gerade ächzend auf der Eckbank in der Stube niederließ, schüttelte den Kopf.

»Fräulein Hammes hat dir doch früher schon mal was Selbstgebackenes gebracht«, sagte Heidi in unschuldigem Ton, woraufhin Ruth sie mit einem strafenden Blick beschoss.

»Hhm«, brummte Josef und ließ zwei Stücke Zucker in seine Tasse fallen. »Ich habe für Arno noch eine Wurst in der Speisekammer«, fuhr er nach ein paar Schweigesekunden fort.

»Die kann ich ja für heute Abend mitnehmen«, schlug Ruth vor. »Er hat eben erst sein Futter bekommen.«

Wieder breitete sich Schweigen am Tisch aus. In der warmen Stube, in der die Luft stand, war nur das Brummen einer Fliege zu hören. Es riss Ruth an den Nerven. Was hatte ihr Großvater nur? Er kam ihr so vor, als sei er auf dem Sprung. Den Besuch nahm sie ihm nicht ab. Er ging abends manchmal ins Gasthaus zum Kartenspielen, aber wen wollte er am Sonntagnachmittag besuchen?

Nur Arno, der Josef immer wieder seinen Ball vor die Füße legte, brachte ein bisschen Bewegung in die sonst so stille Runde. Nach ein paar Minuten beendete Josef das Spiel. »Ich glaube, es wird Zeit.«

»Dürfen wir denn wenigstens noch den Tisch abräumen?«, fragte Heidi leicht pikiert.

»Lasst stehen. Das mache ich, wenn ich zurück bin.«

Heidi und Ruth wechselten einen ungläubigen Blick. Dann trat Ruth auf ihren Großvater zu und drückte ihm einen Kuss auf die stoppelige Wange. »Ich wünsche dir einen schönen Nachmittag. In den nächsten Tagen komme ich nach der Arbeit mal vorbei.«

Josef nickte. »Tu das, Kind.«

»Tschüss Großvater«, verabschiedete sich Heidi. Auch sie gab ihm einen Kuss.

»Komm gut zurück nach Bad Neuenahr. Und pass da gut auf dich auf«, gab er ihr mit auf den Weg.

»Tu ich«, versicherte Heidi ihm leichthin.

»Merkwürdig«, sagte Heidi, als sie auf der Buchenallee, die vom Hof zu der wenig befahrenen Landstraße führte, zurückgingen. »Der war doch komisch, oder?«

»Und wie«, stimmte Ruth ihr tief beunruhigt zu.

»Nimmst du ihm das mit dem Besuch ab?«

»Nee.«

»Ich auch nicht. Was mag er wohl gehabt haben?«

»Keine Ahnung.«

Versunken in ihre Gedanken, gingen die beiden weiter. Als sie an der Kreuzung ankamen, wo es geradeaus in den Wald ging und rechts wie links auf die Landstraße, blieb Ruth stehen. »Wollen wir durch den Wald zurückgehen? Da ist es etwas schattiger.«

»Meinetwegen.« Kaum hatten sie die Straße überquert, als Heidi Ruth am Arm festhielt. »Kuck mal, da hinten! Da kommt Großvaters Mercedes.«

»Quatsch. Opa saß doch gerade noch in der Stube«, erwiderte Ruth und wollte schon mit Arno an der Leine weitergehen, als Heidi sie zurückhielt.

»Mensch, kuck doch mal! Das ist sein Wagen!«

In langsamem Tempo kam der alte, grüne Daimler auf die beiden Frauen zugefahren. Jetzt erkannte Ruth das Nummernschild. Es bestand kein Zweifel. Das war tatsächlich der Wagen ihres Großvaters. Und am Steuer saß Erika Hammes.

»Also – das schlägt dem Fass den Boden aus«, sagte Heidi fassungslos. Erikas Anblick verschlug Ruth zuerst einmal die Sprache. Der Wagen kam näher. Erika hielt an, direkt neben ihr. Ihre Sekretärin sah bezaubernd aus in ihrem hellroten Sommerkleid mit dem tiefen, runden Ausschnitt und den schmalen Trägern, die ihre leicht gebräunten Schultern zeigten. Dazu trug sie einen Hut aus hellem Stroh, den ein Band in der Farbe ihres Kleides zierte.

»Guten Tag.« Ihr Lächeln wirkte unsicher.

»Guten Tag«, erwiderte Ruth mit belegter Stimme.

»Guten Tag«, ließ sich Heidi, die sich seitlich von Ruth positioniert hatte, mit Grabesstimme vernehmen. Erika nickte ihr knapp zu.

»Ich bringe Ihrem Großvater den Wagen zurück«, fuhr Erika an Ruth gewandt fort. »Er hat ihn mir fürs Wochenende ausgeliehen. Ich habe meinen Freund an der Mosel besucht und wollte ihm ein paar Sachen bringen, die ich schlecht im Zug hätte transportieren können.«

Ruth schluckte. Großvater lieh Erika sein Heiligtum?

»Tatsächlich?«, fragte Heidi in süffisantem Ton.

Erika bedachte sie mit einem kurzen, kühlen Blick und sah Ruth wieder an. »Ich muss weiter, damit ich den Zug nicht verpasse. Ihr Großvater will mich zum Bahnhof fahren«, fuhr sie sachlich fort. »Bis morgen früh. Ich wünsche Ihnen noch einen schönen Abend.« Dann legte sie den Gang ein und ließ den schweren Wagen anrollen.

»Wer's glaubt, wird selig«, sagte Heidi, während sie der Limousine nachsah, wie sie in die Buchenallee einbog. »Ich sag dir was: Nach dem Tod deines Vaters hat sie sich Opa geschnappt. Das ist ja wirklich die Höhe!«

»Bitte, Heidi, jetzt spinn nicht rum«, erwiderte Ruth erbost.

Heidi starrte sie mit kreisrunden Augen an. »Glaubst du der etwa?«

Ruth hob die Brauen. »Ich weiß es nicht, aber eines glaube ich nicht: Dass Erika Hammes etwas mit unserem Großvater hat.«

»Und warum war er dann so nervös?«, fragte Heidi. »Er hatte doch deutlich Angst davor, wir könnten Erika begegnen – was jetzt ja auch passiert ist.«

Ruth erinnerte sich plötzlich wieder daran, wie wichtig es ihrem Großvater gewesen war, dass Erika auch nach dem Tod ihres Vaters weiterhin ihre Stelle im Betrieb behalten konnte. Irgendetwas musste ihn mit Erika verbinden. Nur was? War Erika tatsächlich die Geliebte ihres Vaters gewesen, und ihr Opa hatte das Verhältnis akzeptiert? Oder noch schlimmer: Ihr Großvater fühlte sich auch noch nach dem Tod seines Sohnes mit Erika verbunden? Sollte sie Erika morgen darauf ansprechen? Aber wollte sie tatsächlich die Antwort hören? Hatte sie nicht schon genug Probleme? Erika war als Mitarbeiterin ihr gegenüber absolut verlässlich. Wollte sie sie auch noch verlieren?

»Ich verstehe dich nicht«, sagte Heidi in ihr Gedankenchaos hinein. »Der würde ich morgen fristlos kündigen.«

Ruth blieb abrupt stehen. »Werde ich aber nicht. Ich brauche sie. Außerdem nimmt sie uns nichts weg, wenn sie sich Großvaters Wagen ausleiht. Immerhin entscheidet darüber unser Großvater und nicht wir. Das ist nun mal so.«

Heidi sah sie verständnislos an. Dann winkte sie ab. »Mach, was du willst.«

Als Ruth am nächsten Morgen ins Büro kam, erwähnte sie die Begegnung nicht. Erika ihrerseits machte sie auch nicht zum Thema. Auch in dieser Woche meldete sich niemand auf die Zeitungsannonce, der auf das Profil gepasst hätte.

»Ich verstehe das nicht«, sagte Ruth mit einem tiefen Seufzer zu Erika, nachdem sie Samstagmittag die Lohntüten verteilt hatten.

»Was machen wir jetzt?«

»Ich weiß es nicht«, musste Ruth zugeben. »Ich bin nicht in der Lage, jemanden, der im Steinabbau oder in Maschinentechnik keine Erfahrung hat, anzulernen. Und wir können nur jemanden gebrauchen, der beides beherrscht. So wie Karl.«

»Und wenn Heinz Zorn auf Herrn Engels Stelle rücken würde?«

Ruth verzog das Gesicht. »Er hält zwar momentan still, aber ich will trotzdem nicht, dass er zu großen Einfluss gewinnt.«

»Geben Sie doch noch einmal eine Anzeige auf«, schlug Erika vor.

Ruth sah sie zweifelnd an. Dann brach urplötzlich das Gefühl völliger Ausweglosigkeit über sie herein, und sie konnte den aufsteigenden Tränen nichts mehr entgegensetzen. Erika trat hinterm Schreibtisch hervor, nahm sie in die Arme und sagte leise: »Wenn du denkst, es geht nicht mehr, kommt von irgendwo ein Lichtlein her.«

Jäh löste sich Ruth aus ihrer Umarmung und sah sie erstaunt an. »Das hat mein Vater früher immer zu mir gesagt, wenn ich Kummer hatte.«

Erikas Lippen zuckten, bevor sie sich so abrupt umdrehte, dass Ruth sich fragte, ob sie sie gerade dadurch verletzt hatte, dass sie sich so schnell aus ihrer tröstenden Umarmung gelöst hatte. Spontan trat sie hinter sie und legte ihr die Hand auf die Schulter. Mit weicher Stimme sagte sie: »Danke. Ich bin froh, dass Sie hier sind.« Und um ihr etwas Gutes zu tun, bot sie ihr an: »Soll ich Sie gleich zum Bahnhof fahren?«

Da drehte Erika sich zu ihr um und bedachte sie wieder mit einem ihrer langen, undefinierbaren Blicke. Schließlich antwortete sie mit höflichem Lächeln: »Nein, danke. Das sind ja nur ein paar Schritte.«

»Es macht mir aber nichts aus«, insistierte Ruth.

Erika schüttelte den Kopf. »Danke.«

Ruth spürte, dass plötzlich irgendetwas zwischen ihnen stand. Da sie mit diesem Gefühl nicht ins Wochenende gehen wollte, fuhr sie fort: »Glauben Sie, dass die Arbeiter, die sich in der vergangenen Woche krankgemeldet haben, am Montag wieder zur Arbeit kommen?«

Erika zuckte mit den Schultern. »Kaum. Sonst hätten sie heute bestimmt Bescheid gesagt, oder?«

»Ich weiß es nicht«, entgegnete Ruth matt. Dann sah sie Erika in die Augen. »Ist das früher auch vorgekommen, dass sich eine Gruppe von zehn Leuten gleichzeitig krankgemeldet hat?« Sie seufzte, bevor sie weitersprach. »Für mich sieht es ganz danach aus, dass die Männer das aus Protest mir gegenüber gemacht haben. Solche Zufälle gibt es doch gar nicht.«

Erika sah sie offen an. »Sie wollen die Wahrheit hören? Nein, bei Ihrem Vater hätten sie das nicht gewagt. Die Männer zeigen Ihnen dadurch, dass sie nicht unter einer Frau arbeiten wollen. Das vermute ich nicht nur, das weiß ich. Einer von ihnen hat sich verplappert.«

In Ruth schoss die Wut hoch. »Ich sollte denen fristlos kündigen. Allen zehn. Solche Leute kann ich nicht gebrauchen.«

»Dann haben wir zehn weniger. Denken Sie an den Auftrag der Holländer! Dafür brauchen wir jetzt jeden Mann und eigentlich noch mehr.«

»Stimmt auch wieder«, gab Ruth mit gesenktem Kopf zu. Dann drückte sie den Rücken durch und streckte das Kinn vor. »Dennoch – ich gebe nicht auf. Ich glaube fest an das Lichtlein, das von irgendwoher kommen wird.«

11

An diesem Samstagnachmittag rief Ruth ihren Freund Johannes an. Sie hatte Lust auszugehen, ins Kino oder tanzen – einfach etwas anderes erleben als die Probleme im Steinbruch. Doch Johannes hatte bereits etwas vor. »Dann vielleicht nächste Woche?«, fragte sie. »Wir könnten nach Bad Neuenahr fahren und Heidi besuchen.«

»Mal sehen«, lautete seine ausweichende Antwort. Dann fügte er rasch hinzu: »Nächstes Wochenende habe ich Zeit. Ich melde mich Mitte der Woche. Bad Neuenahr ist eine gute Idee.«

Nachdem Ruth den Hörer auf die Gabel gelegt hatte, wusste sie nicht, was sie glauben sollte. Dann ging ihr ein Licht auf. Vielleicht hatte Johannes neuerdings eine Freundin! Ja, das konnte eine Erklärung für sein Verhalten sein. Nun gut, sie lächelte in sich hinein. Sicher hatte er eine neue Flamme. Sie gönnte es ihm von Herzen.

Als Helma am nächsten Tag den Mittagstisch abräumte, bat sie Ruth: »Wenn du heute Nachmittag mit Arno spazieren gehen solltest, kannst du dann unterwegs Kräuter für mich sammeln? Nächste Woche ist Mariä Himmelfahrt, und ich will am Montag mit ein paar Frauen aus dem Dorf anfangen, die Krautwische zu binden, die nächsten Sonntag im Hochamt gesegnet werden.«

»Klar, mache ich«, erwiderte Ruth.

»Wie viele Sträuße sollen es denn dieses Jahr werden?«, erkundigte sich Liliane.

»Etwa zweihundert Stück«, erwiderte Helma stolz. »Nach der Messe am Sonntag verteilen wir sie an die Gläubigen und bringen sie in die Haushalte derjenigen, die zu alt oder zu krank sind und nicht zur Kirche können.«

Liliane nickte anerkennend. »Ein schöner alter Brauch, Helma. Ich habe ihn erst kennengelernt, als ich zu deinem Vater in die Eifel gezogen bin«, sagte sie mit wehmütigem Lächeln an Ruth gewandt.

»Der Krautwisch bewahrt Menschen und Tiere schon seit Jahrhunderten vor Krankheit, Feuer und anderem Unglück«, sagte Helma in inbrünstigem Ton, der verriet, dass sie wirklich an dessen Wirkung glaubte.

»Solche Bräuche sollten unbedingt gepflegt werden«, stimmte Liliane ihr zu.

»*Besseres kann kein Volk vererben, als ererbten Väterbrauch. Wo des Landes Bräuche sterben, stirbt des Volkes Blüte auch*«, dozierte Helma mit feierlicher Miene eine ihrer geliebten Volksweisheiten, während sie Teller aufeinandersetzte.

Ruth, die nicht ganz so von der Wirkung des Krautwischs überzeugt war, aber Kräuter liebte, stand auf. »Dann will ich mich gleich mal auf den Weg machen.«

»Entfern dich nicht zu weit vom Haus«, gab ihr ihre Mutter mit auf den Weg. »Der Wetterbericht hat für heute Gewitter angekündigt.«

Ruths Weidenkorb war fast voll. Der gelbe Rainfarn, die weißen Kamillenblüten und die violett blühende Minze – Heilkräuter, die sie auf den Wiesen und am Wegesrand gefunden hatte – würden mit den Getreidehalmen schöne Sträuße ergeben. Ruth blieb stehen und strich sich mit dem Handrücken den feuchten Film von der Stirn. Sie bereute, bei der Morgentoilette ihr Haar nicht hochgebunden zu haben. Bei der Schwüle, die auf die Wiesen und Felder drückte, lag es ihr schwer auf dem Rücken. Kein Halm bewegte sich. Mücken schwirrten in großen Schwärmen dicht über dem Boden. Inzwischen bedeckte ein gelblicher Dunst den Himmel. In der Ferne, über den Eifelhügeln, türmten sich rötlich-graue Wolkenberge auf, die wie eine Verschwörung am Himmel wirkten. Jetzt schnell noch ein paar Weidenröschen suchen, und dann wollte sie umkehren.

»Komm, Arno!«, rief sie ihren vierbeinigen Begleiter zu sich, der daraufhin angesaust kam und mit ihr in den Wald eintauchte, an dessen Ende die Thelener Ley I lag. Nach etwa hundert Metern erreichte sie die Lichtung, auf der das hellrosa Weidenröschen, dem eine wundheilende Wirkung nachgesagt wurde, in großen Buschen zu Hause war. Sie blieb stehen und blickte hoch zum Himmel. Die dunkle Wolkenfront war näher gekommen, die Luft kühler und feuchter geworden. Nachdem sie einen Armvoll Kräuter abgeschnitten hatte, fiel ihr ein, dass an der Abbruchkante der Thelener Ley I Salbei wuchs. Die Zeit seiner lavendelblauen Blüten war zwar vorbei, aber seine grünsilbrigen Blätter würden sich farblich bestimmt gut in dem Krautwisch machen. »Den pflücken wir auch noch schnell, und dann geht's zurück nach Hause«, sagte sie zu

Arno, der seine lange Schnauze in die Luft hielt und nicht von ihrer Seite wich. Er schien zu riechen, dass sich über ihnen etwas zusammenbraute.

Als Ruth aus dem Wald hinaustrat, hatte der Wind bereits aufgefrischt und fegte durch die Ginstersträucher und Salbeibüsche, die an der Abbruchkante der alten Grube wuchsen. Laub aus dem vergangenen Jahr wirbelte wie aufgescheuchte Spatzen durch die Luft. Ruth blieb am Waldrand stehen. Beklommen beobachtete sie, wie die Unwetterfront schnell näher kam. Die Fichten hinter ihr neigten sich ächzend im auffrischenden Wind. In der Ferne grollte der erste Donner. Es war dunkler geworden, obwohl es noch früher Nachmittag war. Mit einem Mal erschien Ruth die ihr so vertraute Natur feindlich und bedrohlich. Fröstelnd zog sie die Schultern unter ihrer dünnen, weißen Bluse zusammen. Arno drückte sich eng an ihre nackten Beine, um die ihr Leinenrock flatterte. Normalerweise hatte sie keine Angst vor den Naturgewalten, aber dieses Gewitter kam ihr vor wie eine Mahnung. Etwas Bedeutendes schien im Gange zu sein. Das Donnergrollen kam näher. Es erinnerte an das Geräusch rollender Fässer, die gegeneinander poltern. Zurück bis nach Hause würde sie es nicht mehr schaffen. Aber vielleicht bis zur Anglerhütte, überlegte sie, während der Wind um sie herum fauchte. Plötzlich mischte sich in die Geräusche der Natur noch ein anderes. Motorengeräusch? Es schien aus der alten Grube zu kommen. Sie hielt den Atem an, horchte. Nein, sie täuschte sich nicht. Dort unten in der Thelener Ley I fuhr ein Auto. Oder ein Motorrad? Ihr Herz begann zu rasen. Eine irrsinnige Hoffnung ergriff von ihr Besitz. Sie wollte schon auf die Abbruchkante zulaufen, als der erste Blitz durch die aufgeladene Luft zischte. Seine weißen Zackenpfeile zeichneten sich an dem schwarzen Himmel über ihr ab. Arno jaulte auf, drängte sich an sie. Sie hielt ihn am Halsband fest und sprach beruhigend auf ihn ein. Sekunden unheimlicher Stille folgten. Die Natur hielt den Atem an. Das Motorengeräusch war verstummt. Entweder hatte sie sich getäuscht, oder das Auto oder Motorrad war inzwischen weg. Das Beben in ihr verebbte, sie lauschte. Unter dem Donnerschlag, der den Boden unter ihr erzittern ließ, zuckte sie genauso zusammen wie Arno. Die ersten Tropfen fielen vom Himmel, schwer wie kleine Kieselsteine. Ruth nahm Arno an die Leine und zog ihn zurück in den Wald. Mit dem Weidenkorb voller Kräuter, die im gesegneten Zustand alles Unglück von den Menschen fernhalten sollten, begann sie zu laufen. Dort, wo der Fichtenwald in Laubwald überging, bog sie links ab, in die Richtung der großen Lichtung, wo der See mit der Hütte lag. Während sie lief, blitzte und donnerte es über dem Laubdach. Mit eingezogenem Kopf eilte sie unter den herabstürzenden Wassermassen aus dem Wald hinaus und auf die Anglerhütte zu. Das Gewitter war jetzt genau über ihr. Wieder ein Blitz, der den Himmel taghell werden ließ, unmittelbar darauf folgten gleich mehrere Donnerschläge. Der Himmel hatte jetzt all seine Schleusen geöffnet. Die schweren Tropfen ließen das Wasser im See aufspritzen. Mit eingezogenem Kopf und den Blick auf den aufgeweichten Boden gesenkt, lief Ruth auf die Hütte zu. Noch ein paar Schritte, und sie hätte die kurze Holztreppe erreicht, die auf die überdachte Terrasse führte. Kurz vor den Stufen blieb Arno so abrupt stehen, dass sie fast über ihn gefallen wäre. Er begann zu bellen.

Sie blickte auf – war fest davon überzeugt, dass ihre Fantasie ihr einen Streich spielte. Auf der Veranda stand ihr Himmelsstürmer! Wie beim allerersten Mal trug er seine braune Lederjacke, eine Stoffhose und ein weißes Hemd mit Krawatte. Ruth schloss die Augen – und öffnete sie wieder in der Überzeugung, sie hätte das Trugbild weggezwinkert. Doch es ließ sich nicht wegblinzeln. Unfähig, sich zu bewegen, blieb sie stehen. In kleinen Rinnsalen lief ihr der Regen übers Gesicht, tropfte aus ihrem Haar, hatte längst ihre Bluse durchweicht, die ihr genauso am Leib klebte wie ihr wadenlanger Rock. Obwohl sie sich bewusst war, dass der Regen sie wie nackt aussehen ließ, konnte sie sich nicht bewegen. Erst als Arno sie an seiner Leine die Treppe zur Veranda hinaufzog, um den Fremden dort zu beschnüffeln, konnte sie sich wieder regen. Jetzt nahm Paul die lederne Motorradkappe ab, an der der Regen herunterrann. Dann beugte er sich zu Arno hinunter, der interessiert seinen Geruch erkundete, und sprach so leise auf ihn ein, dass sie seine Worte nicht verstehen konnte. Hier unter dem Dach regnete es zwar nicht, aber um sie herum tobte immer noch die Natur. Arnos Verhalten zeigte ihr, dass er Paul mochte. Er ließ sich von ihm sogar streicheln, was er bei Fremden sonst nicht zuließ. Dann richtete Paul sich auf und sah sie an. Er schien nicht überrascht darüber zu sein, dass das Schicksal sie an diesem Sonntagnachmittag an diesem Ort noch einmal zusammentreffen ließ. Oder hatte er sich nur schneller wieder fangen können? Er lächelte sie an – mit seinem ganz eigenen Lächeln – und sagte: »Wenn das kein Zufall ist!«

Beinahe andächtig lauschte sie seiner sanften, leicht rauen Stimme, deren Klang sie immer noch in sich trug.

»Das kann man wohl sagen«, erwiderte sie nicht gerade geistreich. Der Blick seiner intensiv blauen Augen hatte etwas so Magisches an sich, dass es ihr vorkam, als würden sie viel näher voreinander stehen, als dies der Fall war. Anders als bei ihrer ersten Begegnung hier am See lag Wärme in seinen Augen und noch etwas, das sie nicht benennen konnte. Vielleicht Begehren? Sein Blick trieb ihr Herz schneller an. Mit Chaos im Kopf und im Herzen stand sie reglos da, unfähig, sich zu rühren. Selbst wenn sie gewollt hätte, sie hätte den Bann nicht brechen können. Während die Welt um sie herum unterzugehen schien, spürte sie, dass gerade etwas ganz Besonderes mit ihr geschah.

Pauls Blick löste sich von ihren Augen, glitt von ihrem Gesicht, an ihr herunter, über ihre Brüste, die sich unter ihrer nassen Bluse abzeichneten, über ihre Hüften, ihre Schenkel bis zu den von der Nässe durchweichten Haferlschuhen. Schließlich fragte Paul in ihren inneren Aufruhr hinein: »Hast du zufällig den Schlüssel für die Hütte? Ich habe geklopft, aber dein Onkel scheint nicht da zu sein.«

Sie musste sich erst räuspern, bevor sie es wagte, ihre Stimme einzusetzen, aus Angst davor, sie könne ihr versagen. »Er hängt hinter der Schlaglade dort.« Es kostete sie große Kraft, ihre Hand zu heben, um auf die Lade zu zeigen.

»Ob wir hineingehen dürfen bei dem Wetter?« .

Sie nickte. Da schloss er auf. In der Hütte hing noch die Wärme der vergangenen Tage, was Ruth als wohltuend empfand, denn inzwischen zitterte sie am ganzen Körper. Ob vor Aufregung oder tatsächlich durch die Abkühlung, hätte sie nicht sagen können.

»Hier sieht es so verlassen aus«, sagte Paul, während er sich umsah. Das Mobiliar war zwar noch vorhanden, aber alles andere war ausgeräumt worden. Die Schranktüren standen offen. Karls Verwandte hatten sich nicht einmal die Mühe gemacht, sie wieder zu schließen. Paul sah Ruth erstaunt an, als warte er auf eine Erklärung.

»Mein Onkel ist vor Kurzem gestorben«, sagte sie. Dann beugte sie sich zu Arno hinunter und löste die Leine, woraufhin er in Karls Schlafzimmer lief, als würde er hoffen, seinen alten Freund dort zu finden.

Jetzt kam langsam wieder Leben in Ruth. Sie schlang die Arme um sich und sah sich suchend nach einer Decke oder etwas Wärmendem um. Daraufhin zog Paul seine Lederjacke aus. »Hier. Der Regen ist noch nicht ganz durchs Leder gedrungen.« Mit diesen Worten half er ihr in die Jacke, die nach Sandelholz und Zitrone roch. Sie schlüpfte hinein. Fürsorglich zog Paul den Reißverschluss hoch, sodass seine Körperwärme sie einhüllte. Da hob sie den Kopf. Ihr Blick lag auf seinem Gesicht, gebannt von seiner männlichen Ausstrahlung, von seinen magischen blauen Augen, mit denen er bis tief in ihre Seele zu schauen schien. Es ist ein Zauber, ging ihr durch den Kopf, während sie gleichermaßen verblüfft wie besorgt erkannte, dass sie in diesem Augenblick gänzlich glücklich war. Der Mann, der sie in der vergangenen Zeit so oft in Gedanken begleitet hatte, stand jetzt vor ihr – zu einem Zeitpunkt in ihrem Leben, in dem sie nicht mehr damit gerechnet hatte, ihn jemals wiederzusehen.

»Du bist wunderschön«, hörte sie Paul mit seinem unergründlichen Lächeln in ihr Gefühlschaos hinein leise sagen. »Eine schöne Wassernixe.«

Da musste sie auch lächeln. Sie gefiel ihm. Das war mehr, als er bisher preisgegeben hatte. Diese Gewissheit entspannte sie, und sie fand langsam zu ihrer natürlichen Sicherheit zurück.

»Was machst du hier?«, fragte sie.

»Ich habe einen Ausflug gemacht. Mir gefällt die Vulkaneifel. Dann hat mich das Gewitter überrascht, und ich erinnerte mich an diese Hütte.

»Warst du in dem alten Steinbruch?«

Er nickte.

Dann hatte sie sich doch nicht getäuscht und sein Motorrad tatsächlich gehört. »Wolltest du wieder klettern?«

»Heute nicht. Es war zu warm.« Er sah zu Arno hinunter, der zu ihren Füßen saß. »Das ist ein prächtiges Tier.«

»Danke.« Und wieder wie beim ersten Mal hatte sie das Bedürfnis, ihn nicht mehr gehen zu lassen. Zumindest nicht so schnell. Sie wollte sich – geschützt vor dem Unwetter dort draußen und fern von der übrigen Welt – mit ihm hier einigeln. Sie wollte ihn näher kennenlernen, ihn anschauen, seine Stimme hören, seinen Duft einatmen.

»Hast du zufällig etwas zu trinken in deinem Beiwagen?«, fragte sie geradeheraus.

Zuerst wirkte er überrascht, dann lachte er. »Klar! Wonach ist der Dame denn zumute? Wein, Bier, Limonade? Der Kaffee ist mir leider ausgegangen.«

Da musste sie auch lachen.

»Beim letzten Mal war es Bier. Oder irre ich mich?« Er zwinkerte ihr zu.

»Stimmt. Dann bitte ein Bier.«

»Wird sofort serviert.« Seine lockere Art machte sie sicher, dass er sich in dieser ungewöhnlichen Situation genauso wohlfühlte wie sie. Er schnappte sich das alte Handtuch von der Stuhllehne, das Karls Schwester nicht hatte haben wollen, legte es sich um die Schultern und lief hinaus.

Ruth sah sich in der Hütte um, und für ein paar Lidschläge lang überfiel sie die Erinnerung. Hier an dem grob gezimmerten Tisch hatte sie so oft mit Karl gesessen, geplaudert und von Marias Selbstgebranntem getrunken. Sie schloss die Augen und vertrieb die Bilder. Sie wollte jetzt nicht traurig werden, sondern sich darüber freuen, mit Paul hier zu sein. Das Leben ging weiter. Und Karl hätte ihr dieses Wiedersehen mit Paul von Herzen gegönnt.

»Draußen ist die Temperatur um wenigstens zehn Grad gesunken«, sagte Paul, als er hereinkam und sich wie ein Hund schüttelte.

Sie warf einen Blick durchs Fenster. »Es scheint, als wäre der Regen nicht mehr so stark.«

»Er hat ein bisschen nachgelassen.« Er öffnete die Flaschen mit seinem Motorradschlüssel.

»Ich habe dich vor einiger Zeit in der Kasinobar in Bad Neuenahr gesehen«, erzählte sie ihm, nachdem sie getrunken hatten.

Entgegen ihrer Erwartung erwiderte er ganz selbstverständlich: »Ich dich auch. Als du mit deiner Begleiterin so plötzlich verschwunden warst, bin ich euch nachgegangen, aber ich habe euch nicht mehr gesehen.«

Mit großen Augen sah sie ihn an. »Du hast mich auch gesehen?«

»Du warst nicht zu übersehen in diesem engen grünen Kleid. Es stand dir hervorragend.«

Sein Kompliment spülte eine warme Welle durch ihr Herz und ermutigte sie, die Frage zu stellen, die ihr auf der Seele brannte: »War die blonde Frau an deinem Arm deine Frau? Oder deine Verlobte?«

Statt zu antworten, holte er eine Packung Zigaretten aus der Hosentasche. »Möchtest du?«

Sie schüttelte den Kopf, woraufhin er eine Zigarette herausschnippte und sie anzündete. Er ließ sich Zeit damit, den Rauch auszustoßen. Schließlich sagte er mit seinem Lächeln: »Weder noch. Sie war die Tochter meines Chefs, für die ich an diesem Abend den Begleiter spielen sollte.«

Da wagte sie sich noch einen Schritt vor. Jetzt wollte sie es auch wissen. »Ich hatte den Eindruck, dass sie verliebt in dich ist.«

Er nickte ernst. »Dein Eindruck war richtig. Das ist der Grund dafür, dass ich die Stelle gekündigt habe. Ich konnte ihre Gefühle nicht erwidern, was sie und ihre Eltern jedoch von mir erwartet hatten.«

»Und jetzt?«

»Wie meinst du das?«

»Hast du neue Arbeit gefunden?«

»Zurzeit bin ich in Köln auf dem Bau. Jedoch nur als Aushilfe. In diesen Zeiten findet man dort immer Arbeit.«

Ruth drehte die Bierflasche auf ihrem Handteller. Mit einem Mal machte sich Unruhe in ihr breit. Unfertige Gedanken gingen ihr durch den Kopf, die sie eigentlich gar nicht zulassen wollte. Paul hatte zurzeit keine feste Anstellung. Er verfügte über Reife und Persönlichkeit, anders als alle Bewerber, die sich auf die Stellenanzeige gemeldet hatten. Und er hatte eine Vorliebe für Steine. Sie sah ihn an.

»Was hast du denn früher mal gelernt? Ich meine vor dem Krieg – wenn ich das fragen darf?«, fügte sie rasch hinzu.

Da trat in die tiefblauen Männeraugen wieder der Ausdruck von Verlorenheit und Schmerz, den sie schon von ihrer ersten Begegnung hier am See her kannte; der Ausdruck, der eine undurchdringliche Mauer um Pauls Inneres baute. Er drückte die Zigarette auf dem zersprungenen Unterteller aus, der auf dem Tisch stand, und schob seinen Stuhl ein Stück zurück, als wolle er sich vor weiteren Fragen schützen.

»Entschuldige«, sagte sie schnell. »Ich wollte dir nicht zu nahetreten.« Panik machte sich in ihr breit, Angst, er könnte aufstehen und fahren. Sie musste einen wunden Punkt bei ihm berührt haben. Schnell sprach sie weiter. »Ich bin Lehrerin.« Sie lächelte verunsichert, wusste nicht, ob ihn das überhaupt interessierte. Dennoch fuhr sie fort: »Hier in Wilmersbach. Zurzeit habe ich Schulferien. Das tut mal richtig gut.« Wieder lächelte sie ihn an.

»Bist du nicht verheiratet, dass du arbeiten musst?«

Überrascht sah sie ihn an. »Nein.«

Ein wissendes Lächeln huschte über seine Züge. »Stimmt. Sonst würdest du ja nicht arbeiten.«

Sie zog die Stirn zusammen. »Wie meinst du das denn?«

»Welcher Mann, der eine Familie ernähren kann, will schon, dass seine Ehefrau arbeitet? Obwohl …« Paul sah sie prüfend an. »Du bist anders als die Frauen heutzutage, stimmt's? Du gehst deinen Weg, nehme ich mal an.«

Ruth wurde innerlich ganz heiß. Sie öffnete den Reißverschluss seiner Lederjacke, zog sie aus und legte sie neben sich auf den Küchenstuhl. »Mag sein«, sagte sie kurz. »Der Krieg hat vieles verändert.« Der Schmerz, der ihn umgab, war nicht zu übersehen, also fragte sie: »Und du, warst du im Krieg?«

Er trank ein paar Schlucke, blickte dann zum Fenster hinaus in den Regen und schwieg.

Als sie schon gar nicht mehr mit einer Antwort rechnete, sagte er mit belegter Stimme: »Ich bin vor drei Jahren aus russischer Kriegsgefangenschaft geflohen.

»1949?«, fragte sie überrascht.

»Wenn ich nicht mit einem Kameraden geflohen wäre, wäre ich wahrscheinlich tot. Die wenigsten haben überlebt.« Sein Blick fand zu ihrem zurück – so schmerzvoll, dass sie ihn körperlich spürte. Sie schwieg, wartete darauf, dass er weitererzählen würde. Doch er sah nur wieder hinaus in den Regen. Schließlich schien er sich einen Ruck zu geben. »Wir waren drei Wochen unterwegs. Tagsüber versteckten wir uns, nachts gingen wir. Unsere Wege trennten sich irgendwann. Mein Kamerad wohnte im Harz. Als ich schließlich in den frühen Morgenstunden in Lohmen ankam, sah dort alles anders aus als vor dem Krieg. Mein Elternhaus, eine ehemals herrschaftliche Villa, war nur noch eine Ruine ohne Fensterscheiben. Das Mobiliar war zerschlagen, die Bücher aus der Bibliothek waren zerfetzt, die Samtbezüge der Sessel aufgeschlitzt. Überall lagen Wodkaflaschen herum. Die Rote Armee hatte beim Einmarsch 1945 alles geplündert, und das, was sie nicht gebrauchen konnten, hatten sie zerstört.«

Ruth schauderte. »Und deine Familie?«, fragte sie leise.

»Meine Schwester hatten sie mehrmals vergewaltigt. Sie ist am nächsten Tag an ihren Verletzungen gestorben. Danach haben meine Eltern sich und unseren Hund erschossen. Das hat mir ein ehemaliger Arbeiter von uns erzählt, bei dem ich mich für ein paar Stunden versteckt hatte.« Paul schloss kurz die Augen und strich sich mit beiden Händen das feuchte Haar zurück. Dann erzählte er weiter: »Die Bagger, alle Maschinen und Werkzeuge aus dem Sandsteinwerk hatten die Russen mitgenommen. Nur eine alte Lore hatten sie zurückgelassen.«

Pauls Geschichte hatte sie tief betroffen gemacht. Sie fühlte sich außerstande, etwas zu sagen. Jetzt verstand sie den Ausdruck von Verlorenheit und Schmerz in seinen Augen. Sie begann zu frieren. Und während sie beide eine Zeit lang schwiegen, begann in ihrem Kopf ein Wort aus Pauls Erzählung zu blinken – zuerst nur wie ein schwaches Licht irgendwo im Dunkeln, das jedoch immer heller wurde und sie schließlich blendete: *Sandsteinwerk!* Hatte sie Paul richtig verstanden? Hatte seine Familie ein Sandsteinwerk besessen? Sie wusste von ihrem Vater, dass im Elbsandsteingebirge Sandstein abgebaut wurde – auf die gleiche Weise wie in der Vulkaneifel der Basalt. Ruths Blut kreiste schneller durch den Körper. Ihre Hände, die sie im Schoß gefaltet hatte, begannen zu zittern. Konnte es sein, dass vor ihr der Mann saß, den sie mithilfe von Stellenanzeigen gesucht und nicht gefunden hatte? Sollte das Schicksal es mit ihr so gut meinen?

Bevor sie etwas sagen konnte, fuhr Paul mit einem fragilen Lächeln, das ihr ins Herz schnitt, fort: »Mir ist nichts geblieben von meinem Leben vor dem Krieg. Ich habe alles verloren: Eltern, Schwester, Elternhaus und unseren Betrieb. Am gleichen Morgen noch bin ich weitergezogen und nach Westdeutschland geflohen. Nach Tagen bin ich in Köln gelandet und habe Arbeit auf dem Bau gesucht. Durch Zufall bin ich dann Chauffeur bei der Regierung geworden. Tja ...«, sein Blick suchte ihren, »den Rest kennst du ja. Und jetzt bin ich wieder auf Arbeitssuche.«

Sie rückte auf die Stuhlkante vor. »Du sprachst gerade von einem Sandsteinwerk, das deiner Familie gehört hat. Hast du auch dort gearbeitet? Ich meine, bevor du in den Krieg musstest?«

Paul nickte. »Ich habe Maschinenbau studiert. Zu dem Zeitpunkt, als mein ältester Bruder an Nierenversagen gestorben ist, war ich gerade mit dem Studium fertig. Ich bin dann an seine Stelle getreten. Er war Betriebsleiter.«

Ruth griff sich an den Kopf. Schwindel erfasste sie. In diesem Moment wäre sie gerne allein gewesen, um in Ruhe ihre Gedanken zu ordnen. Doch diese Möglichkeit hatte sie nicht. Paul sah sie forschend an. Er schien zu spüren, dass sie etwas bewegte. Und dann reagierte sie ganz instinktiv.

»Ich weiß, dass das Basaltwerk Thelener Ley II eine Stelle ausgeschrieben hat, auf die sich bis jetzt noch nicht der Richtige gemeldet hat. Onkel Karl hat dort als Betriebsleiter gearbeitet. Die suchen jemanden, der etwas von Maschinenbau und der Arbeit in der Abbaugrube versteht, der mit den Arbeitern umgehen kann und ...« Sie verstummte. Sie war so aufgeregt, dass sie befürchtete, Paul würde es ihrer Stimme anhören. Während sie geredet hatte, hatte sie ihn nicht aus den Augen gelassen. Sein Gesichtsausdruck verriet, dass sie sein Interesse geweckt hatte.

»Wo liegt das Basaltwerk?«

»Hier ganz in der Nähe. Onkel Karl ist immer mit dem Fahrrad gefahren.«

»Wem gehört der Steinbruchbetrieb?«

Sie zögerte kurz, sagte dann jedoch entschlossen: »Friedrich Thelen. Basaltwerk Thelener Ley II. Es liegt ganz in der Nähe der Thelener Ley I, wo du eben warst. Fahr doch kommende Woche mal hin und stell dich einfach vor.«

Paul schwieg, schaute zum Fenster hinaus. Erst jetzt fiel Ruth auf, dass das Gewitter weitergezogen sein musste. Kein Blitz, kein Donner mehr. Der Regen hatte auch aufgehört. Und in diesem Moment schoben sich die Wolken wie ein Vorhang zur Seite und gaben die Sonne frei. Als habe sie im Verborgenen an Energie gewonnen, glitten ihre gleißenden Strahlen durchs Fenster, hinein in die Stube. War das ein gutes Omen, fragte sie sich, während sie innerlich zitternd auf Pauls Antwort wartete.

»Kennst du den Eigentümer?«

Pauls Frage traf sie wie eine Eisspitze. Sie schluckte. »Hier kennt fast jeder jeden«, wich sie einer direkten Antwort aus.

Doch Paul wollte es genau wissen. »Ich meine, kennst du ihn so gut, dass du mich empfehlen könntest?«

»Das kann ich bestimmt«, versicherte sie ihm. »Wann würdest du dich denn vorstellen wollen?«

Paul überlegte nicht lange. »Morgen. Ich bin ja unabhängig.«

»Gut. Ich werde ihm sagen, dass du morgen kommst.«

Paul stand auf. »Wollen wir wieder nach draußen gehen?«

Sie folgte ihm auf die Veranda und stellte sich neben ihn ans Geländer. Um sie herum dampfte die Welt, und die Sonne verzauberte die Landschaft in ein einziges Glitzermeer. Auf Gräsern, Büschen und Farnen funkelten die Regentropfen wie Diamanten. Die Luft duftete würzig nach feuchter Erde und Harz. Spatzen hüpften zwitschernd umher, sammelten heruntergerissene Zweige und

Blätter und badeten flügelschlagend in den Pfützen. Wie friedlich die Natur wieder wirkte, ging es Ruth durch den Kopf. Vielleicht würde in der kommenden Woche auch in ihr Leben wieder Frieden einkehren. War Paul dieses Lichtlein aus dem Zweizeiler, mit dem Erika sie hatte trösten wollen? Bei dem nächsten Gedanken jedoch erlosch jäh ihr stilles Lächeln. Sie musste an ihre Mutter denken, die sich wahrscheinlich jetzt die größten Sorgen um sie machte. Rasch warf sie einen Blick auf ihre Fliegeruhr. Drei Stunden war sie bereits unterwegs. Und das während des schweren Gewitters.

»Ich muss zurück«, sagte sie, obwohl sie am liebsten bis ans Ende der Zeit hier neben Paul stehen geblieben wäre.

Er lächelte sie an. »Ich werde auch fahren. Wirst du Herrn Thelen ausrichten, dass ich morgen Mittag – sagen wir, um Punkt zwölf – in seinem Büro vorstellig werde?«

Sie nickte und reichte ihm die Hand. »Versprochen.« Drei, vier Augenblicke lang lagen ihre Hände ineinander, wollten sich nicht loslassen, genauso wenig wie ihre Blicke. Die Luft zwischen ihnen schien elektrisch aufgeladen zu sein. Sie lächelten sich an. Es war ein Augenblick voller Intimität. Schnell löste Ruth ihre Hand aus Pauls und trat einen Schritt zurück, als könne sie sich so vor seiner ungeheuren Anziehungskraft in Sicherheit bringen.

»Sollte ich die Stelle bekommen, könnten wir uns vielleicht öfter sehen – wenn du willst«, sagte Paul mit diesem besonderen Lächeln. Dabei sah er ihr noch einmal tief in die Augen. »Du wohnst doch hier in Wilmersbach, oder?«

Da begann ihr Herz noch schneller zu schlagen als ohnehin schon – sowohl aus Freude über seinen Vorschlag, aber auch aus Panik vor dem, was jetzt kommen würde. Sie ahnte es bereits.

»Ja«, antwortete sie gedehnt.

»Wir könnten mal zusammen ins Kino gehen oder tanzen. Du müsstest mir nur deinen Nachnamen verraten und wo ich dich finden kann.«

»Ich wohne noch bei meiner Mutter«, erwiderte sie ausweichend.

»Und wo wohnt deine Mutter?«

Da straffte sie sich. Die Antwort fiel ihr schwer, aber sie durfte jetzt nichts anderes sagen. »Weißt du was? Schau erst einmal, ob dir die Stelle überhaupt gefällt.«

Pauls Blick umwölkte sich. Bestimmt war er es gewohnt, dass sich die Frauen um ihn rissen. Aber unmöglich konnte sie ihm jetzt schon ihren Nachnamen und ihre Adresse verraten. Er durfte die Verbindung zwischen ihr und der Thelener Ley II bis morgen Mittag nicht erfahren. Nach dem, was er vorhin gesagt hatte, war anzunehmen, dass es auch ihm erst einmal missfallen würde, eine Frau als Vorgesetzte zu haben. Und obendrein noch sie! Ihn zu überreden, die Stelle trotzdem anzunehmen, würde mehr Zeit brauchen, als sie jetzt hatte.

Als Ruth am Montagmorgen das Kontor betrat, saß Erika bereits am Schreibtisch. Die beiden tauschten die üblichen Begrüßungsworte aus, die in der letzten Zeit viel an Wärme gewonnen hatten.

»Sie sehen heute besonders gut aus«, sagte Erika mit bewunderndem Blick auf Ruths üppige Locken, die ihr bernsteinglänzend über die Schultern fielen. Das dunkelgrüne Band, das sie aus der Stirn zurückhielt, brachte sie zum Leuchten.

Tatsächlich hatte sich Ruth bei der Morgentoilette größere Mühe gegeben als normalerweise. Die Farbe ihres Haarbands fand sich als Grundton in der taillierten Bluse wieder. Dazu trug sie einen engen cremeweißen Rock und Schuhe, mit deren hohen Absätzen sie gerade schon auf der Stahltreppe in einem der Löcher hängen geblieben war. Dennoch! Sie wollte Paul an diesem Tag weiblicher und weicher entgegentreten als in Hose und Wanderschuhen.

»Danke für das Kompliment«, sagte sie zwinkernd und wechselte dann zum geschäftlichen Ton: »Da ist noch etwas, Fräulein Hammes. Gegen zwölf Uhr kommt jemand, der sich auf die Stellenanzeige gemeldet hat. Ich kenne ihn flüchtig aus Bad Neuenahr. Er weiß jedoch noch nicht, dass ich die Chefin des Betriebes bin, und ich bitte Sie, es auch nicht zu erwähnen, wenn er sich bei Ihnen anmeldet.«

»Selbstverständlich, Fräulein Thelen.« Und wieder einmal sah Erika sie mit diesem Blick an, dessen Ausdruck sie nicht deuten konnte. War es unterschwellige Abneigung? Oder Neid? Neidete Erika ihr vielleicht die Position der Vorgesetzten, die ihr das Recht gab, Anordnungen zu erteilen? Dieser Gedanke ging Ruth zum ersten Mal durch den Kopf, als sie die Tür zu ihrem Kontor hinter sich schloss.

Dann machte sie sich an die Arbeit. Sie stellte Banküberweisungen aus, heftete Unterlagen für den Steuerberater ab, in die sie Erika keine Einsicht geben wollte, und beantwortete eine schriftliche Anfrage der Stadt Gerolstein für eine Schotterlieferung zum Straßenbau. Sie musste sich regelrecht zwingen, die Konzentration für diese Tätigkeiten aufzubringen, konnte sie es doch kaum erwarten, dass die Werkssirene zwölf Uhr verkündete.

Nach elf Uhr steigerte sich ihre Nervosität minütlich. Unfähig weiterzuarbeiten, saß sie an ihrem Schreibtisch und ließ ihre Gedanken auf die Reise gehen. Wie oft hatte sie als Kind hier auf der Fensterbank gesessen und ihrem Vater gelauscht, wenn er ihr von der Entstehungsgeschichte der Thelener Ley erzählt hatte – wie er aus Amerika, wo er als Tagelöhner in einem Steinbruch gearbeitet hatte, zurückgekommen war mit der Vision, in seiner Heimat Basalt abzubauen. *Ich hatte dort gesehen, wie einfach man Steine zu Geld machen kann.* Ja, das war ihm auch gelungen – bis zu Erichs Tod. Ruth blickte durchs Fenster auf die Abbruchwand mit den Basaltsäulen. In der Thelener Ley I hatte sie Paul vor Monaten zum ersten Mal gesehen. Seit damals hatte er sie nicht mehr losgelassen. Bei der Vorstellung, er könne gleich wütend werden, weil sie ihn gestern hinters Licht geführt hatte, krampfte sich ihr Magen zusammen. Sie atmete ein paarmal tief durch, um ihre Unruhe zu bekämpfen, stand auf und ließ ihren Blick ziellos durch den Raum schweifen.

Vor ihr auf dem Schreibtisch lagen Bleistifte und Stempelkissen ordentlich nebeneinander. Die Stempel hingen an einem runden Ständer. Immer noch trugen sie den Namen ihres Vaters. Auf den Büromöbeln und dem schwarzen Telefon lag seit eh und je eine feine Staubschicht. Ihr Blick fiel auf die Schachtel Ernte 23, die noch von ihrem Vater stammte. Bis jetzt hatte sie es nicht übers Herz gebracht, sie wegzuwerfen. Mit einem tiefen Seufzer zündete sie sich eine Zigarette an. Was würde ihr Vater sagen, wenn er sie hier so stehen sehen würde? Hätte er es tatsächlich gutgeheißen, dass sie sich all diese Probleme auflud? *Du bist meine Steinprinzessin und sollst im Leben nur das Beste erfahren,* hörte sie ihn in ihrer Erinnerung sagen, während sie dem Rauch nachsah, der in Kringeln zur Decke hochstieg. Die Trauer um ihren Vater schmerzte. Sie biss sich so fest auf die Lippe, dass es wehtat – in der Hoffnung, dieser Schmerz würde sie von dem in ihrem Herzen ablenken. Doch so einfach war das nicht. Schließlich trat sie ans Fenster.

Unten im Steinbruch entdeckte sie Erika, die gerade aus der Kipperbude kam. Wahrscheinlich hatte sie wieder einmal von einem der Arbeiter nachträglich eine Krankmeldung einfordern müssen oder eine Kontonummer. Inzwischen wollten immer mehr Männer ihren Lohn aufs Konto überwiesen haben. Im nächsten Augenblick sah Ruth ein Motorrad langsam in die Grube fahren. Sie erkannte die Maschine und ihren Fahrer auf den ersten Blick. Paul war zu früh. Ihr Herzschlag beschleunigte sich. Rasch drückte sie die Zigarette aus. Erika blieb stehen, schien auf den Ankömmling zu warten. Paul bockte seine Maschine auf, nahm die Lederkappe ab und schaute sich um. Unter der Lederjacke trug er einen hellgrauen Anzug mit Krawatte. Selbst aus dieser Entfernung war unschwer zu erkennen, wie attraktiv ihr Himmelsstürmer war. Erika ging auf ihn zu und sprach ihn an. Wie gebannt beobachtete Ruth, wie Paul ihrer Sekretärin sein besonderes Lächeln schenkte. Er sagte irgendetwas, das Erika zum Lachen brachte. Auf Erikas einladende Geste in Richtung Stahltreppe hin ging er neben ihr her, ließ ihr galant den Vortritt – und Ruth kam es fast so vor, als würde Erika besonders aufreizend die Stufen hinaufsteigen. Paul folgte ihr, den Blick auf ihre hübschen Beine gerichtet, um die der weite geblümte Sommerrock verführerisch tanzte. Ruth schluckte. Nicht nur vor Aufregung, sondern auch, weil ihr dieses Bild missfiel.

Jetzt waren in Erikas Büro Stimmen zu hören. Und auch Erikas Lachen, das in ihren Ohren etwas zu kokett klang. Oder bildete sie sich das nur ein, weil ihre Nerven zum Zerreißen gespannt waren? Erika hatte einen Freund an der Mosel. Sie wollte bestimmt nur freundlich sein.

Jetzt! Ein Klopfen an der Tür.

Ruth räusperte sich. »Herein!«

Die Tür öffnete sich, und Paul stand darin. Das Lächeln auf seinem markanten Gesicht erlosch. Sein Blick war starr auf sie gerichtet, voller Unglauben.

»Einen Moment bitte«, sagte sie und schloss schnell die Tür hinter ihm. Sie wollte verhindern, dass Erika Zeugin der Szene wurde, die sich jetzt in ihrem Kontor abspielen würde. Dann wandte sie sich mit unterdrückter Stimme an Paul. »Ich erkläre dir alles. Bitte, setzen wir uns.« Sie zeigte auf die Sitzecke mit dem kleinen Bartisch, gegenüber der Tür. Während sie sich in Bewegung setzte, schoss ihr ein Gedanke durch den Kopf. Spontan machte sie kehrt, öffnete die Vorzimmertür und sagte zu Erika, die auffällig dicht am Türrahmen vor der Regalwand stand: »Fräulein Hammes, Sie können den Nachmittag frei machen.«

Erika zog die Stirn zusammen.

»Ja, Sie haben richtig gehört. Sie können jetzt gehen. Wir sehen uns morgen.« Und als Erika immer noch nicht reagierte, fügte sie energisch hinzu: »Jetzt gleich. Ich wünsche Ihnen einen schönen Nachmittag.«

Doch Erika war nicht so leicht abzuschütteln. »Entschuldigen Sie, aber ich habe noch jede Menge zu tun.«

»Das nehme ich auf meine Kappe«, erwiderte Ruth mit verbindlichem Lächeln. »Machen Sie sich einen schönen Nachmittag. Bis morgen.« Dann zog sie ihre Tür geräuschvoll ins Schloss. Ihre Beine zitterten, als sie auf die Sitzecke zusteuerte. Paul stand immer noch wie angewurzelt mitten im Raum.

»Bitte ...« Mit einladender Geste zeigte sie auf die beiden Sessel.

Da kam Bewegung in seine Miene. Seine Augen, diese intensiv blauen Augen mit dem Kranz dichter schwarzer Wimpern, wurden schmal. »Kann es sein, dass Friedrich Thelen, der Eigentümer des Basaltwerkes, dein Vater ist?« Seine Stimme, eher leise als laut, klang jetzt besonders leise. Gefährlich leise.

Ruth reckte sich. »Ja«, antwortete sie in sachlichem Ton. »Bitte lass dir die Situation erklären. Und bitte setz dich. Es macht mich noch nervöser, als ich ohnehin schon bin, wenn wir hier so herumstehen.«

Endlich setzte er sich ihr gegenüber.

»Cognac?«

»Nein, danke.«

»Also ...« Sie faltete die Hände. Wie oft hatte sie am Vortag diese Situation in Gedanken durchgespielt und Sätze einstudiert! Doch jetzt fiel ihr nichts davon mehr ein. »Ich weiß nicht, wie ich beginnen soll«, fuhr sie matt fort. »Von diesem Gespräch beziehungsweise von deiner Entscheidung hängt so viel für mich ab.«

Seine dunklen Brauen schnellten in die Höhe.

»Also ...«, wiederholte sie, und dann plötzlich sprudelten die Worte nur so aus ihr heraus. Sie erzählte ihm vom Tod ihres Vaters, von ihrem Kindheitstraum, das

Basaltwerk zu leiten, erwähnte, dass Karls Tod ein großer Verlust für sie war, sprach von ihren Kämpfen als Frau in dieser rauen Männerwelt, davon, dass sie vom Steinabbau und von Maschinentechnik nichts verstand – und von den vielen Bewerbern, die bisher aus unterschiedlichsten Gründen nicht als Betriebsleiter infrage gekommen waren. »Als du mir gestern von deiner Herkunft erzählt hast, kam ich auf die Idee, dass du genau der richtige Mann für diese Stelle bist.« Erwartungsvoll sah sie ihn an. Da Paul mit undurchsichtiger Miene schwieg, redete sie einfach weiter. »Sieh dir den Betrieb einfach mal an. Ich werde dir Herrn Zorn zur Seite stellen, der dich herumführen wird. Er ist so was wie ein selbst ernannter Betriebsrat und nicht gerade mein Freund. Er wird also nichts beschönigen. Mach dir selbst ein Bild, ob dir unter den gegebenen Umständen die Stelle des Betriebsleiters zusagen würde. Ich zahle dir das gleiche Gehalt, wie Onkel Karl es bekommen hat. Ich bin sogar bereit, noch etwas draufzulegen. Du könntest mietfrei in der Anglerhütte wohnen. Genauso wie Onkel Karl. Helma würde deine Wäsche machen. Du müsstest dir nur darüber klar werden, ob du eine Frau als Chef akzeptieren kannst.« Erschöpft hielt sie inne, beobachtete Pauls Gesicht, auf dem sie keinerlei Reaktion ablesen konnte. Paul blickte zum Fenster hinaus in den bewegten Augusthimmel. Als er immer noch schwieg, ergriff sie nochmals das Wort. »Meine derzeitige Situation ist nicht die beste. Falls du diese Stelle nicht annehmen solltest, wird es schwierig für mich«, fügte sie hinzu, wobei ihre Stimme die aufsteigenden Tränen verriet. Sie konnte sie nicht zurückhalten, obwohl sie es gern getan hätte, aber sie drängten sich in ihre Augen, was ihr peinlich war. Paul sollte bloß nicht denken, sie wolle ihn durch Frauentränen in seiner Entscheidung beeinflussen. Es kostete sie all ihre Kraft, sich wieder zu fangen. Während sie geredet hatte, war ihr der Schweiß ausgebrochen. Sie spürte Stiche in der Herzgegend, und ihre Hände waren eiskalt.

Endlich zeigte Paul eine Reaktion. Er schob einen Finger zwischen den weißen Hemdkragen und den Krawattenknoten, griff in die Tasche seiner Anzugjacke und holte eine Zigarettenpackung heraus. »Darf ich?«

Sie nickte.

Er ließ sein Feuerzeug aufschnappen. Nachdem er den Rauch tief inhaliert hatte, sah er sie an. »Warum hast du mir das alles nicht gestern schon erzählt?«

»Ich hatte nicht viel Zeit. Und ich dachte, wenn du erst einmal hier vor Ort sein würdest ...«

Paul nahm einen tiefen Zug, bevor er durch den Rauch hindurch sagte: »Wie all die anderen Bewerber tue auch ich mich damit schwer, eine Frau als Vorgesetzte zu haben.«

Seine Worte brachten ihren Herzschlag ins Stocken.

»Zumal wir uns auch noch persönlich kennen«, fuhr er mit einem kurzen, bitteren Auflachen fort. »Erinnerst du dich? Gestern noch wollte ich mit dir ins Kino gehen und tanzen.«

»Das können wir doch trotzdem«, fiel sie ihm geradezu freudig ins Wort.

Jäh leuchtete in seinen Augen eine fiebrige und zugleich zornige Intensität auf. »Privates und Geschäftliches sollte man nicht miteinander vermischen.«

Ruth war, als würde eine eiskalte Hand nach ihrem Herzen greifen. Pauls Haltung war eindeutig: Falls er überhaupt die Stelle annehmen würde, wäre er als Mann für sie tabu. Seine Kompromisslosigkeit verletzte sie zutiefst, zerstörte all ihre Träume, in denen sie sich schon mit ihm Hand in Hand durch die Eifelwälder hatte wandern sehen. Sie musste sich entscheiden: Basaltwerk oder Liebe.

Sie setzte sich aufrecht hin und atmete tief durch. Dann sprach sie betont ruhig weiter: »Das sehe ich zwar anders, aber in diesem Fall wäre mir sehr daran gelegen, wenn du die Stelle annehmen würdest und wir aufs Tanzen erst einmal verzichten würden. Du hast doch selbst erfahren, wie schwer es ist, seine Heimat, seine Lebensader zu verlieren. Und mein Vater sagte immer, dass der Steinbruch die Lebensader unserer Familie sei. Als sein einziges Kind will ich diese um jeden Preis erhalten.« Mit diesen Worten stand sie auf. Auch Paul erhob sich. Sie standen sich gegenüber, maßen sich mit Blicken. Pauls Blick war der eines Mannes, der genug erlebt hatte, um keine Angst mehr zu haben. In diesem Augenblick begriff sie, dass Paul nicht auf die Stelle angewiesen war. Er würde auch so durchs Leben kommen.

»Ich sehe mir den Betrieb mal an«, sagte Paul in ihre Gedanken hinein.

Für Ruth wurden die Minuten zu Stunden, und die eine Stunde, an deren Ende sie Pauls Schritte auf der Stahltreppe hörte, zur Ewigkeit. Sie öffnete die Kontortür in dem Moment, als Paul die Eisentür zum Vorzimmer öffnete. Paul blieb vor der Theke stehen. Er schien nicht einmal mehr in ihr Kontor kommen zu wollen.

»Ich brauche Zeit«, sagte er sachlich. »Mittwoch werde ich dich anrufen und dir Bescheid geben.«

Sie fuhr sich mit der Zunge über die trockenen Lippen und nickte. »In Ordnung.« Dann zwang sie sich zu einem Lächeln, das ihr ziemlich wehmütig vorkam. »Bitte nimm doch den Arbeitsvertag mit, den ich vorbereitet habe. Deinen Nachnamen musst du noch einsetzen. Falls du die Stelle nicht annehmen willst, wirf ihn einfach in den Papierkorb.« Sie reichte ihm die Unterlagen über die Theke. Dabei versuchte sie, seinen Blick noch einmal festzuhalten, so wie sie am liebsten den ganzen Mann festgehalten hätte. Doch seine Miene drückte nur Distanziertheit aus.

»Dann bis Mittwoch«, verabschiedete er sich. »Ich melde mich.«

»Gut.« Mehr brachte sie nicht heraus.

Nachdem die Eisentür hinter ihm ins Schloss gefallen war, trat sie vors Fenster. Dort blieb sie so lange stehen, bis sich die Staubwolke, die seine BMW hinter sich herzog, in der Ferne verlor. Ob sie ihn noch einmal wiedersehen würde?

An Abend fuhr Ruth nach der Arbeit zu ihrem Großvater. Sie musste unbedingt mit ihm reden. Als sie aus dem Wagen stieg, kam Josef gerade in Gummistiefeln mit einem Korb voller Eier aus dem Hühnerstall.

»Die kannst du Helma mitnehmen«, sagte er, nachdem Ruth ihn mit einem Kuss auf die raue Wange begrüßt hatte.

»Danke. Hast du ein bisschen Zeit für mich?«, fragte sie ihn ernst.

»Lass uns in die Stube gehen«, schlug er vor. »Hier draußen ist es so windig.«

Drinnen setzte Ruth sich auf die Eckbank und beobachtete ihn, wie er die Flasche Eifelbrand und zwei Schnapsgläser aus der Kredenz nahm. Dabei musste sie an Karl denken, der ihr zur Begrüßung auch immer ein Gläschen angeboten hatte. Warum nur hatte er sie verlassen, als sie ihn am meisten gebraucht hatte?

»Du hast dich heute aber besonders herausgeputzt«, sagte Josef mit liebevollem Lächeln, nachdem er eingeschenkt hatte. »Liegt etwas Wichtiges an?«

Ruth lachte bitter auf. »Es lag etwas Wichtiges an, aber ich bin mir nicht sicher, ob es ein gutes Ende nehmen wird.«

Josef hob das Glas. »Auf dein Wohl, mein Kind. Du hast es zurzeit nicht leicht.«

»Das kann man wohl sagen.« Sie machte es ihm nach und trank den Brand auf einen Zug aus.

»Jetzt erzähl mal, was dir auf der Seele liegt«, forderte ihr Großvater sie auf, bevor er seine Mutz wieder zwischen die Lippen steckte.

»Es geht um den Steinbruch«, begann Ruth mit einem tiefen Seufzer. »Es gibt jetzt einen Mann, der genau passen würde ...« In knappen Sätzen erzählte sie von Paul. Dass sie sich in ihn verliebt hatte, verschwieg sie ihm. »Er würde so gut passen, aber ich befürchte, dass auch er letztendlich nicht für eine Frau arbeiten will.«

»Hat er sich den Betrieb wenigstens angesehen?«, erkundigte sich Josef.

»Eine Stunde lang. Heinz Zorn hat ihm alles gezeigt. Die Abläufe im Steinabbau sind Paul bekannt, was von großem Vorteil ist. Er wäre genau der richtige Mann, er wüsste, was zu tun ist, und seinem Urteil würde ich vertrauen.«

»Was hält Zorn von ihm?«

»Er meint, dass Paul mit den Männern klarkommen würde.« Ruth seufzte und lehnte den Kopf gegen den Holzbalken. Für ein paar Sekunden schloss sie die Augen. Dann atmete sie tief durch und lächelte müde. »Ach, Großvater, ganz ehrlich: Ich glaube, ich habe mich mit der Aufgabe, den Betrieb zu leiten, übernommen. Wenn Paul jetzt abspringt, weiß ich nicht, wie es weitergehen soll.«

Josef ließ sich Zeit mit der Antwort. Währenddessen beobachtete Ruth durchs Stubenfenster die Katzen, die in dem Innenhof munter und vergnügt in der Spätnachmittagssonne miteinander spielten. Die Augen groß und rund, die Ohren nach vorn gestellt, boten sie ein Bild, das sie immer fröhlich gestimmt hatte. Doch heute konnten sie sie nicht aufmuntern.

Endlich nahm Josef seine Mutz aus dem Mund und legte seine schwielige Hand auf Ruths. Seine tiefdunklen Augen waren voller Wärme. »Weißt du, Steinprinzesschen«, begann er in seiner langsamen Redeweise, »wir Menschen wollen unser Geschick stets so lenken, wie es uns am besten passen würde. Dabei sind wir aber nur Marionetten des Schicksals auf der Bühne des Lebens. Ob wir uns nun auflehnen, uns dagegenstemmen – es geht ja doch immer nur so, wie es gehen muss, und nicht so, wie wir es am liebsten hätten. Wenn wir uns diesem Gesetz nicht fügen, müssen wir es oft auf schmerzhafte Weise erfahren.«

»Aber ich kann mich doch nicht einfach hinsetzen und gar nichts tun!«, rief Ruth aufgebracht aus.

Josef lächelte. »Das meine ich damit auch nicht. Aber wir müssen unsere Grenzen erkennen. Du hast alles getan, die Lebensader der Familie zu erhalten. Falls dieser junge

Mann aus dem Sandsteingebirge – aus welchem Grund auch immer – die Stelle ausschlagen sollte, musst du es so annehmen und den Betrieb verkaufen, bevor etwas passiert, was für dich noch schmerzhafter wäre. Das hat nichts damit zu tun, dass du versagt hättest oder ein schwacher Mensch wärst. Vielleicht hat das Schicksal mit dir etwas anderes vor, von dem du noch früh genug erfahren wirst.«
Josef drückte ihre Hand und nickte ihr aufmunternd zu. »Vergiss nicht: Es sind die biegsamen Bäume wie Tannen und Fichten, die im Sturm überleben. Nicht die starre Eiche, die entwurzelt wird und umkippt.«

Ruth hatte ihm mit klopfendem Herzen zugehört. Als er geendet hatte, füllten sich ihre Augen mit Tränen.

»Ach, Großvater«, sagte sie leise mit bebenden Lippen. »Wenn ich dich nicht hätte!«

An diesem Abend verzichtete Ruth zum Leidwesen Helmas aufs Essen. Nach dem Spaziergang mit Arno zog sie sich in ihr Reich zurück. Liliane war auf Besuch bei Heidi in Bad Neuenahr und wollte erst am nächsten Tag zurückkommen. Die beiden gingen ins Theater. Ruth freute sich, dass ihre Mutter wieder einmal etwas unternahm. Es gab zwar immer noch Tage, an denen sie sich ins Schlafzimmer einschloss und weinte, aber diese wurden zunehmend seltener. Vielleicht hatte ihr nicht nur der Tod ihres Sohnes Kraft geraubt, sondern auch die jahrelange Spielsucht ihres Mannes. Und in den letzten Jahren womöglich auch noch Erika.

Während Ruth an diesem Abend auf dem Sofa saß und im Radio den *Florentinischen Nächten* von Rudi Schuricke lauschte, rief sie sich noch einmal jede Einzelheit der Begegnung mit Paul am Mittag in Erinnerung, jeden Satz ihres Gespräches, den Tonfall eines jeden Wortes, um daraus mögliche Rückschlüsse darauf zu ziehen, wie er sich in den kommenden zwei Tagen entscheiden mochte. Falls Paul tatsächlich absagen würde, müsste sie aufgeben. Diese Einsicht hatte sie aus dem Gespräch mit ihrem Großvater mit nach Hause genommen. Dann würde sie alle Kraft darauf verwenden, den Steinbruchbetrieb so gut wie möglich an die Konkurrenz zu verkaufen, sodass ihre Mutter und sie wenigstens das Haus behalten konnten.

Der Nachtwind hatte Regen gebracht, und der Dienstag begann düster. Wie Rauch hing der Nebel über dem Basaltbruch. Mittwoch verschlechterte sich das Wetter noch mehr. Dunkle Regenwolken lasteten schwer über dem Land. Die Bäume trieften vor Nässe, und auf den Straßen standen tiefe Pfützen. Die grauen, nassen Regenschleier, die vom Himmel fielen, verwandelten die Abbaugrube in eine Matschwüste. Wieder einmal wurde Ruth bewusst, dass sie den Steinbruchbetrieb dringend modernisieren musste, um die Arbeitsbedingungen ihrer Leute zu verbessern. Tag für Tag brachen die Männer unter schwerem körperlichem Einsatz mit Spitzhacke, Hammer und Brechstange das harte Gestein aus den Basaltwänden, beluden die Loren, die die Steinbrocken zu den Brecheranlagen und Kipperbuden transportierten. Bei solchen Arbeitsbedingungen wie gestern und heute müsste ich den Arbeitern eine Zulage zahlen, überlegte Ruth mit schlechtem Gewissen, wobei es sie wunderte, dass Heinz

Zorn nicht längst eine eingefordert hatte. Aber woher sollte sie das Geld nehmen? Sollte sie einen zweiten Kredit aufnehmen? Würde Johannes ihr einen solchen überhaupt bewilligen? Vor einer Woche hatte sie beim Friseur erfahren, dass er inzwischen wieder in festen Händen war. Fräulein Schmitz, seine Sekretärin, war die Glückliche. Ob sie jetzt auf seine Freundschaft überhaupt noch zählen konnte?

All diese Überlegungen gingen Ruth durch den Kopf, während sie am Mittwochmorgen durch die Fensterscheibe ihres Kontors nach draußen in den Regen starrte und auf Pauls Anruf wartete. *Ein sympathischer und gut aussehender Mann,* hatte Erika gesagt. Dabei hatte das Glühen in ihren braunen Augen verraten, dass sie Paul mehr als nur sympathisch fand. Vielleicht hätte es tatsächlich etwas für sich, wenn Paul heute absagt, ging Ruth durch den Kopf, während sie sich eine Zigarette anzündete. Sonst würde Erika sich womöglich noch in ihn verlieben. Und was noch schlimmer wäre: Paul sich auch in Erika. Und sie würde dann Tag für Tag diesem Glück zusehen müssen. Bei dieser Vorstellung lief es ihr eiskalt über den Rücken.

Den ganzen Vormittag lang wartete Ruth vergebens auf Pauls Anruf.

»Wissen Sie schon, ob Herr Herbig die Stelle annimmt?«, fragte Erika, die trotz des schmuddeligen Wetters wieder wie aus dem Ei gepellt aussah.

Herbig heißt er also, dachte Ruth überrascht. Da wusste ihre Sekretärin ja mehr als sie. Statt Erikas Frage zu beantworten, fragte sie: »Sagen Sie, Fräulein Hammes, wie machen Sie das nur, dass Sie es bei diesem Wetter mit so sauberen Schuhen vom Bahnhof bis hierher schaffen?«

Erika sah sie erstaunt an. »Ich trage Überschuhe.«

Ruth nickte stumm. Welch eine praktische Idee! Auf die wäre sie niemals gekommen. Aber als Naturkind machten ihr schmutzige Schuhe auch nichts aus. Wie hatte ihr Großvater gesagt? *Erika würde bestimmt eine gute Hausfrau abgeben.* Ob Paul auch zu den Männern gehörte, die sich eine gute Hausfrau und fügsame Gattin wünschten? Dann wäre Erika tatsächlich die richtige Wahl.

Als sich Paul auch am Nachmittag nicht meldete, freundete sich Ruth mit dem Gedanken an, dass das Schicksal sie damit bestimmt vor etwas Schlimmerem bewahren wollte – und war fast so weit, wirklich daran zu glauben, als kurz vor Büroschluss ein Auto in die Abbaugrube gefahren kam. Ruth, die im Vorzimmer gerade Ordner ins Regal stellte, entdeckte den Wagen durchs Fenster. »Da kommt jemand«, sagte sie wie zu sich selbst.

Erika trat neben sie. »Ein Auto mit Bonner Kennzeichen.«

Sogleich beschleunigte sich Ruths Pulsschlag.

»Das ist vielleicht Herr Herbig«, mutmaßte Erika.

Die beiden Frauen beobachteten, wie sich die Autotür öffnete und Paul ausstieg.

»Ja, das ist er!«, rief die stets so beherrschte Erika so frohlockend aus, als hätte sie voller Sehnsucht auf Paul gewartet. Mit leuchtenden Augen sah sie Ruth an. »Das kann nur bedeuten, dass er die Stelle annimmt. Sonst hätte er bestimmt telefonisch abgesagt.«

»Wahrscheinlich«, entgegnete Ruth sachlich. Am liebsten hätte sie Erika auch jetzt wieder vorzeitig heimgeschickt, um mit Paul allein zu sein. Doch das brachte sie nicht übers Herz. Erika zeigte so viel Einsatz, brachte dem Betrieb so viel Interesse entgegen, als wäre es ihr eigener. Es stand ihr zu, an dessen weiterer Entwicklung Anteil zu nehmen.

Paul musste in Windeseile unter dem Regen hinweggelaufen sein, denn ein paar Sekunden später schon hörte man seine Schritte auf der Stahltreppe. Dann stand er im Vorzimmer – in dunkelblauer Chinohose, dunkelblauem Pullunder und hellblauem Hemd mit aufgekrempelten Ärmeln, als wolle er sofort mit der Arbeit beginnen. Ein paar feuchte schwarze Strähnen hingen ihm in die Stirn, was ihm etwas Verwegenes gab. Erika strahlte ihn an. Ruth dagegen war die Brust eng. Noch kannte sie seine Entscheidung nicht. »Guten Tag.« Mehr brachte sie nicht hervor – und das mit einem verhaltenen Lächeln.

»Soll ich Kaffee kochen?«, fragte Erika eifrig.

»Nein, danke«, erwiderte Ruth mit belegter Stimme.

Erika schien enttäuscht zu sein. Sie wandte sich an Paul. »Ist das ein Wetter! Ist es in Bonn auch so schlecht?«

»Deshalb bin ich mit dem Auto eines Bekannten gekommen«, antwortete Paul freundlich.

»Auf dem Motorrad wären Sie pitschnass geworden«, plauderte Erika munter weiter, als wäre Ruth gar nicht anwesend.

»Genau.« Paul schenkte ihr sein Lächeln.

Da wurde es Ruth zu bunt. Sie konnte Erika nicht verbieten, mit Paul zu reden, aber dieser war schließlich nicht zu Erikas Unterhaltung hier. Sie streckte ihr Kinn vor, zeigte auf ihre Tür und sagte an Paul gewandt: »Wenn ich bitten darf ... Es ist schon spät. Ich habe noch einen Termin.« Mit diesen Worten drehte sie sich um und ging forschen

Schrittes in ihr Kontor. Sie ließ die Tür offen stehen, wartete darauf, dass Paul ihr folgen würde. Nachdem sich die Tür geschlossen hatte, hörte sie Paul in ihrem Rücken sagen: »Entschuldige bitte, dass ich jetzt erst komme, aber ich konnte den Wagen nicht früher haben.«

Sie drehte sich um, war sich bewusst, dass ihre Miene nicht die strahlendste war. Ihre Blicke begegneten sich, gleichermaßen fest und herausfordernd – wie bei zwei Gegnern im Ring. In diesem Augenblick wurde Ruth klar, dass Paul nicht als Arbeitssuchender gekommen war, der voller Dankbarkeit die Stelle des Betriebsleiters annehmen wollte. Er war gekommen, um Bedingungen zu stellen. Sie standen sich hier nicht mehr als der Mann und die Frau gegenüber, zwischen denen noch vor drei Tagen Funken hin- und hergesprungen waren. Sie standen sich gegenüber als Verhandlungspartner – auf Augenhöhe.

Sie setzte ein verbindliches Lächeln auf. »Und? Wie hast du dich entschieden?«

»Ich nehme die Stelle an – unter bestimmten Bedingungen.«

Sie hob die Brauen. »Bedingungen?« Das Herz schlug ihr so heftig gegen die Rippen, dass sie befürchtete, Paul könne es hören. Dennoch zwang sie sich, nach außen hin souverän und gelassen zu erscheinen. Ich bin die Chefin, sagte sie sich. Das ist nun mal so.

»Die Arbeit interessiert mich«, begann Paul in seiner leisen, ruhigen Art. »Es tut mir zwar weh, dass ich sie nicht mehr auf eigenem Grund und Boden ausüben kann ...« Er räusperte sich, bevor er weitersprach: »Ich weiß, was ich hier zu tun habe, und ich werde es genauso tun, als wäre dies mein eigener Betrieb. Ich muss allerdings vollkommen selbstständig arbeiten können. Natürlich werde ich dir über alles Rechenschaft ablegen, aber die Entscheidungen will ich ohne Diskussionen mit dir treffen können – zumal du von Steinabbau und Maschinentechnik nichts verstehst.« Leicht ironisch – oder bildete sie sich das nur ein – fügte er hinzu: »Ich werde mir natürlich stets dessen bewusst sein, dass du die Chefin bist und ich dein Angestellter.«

Ruth schluckte, sie empfand Pauls Auftreten als anmaßend. Aber wollte sie ihn nicht gerade deshalb als Betriebsleiter haben, weil er – anders als sie – genau wusste, was zu tun war? Karl hatte sie auch nicht in seine Arbeit geredet, sondern ihm blind vertraut. Ihr erster Eindruck von Paul war gewesen, das auch bei ihm zu können. Hoffentlich würde sich dieser Eindruck im Nachhinein nicht als falsch herausstellen. Dennoch – dieses Risiko wollte sie eingehen.

»In Ordnung«, sagte sie freundlich, aber immer noch eine Spur kühler, als sie eigentlich mit ihm hatte reden wollen. »Was weiter?

»Das Gehalt ist in Ordnung. Ich will nicht mehr.«

»Gut.«

»Steht das Angebot mit der Anglerhütte noch?«

»Natürlich.«

»Ich möchte Miete bezahlen.«

»Gut. Was hast du dir vorgestellt?«

»Was forderst du?«

»Das weißt du doch. Nichts.«

Ein Lächeln huschte über seine Züge. »Ich dachte an fünfundzwanzig Mark im Monat.«

Das war für die kleine Hütte ohne jeden Komfort und in Anbetracht seines Monatslohns von dreihundert Mark viel. »In Ordnung«, sagte sie, weil sie wusste, dass Paul sich nichts schenken lassen wollte.

»Dann ist da noch etwas.«

Ihr Herzschlag beschleunigte sich. Was kam denn jetzt noch?

»Ich möchte, dass wir uns siezen.«

Das Lachen kam schneller über ihre Lippen als sie denken konnte. »Siezen? Was soll das denn?«

Paul sah sie kühl an. »So gehört es sich. Auch wegen der Kollegen. Das Duzen hat im Vorgesetzten-Angestellten-Verhältnis nichts zu suchen.«

Sie biss sich auf die Lippe. Ihr Blut begann zu kochen. Sie war ja gewillt, zugunsten des Fortbestandes ihres Betriebes auf eine Beziehung mit Paul zu verzichten – erst einmal, denn tief im Innern hoffte sie darauf, dass die Anziehung zwischen ihnen so groß war, dass Paul im Laufe der Zeit von seinem Grundsatz abweichen würde –, aber auf das vertraute »Du«, das Ausdruck einer Nähe war, die sie noch vor drei Tagen am See erlebt hatten, wollte sie nicht verzichten. Als sie jedoch seinem Blick begegnete, der Entschlossenheit und Kompromisslosigkeit ausdrückte, fiel ihr Widerstand jäh in sich zusammen.

»Gut«, sagte sie matt und reichte ihm förmlich die Hand. »Dann darf ich mich Ihnen offiziell vorstellen? Mein Name ist Thelen. Und wie heißen Sie?«

Um seine Lippen zuckte es, und für einen kurzen Moment hatte sie den Eindruck, er müsste lachen. Doch dann schlug er mit kühler Miene ein. »Herbig.«

»Dann haben wir ja alles geklärt, Herr Herbig.« Sie entzog ihm ihre Hand so schnell, als hätte sie sich verbrannt. »Wann wollen Sie anfangen?«

»Morgen.«

»Dann bis morgen, Herr Herbig.« Sie begleitete ihn nicht mehr hinaus, sondern blieb wie angewachsen in der Mitte ihres Kontors stehen.

Im Vorzimmer sprachen Paul und Erika noch miteinander. Sie konnte jedoch nicht verstehen, worüber. Eigentlich müsste ich doch jetzt erleichtert sein, dachte sie, während sie durchs Fenster beobachtete, wie die Arbeiter zum Werksschluss scharenweise aus der Abbaugrube strömten. Stattdessen verspürte sie nur Eiseskälte im Herzen. Sie hatte zwar gerade einen neuen Betriebsleiter gewonnen, aber den ersten und einzigen Mann, den sie sich als Lebenspartner hätte vorstellen können, verloren.

»Bist du mit Herrn Herbig zufrieden?«, fragte Liliane beim Abendbrot ihre Tochter so unerwartet in ihr Schweigen hinein, dass Ruth sich fast verschluckt hätte. Es war Ruths erster Schultag nach den Ferien, und sie war nach dem Unterricht sofort in den Betrieb gefahren.

Ruth hob den Kopf. »Ja. Er kommt gut mit den Arbeitern aus und sorgt dafür, dass alles reibungslos läuft.«

»Und wie kommst du mit ihm aus?« Lilianes Frage klang harmlos, ihr Blick jedoch war umso eindringlicher.

Ruth zögerte. »Mit Paul?«, entgegnete sie wie jemand, der Zeit für die richtige Antwort braucht.

Lilianes silberblonde Brauen schnellten hoch. »Paul?«

»Na ja, wir haben uns ja mal geduzt – als wir uns kennengelernt haben. Ich habe dir doch davon erzählt. Inzwischen siezen wir uns, weil er es so wollte.« Natürlich hatte sie ihrer Mutter nicht alles über dieses Kennenlernen erzählt – nichts von der großen Faszination, die Paul auf sie ausgeübt hatte, nichts von der besonderen Verbindung, die sie zwischen ihm und sich zu spüren geglaubt hatte.

Ihre Mutter nickte mit feinem Lächeln. »Ja, du hast mir davon erzählt. Und jetzt bist du verletzt.«

Unwillig zog Ruth die Stirn zusammen. »Verletzt?«

Liliane griff über das weiße Tischtuch und legte ihre Hand auf die ihrer Tochter. »Eine Mutter spürt so etwas«, sagte sie mit ihrer melodisch-weichen Stimme.

Ruth zog ihre Hand zurück. Schon seit drei Wochen, seit Paul im Steinbruch arbeitete, hatte sie das Gefühl, ihre Mutter ahnte, dass etwas mit ihr nicht stimmte. Mehrmals schon hatte Liliane sie auf den neuen Betriebsleiter angesprochen, wobei sie weniger daran interessiert war, wie er sich in seiner Position machte, als an seiner Person. »Sag mal, warum interessierst du dich eigentlich so für Herrn Herbig?«, fragte Ruth jetzt.

»Weil du in ihn verliebt bist. Und zwar unglücklich verliebt.«

»Also bitte!« Ruth schob den Teller mit dem kalten Braten von sich weg. »Wie kommst du denn darauf?«

Liliane nippte an ihrem Riesling und ließ danach das Stielglas auf ihrem Handteller kreisen. Schließlich hob sie den Blick. »Man hört oft eher am Ton, was jemand meint, als an dem, was er sagt. Und ...«, sie trank noch einmal einen kleinen Schluck, »weil du, seit er da ist, sehr oft bedrückt wirkst, wenn du dich unbeobachtet fühlst. Dabei müsstest du doch eher unbeschwerter sein als vorher.«

Ruth spürte, wie sie errötete. Natürlich hatte ihre Mutter recht. Sie war in Paul verliebt. Bis jetzt war es ihr noch nicht gelungen, ihre Gefühle für ihn loszulassen – obwohl er stets auf Distanz zu ihr blieb. Sie begegneten sich höflich, förmlich und distanziert. Ihre Gespräche waren ausschließlich sachbezogen. Abgesehen davon, redeten sie sowieso nur wenig miteinander. Paul saß in Karls Büro, das an die große Kantine grenzte, wo die Männer sich ihre Henkelmänner aufwärmten und bei schlechtem Wetter aßen. Meistens trug er Erika auf, Informationen an die *Chefin* weiterzuleiten.

»Übrigens – ich soll dich von Heidi grüßen«, sagte ihre Mutter in ihr Schweigen hinein. »Sie hat, kurz bevor du gekommen bist, angerufen.« Liliane lächelte zufrieden. »Ich freue mich sehr, dass es Heidi in der Schneiderei so gut geht. Stell dir vor ...« Sie beugte sich vor und erzählte mit großen Augen: »Heidi entwirft jetzt eine Abendrobe für Frau Seebohm, die Frau des Bundesverkehrsministers. Für den Bundespresseball, der im November erstmals im Kurhaus in Bad Neuenahr stattfindet. Keine Abwandlung von Burda Schnittmustern, sondern einen ganz eigenen Entwurf. Gestern hat sie Maß genommen, bei Frau Seebohm zu Hause. Heidi ist ganz stolz. Endlich kann sie ihr Talent zeigen. Ihre Chefin hat sogar ihr Gehalt erhöht, weil sie bei den prominenten Kunden so gut ankommt und die sie weiterempfehlen.«

»Das finde ich wunderbar! Hat sie gesagt, ob sie am Wochenende kommt?«

Liliane strahlte Ruth an. »Sie kommt. Helma will Himmel und Äd mit gebratener Blutwurst machen – Heidis Lieblingsessen. Dann machen wir drei es uns mal wieder so richtig gemütlich. Natürlich werde ich euch beiden auch genug Zeit lassen für Gespräche, die nicht für meine Ohren bestimmt sind«, fügte sie zwinkernd hinzu.

»Solche Gespräche gibt es zwischen Heidi und mir doch gar nicht«, erwiderte Ruth, ebenfalls zwinkernd.

Ihre Mutter winkte ab. »Ich war doch auch einmal jung. Ich weiß noch, wie oft ich damals mit meiner Cousine Marlene über deinen Vater gesprochen habe. Ganze Nächte lang. Weißt du, mein Kind ...« Ihr Alabasterteint rötete sich leicht, als sie mit träumerischem Blick auf das Porträt ihres Mannes an der gegenüberliegenden Wand fortfuhr: »Du schaust einen Mann an, und dann sagt dir dein Herz: Das ist er. Das ist dein Mann. So ist es mir damals ergangen, als ich deinen Vater kennengelernt habe.«

Innerlich berührt von dieser Offenheit, sagte Ruth leise: »Das hört sich schön an, Mutter.«

Liliane lächelte versonnen und schwieg.

»Hast du es nie bereut?«, fragte Ruth.

»Niemals.«

»Darf ich dich etwas fragen?«

»Natürlich.«

Ruth räusperte sich, bevor sie die Frage, die sie schon so lange beschäftigte, über die Lippen bringen konnte. »Hat Vater dich jemals betrogen?«

»Betrogen? Du meinst, mit einer anderen Frau?«, fragte ihre Mutter erstaunt.

Ruth nickte.

»Niemals. Dafür lege ich meine Hand ins Feuer.«

Und Erika?, wollte Ruth schon fragen, doch ihre gute Erziehung hielt sie wieder einmal zurück. »Wie kannst du dir da so sicher sein?«, erkundigte sie sich stattdessen.

Da glitt ein Lächeln voller Liebe und Zärtlichkeit über Lilianes fein geschnittene Züge. »So etwas spürt eine Frau.« Und dann fügte sie ruhig hinzu: »Das hätte er auch nicht nötig gehabt. Wir haben uns geliebt, mit allem, was bei einem glücklichen Paar dazugehört. Wäre diese Harmonie zwischen uns nicht gewesen, hätte ich wahrscheinlich nur schwerlich seine Spielsucht ausgehalten.«

Die offenen Worte ihrer Mutter gaben Ruth dann doch den Mut zu fragen: »Sag mal, Mutter, wie kommt es eigentlich, dass Vater, du und sogar Großvater eine so enge Beziehung zu Erika Hammes habt? Heidi und ich dachten manchmal, sie sei Vaters Geliebte.«

Liliane sah ihre Tochter an, als sei sie von allen guten Geistern verlassen. »Also ...« Sie schien nach Worten zu suchen. Schließlich straffte sie sich und sagte mit fester Stimme: »Erika war der Schützling deines Vaters. Und ich habe das akzeptiert. Du weißt, dass er sich gerne um Menschen gekümmert hat, die seine Hilfe brauchten.« Dann stand sie abrupt auf, trat an die Kredenz und zündete sich eine Zigarette an – was sie normalerweise nie während der Mahlzeit tat. Sie nahm einen tiefen Zug, kam an den Tisch zurück und setzte sich wieder. Ruth bemerkte, dass die Zigarette zwischen ihren Fingern zitterte. Das konnte nur mit Erika zu tun haben. Welches Geheimnis umgab ihre Sekretärin?

»Wie soll es jetzt mit deinem Schuldienst weitergehen?«, wechselte Liliane nun abrupt das Thema. »Willst du wirklich kündigen?«

Ruth sah ihre Mutter verwirrt an. In deren hellen Augen las sie einen unbeugsamen Willen – in diesem Fall den Willen, über Erika Hammes nicht weiter reden zu wollen. Vielleicht habe ich von Mutter doch mehr geerbt, als ich immer dachte, ging ihr da zum ersten Mal durch den Kopf. Wahrscheinlich war sie insgeheim viel stärker als Vater – auch wenn es nach außen hin anders gewirkt hatte.

Ruth lehnte sich zurück und erwiderte: »Schon der erste Schultag heute nach den Ferien hat mir wieder gezeigt, dass ich nicht beides machen kann. Du weißt selbst: Eben erst bin ich aus dem Steinbruch nach Hause gekommen. Gleich muss ich noch mit Arno gehen. Nein.« Entschlossen schüttelte sie den Kopf. »Ich werde morgen mit meinem Direktor sprechen.«

»Glaubst du, die werden dich so schnell gehen lassen?«, fragte ihre Mutter besorgt.

»Ganz bestimmt.« Sie gab Arno ein Stück Braten, während sie weitersprach: »Da kommt mir zurzeit eine politische Entwicklung zu Hilfe, die ich eigentlich aufs schärfste verurteile. Sie will die Frauen, nachdem sie während des Krieges in allen Berufen geschuftet haben, wieder ins Haus verbannen. Plötzlich erklären ärztliche Gutachten, dass wir zarte Frauen den Anforderungen in schweren Männerberufen nicht gewachsen sind«, sagte Ruth, die sich in Rage geredet hatte. »Vergangenen Sonntag hat unser Pfarrer sogar gepredigt, wir sollen Platz machen für die armen, aus der Kriegsgefangenschaft entlassenen Männer und wieder an den Herd zurückkehren, damit wir ihnen nicht die Arbeitsplätze wegnehmen. Stell dir das mal vor! Wenn ich freiwillig aus dem Schuldienst ausscheide, räume ich für einen Mann das Feld. So soll es doch sein!«

Ohne auf ihre Ironie einzugehen, fragte ihre Mutter sachlich: »Und falls es dir nicht gelingen sollte, den Steinbruchbetrieb auf Dauer weiterzuführen?«

»Mit Herrn Herbig wird es mir gelingen«, antwortete Ruth mit fester Stimme. Wenn sie Geschäftliches nicht mit Privatem vermischte, würde Paul nicht kündigen. Dessen war sie sich ziemlich sicher.

»Heute war ich bei Luise zum Kaffeeklatsch«, wechselte ihre Mutter erneut das Thema, während sie ihre Zigarette in dem schweren Kristallaschenbecher ausdrückte.

Erleichtert, sich jetzt auf ungefährlicherem Terrain zu bewegen, fragte Ruth aufgeräumt: »Hat Johannes eigentlich noch seine Freundin? Er meldet sich überhaupt nicht mehr bei mir.«

»Fräulein Schmitz ist Luise ein Dorn im Auge«, erzählte Liliane, während sie ein Stückchen Braten auf die Gabel spießte. »Du weißt ja, wie eifersüchtig sie ist. Für ihren Sohn ist keine Frau gut genug – außer dir. Du bist für sie auch heute noch die Traumschwiegertochter schlechthin«, fügte sie hinzu, bevor sie die Gabel zum Mund führte.

Ruth musste lachen. »Aber auch nur, weil sie sich bei mir hundertprozentig sicher sein kann, dass ich Johannes niemals heiraten werde.«

Liliane sah sie unschuldig an. »Aber Paul Herbig.« Das klang eher nach einer Feststellung als nach einer Frage.

»Mutter!«, rief Ruth empört aus.

»Ohne dass ich ihn kenne, wage ich zu sagen, dass dein Vater eine solche Verbindung sehr begrüßt hätte. Die Sache mit Georg damals hat er im Nachhinein tief bereut. Nicht nur, weil du Georg nicht geliebt hast. Vater hatte sich damals, kurz nach Erichs Tod, viel zu sehr durch seine Sorge um die Nachfolge für das Basaltwerk leiten und dich dafür den Preis zahlen lassen.«

Ruth winkte ab. »Ist längst verziehen. Georg ist tot. Und jetzt möchte ich über Männer nicht mehr reden. Jetzt mache ich mit Arno seinen wohlverdienten Spaziergang.«

12

Unmerklich war der Sommer in den Herbst übergegangen. Wie goldene Flammen leuchteten die Lärchen aus dem dunklen Grün der Nadelwälder. Buchen und Ahorn setzten hier und da bereits rote Farbtupfer. Ruth war inzwischen aus dem Lehramt ausgeschieden. An diesem Vormittag hatte sie ihren letzten Arbeitstag in der Schule. Es erstaunte sie, wie schnell ihre übergeordnete Dienststelle ihrer Kündigung zugestimmt hatte. Ohne Bedauern war sie nach Schulschluss in den Steinbruch gefahren, um dort ihrer selbstbestimmten Aufgabe nachzukommen. Das Wetter war immer noch so mild, dass sie mit dem Motorrad fuhr – in langer Hose, festen Schuhen und der Lederjacke ihres Vaters. Längst nicht mehr verführte ihre Eitelkeit sie dazu, in figurbetontem Rock und Absatzschuhen im Büro zu erscheinen. Paul schien gegen alle weiblichen Reize – sofern sie von ihr ausgingen – immun zu sein. Ihr Haar jedoch trug sie jetzt meistens offen. *Dann siehst du nicht gar so streng aus*, hatte ihre Mutter ihr geraten.

Ruth telefonierte gerade mit dem Arbeitsamt, um Zeitarbeiter anzufordern, als es an ihrer Kontortür klopfte. Im Türrahmen stand Paul. »Haben Sie eine Minute?«

Überrascht von seinem unerwarteten Besuch, stand sie auf. »Natürlich.« Sie lächelte ihn an, wobei sich ihr Herzschlag wieder einmal beschleunigte. Woher bezog dieser Mann nur diese seltsame Macht, sie ständig aufs Neue aus der Fassung zu bringen?

Paul lächelte nicht. »Wir müssen reden«, sagte er knapp.

»Worüber?«

»Für den Großauftrag der Holländer brauchen wir mehr Leute.«

Ruth hatte sich gefreut, als die Holländer ihr erneut einen Auftrag erteilten, dieses Mal zum Deichbau in Vlissingen.

»In dieser Angelegenheit habe ich gerade mit dem Arbeitsamt telefoniert«, teilte sie ihm genauso sachlich mit. »Nächste Woche werden wir eine Mannschaft von zwanzig Leuten bekommen. Italiener«, fügte sie hinzu.

»Die Italiener sind gute Arbeiter, aber damit ist es auf Dauer nicht getan.« Paul sah sie ernst an. Ihre Blicke trafen sich. Der Augenblick zog sich in die Länge, und für einen Sekundenbruchteil glaubte Ruth in den tiefblauen Männeraugen den Ausdruck von Begehren zu erkennen. Aber vielleicht bildete sie sich das auch nur ein – weil sie es sich wünschte. Dann räusperte sich Paul und fuhr fort.

»In den sechs Wochen, die ich hier arbeite, habe ich mir ein umfassendes Bild machen können, wie es um den Steinbruchbetrieb bestellt ist. Wir müssen, um künftig den Abbau erhöhen zu können, modernisieren. Wir brauchen moderne Bohrer, Bagger und Lastwagen. Die Bagger laden die Basaltbrocken auf Lastwagen, die sie dann zum Brechergebäude und zu den Kipperbuden fahren. Das geht wesentlich schneller, als wenn wir weiterhin Loren einsetzen, die von Hand beladen beziehungsweise entladen werden. Die Männer können die dadurch eingesparte Zeit dafür nutzen, mehr abzubauen. Ein Förderband könnte, statt der Loren, die bearbeiteten Steine schließlich zum Bahnanschluss transportieren.«

Ruth schnappte nach Luft. Sie brauchte ein paar Sekunden, bis sie reagieren konnte.

»Mehr abbauen«, erwiderte sie gedehnt. »Das bringt doch nur etwas, wenn wir auch mehr verkaufen.«

Paul lachte auf. »Natürlich. Es ist Ihre Aufgabe, Aufträge an Land zu ziehen. Was in meinen Augen nicht schwer sein dürfte. Durch den Krieg sind immense Schäden in der Infrastruktur entstanden, die längst noch nicht behoben sind. Das kann man in jeder Zeitung lesen. Auch der Ausbau des Autobahnnetzes, der seit 1939 stagniert, wird in nächster Zeit wieder Fahrt aufnehmen. Für all das wird Basalt gebraucht. Wollen wir all diese Aufträge der Konkurrenz überlassen?«

»Nein, natürlich nicht.« Fahrig strich sie sich über die Stirn. »Aber wenn wir Bohrer, Bagger und Lastwagen anschaffen und die Loren abschaffen, brauchen wir viele Arbeiter gar nicht mehr.«

»Damit sparen Sie Arbeitslöhne ein«, entgegnete Paul kühl.

Ruth begann innerlich zu zittern, was sich auch in ihrer Stimme niederschlug. »Ist dir …« Verwirrt begann sie von vorn. »Ist Ihnen eigentlich bewusst, wie viele Männer dadurch ihre Arbeit verlieren würden? Für die Männer, die seit Jahrzehnten hier arbeiten, die mit ihrer oft kinderreichen Familie ums tägliche Überleben kämpfen und sich von dem ernähren, was ihre kargen Felder und ihr Vieh hergeben, ist dieses Basaltwerk eine unverzichtbare Einkommensquelle.« Sie sah Paul in die Augen, mit vor Empörung brennenden Wangen. »Niemals hätte mein Vater diesem Vorschlag zugestimmt.«

Er bedachte sie mit einem langen, prüfenden Blick. »Entschuldigung, aber das können Sie nicht beurteilen. Es sind neue Zeiten angebrochen. Heute muss jeder bereit sein, umzudenken, offen zu sein für neue Tätigkeitsfelder. Bagger und Lastwagen brauchen Fahrer. Wer von den Leuten hier bereit ist, etwas Neues zu lernen, kann ja weiterhin beschäftigt werden. Außerdem ...« Er sah sie bedeutungsvoll an. »Bitte denken Sie trotz des Segens der Basaltindustrie für die Leute aus der Umgebung an die vielen Unfälle, die im Laufe der Geschichte der Thelener Ley passiert sind. Unfälle mit oft tödlichem Ausgang oder Invalidität. Durch den Einsatz moderner Maschinen würde die Arbeit für die Männer leichter und sehr viel sicherer werden.«

Ruth griff sich an den Kopf, Gedankenfetzen stoben darin wie Blätter im Herbststurm durcheinander. »Und wie soll ich diese Modernisierung bezahlen?«, fragte sie schließlich matt.

»Ich könnte mich nach gebrauchten Maschinen und Lkws umhören.«

»Die kosten auch Geld.«

Paul lächelte dünn. »Sie sind die Chefin. Meine Aufgabe als Betriebsleiter ist es unter anderem zu überlegen, wie man die Produktivität des Betriebes steigern und die Ausgaben verringern kann.«

Ruth spürte, wie ihr schwindelig wurde. Sie setzte sich auf den Schreibtischstuhl, ohne Paul einen Platz anzubieten. Ihr war, als wäre sie gerade eine Runde auf einem

Kettenkarussell gefahren. Mit zitternder Hand griff sie zu der Schachtel Ernte 23. Da war auch schon Pauls Hand mit dem Feuerzeug neben ihrem Gesicht, die ihr Feuer gab.

»Entschuldigung«, hörte sie Paul mit seiner rauen Stimme sagen. »Mir war nicht bewusst, dass ich Sie mit diesen Ideen überfordern würde. Tatsächlich ist es jedoch so, dass wir im Vergleich zum Basaltabbau im Westerwald technisch weit hinterherhinken.«

Ruth hob den Kopf und sah ihn durch den Rauch an. Er stand dicht neben ihr, so dicht, dass sie sein Rasierwasser riechen konnte. Von seinem sportlichen Körper und seinem markanten Gesicht ging eine so deutlich männliche Ausstrahlung aus, dass sie ihn viel zu lange ansah. Ihr Blick fiel auf seine kräftigen, sehnigen Hände, die mit dem Feuerzeug spielten, als wäre er nervös. Im nächsten Moment trat Paul zwei Schritte zurück. »Denken Sie über all das nach. Wir sollten nächste Woche noch einmal darüber sprechen. Grundsätzlich bleibe ich jedoch dabei, dass der Betrieb dringend Investitionen tätigen muss, um die Arbeit für die Männer dort unten zu erleichtern, die Abbaumenge zu erhöhen und auch um konkurrenzfähig zu werden. Hier, ich habe einmal eine grobe Kostenaufstellung gemacht.« Mit diesen Worten legte er ihr ein Blatt Papier auf den Schreibtisch. »Das können Sie sich ja mal durchlesen.« Dann verließ er mit einem knappen Nicken ihr Kontor. Ruth blieb wie erschlagen sitzen – gleichermaßen erschlagen von Pauls Ideen wie auch von seiner Wirkung auf sie.

Vor ihrer Tür, im Vorzimmer, unterhielt sich Paul mit Erika. Erika lachte hell auf. Paul stimmte ein. Die beiden schienen sich gut zu verstehen. Das war Ruth schon öfter aufgefallen. Und was ihr noch aufgefallen war: Paul Herbig war zwischen ihr und ihrer Sekretärin kein Thema mehr.

Als Ruth drei Tage nach dem Gespräch mit Paul montagmorgens auf die Bank zuging, bemerkte sie, wie ihr zwei Männer bewundernd nachschauten. Sie wusste, dass ihr das dunkelgrüne, eng taillierte Kostüm gut stand – und sie wusste, dass Johannes gerne etwas fürs Auge hatte. Immer schon hatte er ihre Hosen gehasst. Bei diesem Gang nach Canossa – so empfand sie diesen Termin – musste sie alle Register ziehen. Sie brauchte den Kredit. Das war ihr übers Wochenende klar geworden. Er wäre auch im Sinne ihres Vaters gewesen. Wie hatte er früher – bevor er das Basaltwerk durch seine Spielsucht in die roten Zahlen gefahren hatte – immer gesagt? *Et jet net jefriemelt.*

Ruth war überrascht, statt Fräulein Schmitz eine mütterlich wirkende Frau um die vierzig im Vorzimmer anzutreffen. Sie glaubte sie von irgendwoher zu kennen.

»Guten Tag, Fräulein Thelen. Wie geht es Ihnen?«, begrüßte Johannes' Vorzimmerdame sie erfreut.

Da dämmerte es Ruth. Die Frau war die Mutter eines ehemaligen Schülers von ihr.

Ruth wechselte ein paar Worte mit ihr, bis Johannes in der Tür zu seinem Reich erschien. Er war wieder dicker geworden. Das fiel ihr sofort auf. Er wirkte geradezu schwammig.

»Ist Fräulein Schmitz nicht mehr hier?«, fragte sie neugierig, nachdem er sie in sein Büro geführt hatte.

»Setz dich erst einmal«, forderte Johannes sie auf und zeigte auf die Besucherecke im Erker. Während Ruth die

Handschuhe abstreifte, zündete er sich eine Zigarette an. Dann streckte er die Beine von sich und lächelte sie an. »Zuerst einmal – du siehst sehr gut aus. Und zum Zweiten – Fräulein Schmitz hat gekündigt, nachdem ich unsere Beziehung beendet habe.«

Ruth zog die Brauen hoch.

Johannes nahm einen tiefen Zug und stieß den Rauch zischend aus. »Geschäftliches und Privates geht nicht zusammen«, fuhr er fort. »Diese Erfahrung habe ich jetzt gemacht.«

Sie schluckte. Das kam ihr bekannt vor!

»Mein Vater hat ihr eine Stelle in der Filiale in Gerolstein vermittelt – zur tiefsten Zufriedenheit meiner Mutter«, fügte er voller Ironie hinzu.

»Vielleicht solltest du dir eine eigene Wohnung nehmen, um unabhängiger zu sein«, sagte sie lächelnd.

Johannes lachte hohl auf. »Das musst du mir gerade raten. Du wohnst doch selbst noch bei deiner Mutter.«

»Das ist etwas anderes. Alleinstehende junge Frauen haben es schwer, eine Wohnung zu finden. In unserer jungen Bundesrepublik gelten noch die alten Werte: Die Familie ist heilig. Eine junge Frau hat einen Ehemann zu haben. Und am besten auch Kinder.«

»Dann solltest du heiraten«, entgegnete Johannes mit überlegenem Lächeln.

Ruth lachte. »Das musst du mir gerade sagen. Also, warum ich hier bin ...«

»Ich kann es mir denken. Du willst frisches Geld haben.«

Sie schluckte. »Ja. Mutter meint zwar, wir könnten Land verkaufen. Aber die betreffende Fläche ist noch kein Bauland. Und die Aufforstung nach dem Kahlschlag durch die französische Besatzung, die unser Holz in ihrem Land als Baumaterial verwendet hat, ist längst noch nicht so weit, als dass die Holzindustrie daran interessiert sein könnte.« Sie lächelte ihn entwaffnend an. »Deshalb habe ich mir gedacht, mich noch einmal an dich zu wenden – obwohl du deine alte Jugendfreundin ja in der letzten Zeit sehr vernachlässigt hast«, fügte sie mit einem Augenzwinkern hinzu.

Ohne auf ihre Bemerkung einzugehen, sagte Johannes ihr auf den Kopf zu: »Dein neuer Betriebsleiter will investieren. Habe ich recht?«

»So ist es. Und das ist auch dringend nötig. Vater hat diesbezüglich in den letzten Jahren viel versäumt.«

Johannes drückte die Zigarette aus und sah sie an. »Ich habe mir vor unserem Termin heute deine Zahlen angesehen. Hochachtung, liebe Ruth. Es ist dir tatsächlich in den letzten Monaten gelungen, die roten Zahlen zurückzufahren, obwohl du monatlich zusätzlich den Kredit tilgen musst.«

Ruth atmete durch. »Glaubst du, dass ich die Tilgung eines zweiten Kredits verkraften könnte?« Sie sah ihm in die hellbraunen Augen, unter denen dicke Polster lagen. Ob er zu viel trank?

»Das kommt auf die Höhe an«, antwortete er sachlich. »Wie viel brauchst du denn?«

Ruth öffnete ihre Handtasche und nahm Pauls Kostenaufstellung heraus. »Hier! Lies selbst.«

Während er die Zahlenkolonnen überflog, glitt der Ausdruck von Anerkennung über sein Gesicht. Schließlich sah er sie wieder an. »Da scheinst du einen guten Mann zu haben. Das klingt alles vernünftig.«

»Ich denke auch. Vielleicht können wir die Kosten niedriger halten, wenn Paul ...«, sie verbesserte sich schnell, »... wenn Herr Herbig sich nach gut gebrauchten Maschinen und Lastwagen umsieht.«

Doch sie war nicht schnell genug gewesen. Johannes' Augen wurden schmal. »Paul? Ihr kennt euch schon so gut?«

»Blödsinn. Wir siezen uns natürlich. Wie hast du eben selbst gesagt? Privates und Geschäftliches passt nicht zusammen.« Sie straffte sich. »Also, Johannes, was glaubst du? Würdest du mir einen zweiten Kredit bewilligen?«

Johannes lächelte sie an und griff nach seiner Zigarettenschachtel. Betont langsam zündete er sich die nächste Zigarette an, blies den Rauch in Kringeln an die Decke und sah ihm nach. Ruth wurde nervös. Dann traf sein Blick sie plötzlich mit voller Wucht. »Soll ich dir etwas erzählen?« Er lachte belustigt auf. »Herr Herbig hat mir inzwischen in Wilmersbach und Umgebung den Rang als begehrtester Junggeselle abgelaufen. Er soll sehr gut aussehen und sehr charmant sein. Das erzählte man mir gestern Abend in der Linde. Stimmt das?«

Verwundert hatte sie ihm zugehört. Ihr war gar nicht bewusst gewesen, dass ihr Betriebsleiter in Wilmersbach ein Gesprächsthema hätte sein können.

Es kostete sie Kraft, Gelassenheit vorzutäuschen, als sie antwortete: »Das ist doch alles Geschmackssache oder nicht? Bei dem Frauenüberschuss, der nach dem Krieg herrscht, ist es kein Wunder, wenn ein alleinstehender Mann begehrt wird.« Sie atmete tief durch. »Johannes, ich sitze nicht hier, um über meinen Betriebsleiter zu reden, sondern über die Zukunft meines Betriebes. Also – ich wäre dir sehr verbunden, wenn du mir noch einmal einen Kredit bewilligen würdest.«

Er stand auf, reichte ihr die Hand und zog sie aus dem Sessel hoch. Als sie sich gegenüberstanden, sah sie sein aufgedunsenes Gesicht aus nächster Nähe. Was war nur aus dem früher so hübschen Jungen geworden?, ging ihr durch den Kopf. Ob die Trennung von Fräulein Schmitz ihn so sehr mitnahm? Oder eher seine dominante Mutter? Plötzlich tat er ihr wieder leid.

Johannes berührte sie am Ellbogen und führte sie zur Tür. »Wir machen es wie letztes Mal«, sagte er dabei. »Ich komme morgen Abend bei dir vorbei, und wir sprechen den Kredit durch.«

Erleichtert lächelte sie ihn an. »Danke.« Schnell gab sie ihm einen Kuss auf die glatt rasierte Wange, die nach Tabak Original roch. Dabei musste sie unwillkürlich an einen anderen Duft denken. »Bis morgen«, verabschiedete sie sich schnell.

Während die Sonne dem goldenen Oktober alle Ehre gemacht hatte, verschlechterte sich das Wetter nun zusehends. Die verkrüppelten Wacholderstauden, das verdorrte Heidekraut und der süßlich-modrige Geruch über dem Waldboden erzählten davon, dass die Natur sich für den Winter rüstete.

Es war ein nasser, windiger grauer Tag im November. Ein Sturm hatte in der Nacht zuvor die letzten Blätter von den Bäumen gezerrt. Nun trieb er seit dem frühen Morgen immer neue schwarze Wolken von Westen heran. Es regnete ohne Unterlass. Ruth blickte durch ihr Kontorfenster in die Abbaugrube, wo zwei Bagger riesige Steinbrocken auf Lkws luden. Männer bearbeiteten mit schweren Bohrern eine der Basaltsäulen. Pauls Investitionsideen amortisierten sich bereits.

Ruth stand auf und ging ins Vorzimmer. »Sagen Sie, Fräulein Hammes, wo sind die Auftragsbücher der vergangenen zehn Jahre? Gibt es die überhaupt noch?«

»Natürlich. Die sind im Kabuff. Soll ich sie Ihnen bringen?«

»Erst einmal nur die der letzten fünf Jahre. Seit ein paar Tagen haben wir einen Überhang. Den muss ich schnellstens an den Mann bringen.«

»Das sagt Herr Herbig auch«, stimmte Erika ihr zu – was sie ärgerte. Sie hatte nicht im Blick, wann und wo sich die beiden so viel unterhielten, doch aus Erikas Worten konnte sie immer häufiger entnehmen, dass sie engeren Kontakt zu Paul hatte.

»Wollen Sie alte Kunden anschreiben?«, fragte Erika.

»Genau.«

»Dazu fällt mir ein, dass ...« Erika zögerte, bevor sie weitersprach: »Ihr Vater war in dem Jahr, als ich hier anfing, Lieferant der Rheinischen Eisenbahn-Gesellschaft. Vor drei Jahren sind große Lieferungen dorthin gegangen zur Reparatur der Eisenbahnstrecke. Vielleicht könnten Sie dort anfragen. Das Eisenbahnnetz ist ja immer noch nicht ganz wiederhergestellt.«

Ob Ruth es zugeben wollte oder nicht – das war eine gute Idee. »Danke, Fräulein Hammes. Ich werde mich sofort darum kümmern.«

Und wieder sah Erika sie mit diesem für sie nicht zu deutenden Blick an, immer ein, zwei Sekunden länger als nötig. »Das Basaltwerk liegt mir doch am Herzen«, sagte sie schließlich und senkte den Kopf, um weiterzuarbeiten.

Als Ruth wieder an ihrem Schreibtisch saß, fiel ihr auf, dass Pauls Motorrad nicht mehr an seinem Platz stand. Da er von Anfang an klargestellt hatte, selbstständig arbeiten zu wollen, fragte sie nicht, warum und wohin er während der Arbeitszeit fuhr. Paul tat nicht nur seine Pflicht – er tat viel mehr.

Während sie das Anschreiben an die Rheinische Eisenbahn-Gesellschaft formulierte, klingelte das Telefon. Am anderen Ende der Leitung meldete sich das Verkehrsministerium in Bonn. Während sie dem Beamten zuhörte, wurden ihre Hände vor Aufregung ganz feucht. Auf einem ihrer letzten Besuche hatte Heidi erwähnt, Frau Seebohm, zu der sie einen guten Draht hatte, die Information zukommen lassen zu wollen, dass es ganz in der Nähe der Bundeshauptstadt ein Basaltwerk gebe, das ihrer Familie gehöre.

»Wir haben vor einigen Jahren mit einem Herrn Friedrich Thelen zusammengearbeitet«, sagte nun der Mann am anderen Ende der Leitung. »Sind Sie seine Sekretärin?«

Ruth drückte den Rücken durch. »Ich bin seine Tochter. Mein Vater ist vor einem halben Jahr gestorben.« Sie hielt inne und sagte dann energisch: »Ich war jahrelang die rechte Hand meines Vaters und führe das Basaltwerk in seinem Sinne weiter.« Dann nahm sie ihm die Luft aus den Segeln, indem sie rasch hinzufügte: »Ich weiß, dass es für manche Leute schwierig ist, eine Frau an der Spitze eines Unternehmenszweiges zu akzeptieren, der von Männern geprägt ist, aber glauben Sie mir, ich weiß genau, was ich zu tun habe.«

»Es freut mich, das zu hören, Fräulein Thelen«, lautete die Antwort aus Bonn. »Wenn ich mit Ihnen einen guten Preis aushandeln kann, bin ich zufrieden.«

»Dann geht es Ihnen wie mir«, konterte sie lächelnd. »Wann wollen Sie zu uns kommen? Wenn man sich entspannt gegenübersitzt, geht das mit dem Verhandeln doch viel besser, oder?«

Nachdem sie aufgelegt hatte, summte ihr das Blut in den Ohren. Sie musste gegen ein ungläubiges Lachen ankämpfen. Sollte sie ein solches Glück haben? Es schien tatsächlich langsam aufwärts zu gehen. Sie stand auf, fühlte sich ganz schwindelig, wie berauscht. Ein Auftrag der Regierung! Aus einer spontanen Regung heraus öffnete sie die Tür zum Vorzimmer. »Fräulein Hammes, kommen Sie mal!« In kurzen Worten gab sie Erika das Gespräch wieder. Erika strahlte sie an. »Stimmt! Jetzt, wo Sie es sagen, fällt es mir wieder ein. Die Unterlagen müssten Sie auch in einem der Auftragsbücher finden.« Sie griff sich an die Stirn. »Tut mir leid, dass ich nicht von selbst daran gedacht habe.«

»Sie müssen sich doch nicht entschuldigen!«, rief Ruth aus. »Sie denken doch schon an so vieles.« Sie berührte kurz Erikas Arm. »Wissen Sie was? Darauf trinken wir jetzt einen kleinen Cognac. Was halten Sie davon?«

»Sehr viel.«

Nachdem Erika wieder an ihren Schreibtisch zurückgekehrt war, fühlte sich Ruth noch viel zu aufgeregt, um sofort weiterzuarbeiten. Sie ließ die wohltuende Gewissheit, aus der Talsohle ihrer finanziellen Probleme langsam aufzusteigen, noch eine Zigarettenlänge auf sich wirken. Nachdem sie zu Ende geraucht hatte, entdeckte sie den

Wagen unten in der Grube. Ein dunkelblaues Fiat 1400 Cabrio. Es parkte gerade vor Pauls Büro. Ruth stand auf und beugte sich über den Schreibtisch. Da öffnete sich die Autotür, und Paul stieg aus. Er schloss den Wagen ab und verschwand in der Blechbaracke. Gehörte das Cabrio etwa ihm? Sie sah auf ihre Fliegeruhr. In ein paar Minuten würde die Werkssirene die Mittagspause ankündigen. Sollte sie vielleicht gleich einmal unter einem Vorwand zu ihm gehen? Nein, beschloss sie tapfer. Sein Privatleben ging sie nichts an.

Während sie sich wieder an das Anschreiben für die Rheinische Eisenbahn-Gesellschaft setzte, hörte sie die Eisentür des Vorzimmers ins Schloss fallen. Zeitgleich heulte die Werkssirene auf. Ruth blickte noch einmal durchs Fenster, an dem der Regen herunterrann. Sie sah, wie Erika mit Mantel und Hut in Pauls Büro verschwand, dabei trug sie etwas vor sich her. Zeitgleich strömten die Arbeiter in die Kantine, ins Brechergebäude, in die Schmiede und die Kipperbuden, um dort ihre Mittagspause mit ihren Kollegen zu verbringen. Es wurde still im Steinbruch. Für eine halbe Stunde ruhte die Arbeit. Ruth verspürte keinen Hunger. Ihr Blick war immer noch auf die Tür von Pauls Büro gerichtet, die geschlossen blieb. Ein Gefühl, dem sie lieber keinen Namen geben wollte, ergriff Besitz von ihr. War es Eifersucht? War sie eifersüchtig auf Erika, dass sie ihre Pause mit Paul verbrachte und sie nicht? Ruth wurde in ihren Gedanken unterbrochen, als erneut ein Auto in den Steinbruch kam. Ein rotes BMW-Cabrio. Johannes? Was wollte der denn hier? Johannes parkte neben dem Fiat. Statt auf die Stahltreppe zuzugehen, klopfte er so selbstverständlich an Pauls Bürotür, als hätte er dort einen

Termin. Ruth kam es wie eine Ewigkeit vor, bis er wieder herauskam. Sein langer Trenchcoat wehte ihm um die Beine, während er auf die Treppe zulief.

»Ruth?«

Sie stand auf und ging ins Vorzimmer. »Was machst du denn hier?«

Er lachte sie an, nahm seinen Hut ab und schüttelte die Regentropfen von seinen Mantelstößen. »Da staunst du, was?«

»Gib her!« Sie zeigte auf seinen Trenchcoat. »Ich hänge ihn vor den Ofen.«

»Ich war lange nicht mehr hier«, sagte er, während er sich umsah. »Bestimmt einige Jahre nicht.«

»Und warum bist du jetzt hier?«, erkundigte sie sich, nicht gerade erfreut.

Seine Augen wurden schmal. »Passt dir das nicht?«

»Doch, natürlich«, beeilte sie sich zu sagen. Immerhin hatte er ihr den zweiten Kredit bewilligt. Und genau genommen gehörte der Steinbruch samt Grund und Boden sowie aller beweglichen Werte seiner Bank. Hatte er etwa kein Recht, einfach einmal vorbeizuschauen?

»Bietest du mir einen Cognac an?«, fragte er mit Blick zu der kleinen Bar.

Ruth schenkte ihm eine Daumenbreite in den bauchigen Schwenker ein.

»Du nicht?«

Sie schüttelte den Kopf. »Ich habe außer dem Frühstück noch nichts gegessen.«

Nachdem er getrunken hatte, sah er sie mit einem Lächeln an, das ihr irgendwie verschlagen erschien. Dieses Lächeln hatte sie noch nie bei ihm gesehen. »Da lassen es sich deine Sekretärin und dein Betriebsleiter aber gut gehen.«

Sie zog die Brauen zusammen. »Wie meinst du das?«

»Die sitzen bei Kuchen und Kaffee und scheinen sich bestens zu amüsieren.«

»Es ist Mittagspause«, erwiderte sie mit einem Lächeln, das ihre Wangenmuskeln schmerzen ließ. Hatte Erika jetzt ein neues Opfer gefunden, welches sie mit Selbstgebackenem verwöhnte?

»Sie ist hübsch«, fuhr Johannes im Plauderton fort. »Sehr weiblich.«

»Soll ich sie dir vorstellen? Sie sucht noch einen Ehemann. Ihren Traummann.«

Johannes lachte. »Ich glaube, den hat sie bereits gefunden – so wie sie Herrn Herbig anstrahlt. Und ein Mann, der so gut aussieht wie er, ist weiblichen Reizen gegenüber bestimmt aufgeschlossen.«

Johannes' Worte stachen wie Stacheln in ihr Herz. »Sag mal, was wolltest du eigentlich gerade in seinem Büro?«, fragte sie ziemlich barsch.

Johannes nippte am Cognac und antwortete dann mit Unschuldsmiene: »Mich vorstellen. Immerhin bin ich der Mann, der für die Investitionen gesorgt hat. Ich wollte ihm mein Kompliment aussprechen für seine Ideen.«

In Ruth breitete sich die kalte Wut aus, an der Johannes jedoch nicht allein schuld war. »Du hast also sein Büro gestürmt und gesagt, dass du der Mann von der Bank bist?«, fragte sie empört.

»Nein, ich habe gesagt, dass ich dein Freund bin und dass ich froh bin, dass du endlich einen guten Mann im Betrieb hast«, stellte er mit liebenswürdigem Lächeln richtig.

Seine Worte verschlugen ihr die Sprache. Hatte Johannes etwa gerade den Platzhirsch gespielt? Was bedeuten würde, dass er in Paul einen Rivalen sah. Ob ihr Jugendfreund etwa wieder Interesse an ihr als Frau hatte, nachdem seine Beziehungen alle in die Brüche gegangen waren? Mit beiden Händen strich sie sich das Haar aus der Stirn. »Ich weiß nicht, Johannes, was das sollte«, sagte sie matt.

Johannes lachte jovial. »Lass dir keine grauen Haare wachsen. Ich bin hier, um dich zu fragen, ob du Lust hast, einen Tanzkurs mit mir zu machen. Die Anmeldefrist läuft heute Abend ab. Deshalb habe ich mir gedacht, ich komme mal schnell vorbei.«

Jetzt blickte er wieder wie ein unschuldiger Junge drein. Was sollte sie glauben? »Du hättest mich auch anrufen können.«

»Habe ich, aber die Leitung war besetzt. Also, was ist? Machst du mit? Dann fahre ich gleich an der Tanzschule vorbei und melde uns an. Swing und Rock 'n' Roll.« Er legte die Hände auf seinen Bauch, der die Knöpfe seiner Anzugjacke zu sprengen drohte. »Ich will nämlich ein bisschen abnehmen.«

Sie tanzte gerne. Aber in ihrem Kopf herrschte noch so ein Chaos, dass sie sich nicht so schnell entscheiden konnte. »Kann ich dir am späten Nachmittag Bescheid sagen?«, fragte sie. »Im Moment geht mir so viel anderes durch den Kopf.

Er stutzte. »Ärger?«

»Nein, kein Ärger, neue Aufträge. Vielleicht ...« Sie winkte ab. »Das erzähle ich dir mal in Ruhe.« Sie stand auf. »Sei mir nicht böse, aber ich muss weiterarbeiten. Ich melde mich bei dir.« Mit diesen Worten reichte sie ihm Hut und Mantel.

Erika hielt die Mittagspause auf die Minute genau ein – genauso wie ihre Arbeitszeit an diesem Tag. Mit der Werkssirene um siebzehn Uhr strömten nicht nur die Arbeiter aus dem Bruch. Auf die Sekunde genau stand auch Erika in Hut und Mantel und mit einem strahlenden Lächeln auf dem Gesicht in Ruths Kontortür. »Ich gehe jetzt. Bei dem Wetter nimmt mich Herr Herbig zum Bahnhof mit. Er hat seit heute ein Auto. Haben Sie es schon gesehen? Das Fiat Cabrio dort unten.«

Ruth rang sich ein Lächeln ab und antwortete nur: »Dann bis morgen, Fräulein Hammes.«

»In alter Frische«, schickte Erika aufgeräumt hinterher und eilte hinaus.

Als Ruth das nächste Mal durchs Fenster blickte, war der Fiat weg und die Abbaugrube verlassen. Der Wind riss an den kahlen Ästen der Bäume, die oberhalb der Abbruchkante standen. Es regnete immer noch. Sie seufzte. Gab es etwas Trostloseres als einen verlassenen Steinbruch im Regen? Das Bild vor ihrem Fenster spiegelte ihren Gemütszustand wider. Obwohl sie doch an diesem Vormittag einen geschäftlichen Erfolg zu verzeichnen gehabt hatte, lastete eine tiefe Traurigkeit auf ihr. Mit einem Mal begriff sie etwas, das sie seit Wochen zu verdrängen suchte: Paul hatte das, was er bei seiner Einstellung gesagt hatte, bitterernst gemeint: Niemals würde er Privates und Geschäftliches miteinander vermischen. Es war töricht von ihr gewesen zu hoffen, dass die Anziehung zwischen ihnen so groß sein würde, dass Paul im Laufe der Zeit von seinem Grundsatz abweichen würde. Erika stand da auf besserem Posten. Die beiden waren Kollegen – und wo fanden viele Paare zueinander? Am Arbeitsplatz.

Kurz nach fünf sagte Ruth den Tanzkurs ab. »Ich kann mich nicht an einen festen Termin binden«, erklärte sie Johannes. »Manchmal muss ich auch länger im Betrieb bleiben.«

Johannes verstand, bestand aber darauf, dafür mit ihr am Wochenende ins Kino zu gehen, in *Don Camillo und Peppone*. Der Film war gerade angelaufen. Ruth sagte zu. Nach dem Film besuchten sie noch eine Weinstube, wo sich Johannes wieder als der witzige Plauderer zeigte, den sie von früher kannte.

»Nächsten Samstag gehen wir tanzen«, sagte Johannes beim Abschied voller Unternehmungsgeist. »In Gerolstein hat ein neues Tanzlokal eröffnet.«

Auch dieser nächste Samstagabend brachte eine schöne Abwechslung in Ruths Alltag, der sich seit Monaten nur um das Basaltwerk drehte – auch wenn sie sich beim Langsamen Walzer zu *Rote Rosen, rote Lippen, roter Wein* gewünscht hatte, statt in Johannes' in Pauls Armen über das Parkett zu gleiten.

Johannes' beispielhaftes Verhalten als Kavalier an diesen beiden Abenden machte Ruth einmal mehr deutlich, dass Johannes tatsächlich nur an einer Freundschaft mit ihr gelegen war. In dieser Gewissheit willigte sie auch freudig in seinen Vorschlag ein, eine Woche später Heidi in Bad Neuenahr zu besuchen.

Ihre Freundin war ganz Feuer und Flamme, als Ruth sie anrief. »Dann gehen wir ins Kasino. In Begleitung eines Mannes werden wir nicht so angestarrt.«

»Geht Matze auch mit?«, fragte Ruth. Heidi hatte seit Kurzem eine Affäre mit einem verheirateten Autohändler aus Köln, der ursprünglich aus Berlin stammte.

»Matze? Der muss am Wochenende und an Feiertagen bei seiner Frau und den Kinderchen bleiben«, antwortete ihre Freundin bitter. »Der ist nur was für unter der Woche.«

»Du willst doch keine feste Beziehung«, hielt Ruth ihr entgegen.

»Stimmt.« Heidi seufzte am anderen Ende der Leitung. »Aber einen verheirateten Mann will ich auf Dauer auch nicht.«

Es wurde ein lustiger Abend. Johannes gewann am Baccaratisch und sonnte sich in der Begleitung seiner beiden »Eifelperlen«, denen die Blicke aller Männer folgten.

»Das sollten wir öfter machen«, sagte er in den frühen Morgenstunden auf der Rückfahrt nach Wilmersbach. »Dann kommt man mal raus und erlebt was.« Ruth konnte ihm nur zustimmen, obwohl sie an diesem Abend auch wieder verstohlen nach dem Mann Ausschau gehalten hatte, der ihr wie ein Stachel im Fleisch saß.

So gingen die Wochen dahin. Im Steinbruch lief alles wie am Schnürchen, und Erika blühte immer mehr auf. Es war nicht zu übersehen, dass sie bis über beide Ohren in Paul verliebt war. Inzwischen verbrachte sie fast jede Mittagspause bei ihm im Büro. Punkt zwölf lief sie leichtfüßig mit zwei Henkelmännern die Stahltreppe hinunter, verschwand zuerst in der Kantine, um das Essen aufzuwärmen, und dann in Pauls Büro. Bei schlechtem Wetter stieg sie nach Betriebsschluss in Pauls Fiat ein. Nur bei trockenem Wetter ging sie über das betriebseigene Gleis zu Fuß zum nahe gelegenen Bahnhof – was Ruth jedes Mal beruhigend zur Kenntnis nahm. War es nicht ein Zeichen dafür, dass Paul immer noch ein wenig Abstand zu Erika hielt?

13

Ab Mitte Dezember wurde es kalt und weiß. Auf den rauen Eifelhöhen formten Wind, Schnee und Eiskristalle bizarre Strukturen, und Wilmersbach präsentierte sich als zuckrige Wintermärchenwelt. Der in der Sonne glitzernde Schnee überzog Straßen, Gassen und Dächer mit blendendem Weiß. Jeder wünschte sich, diese Witterung möge über die Festtage anhalten. Im Basaltwerk wurde weitergearbeitet. Die Rheinische Eisenbahn-Gesellschaft sowie die Regierung in Bonn erwarteten ihre Lieferungen Ende Januar.

Am dritten Adventswochenende hatte Johannes Ruth zu einem Schaufensterbummel nach Köln eingeladen, das im vorweihnachtlichen Glanz erstrahlte. Die Fassaden und Häuser der immer noch nicht völlig wiederaufgebauten Innenstadt waren mit Tannengrün und roten Bändern geschmückt, die Schaufenster mit bunten Kugeln und Lametta. Ruth fühlte sich erschlagen von dem Angebot in den Läden. Hier gab es alles zu kaufen, was man so lange entbehrt hatte – die neuesten Haushaltsgeräte, Kleider, Anzüge, Schmuck, Kosmetik, Fotoapparate, Radios, Fernseher. In den Straßen standen Drehorgeln, die weihnachtliche Waisen spielten. Passanten, mit Einkaufstüten beladen, drängten sich durch Glockengasse und Hohe Straße. Über der Innenstadt schwebte der Duft von Bratwürsten und gebrannten Mandeln. Johannes blieb vor einem Juweliergeschäft stehen. »Such dir etwas aus. Ich möchte dir etwas zu Weihnachten schenken.« Doch Ruth stand nicht der Sinn danach. Die vielen Menschen, die sich am Wirtschaftswunder berauschten, das Klingeln und Bimmeln in der Luft und Johannes' überschäumende Laune waren ihr einfach zu viel. Sie sehnte sich zurück in die Ruhe und Abgeschiedenheit ihres Waldes, wo der Schnee alle Geräusche dämpfte, wo sie den Fuchsspuren hätte folgen können, die vielleicht zu der Anglerhütte am See geführt hätten, der bei diesen Temperaturen bestimmt zugefroren war. Seit Paul dort wohnte, war sie nicht mehr dort gewesen. Von Helma, die Paul gegen eine fürstliche Bezahlung die Wäsche machte, wusste sie, dass Paul sehr bescheiden lebte. Sein einziger Luxus war ein Radio. »Herr Herbig sieht aus wie ein amerikanischer Filmstar. Dass der keine Frau hat ...«, hatte sich Helma noch vor ein paar Tagen beim Abendessen gewundert. »Und er ist so charmant.« Dabei hatte sie kokett an ihrem grauen Nackenknoten genestelt.

»Ruth!« Johannes stieß sie liebevoll in die Seite. »Hast du gehört, was ich gerade gesagt habe?«

Sie sah ihn an. »Ja, Johannes, das ist sehr lieb, aber ich möchte nichts. Können wir wieder nach Hause fahren?«

Er musterte sie irritiert. Dann nickte er ergeben. »Frauen ...«, murmelte er in seinen grauen Wollschal, während sie beide nebeneinander zurück zum Domplatz stapften.

Die Rückfahrt verlief weitgehend schweigend. Ruth wusste, dass sie Johannes enttäuscht hatte, und war zugleich enttäuscht von sich selbst. Warum konnten Johannes' Bemühungen sie nicht von ihrer Sehnsucht nach Paul ablenken? War sie wirklich zu schwach, ihren Himmelsstürmer endlich loszulassen? Wie hatte ihre Mutter gesagt? *Du schaust einen Mann an, und dann sagt dir dein Herz: Das ist dein Mann.* Ja, so hatte sie es bei der ersten Begegnung mit Paul empfunden. Und so würde es auch bleiben. Ganz gleich, wie es mit Erika und Paul weitergehen würde.

Ein paar Tage vor Heiligabend herrschte im Hause Thelen eine Umtriebigkeit wie kaum je zuvor. Alle wollten sich davon ablenken, dass an diesem Weihnachtsfest zwei geliebte Menschen fehlen würden. Heidi hatte wie jedes Jahr die Aufgabe übernommen, den mannshohen Baum in der Eingangshalle zu schmücken, was sie im vergangenen Jahr noch zusammen mit ihrem Onkel gemacht hatte. Liliane besorgte das Wild und den Rotwein von der Ahr. Helma kam nicht mehr aus der Küche heraus, und Ruth arbeitete besonders lange im Steinbruch. Am Nachmittag des 24. Dezember gingen Liliane, Heidi und Helma in die Kirche – und Ruth mit Arno zu ihrem Basaltfindling, der inzwischen ihr Kummerstein geworden war.

Es war ein klarer Tag. Die Wintersonne brach durch das Geäst der hochstämmigen Fichten und ließ den Schnee auf dem schmalen Waldweg glitzern. Ruth genoss die feierliche Stille um sich herum. Während sie auf ihrem Stein saß, ließ sie das Jahr, das sich in wenigen Tagen dem Ende zuneigte, an sich vorbeiziehen. Wie viel war geschehen! Ihr Blick glitt über die Landschaft. Ruhig und friedlich lag sie da. Als Kind hatte sie fest darauf vertraut, dass diese kleine, in sich geschlossene Welt, die ihre Heimat war, sie vor dem Einbruch von Gefahren schützen könne. Doch dem war nicht so. Die Hügel dort hinten waren zwar unverrückbar, das Dasein der Menschen und ihre Gefühle jedoch stetiger Veränderung unterworfen. Das hatte sie inzwischen gelernt. Dennoch! Entschlossen richtete sie sich auf und blinzelte in die Sonne, die genauso wie die Hügel am Horizont alle Zeiten überleben würde, auch wenn man sie nicht immer sah. Ihre hellen Strahlen, die Ruths kalte Haut wärmten, gaben ihr die Gewissheit, dass es immer weitergehen würde.

Da spürte sie Arnos nasse, kalte Nase an der Hand, die sie auffordernd anstupste. »Du willst weiter, ich weiß«, sagte sie zärtlich zu ihrem vierbeinigen Freund. Als sie aufstand, spitzte er plötzlich die Ohren und lief, bevor sie ihn anleinen konnte, bellend in den Wald hinein. Hoffentlich hatte er kein Wild gewittert! Dann würde er nicht so schnell zurückkommen. Voller Unruhe lief sie zwischen den Fichten hindurch, deren Zweige über ihrem Kopf federten und weißen Puder in den kristallklaren Himmel stäubten, hinter ihm her. Doch Arno war weder zu sehen noch zu hören. Ihr mehrmaliges Rufen und ihre Pfiffe blieben erfolglos. Außer Puste blieb sie am Rande einer kleinen Lichtung stehen, sah sich nach Arnos Spur im Schnee um. Da entdeckte sie ihn.

Der Mann stand im Zwielicht von Sonne und Schatten am anderen Ende der Lichtung. Er streichelte Arno, der ihn wie einen guten Freund schwanzwedelnd umkreiste. Dieser Mann war kein anderer als Paul Herbig. In dem anthrazitfarbenen Anorak und den Knickerbockern hatte sie ihn noch nie gesehen und deshalb auch nicht sofort erkannt. Unfähig, sich zu bewegen, starrte sie ungläubig zu ihm hinüber. Paul richtete sich auf und blickte in ihre Richtung. Dann kam er langsam auf sie zu. In all den Monaten, in denen sie hier spazieren gegangen war, hatte sie auf eine solche Begegnung gehofft, hatte das Schicksal beschworen, er möge durch die Bäume auf sie zukommen. An diesem Tag jedoch hatte sie zum ersten Mal nicht an ihn gedacht. Das Schicksal machte tatsächlich, was es wollte.

Als Paul vor ihr stehen blieb, wollte ihr Herzschlag ihre Brust sprengen. Sie wusste nicht, was sie sagen sollte.

Paul schwieg ebenfalls. Abwartend stand er da, als wäre er gespannt, wie sie nun reagieren würde.

»Das ist eine Überraschung«, stieß sie schließlich hervor und zwang sich, seinen Blick fest zu erwidern. Dabei spürte sie, wie sich wieder diese besondere Stimmung zwischen ihnen aufbaute. Das Gefühl von Verbundenheit, das sie bei ihrer Begegnung im Gewitter so stark empfunden hatte, war mit einem Schlag wieder da. Sie war sich fast sicher, dass Paul dies gerade genauso empfand. Eine solch magische Anziehung konnte doch nicht einseitig sein.

»Ja, das ist wirklich eine Überraschung«, sagte er mit einem amüsierten Glitzern in den tiefblauen Augen. »Und das am Heiligen Abend.«

Seine tiefe, raue Stimme verfehlte auch jetzt nicht die Wirkung auf sie – zumal in seinem Blick jene Wärme lag, die sie im Betrieb so sehr vermisste. Während ihre Blicke einander festhielten, durchlief sie ein Beben. Sie straffte sich. »Was machst du hier?« Ihr wurde bewusst, dass sie ihn duzte.

»Ich mache einen Spaziergang. Genau wie du.«

Immerhin akzeptierte er das Du, was ihr den Mut gab weiterzureden. Nur was? Es war so lange her, dass sie privat miteinander geplaudert hatten. Schließlich sagte sie steif: »Ja, die Luft tut gut vor dem langen Abend.«

»Genau.« Seine Augen funkelten sie belustigt an. Es schien ihm Spaß zu machen, zu sehen, wie sie sich abmühte, eine lockere Unterhaltung in Gang zu bringen. Sie reckte das Kinn. Nun gut, eine Chance wollte sie ihm noch geben. Wenn er darauf nicht etwas gesprächiger reagierte, würde sie sich verabschieden und weitergehen. »Und, was machst du an diesem Weihnachtsfest?«, fragte sie.

»Ich fahre gleich nach Köln zu einem Bekannten, den ich vom Bau kenne. Und du?«

»Ich feiere mit meiner Mutter, meinem Großvater, Heidi und Helma«, antwortete sie, erleichtert über seine Frage. »Wir werden uns natürlich die Weihnachtsansprache von Theodor Heuss ansehen, die heute Abend zum ersten Mal vom Fernsehen übertragen wird. Und dann gibt es selbstverständlich auch etwas Leckeres zu essen, und meine Mutter spielt Klavier und mein Großvater auf der Mundharmonika, zu der wir alle mitsingen. So ist das ...« Ein wenig atemlos hielt sie inne. Ob Paul das alles wirklich hatte wissen wollen?

Sie sah ihn an und erschrak geradezu angesichts seines traurigen Blicks.

»Ich kenne das von früher«, sagte er, während sein Blick in die Ferne schweifte. »Meine Familie hat auch an Weihnachten musiziert.«

Wie hatte sie nur so unsensibel sein können, ihm von dieser Familienidylle zu erzählen! Sie hatte zwar vor Kurzem auch zwei geliebte Menschen verloren, aber nicht wie Paul ihre Wurzeln. Im Gegenteil. Mit seiner Hilfe war es ihr gelungen, die Lebensader der Familie zu erhalten. In diesem Augenblick musste sie sich beherrschen, um nicht auf ihn zuzutreten und ihn tröstend in den Arm zu nehmen. Sie steckte die Hände tief in die Taschen ihres Lodenmantels. Dann atmete sie tief durch und fragte mit fester Stimme: »Möchtest du vielleicht mit uns Weihnachten feiern? Ich bin sicher, meine Familie wird dich herzlich willkommen heißen.«

Sein Mienenspiel verriet, wie sehr ihn diese Einladung aus dem Gleichgewicht brachte.

»Dieses Jahr gibt es etwas ganz Besonderes zu essen«, fuhr sie eifrig fort, um ihm Zeit für seine Entscheidung zu verschaffen. »Kartoffelsuppe mit Steinpilzen, Wildpastete, zum Hauptgang Hirschbraten und zum Nachtisch Dütchen mit Kirschen und Schlagsahne. Helma, unsere Haushälterin, ist eine hervorragende Köchin«, fügte sie hinzu, um dann jedoch abrupt innezuhalten. Pauls Gesicht hatte sich jäh verschlossen. Fühlte er sich von ihr überrumpelt, oder wollte er all die Gefühle, die sein Mienenspiel ihr verraten hatte, nicht zulassen?

Mit einem höflichen Lächeln erwiderte er: »Danke, das ist sehr freundlich, aber ich habe meinem Bekannten ja bereits zugesagt. Außerdem würde das nicht passen«, fügte er fast barsch hinzu.

Sie lächelte ihn an. »Ich verstehe, dass du die Einladung in Köln nicht absagen kannst, aber ich verstehe nicht, was daran nicht passen würde. Ich habe nicht Herrn Herbig, den Betriebsleiter des Basaltwerks, eingeladen, sondern den Mann namens Paul, den ich vor Monaten dort hinten am See kennengelernt habe.«

Da flammte es in seine Augen zornig auf. »Ich kann mich nicht zweiteilen. Deshalb bin ich für dich Herr Herbig, dein Betriebsleiter, den du zurzeit mehr brauchst als einen Mann namens Paul vom See.«

Enttäuschung, Hilflosigkeit und Wut schossen wie eine lodernde Flamme in ihr hoch. »Wie kannst du beurteilen, was ich brauche?«, fragte sie angriffslustig.

Während sich sein Blick in ihren bohrte, antwortete er sachlich und betont leise: »Weil du mir vor noch nicht allzu langer Zeit gesagt hast, der Verlust deiner Lebensader würde dir das Herz brechen. Vergiss nicht: Du standest vor dem Ruin.«

»Dann hast du die Stelle nur angenommen, weil du mir helfen wolltest?«, fragte sie gleichermaßen verwirrt wie hoffnungsvoll. Denn das würde ja bedeuten, dass sie ihm doch nicht so gleichgültig war, wie er tat.

Paul sah zu Arno hinüber, der im Schnee scharrte, und sagte von ihr abgewandt: »Ich habe leider am eigenen Leib erfahren müssen, wie es sich anfühlt, sein Zuhause zu verlieren.«

Sie schluckte. »Und das wolltest du mir ersparen?«

»Das wünsche ich meinem schlimmsten Feind nicht«, sagte er, während sein Blick zu ihr zurückfand.

Ruth klopfte das Herz im Hals. »Dann hättest du also jedem in dieser Situation geholfen?«, fragte sie herausfordernd.

»Was willst du hören?«, entgegnete er genauso herausfordernd.

Da wurden ihr die Schultern schwer. »Dass ich mir das zwischen uns nicht nur einbilde«, sagte sie in resignierendem Ton. »Und dass du genauso gerne mit mir tanzen gehen würdest oder ins Kino wie ich mit dir«, fügte sie hinzu.

Pauls Miene versteinerte, doch sein Blick verriet, wie es in ihm brodelte. »Noch einmal, Ruth«, sagte er mit gepresster Stimme. »Privates und Geschäftliches gehören nicht zusammen. Begreif das bitte.«

Sie nickte stumm – wurde ihr doch wieder bewusst, dass sie die Mauer, die er um sich gebaut hatte, nicht durchdringen konnte. Konnte es tatsächlich sein, dass er, um ihr zu helfen, seine persönlichen Wünsche unterdrückte? Oder ging es in Wirklichkeit um etwas ganz anderes? Die Frage kam ihr urplötzlich in den Sinn, und bevor sie ihr Einhalt gebieten konnte, kam sie auch schon über ihre Lippen. »Kann es sein, dass du mit Erika zusammen bist und deshalb nicht mit mir ...?«

Zuerst trat er überrascht einen Schritt zurück, dann lachte er sein tiefes Lachen.

»Was euch Frauen so alles durch die Köpfe geht!«, erwiderte er, sichtlich erheitert. »Nein, das kann nicht sein. Sie ist nett und sympathisch, aber sie ist nicht mein Typ. Ganz und gar nicht.«

Sie war so erleichtert über diese Antwort, dass sie zu ihrer alten Forschheit zurückfand. »Dann solltest du ihr das mal sagen«, riet sie ihm. »Ich glaube nämlich, sie macht sich Hoffnungen.«

Er presste die Lippen zusammen und nickte. »Das sollte ich.« Er reichte ihr die Hand. »Ich muss jetzt weiter«, sagte er hastig. »Ich wünsche dir und deiner Familie ein schönes Weihnachtsfest und einen guten Rutsch. Wir sehen uns am zweiten Januar wieder.«

Zwei, drei Herzschläge lang genoss Ruth Pauls große, warme Hand in ihrer, badete noch einmal in dem Blick seiner tiefblauen Augen, der ihr Gesicht umfasste, als wolle er es sich für immer einprägen. Dann ließ Paul ihre Hand los, streichelte Arno übers Fell und ging zügig in Richtung Anglerhütte davon, ohne sich noch einmal umzusehen.

Zu nächtlicher Stunde am Heiligen Abend saßen Ruth und Heidi in Ruths Zimmer und waren zum ersten Mal an diesem Tag zu zweit. Wie zu Jungmädchenzeiten hockten sie im Nachthemd mit untergeschlagenen Beinen auf dem Sofa und tranken Eierlikör. Arno lag vor dem Ofen und schnarchte. Natürlich hatte er auch etwas von dem dreigängigen Weihnachtsmenü bekommen – sogar von der Hausherrin persönlich, und zwar vom Tisch. Jetzt war er satt und müde.

»Ich habe Paul heute gesehen«, erzählte Ruth ihrer Freundin.

Heidi sah sie verwirrt an. »Du meinst, heute Morgen im Steinbruch?«

»Da auch, aber das meine ich nicht. Ich bin ihm heute Nachmittag im Wald begegnet, als ihr in der Kirche gewesen seid.«

»Und? Erzähl!« Heidi rückte näher an sie heran. »Wie war es? Was hat er gesagt? Fühlt er so für dich wie du für ihn?«

»Wenn du mich fragst – ja. Ich denke, das ist bei ihm genauso. Er will es sich nur nicht eingestehen. Oder mir nicht. Er hält streng daran fest, dass Privates und Geschäftliches nicht zusammengehören.« Ruth seufzte. »Da ist übrigens noch etwas, was du nicht weißt …«

»Was denn?«

»Erika ist in ihn verliebt. Die beiden verbringen fast jede Mittagspause zusammen in Pauls Büro.«

Da sprang Heidi vom Sofa auf. »Das ist ja ungeheuerlich!«, schimpfte sie los, während sie vor Ruth auf und ab ging. »Vor der ist auch kein Mann sicher. Sie tut so, als könnte sie kein Wässerchen trüben und hat es in Wirklichkeit faustdick hinter den Ohren.« Sie blieb vor Ruth stehen. »Und wie verhält sich Paul?«

Ruth hob die Schultern. »Ich habe ihn heute darauf angesprochen. Er sagte, sie sei nett, aber nicht sein Typ. *Ganz und gar nicht* – so hat er sich ausgedrückt.«

»Kannst du ihm glauben?« Misstrauisch sah Heidi sie an.

»Ja.«

»Ich an deiner Stelle würde Erika entlassen«, sagte Heidi mit Grabesstimme. »Zu Großvater kommt sie ja auch immer noch. Ich weiß wirklich nicht, wie die sich als Sekretärin deines Vaters so in unsere Familie drängen konnte.«

»Ich auch nicht. Aber ich kann ihr doch nicht kündigen, nur weil sie Paul gegenüber genauso empfindet wie ich. Sie weiß doch gar nichts von meinen Gefühlen zu ihm.«

»Pass auf! Falls aus den beiden doch was werden sollte – du weißt ja, steter Tropfen höhlt den Stein –, bist du am Ende die Gelackmeierte.«

»Ich glaube nicht, dass aus den beiden was wird.« Ruth seufzte noch einmal tief. »Ich glaube jedoch auch nicht, dass aus Paul und mir jemals was wird.«

»Wahrscheinlich geht es gegen seine Mannesehre, dass du mehr besitzt als er. Vor dem Krieg wäret ihr euch ebenbürtig gewesen. Heute ist er ein armer Schlucker. Die Männer in unserer Generation wollen immer noch die Ernährer sein. Und die, die das nicht wollen, spekulieren darauf, von dem Vermögen der Frau zu profitieren. Wie dein Georg damals, der sich als der große Chef aufgespielt und dir alles aus der Hand genommen hätte, wenn er nicht Gott sei Dank früh genug aus dem Verkehr gezogen worden wäre.«

Ruth musste lachen. Heidi sprach mal wieder schonungslos die Wahrheit aus. »Wahrscheinlich wird das Basaltwerk immer einer Liebe zwischen uns im Weg stehen«, sagte sie. »Von seiner Seite aus.«

Heidi setzte sich wieder neben Ruth und legte den Arm um sie. »Ist es dir wirklich so ernst mit ihm?«

»Immer ernster«, vertraute Ruth ihr an. »Ich schätze ihn als Menschen und begehre ihn als Mann. Ich denke immer noch, da ist so etwas wie Seelenverwandtschaft zwischen uns. Und tief im Innern glaube ich auch, dass er genauso empfindet. Sonst würde er doch nicht solch großen Einsatz zeigen, damit ich den Betrieb erhalten kann.«

Mit nachdenklicher Miene wiegte ihre Freundin den Kopf. »Na ja, er kriegt ein fürstliches Gehalt, kann völlig selbstständig arbeiten und ist in seinem ehemaligen Beruf tätig statt irgendwo auf dem Bau oder als Chauffeur. Er hat also auch eine Menge Vorteile dadurch, dass er dein Basaltwerk auf Vordermann bringt.«

Ruth sah sie befremdet an. Was Heidi da anführte, gefiel ihr nicht.

14

Am 2. Januar 1953 wurde in der Thelener Ley II die Arbeit wiederaufgenommen. Zwischen den Jahren hatte sie unter Lohnfortzahlung für alle geruht. Das war Ruths Weihnachtsgeschenk an ihre Leute gewesen, die tagaus, tagein bei jeder Witterung dazu beitrugen, ihre *Lebensader* zu erhalten. Johannes' Kredit hatte es ihr ermöglicht. *Sind deine Arbeiter zufrieden, bist du auch zufrieden,* hatte ihr Vater stets zu guten Zeiten gesagt.

Ruth war am ersten Arbeitstag im neuen Jahr kaum eine halbe Stunde im Betrieb, als Heinz Zorn in ihrer Kontortür stand – mit einem Blumenstrauß.

»Die Männer haben zusammengelegt. Wir wollen Ihnen ein gutes, neues Jahr wünschen und uns bedanken«, brachte er stockend hervor. Dabei trat er von einem Fuß auf den anderen und hielt den Nelkenstrauß fest an sich gedrückt.

Ruth schluckte. Vor Rührung stiegen ihr die Tränen in die Augen. Gab es einen schöneren Beweis dafür, dass die Männer sie inzwischen als Chefin angenommen hatten?

Sie ging auf Zorn zu, nahm ihm den Strauß aus den Händen und steckte, um ihre Tränen zu verbergen, die Nase in die duftenden Nelken. Als sie den selbst ernannten Betriebsrat wieder ansah, lächelte er sie an – zum ersten Mal in all den Monaten. »Freuen Sie sich?«, erkundigte er sich wie ein Junge, der seiner Mutter ein Geschenk gemacht hatte. »Meine Frau hat den Strauß besorgt«, fügte er stolz hinzu.

Da hätte sie ihn am liebsten umarmt. »Und wie ich mich freue! Sagen Sie den Männern, dass dieser Strauß eines meiner schönsten Weihnachtsgeschenke ist. Vielen, vielen Dank. Und Ihrer Frau richten Sie bitte meine besten Wünsche fürs neue Jahr aus.« Sie reichte ihm die Hand. »Auf weiterhin gute Zusammenarbeit in diesem Jahr. Ich werde mein Bestes geben.«

Mit hochrotem Kopf schloss Zorn die Tür hinter sich.

Auch Erika kam aus dem Staunen nicht mehr heraus. »Ich glaube, Sie haben es geschafft. Die Männer akzeptieren Sie«, sagte sie mit warmer Stimme.

Erika hatte die Weihnachtstage wie auch Silvester bei der Familie ihres Freundes an der Mosel verbracht, wie sie Ruth jetzt aufgeräumt erzählte.

»Verlobung?«, fragte Ruth.

Erika schüttelte den Kopf und lachte. »Wie Sie wissen, warte ich noch auf meinen Traummann.«

»Und wie Sie wissen, bin ich der Meinung, dass es den nicht gibt«, konterte Ruth zwinkernd. »Wie heißt es so schön? Der Spatz in der Hand ...«

»... ist besser als die Taube auf dem Dach«, beendete Erika gut gelaunt das Sprichwort. »Trotzdem.« Sie fuhr sich mit einer koketten Geste durch die kurzen braunen Locken. »Man soll nichts unversucht lassen, seinen Traummann doch noch zu bekommen.«

In der Mittagspause lief Erika wieder mit zwei Henkelmännern die Stahltreppe hinunter. Sie kam jedoch schon vor Pausenende zurück. In den nächsten Tagen wurden ihre Besuche in Pauls Büro immer seltener, und sie war in sich gekehrt und verschlossen. Ruth ahnte, dass Paul ihren Rat umgesetzt hatte. Sie konnte nicht anders: Erika tat ihr leid – besonders, wenn sie sie bei strömendem Regen in ihren Überschuhen in Richtung Bahnhof gehen sah. Dann plagte sie sogar ein manches Mal das schlechte Gewissen.

In diesen Wochen kam es immer öfter vor, dass Paul in Ruths Kontor erschien, statt sie anzurufen oder ihr durch Erika etwas ausrichten zu lassen. Paul trat ihr gegenüber immer noch distanziert und sachlich auf, dennoch hatte Ruth den Eindruck, dass sich zwischen ihnen seit ihrer Begegnung an Heiligabend etwas verändert hatte. Anders als vorher mied Paul ihre Nähe nun nicht mehr, sondern schien sie sogar zu suchen. Manchmal stießen sie im Gespräch zufällig aneinander, berührten sich unbeabsichtigt, oder er beugte sich am Schreibtisch über sie, wenn er ihr den Prospekt einer neuen Maschine zeigte. Das hatte es früher nicht gegeben. Dann durchzuckte Ruth jedes Mal ein kleiner Stromstoß. Und wenn sie seinen Atem im Nacken fühlte oder ihr der dezente Duft von Zitrone und Sandelholz in die Nase stieg, beschleunigte sich ihr Herzschlag. Würde es je mehr sein?, fragte sie sich jedes Mal, nachdem Paul ihr Kontor wieder verlassen hatte – nie ohne mit Erika ein paar freundliche Worte zu wechseln.

Wenn das Schicksal es so will, hörte Ruth dann ihren Großvater antworten. Ja, ja, das Schicksal. Sie lächelte müde. Sie nahm ihr Leben lieber selbst in die Hand. Doch bis jetzt lief sie immer wieder gegen die Mauer, die Paul um sein Herz gezogen hatte.

Mitte Februar stand die Eifel unter dem Motto *Jeck sin und lache*. Mit dem Fetten Donnerstag, dem letzten Donnerstag vor der Fastenzeit, begann auch hier der Karneval. Luise Prümm hatte ihren Sohn dazu überredet, sie über diese Tage in ihrer Kur in Bad Schwalbach zu besuchen. »Die will ihn nur aus dem Verkehr ziehen, damit er keine Frau kennenlernt«, lautete Heidis Kommentar, die unbedingt mit Ruth in Bad Neuenahr ausgehen wollte. Aber Ruth hatte schon ihren ehemaligen Schulfreundinnen versprochen, mit ihnen in alter Tradition Rosenmontag zu feiern. In diesem Jahr übertrug das Fernsehen zum allerersten Mal den Rosenmontagszug in Köln, der bei schönstem Wetter stattfand. Liliane, Helma und Ruth schunkelten bei *Der treue Husar*, dem Eröffnungslied des Zuges, vor dem Fernseher mit. Danach fuhr Ruth nach Wilmersbach, wo sie ihre Freundinnen im Café Kyll traf. Zur frühen Abendstunde wechselten sie dann in die Sporthalle zum jährlichen Karnevalsball.

Die riesige Tanzfläche war mit Luftschlangen, Fähnchen und Luftballons geschmückt. Rundum an den Wänden standen Tische und Stühle. Auf einer Holztribüne spielte eine Zwei-Mann-Combo. Zu *Heidewitzka, Herr Kapitän*, und *Kornblumenblau* tanzten nicht nur gemischte Paare, sondern aufgrund des Männermangels auch viele Frauen miteinander. Die Halle war maßlos überfüllt, die Luft zum Schneiden. Durch den Zigarettenrauch und das gedämpfte Licht konnte man kaum erkennen, wer am anderen Ende des Raumes stand. Ein Tusch ertönte, und einer der Musiker kündigte an: »Meine Damen und Herren, jetzt spielen wir Swing.« Da hielt es von den Jüngeren im Publikum niemanden mehr auf seinem Platz. Ruth wurde von einem ehemaligen Lehrerkollegen, einem Piraten, zum Tanzen geholt. Die Musik setzte ein, und sofort ging es los. Die Combo spielte, was die Instrumente an Lautstärke hergaben. Der Boden dröhnte unter dem Lindy Hop der Tänzer. Juchzer erschallten, Lachen und Rufe. Die Tänzer schwangen ihre Damen herum, dass die Röcke nur so flogen. Wenn ein Tanz zu Ende war, klatschten alle Beifall. Nach einer Pause wechselte die Musik zum langsamen Rumba. Die ersten Töne der *Caprifischer* erklangen, ein Schlager, der in Ruth stets unbestimmte Sehnsüchte weckte. »Und jetzt meine Damen sind Sie dran! Fordern Sie den Mann Ihres Herzens auf!«

Ratlos sah Ruth sich um. Da entdeckte sie ihn – *den Mann ihres Herzens*. Paul stand in der Nähe des Eingangs an der Theke. Mit vor der Brust verschränkten Armen lehnte er in Hemd, Krawatte und Pullunder an der Wand und blickte in ihre Richtung. Ob er schon länger dort stand? Wie oft hatte sie sich erträumt, mit ihm zu den *Caprifischern* zu tanzen! Das Adrenalin, das der Swing in ihrem Körper freigesetzt hatte, wirkte noch nach und gab ihr den Mut, auf Paul zuzugehen. Vielleicht würde er sie durch die venezianische, grün schillernde Augenmaske ja gar nicht erkennen – obwohl ihre bernsteinfarbenen Locken, ihre grüngrauen Augen und ihre Größe deutliche Erkennungsmerkmale ihrer Person waren.

»Damenwahl«, sagte sie mit geheimnisvollem Lächeln und verbeugte sich vor ihm. »Darf ich bitten?«

Was, wenn er ihr jetzt einen Korb geben würde?, fragte sie sich mit jagendem Herzen. Aber ihre Panik war unbegründet. Paul nahm wortlos ihre Hand und führte sie auf die Tanzfläche. Ganz selbstverständlich zog er sie an seine

Brust. Ihm so nahe zu sein raubte ihr den Atem. Vielleicht war es doch keine so gute Idee gewesen, ihn aufzufordern. Vielleicht sollte sie sich gar nicht erst an diese wundervolle Nähe gewöhnen. Andererseits – es war Karneval, der alle hier im Saal für ein paar Stunden ihr normales Leben vergessen ließ und zu Dingen verleitete, die sie im Alltag vielleicht nie machen würden. Es hatte keine Bedeutung.

Zögerlich lehnte sie den Kopf an Pauls Schulter. Vom ersten Schritt an bewegten sie sich im Gleichtakt, so, als hätten sie schon immer miteinander getanzt. Nach ein paar kleinen Schritten – mehr Raum ließen ihnen die anderen nicht –, spürte sie Pauls Kinn an ihrer Stirn. Er zog sie noch enger an seine Brust. Geführt durch seine Arme und gehalten von seinen Händen, vergaß sie alles um sich herum. Es war, als befänden sie sich ganz allein auf dieser Tanzfläche, und sie wünschte sich nichts mehr, als dass dieser Tanz niemals enden würde. Die Kapelle spielte übergangslos weitere langsame Schlager, bei denen die Paare noch näher zusammenrückten. Als die Musik schließlich verklang, ließ Paul sie so abrupt los, als hätte man ihn bei etwas Verbotenem erwischt. Wie aus einem Traum erwachend, sah sie ihn an.

»Ich muss gehen«, hörte sie ihn sagen. Er hob die Hand und legte sie an ihre Wange – zwei, drei Lidschläge lang. »Wir sehen uns morgen im Steinbruch.«

Ruth wusste nicht, was sie sagen sollte. Die unglaubliche Nähe war verschwunden, der magische Moment vorbei. Paul wirkte so unerreichbar wie eh und je. Die Schutzhülle um sein Herz, seine Seele, hatte sich wieder geschlossen. Bevor sie die Sprache wiederfand, ging er schon Richtung Ausgang.

Da endlich kam sie wieder zu sich. Nein! Alles bäumte sich in ihr auf. Er konnte sie doch nicht einfach hier so stehen lassen! Er musste endlich begreifen, dass sie nicht nur geschäftlich miteinander zu tun hatten, dass irgendetwas sie verband, was sie nicht einfach ignorieren durften, was das Wichtigste im Leben war – Vertrauen und Liebe. Ohne zu überlegen, eilte sie ihm nach. Die Luft draußen war angenehm frisch und klar. Sie sah sich um. Doch Paul war nicht mehr zu sehen. Dafür entdeckte sie jemand anders. Erika. Sie saß auf dem Beifahrersitz eines Käfers, der gerade an ihr vorbeifuhr. Wer den Wagen lenkte, konnte sie so schnell nicht erkennen. Für einen Sekundenbruchteil kreuzten sich ihre Blicke – zu kurz für Ruth, um zu winken, aber lange genug, um den Aufruhr in Erikas tiefbraunen Augen zu erkennen. Was machte ihre Sekretärin hier in Wilmersbach?, fragte sie sich erstaunt. Erika hatte ihr erzählt, sie wolle mit ihrem Freund in Gerolstein ausgehen.

Als Ruth am nächsten Morgen in den Steinbruch fuhr, war sie so nervös wie vor ihrem allerersten Rendezvous. Paul war schon da. Sein Fiat stand vor der Baracke. Es kostete sie Überwindung, statt in sein Büro, geradewegs auf die Stahltreppe zuzugehen. Oben angekommen, stellte sie erstaunt fest, dass Erika noch nicht da war. War sie etwa krank?

Ruth ging in ihr Kontor und widmete sich der Arbeit. Zwischendurch sah sie immer wieder auf ihre Fliegeruhr. Es war bereits zehn. Bis jetzt hatte sie noch nichts von Erika gehört. Auch von Paul nicht. Eine halbe Stunde später hörte sie Schritte auf der Stahltreppe. Wenige Sekunden später klopfte es an ihre Kontortür, und Erika erschien – in Hut, Mantel und Überschuhen. Ruth stand auf.

»Guten Morgen«, sagte sie wie befreit und mit strahlendem Lächeln. »Ich hatte schon Sorgen, Ihnen wäre etwas zugestoßen.«

»Guten Morgen«, erwiderte ihre Sekretärin mit einer so eisigen Miene, dass Ruth unwillkürlich einen Schritt zurücktrat. Erika zog einen Briefumschlag aus ihrer Handtasche. »Bitte schön.« Sie trat auf Ruth zu. »Das ist meine Kündigung. Darüber hinaus möchte ich zehntausend Mark von dir.«

Ruth blinzelte. Zehntausend Mark von dir?, wiederholte sie stumm. Was war denn in Erika gefahren? War sie verrückt geworden? Wofür sollte sie Erika eine solche Summe Geld zahlen?

»Seit wann duzen wir uns?«, fragte sie heiser, obwohl das Duzen noch das geringste Problem in Anbetracht dieser Dreistigkeit war.

Erikas kalter Blick stach ihr in die Augen. »Das hätten wir schon seit Langem tun müssen. Immerhin sind wir Halbschwestern.«

»Halbschwestern«, echote Ruth, ohne zu begreifen.

»Mein Vater ist dein Vater. Bevor er deine Mutter kennenlernte, hatte er mit meiner Mutter ein Verhältnis. Daraus bin ich entstanden. Als du dann geboren worden bist, wurde ich totgeschwiegen. Meine Mutter bekam eine Abfindung, damit sie den Mund hielt. Auch mich hat Vater zum Stillschweigen angehalten, als er mir die Stelle hier gab, weil seine kleine Prinzessin ja nicht wissen sollte, dass sie doch nicht so einmalig ist, dass es da noch eine andere Tochter gibt. Und zwar die Erstgeborene. Ich jedoch war so dumm und habe ihm das Versprechen gegeben, weil ich dankbar dafür war, wenigstens für ihn arbeiten zu können. Ich durfte den VW fahren und habe ab und zu von ihm ein bisschen Geld zusätzlich bekommen.« Erika hatte sich in Rage geredet. Ihre Wangen glühten, ihre tiefbraunen Augen, die Augen von Josef und Friedrich Thelen – wie Ruth mit einem Mal auffiel – glänzten wie im Fieber. »Nach seinem Tod habe ich versucht, in Vaters Sinne weiter für dich zu arbeiten. Ich hatte mir sogar gewünscht, wir beide könnten Freundinnen werden. Oder noch schöner – Schwestern«, fügte sie mit bebender Stimme hinzu. Sie rang um Fassung. Ihr Blick zeugte von all dem Leid, all den Verletzungen und Schmerzen, denen sie in den vielen Jahren ausgesetzt gewesen war. Schließlich fing sie sich wieder und sprach mit bebender Stimme weiter: »Aber jetzt ist es genug. Jetzt nimmst du mir auch noch den Mann, den ich liebe. Ich habe dich gestern mit Paul tanzen gesehen. Du bist schuld daran, dass er mich nicht will. Er ist in dich verliebt und nicht in mich. Ab jetzt jedoch werde ich mich nicht länger auf die Verliererseite des Lebens drängen lassen. Ich will zumindest eines von dem haben, was mir zusteht. Ich will zehntausend Mark von dir. Als Erbanteil oder Entschädigung dafür, dass ich einunddreißig Jahre lang die Tochter dritter Klasse gewesen bin. Selbst Heidi Ehlert hatte durch euch eine bessere Kindheit als ich. Und danach bist du mich für immer los. Meine Kontonummer kennst du ja.« Nach diesen Worten eilte sie aus dem Kontor. Die Eisentür des Vorzimmers fiel krachend hinter ihr ins Schloss.

Ruth hielt sich am Schreibtisch fest. Sie hatte das Gefühl, als würde sich der Linoleumboden unter ihren Füßen auftun und eine unsichtbare Hand sie in ein schwarzes Loch zerren. Ein Summen füllte ihren Kopf. Kündigte sich so eine Ohnmacht an? Ihre Beine bewegten sich mechanisch auf die Sitzecke zu. Dort ließ sie sich in einen der Sessel fallen. Sie hätte nicht sagen können, wie lange sie dort saß. Als ihr Verstand endlich das ganze Ausmaß des Gesagten begriff, war die Erkenntnis so gewaltig, dass sie ihr den Atem nahm. Erika Hammes war ihre Halbschwester. Plötzlich stürzten Erinnerungsfetzen auf sie ein. Alles war wieder da: Erikas anfänglich kühles Verhalten ihr gegenüber, ihre besonderen Blicke, ihr Vater und Erika in liebevoller Umarmung, Erikas Weinen bei seiner Beerdigung, Erikas Besuche bei ihrem Großvater, ihre Mutter, die Erika beim Trauermahl an den Familientisch gebeten hatte ... Hatten ihre Mutter und ihr Großvater etwa gewusst, dass Erika ihre Halbschwester war? Vielleicht auch Karl? Helma? Wussten sie es alle, nur sie nicht? Und das seit achtundzwanzig Jahren?

Obwohl der Kohleofen eine wohlige Wärme verströmte, begann Ruth zu zittern. Mit bebender Hand schenkte sie sich einen Courvoisier ein. Sie trank einen Schluck, konzentrierte sich ganz darauf, wie die bernsteinfarbene Flüssigkeit in ihrer Kehle brannte und schließlich ihr Inneres langsam erwärmte. Ein paarmal atmete sie tief durch. Ich muss mit Mutter reden, sagte sie sich, während sie etwas ruhiger wurde. Sofort.

Als sie aus der Grube fuhr, fiel ihr auf, dass Pauls Fiat nicht mehr an seinem Platz stand. Doch dieses Mal fragte sie sich nicht einmal, wo Paul hingefahren sein könnte.

Ruth lief die Stufen des Steinportals hinauf. In der Eingangshalle kam Arno schwanzwedelnd auf sie zu, um zur Begrüßung seine Streicheleinheiten einzufordern. »Nicht jetzt, Arno«, sagte sie, als sie an ihm vorbei auf die Tür zum Musikzimmer zustürzte, hinter der ihre Mutter die *Prager Sinfonie* von Mozart spielte. Ohne anzuklopfen, stieß sie die Tür auf. »Mutter, ich muss dich sprechen.«

Liliane brach ihr Spiel ab und sah sie erstaunt an. Ihre Miene wechselte zu höchster Besorgnis. Sie stand auf. »Setz, dich Kind.« Sie wies auf die beiden geblümten Rokokosessel, die in dem lichtdurchfluteten Erker standen, und schloss behutsam die Tür.

Ruth pochte das Blut in den Schläfen. Mit steifem Rücken setzte sie sich auf die Sitzkante. Ihr Blick tauchte in den ihrer Mutter. »Warum hat mir nie jemand gesagt, dass Erika Hammes meine Halbschwester ist?«

Liliane nahm ihr gegenüber Platz. Ohne eine Regung zu zeigen, griff sie nach den Zigaretten, die auf dem Beistelltisch lagen – so, als hätte sie mit dieser Frage gerechnet. Nachdem sie einen tiefen Zug genommen hatte, antwortete sie ruhig: »Dein Vater hatte es nicht gewollt.«

Ruth reckte ihr Kinn. »Und nach seinem Tod?«

»Wir fühlten uns an unser Wort gebunden.«

»Wer sind *wir*?«

»Großvater, ich und auch Karl.«

»Und Helma?«

»Helma weiß es nicht. Erika hat ja nicht in unserem Haus verkehrt.«

Ruth schoss das Blut in den Kopf. Die liebenswürdige Gelassenheit ihrer Mutter empfand sie als eine Provokation, ihr jahrelanges Schweigen als Verrat.

»Unglaublich!« Sie lachte hart auf. »Ihr habt es alle drei gewusst. Sogar Erika. Nur ich nicht.« Plötzlich durchzuckte sie ein Gedanke. »Und Heidi?«

»Nein, Heidi wusste es natürlich auch nicht.«

Gott sei Dank! Die Vorstellung, ihre beste Freundin hätte sie über all die Jahre betrogen und hintergangen, wäre ihr unerträglich gewesen. Sie beugte sich vor. »Warum, Mutter? Warum musste ich es auf diese Art erfahren?«

Liliane drückte die Zigarette aus. »Hat Erika es dir gesagt?«

»Wer sonst? Ihr habt ja alle geschwiegen.« Sie hörte selbst, wie patzig ihre Antwort klang. »Ja, Erika hat es mir eben gesagt. Sie hat gekündigt und fordert zehntausend Mark von mir als Entschädigung dafür, dass sie als leibliche Tochter meines Vaters ein Schattendasein führen musste.«

Ihre Mutter sah sie erstaunt an. »Warum gerade jetzt?«

Ruth seufzte. »Weil sie sich in Paul Herbig verliebt hat. Gestern hat sie uns – also Paul und mich – auf der Karnevalsveranstaltung zusammen tanzen sehen und denkt jetzt, er wolle sie nicht, weil er mich liebt.«

Da glitt ein Lächeln über Lilianes Züge. »Ist das so?«

»Nein.« Unwillig schüttelte Ruth den Kopf. »Das heißt, ich weiß es nicht, aber das ist jetzt nicht das Thema, Mutter. Es geht um Erika, um mich und nicht zuletzt um eine große Summe Geld. Wie muss Erika sich gefühlt haben, von ihrem Vater so behandelt worden zu sein! Wie schlimm muss es für sie gewesen sein, nach seinem Tod als meine Angestellte zu arbeiten, täglich zu sehen, dass ich ein viel besseres Leben führe als sie. Ihr Blick eben, das ganze Leid darin ...« Ruth schauderte. Sie atmete ein paarmal tief durch. Dann sagte sie kopfschüttelnd: »Tja, und jetzt will sie eine Entschädigung. Wo soll ich das viele Geld nur hernehmen?«

Liliane schwieg. Ihre Hand zitterte, als sie sich eine neue Zigarette ansteckte.

»Erzähl mir, Mutter, wie das alles gekommen ist«, bat Ruth sie mit enger Kehle.

Nachdem Liliane den Rauch ausgestoßen hatte, begann sie: »Dein Vater war vor unserer Ehe ein Abenteurer, ein Lebemann. Unter anderem hatte er ein Verhältnis mit einer jungen Frau, die in einem Hotel in Bad Münstereifel arbeitete. Erikas Mutter. Sie wurde schwanger von ihm. Friedrich wollte das Kind nicht. Sie doch. Vermutlich dachte sie, ihn dadurch an sich binden zu können. Während ihrer Schwangerschaft lernten Friedrich und ich uns kennen. Von da an wollte er ein solides Leben führen. Dein Vater gab seiner ehemaligen Geliebten Geld, damit sie für sich und das Kind eine ordentliche Existenz aufbauen konnte. Außerdem zahlte er jeden Monat Unterhalt. Notariell wurde vereinbart, dass Erikas Mutter im Gegenzug keinerlei Ansprüche mehr stellen durfte sowie Stillschweigen über seine Vaterschaft wahren sollte. Seine ehemalige Geliebte zog an die Mosel, wo sie ein Weinlokal eröffnete. Nachdem du auf der Welt warst, war Friedrichs größte Sorge, du könntest erfahren, dass er noch ein Kind hatte, und dich zurückgesetzt fühlen. Du warst seine Prinzessin. Du warst für ihn einzigartig.«

»Aber er hat doch Heidi in die Familie aufgenommen«, wandte Ruth erstaunt ein.

»Stimmt.« Liliane nickte. »Und er war auch immer gut zu ihr, hat sie dir gegenüber nie benachteiligt. Doch Heidi war nicht seine leibliche Tochter und konnte dir deinen Status nicht streitig machen. Nun gut ...« Sie zog an der Zigarette. »Lass mich weitererzählen. Erika hat sich mit ihrer Mutter nie verstanden. Sie wuchs bei ihrer Großmutter auf. Als diese bei Kriegsausbruch starb, stand das Mädchen mit achtzehn Jahren ganz allein da. Ihre Mutter, in deren Lokal sie nach der Schule gearbeitet hatte, war kurz vorher mit einem Mann Hals über Kopf nach Schweden gezogen. Was sollte das arme Kind machen? Irgendwann tauchte sie dann im Steinbruch auf. Erikas Mutter hatte ihr, kurz bevor sie weggezogen ist, entgegen der Vereinbarung verraten, wer ihr Vater ist.« Liliane hielt inne und blickte ein paar Wimpernschläge lang nach draußen in den Garten, wo die ersten Schneeglöckchen ihre weißen Köpfe aus der noch kargen Erde streckten.

»Und weiter?«, drängte Ruth.

Der Blick ihrer Mutter kehrte zu ihr zurück. Der Ausdruck von Traurigkeit und Anteilnahme lag darin. »Dein Vater hat Erika eine Ausbildung zur Sekretärin ermöglicht und sie monatlich mit einem Wechsel unterstützt«, fuhr Liliane fort. »Er war jedoch immer noch dagegen, sie in die Familie aufzunehmen – obwohl du ja längst kein Kind mehr warst. Irgendwie hatte er den Zeitpunkt verpasst, die Sache offenzulegen. Erika hatte in den nachfolgenden Jahren mehr Kontakt zu Großvater als zu ihrem Vater. Erst als sie eine neue Anstellung suchte, hat Friedrich sie eingestellt. Insgeheim war er sogar stolz auf sie, dass sie aus eigener Kraft und trotz der schweren Zeiten zu einer so klugen und anständigen jungen Frau geworden war. Ihre verwandtschaftliche Beziehung wollte er dir gegenüber jedoch weiterhin geheim halten. Das Versprechen hatte ihm Erika geben müssen – was ich nie verstanden habe und was mir für Erika auch immer sehr leidgetan hat.«

Ruth schluckte schwer. »Dieses Versprechen hat sie heute ja endlich gebrochen.«

»Dein Vater lebt nicht mehr.« Ihre Mutter drückte die Zigarette aus und schob den Aschenbecher von sich weg. »Und wenn du ihr ihrer Meinung nach auch noch den Mann, den sie liebt, weggenommen hast ...«

»Das stimmt doch so gar nicht! Paul sagte, Erika sei nicht sein Typ.«

Ohne darauf weiter einzugehen, sah ihre Mutter sie forschend an. »Wirst du Erika das Geld geben?«

»Ja.«

»Aber woher ...?«

»Das weiß ich auch noch nicht. Darüber muss ich erst einmal schlafen.« Ruth stand auf. »Verzeih, Mutter, ich muss jetzt allein sein. Danke, dass du mir endlich alles erzählt hast.«

Während Arno ausgelassen über die braunen Felder tobte, seine lange Nase hier und da in ein Mäuseloch steckte und Äste apportierte, war Ruth mit den Gedanken ganz woanders. Sie hatte eine Halbschwester – dieser ihr noch so fremde Gedanke kreiste unaufhörlich durch ihren Kopf. In Erikas Adern floss zur Hälfte das gleiche Blut wie in ihren. Erika glich den Thelen-Männern äußerlich sogar viel mehr als sie. Wie hatte sie das übersehen können? Die Antwort lautete: Weil sie niemals auf den Gedanken gekommen wäre, Erika könnte die Tochter ihres Vaters sein. Heidi und sie hatten sie für seine Geliebte gehalten. Welch ein Witz im Nachhinein!

Je länger Ruth ziellos durch den Wald lief, ohne den weichen Nadelboden unter ihren Stiefeln zu spüren, ohne den würzigen Geruch des frisch geschlagenen Holzes wahrzunehmen, kristallisierte sich aus dem Chaos ihrer Gedanken einer immer deutlicher heraus: Sie musste mit Erika reden. Sie konnten doch nicht einfach so auseinandergehen! Ohne sich ausgesprochen zu haben, ohne sich überhaupt richtig kennengelernt zu haben. Sie waren doch beide erwachsene Frauen in ungefähr gleichem Alter, die das Verhalten ihres Vaters gleichermaßen nicht verstanden. *Ich hatte mir sogar gewünscht, wir beide könnten Freundinnen werden. Oder noch schöner – Schwestern.* Das waren Erikas Worte heute Morgen gewesen. Und ihr gequälter Blick dabei! Allein in Anbetracht der Seelenqualen, die sie darin gelesen hatte, musste sie Erika ihren kämpferischen Auftritt von heute Morgen verzeihen.

Und wieder wurde Ruth der Hals eng. Ob sie hätten Schwestern werden können, wenn es Paul nicht gegeben hätte? Ruth blieb stehen. Sie sah auf ihre Fliegeruhr. Vierzehn Uhr. Unschlüssig biss sie sich auf die Lippe. Schließlich wusste sie, was sie zu tun hatte.

»Komm, Arno!«, rief sie. »Wir gehen zurück.«

15

Als Ruth nach Gerolstein aufbrach, warf die Februarsonne gleißendes Licht auf die Eifelhöhen. Keine einzige Wolke trübte den Himmel. Es war einer der Tage, an denen alles gelingen konnte. Arno saß auf der Rückbank. Ohne dass Ruth es hatte verhindern können, war er in den VW gesprungen. Sie lächelte vor sich hin. Ob Erika Hunde mochte? Ob sie sich als kleines Mädchen auch ein Haustier gewünscht haben mochte? Wie wenig sie von ihrer Halbschwester wusste! Und wie wenig Erika von ihr! Aber das konnten sie ja nachholen. An ihr sollte es nicht liegen.

Nach kaum einer Viertelstunde hatte Ruth ihr Ziel erreicht. Erika wohnte zur Untermiete gleich hinter dem Gerolsteiner Brunnen-Werk, das 1944 bei einem Luftangriff völlig zerstört worden war, aber schon vier Jahre später die Produktion wiederaufnehmen konnte. Das schmale, dreistöckige Haus aus anthrazitfarbenen Basaltquadern zwängte sich zwischen andere Häuser gleichen Aussehens. Die enge Seitenstraße mit dem holprigen Pflaster bot ein tristes Bild. Kein Baum, kein Strauch. Die Tallage ließ der in dieser Jahreszeit noch tief stehenden Sonne keinen Zutritt. Unwillkürlich musste Ruth an den Blick aus den

Fenstern ihrer kleinen Wohnung in ihrem Elternhaus denken – Wiesen, Wälder und ein weiter Horizont. Sie schluckte und trat auf die Haustür zu. Es gab drei Namensschilder. Auf keinem stand *Erika Hammes*.

Verwirrt blieb Ruth stehen. Sie war sicher, dass sie die richtige Adresse hatte. Kurz entschlossen drückte sie den untersten Klingelknopf. Ein paar Sekunden später wurde die Haustür geöffnet. Sie stand einer älteren, in Schwarz gekleideten Frau gegenüber.

»Ja?«, fragte die Witwe mürrisch.

»Entschuldigen Sie bitte die Störung, aber ich möchte zu Fräulein Hammes«, sagte Ruth freundlich. »Ich bin eine Verwandte«, fügte sie hinzu, um Vertrauen zu schaffen.

»Die wohnt nicht mehr hier«, lautete die barsche Antwort.

»Seit wann denn nicht mehr?«, erkundigte sich Ruth verblüfft.

»Seit einer halben Stunde. Sie hat gekündigt, hat mir aber noch einen Monat im Voraus gezahlt«, erzählte die Frau, jetzt etwas aufgeräumter. »Ich bin auf das Geld aus der Untervermietung angewiesen. Hoffentlich kriege ich schnell Ersatz.« Sie seufzte. »Fräulein Hammes war eine nette, junge Frau – obwohl ...« Sie zog eine missbilligende Miene. »Sie wurde heute von einem Mann gebracht und kurze Zeit später von einem ganz anderen mit Sack und Pack abgeholt. Sie zieht an die Mosel. Mehr weiß ich auch nicht.« Ihre geröteten Hände fuhren nervös über die schwarze Schürze, als sie hastig hinzufügte: »Ich muss zurück an den Herd.«

»Warten Sie bitte noch einen Moment!«, rief Ruth, bevor die Frau die Tür schließen konnte. »Hat Fräulein Hammes ihre neue Adresse hinterlassen?«

»Nein. Wofür auch? Weg ist weg.«

»Noch eine letzte Frage bitte: Wie sah der Mann aus, der Fräulein Hammes gebracht hat?«

Ihr Gegenüber zuckte mit den Schultern. »Was weiß ich? Schwarzhaarig. Ja, und er fuhr einen blauen Wagen.«

Paul!, schoss es Ruth durch den Kopf. Sie bedankte sich schnell und ging zu ihrem Auto zurück.

Am Abend rief Ruth bei Heidis Vermieterin an, doch Heidi war »aushäusig«, wie sich die alte Dame ausdrückte. Traurig darüber, dass sie sich ihrer Freundin in ihrem Kummer nicht anvertrauen konnte, ging sie schließlich zu Bett – ohne jedoch in dieser Nacht Schlaf zu finden. Es war noch dunkel, als Ruth am nächsten Morgen völlig zerschlagen in den Steinbruch fuhr.

Die Scheinwerfer, die die Grube in der Nacht ausleuchteten, tauchten die Anlage in ein gespenstisches Licht. Als Ruth den Vorraum zu ihrem Kontor – Erikas ehemaliges Reich – betrat, stieg eine tiefe Traurigkeit in ihr auf. Die Theke, der Schreibtisch, die beiden Fensterbänke, auf denen weiße und rote Alpenveilchen blühten, zeugten noch von Erikas Anwesenheit. Auf dem kleinen Tisch, der neben der Tür zum Kabuff stand, lagen ein paar Illustrierte, die Erika in der Mittagspause las, seit sie diese nicht mehr bei Paul verbrachte. Die oberste war aufgeschlagen. Die Überschrift eines Artikels stach ihr ins Auge. *Welche Frauen haben die größten Heiratschancen?* In kleineren Lettern lautete der Untertitel: *Die Frauen, die Wärme, Mütterlichkeit und ein schönes Zuhause schenken. Denn der Mann sehnt sich ...* So ein Blödsinn! Ruth schlug die Zeitschrift zu und ging in ihr Kontor. Wie verschieden Erika und sie doch waren, dachte sie, während sie den Ofen anfeuerte. Und trotzdem. Seit sie wusste, dass sie Halbschwestern waren, fühlte sie sich Erika verbunden. Eigentlich hatten sie sich ja auch gut verstanden. Ihre Zusammenarbeit hatte bestens geklappt. Sie hatten sogar manchmal unbeschwert miteinander gelacht.

Ruth lauschte in die Stille. Kein Tassenklimpern, kein Duft von frisch aufgebrühtem Kaffee. Sie sah aus dem Fenster. Jetzt drängten die Arbeiter in Scharen in die Grube. Scheinwerfer und Lampen gingen an, und wenige Minuten später erwachte die Thelener Ley II zum Leben. Ruth blieb am Fenster stehen, ging zum zigsten Mal ihre Aufgaben für diesen Tag in Gedanken durch. Sie würde mit Paul reden müssen. Seit zwei Tagen, seit ihrem innigen Tanz am Rosenmontag, hatte sie ihn nicht mehr gesehen. Des Weiteren musste die Belegschaft darüber informiert werden, dass Fräulein Hammes nicht mehr da war, die für jeden stets ein offenes Ohr gehabt hatte. Außerdem musste sie sich um eine neue Sekretärin kümmern. Und sie musste mit Johannes über Erikas Abfindung reden. Von ihrer Mutter wusste sie, dass ihr Jugendfreund heute, am Aschermittwoch, aus Bad Schwalbach zurückkommen würde. Es widerstrebte ihr zutiefst, Johannes erneut um Geld anzubetteln. Aber gab es eine Alternative? Nein. Sie war entschlossen, Erikas Forderung nachzukommen.

Ruth seufzte. Bevor sie sich vom Fenster abwandte, sah sie Pauls blaues Cabrio. Es hielt vor der Blechbaracke. Paul stieg aus, schloss sein Büro auf und verschwand aus ihrem Blickfeld. Einem ersten Impuls folgend, wollte sie schon zu ihm gehen, doch dann zögerte sie. Wie sollte sie mit ihm das Gespräch über die neue Situation führen? Nein, sie würde ihm nichts davon sagen, dass er letztendlich der Auslöser für Erikas Kündigung gewesen war. Vielleicht hatte Erika es ihm verschwiegen, um sich keine Blöße zu geben. Vielleicht hatte sie ihm ja auch gar nicht gesagt, dass sie ab heute nicht mehr für die Thelener Ley II arbeiten würde. Ziemlich sicher war nur, dass Paul sie gestern nach Gerolstein gefahren hatte.

Während Ruth all diese Überlegungen durch den Kopf gingen, begann sie zu zittern – obwohl es jetzt warm im Raum war. Inzwischen war die Arbeit im Steinbruch in vollem Gange. Bohrer ratterten, aus den Brecheranlagen kamen Krachen und Poltern und aus den Kipperbuden rhythmische Hammerschläge. Die ihr so vertrauten Geräusche beruhigten sie allmählich. Es waren die Geräusche aus ihrer Kindheit, die Beständigkeit und Sicherheit versprachen.

Entschlossen ging sie in den Vorraum und brühte Kaffee auf. Dabei verbot sie sich, in Anbetracht der wohnlichen Atmosphäre, die Erika sich an ihrem Arbeitsplatz geschaffen hatte, in sentimentale Gedanken an ihre Halbschwester zu verfallen. Während das heiße Wasser durch den Kaffeefilter gluckerte, rief sie von ihrem Büro aus Paul an.

»Guten Morgen, hier spricht Ruth«, begrüßte sie ihn in sachlichem Ton, obwohl er genau wusste, dass diese betriebsinterne Leitung nur ihr Kontor mit seinem verband.

»Guten Morgen«, antwortete Paul ebenso sachlich.

Ruths Herz begann schneller zu schlagen. Wie würden sie jetzt, nachdem sie so innig getanzt hatten, miteinander umgehen? Allein das war schon für sie ein Problem.

»Ich würde dich gern sprechen«, fuhr sie energisch fort, wobei ihr das Du ganz selbstverständlich über die Lippen kam. »Wegen Erika«, fügte sie hinzu, damit er nicht etwa dachte, sie wollte ihn privat sprechen. »Könntest du bitte in mein Kontor kommen?«

»Ich komme«, lautete seine prompte Antwort, bevor er auflegte.

Nur eine Minute später waren Pauls Schritte auf der Stahltreppe zu hören. Mit klammen, bebenden Händen schenkte Ruth Kaffee ein. Den Grund für ihren inneren Aufruhr hätte sie nicht genau benennen können. War sie unsicher, wie sie Paul gegenübertreten sollte, oder nahm Erikas Kündigung sie so sehr mit? Noch während ihr diese Gedanken durch den Kopf gingen, klopfte es, und Paul betrat das Vorzimmer. Ihre Blicke trafen sich. Ruth konnte in Pauls Augen nicht lesen, wie ihm zumute war.

»Ich habe Kaffee gemacht«, sagte sie, um irgendetwas zu sagen.

Er nickte nur, während er sie unablässig ansah. Ruhig und aufrecht stand er da, während sie sich anstrengen musste, ihr Zittern zu verbergen. Als die Kaffeetassen auf den Untertellern in ihrer Hand leise klirrten, nahm Paul ihr beide Tassen ab. Seine Geste entspannte sie ein wenig.

»Wollen wir in mein Büro gehen?«, fragte sie ihn. Ohne seine Antwort abzuwarten, ging sie ihm voraus und steuerte auf die Sitzecke zu. Dort setzte sie sich. Umsichtig stellte Paul die Tassen auf den kleinen Tisch und nahm ihr gegenüber Platz. Ruth trank einen Schluck. Ihre Kehle fühlte sich trocken an. Der heiße, kräftige Bohnenkaffee übte sofort eine belebende Wirkung auf sie aus.

»Erika hat gestern gekündigt«, begann sie das Gespräch. »Weißt du es schon?« Sie fühlte sich Paul – selbst in dieser offiziellen Situation – innerlich einfach zu nah, als dass sie ihn hätte siezen können.

»Ich weiß.« Paul setzte sich aufrecht hin. »Erika kam gestern tränenüberströmt in mein Büro und wollte sich von mir verabschieden. Sie sagte, dass ihr Halbschwestern seid und sie nicht länger als Angestellte bei dir arbeiten kann. *Sie hatte immer alles, und ich habe nichts.* So hat sie sich ausgedrückt. Sie hat mir leidgetan. Also schlug ich ihr vor, sie nach Hause zu fahren. In diesem Zustand wäre es keine gute Idee gewesen, sie mit dem Zug fahren zu lassen.«

Ruth nickte und lächelte ihn schwach an. »Hat sie noch mehr erzählt?«

Pauls dunkle Brauen hoben sich. »Nein. Hätte sie das sollen?«

Also hatte Erika ihre Eifersucht nicht erwähnt, schlussfolgerte Ruth. Das erleichterte sie, denn sie wollte nicht, dass Paul sich für das, was passiert war, etwa noch schuldig gefühlt hätte. Sollte sie Paul von Erikas Geldforderung erzählen? Nein, das gehörte nicht in dieses Gespräch. »Kennst du ihre neue Adresse?«, erkundigte sie sich stattdessen.

»Nein. Sie hat mir nur gesagt, dass sie zu ihrem Freund an die Mosel ziehen will.«

Ruth seufzte. Die Mosel war kurvenreich und 544 Kilometer lang. Erika dort ausfindig zu machen, war wie die Stecknadel im Heuhaufen zu finden.

Sie setzte sich aufrecht hin und kam zur Sache. »Wir müssen überlegen, wie es weitergeht«, fuhr sie sachlich fort. »Für die nächsten Tage kann ich Erikas Aufgaben übernehmen, aber langfristig brauchen wir eine Sekretärin. Ich werde eine Anzeige aufsetzen.« Sie griff nach der Tasse und trank einen Schluck. »Dann müssen es die Männer unten in der Grube erfahren. Erika war immer ihre erste Ansprechpartnerin, wenn sie ein Anliegen hatten. Sie war bei ihnen sehr beliebt.«

»Ich werde mit den Leuten reden«, erwiderte Paul ruhig.

»Gut.« Sie nickte. »Vielleicht hat ja einer der Männer eine Schwester, Frau oder Freundin, die Sekretärin ist und eine Anstellung sucht. Dann kann derjenige sich bei mir melden.«

»Ich werde mich darum kümmern.«

Sie lächelte ihn unsicher an. »Das ist es dann wohl erst einmal.«

Paul trank seinen Kaffee aus. Er schien schon aufstehen zu wollen, blieb aber dann doch sitzen. Er sah ihr in die Augen. »Und du wusstest wirklich nicht, dass ihr Halbschwestern seid?«, fragte er weich.

Überrascht über seine persönliche Frage schüttelte sie den Kopf. »Wirklich nicht.« Sie biss sich auf die Lippe. »Mein Vater hat es für richtig gehalten, mir das zu verschweigen.« Sie hörte selbst, wie verbittert sie klang. »Meine ganze Familie hat geschwiegen. Stell dir das vor!« Abrupt sprang sie auf und ging zu ihrem Schreibtisch hinüber. »Nächsten Monat werde ich Neunundzwanzig«, stieß sie erregt hervor. »Ich bin erwachsen. Ich hätte ein Recht darauf gehabt, es zu erfahren. Und die arme Erika hätte ein Recht darauf gehabt, als Tochter meines Vaters offiziell anerkannt zu werden.« Mit beiden Händen strich sie sich die Locken aus dem Gesicht. Ihre Wangen brannten. Sie spürte, wie ihr die Tränen in die Kehle stiegen. »Ich kann das nicht verstehen«, sagte sie mit gebrochener Stimme. »Meine Eltern sind immer so weltoffen gewesen. Heidi und ich hätten uns vielleicht sogar darüber gefreut, noch eine Schwester zu bekommen. Wir drei sind doch alle im gleichen Alter. Ich verstehe auch nicht, warum sich Erika so lange in diese Rolle hat drängen lassen. Wie viel an Enttäuschung, vielleicht sogar Hass, muss sich in all den Jahren in ihr aufgestaut haben!« Sie schluchzte laut auf. Erschrocken und peinlich berührt senkte sie den Kopf.

Da stand Paul auf und machte ein paar Schritte auf sie zu. Sein Blick, so verständnisvoll, liebevoll und zärtlich, raubte ihr endgültig die Fassung. Jetzt flossen die Tränen ungehemmt. Wie gerne hätte sie sich an ihn gelehnt! Aber das wagte sie nicht. So blieb sie einfach an ihrem Schreibtisch stehen und rang um Fassung. »Entschuldige bitte«, flüsterte sie schließlich. Dabei vermied sie, ihn anzusehen. »Wenn ich Heidi gestern Abend hätte mein Herz ausschütten können, hätte ich jetzt bestimmt nicht die Fassung verloren. Eigentlich bin ich gar keine Heulsuse.«

Da hörte sie sein dunkles, leises Lachen. Und dann trat er näher an sie heran, hob die Hand und streichelte ihr über die Wange. »Du bist keine Heulsuse, Ruth«, sagte er ernst. »Du bist eine sehr starke Frau, und ich bewundere dich.« Mit diesen Worten trat er von ihr zurück und fügte betont sachlich hinzu: »Ich muss wieder an die Arbeit. Wir machen es wie besprochen.«

Nachdem Paul gegangen war, blieb sie noch ein paar hämmernde Herzschläge lang stehen und lauschte seinen Worten nach. *Du bist eine sehr starke Frau, und ich bewundere dich. Bewunderung,* dachte sie mit müdem Lächeln. Sie wollte mehr als Bewunderung und Anerkennung von ihm. Sie wollte seine Liebe. Aber Paul war ein Mann fester Grundsätze. *Privates und Geschäftliches gehören nicht zusammen.* Ob sich diese jemals aufweichen ließen?

Ruth tat sich an diesem Vormittag schwer mit der Arbeit. Nachdem Paul weg war, sichtete sie Erikas Schreibtisch, wobei ihr zum ersten Mal so richtig bewusst wurde, welch vielfältige Aufgaben ihre Halbschwester gehabt hatte. Und alles war stets wie am Schnürchen gelaufen. Es würde nicht leicht werden, einen gleichwertigen Ersatz zu finden. Wehmut breitete sich in ihr aus, als sie in ihr Kontor zurückging. Um sich abzulenken, widmete sie sich als Erstes der Stellenausschreibung. Aber auch dabei musste sie wieder an Erika denken. Die letzte Stellenanzeige – die Suche eines Betriebsleiters – hatte noch Erika an die Zeitungsverlage verschickt. Jetzt musste sie es selbst tun.

Seufzend stand sie auf, um in Erikas Büro die Adressen der Verlage zu suchen. Dabei stellte sie wieder einmal fest, wie ordentlich ihre Halbschwester gearbeitet hatte. Ein Griff – und sie hatte gefunden, was sie suchte. Bevor sie den schwarzen Ordner mit den Adressen von Geschäftskunden, Zulieferfirmen und anderen wichtigen Kontakten aufschlagen konnte, klopfte es an die Stahltür.

Ruth drehte sich um. »Herein!« Sie staunte nicht schlecht, als sie Manfred Zorn gegenüberstand. Seit Paul den Steinbruchbetrieb leitete, hatte sie nur noch wenig mit dem selbst ernannten Betriebsrat zu tun.

»Haben Sie einen Moment Zeit?«, fragte er, während er seine Mütze in den Händen drehte.

»Natürlich. Kommen Sie mit in mein Kontor«, forderte sie ihn auf.

Er winkte ab. »Nicht nötig. Ich muss zurück zur Arbeit. Ich habe nur eine Frage. Persönlich sozusagen«, fügte er sichtlich verlegen hinzu.

»Nur raus mit der Sprache.« Auffordernd lächelte sie ihm zu.

»Also, es ist so ...« Zorn trat von einem Fuß auf den anderen. »Ich habe eben von Herrn Herbig erfahren, dass Fräulein Hammes gekündigt hat und Sie eine neue Sekretärin brauchen. Kurzfristig, wie Herbig sagte.«

»Ja, richtig. Wissen Sie jemanden?« Erwartungsvoll sah sie ihn an.

»Meine Frau. Sie hat vor der Ehe im Sägewerk im Büro gearbeitet. Nicht nur als Aushilfe, sondern richtig. Sie hat das gelernt. Sie war Chefsekretärin. Und ich dachte ...« Er rieb sich die Nase, wo sein schmutziger Zeigefinger einen schwarzen Fleck hinterließ.

»Was dachten Sie denn?«, fragte Ruth, um ihm auf die Sprünge zu helfen.

Manfred Zorn straffte sich. »Na ja, eigentlich hätte sie es ja nicht nötig zu arbeiten. Ich verdiene nicht schlecht, aber seit die Jungs jetzt nach der Schule und dem Mittagessen zum Sport oder mit Kameraden unterwegs sind, beschwert sie sich, dass sie allein zu Hause sitzt. Da dachte ich, dass sie vielleicht am Vormittag ein paar Stunden hier im Kontor arbeiten könnte. Vorerst mal, solange Sie niemand anderen haben. Anna ist klug«, fügte er voller Stolz hinzu. »Die wird sich schnell einarbeiten. Und ...«

»Herr Zorn«, unterbrach Ruth ihn da strahlend. »Sie brauchen gar nicht weiterzusprechen. Das ist eine hervorragende Idee. Ich habe Ihre Frau kennengelernt und würde mich sehr freuen, wenn sie für mich arbeiten würde. Reden Sie mit ihr, und wenn sie einwilligt, soll sie sich morgen Vormittag bei mir melden. Ich werde dann alles mit ihr besprechen.«

Da streckte Zorn das Kinn vor. »Das können Sie auch jetzt mit mir.«

Ruth sah ihn zuerst verblüfft an, entschloss sich dann jedoch zu einem liebenswürdigen Lächeln. »Wenn Ihre Gattin für mich arbeiten möchte, dann sollte das Einstellungsgespräch auch zwischen ihr und mir stattfinden. Dann gibt es keine Missverständnisse. Meinen Sie nicht auch? Außerdem ...«, sie vertiefte ihr Lächeln, »wir beide wollen Ihrer Frau doch nicht das Gefühl geben, als wäre sie nicht in der Lage, ihre Interessen selbst zu vertreten, oder?«

Das Mienenspiel ihres Gegenübers belustigte sie insgeheim. Zorn hatte sichtlich Probleme damit, die Hoheit über das Leben seiner Frau aufzugeben. Wenn das mal keine Eheprobleme gab!

»Sie haben recht«, stimmte Zorn ihr da überraschenderweise zu. »Wenn Anna neben ihren Aufgaben als Mutter, Haus- und Ehefrau ein paar Stunden am Tag berufstätig sein möchte, sollte sie sich selbst darum kümmern dürfen. Sie ist ja klug genug, um alles richtig zu machen.«

»Den Eindruck hatte ich auch«, erwiderte Ruth mit Nachdruck und reichte ihm die Hand. »Schlagen Sie ein, Herr Zorn! Das war eine sehr gute Idee von Ihnen. Ich danke Ihnen.«

Mit dem erleichternden Gefühl, eines ihrer zahlreichen Probleme gelöst zu haben, ging Ruth in ihr Kontor zurück. Nun musste sie die zweite – weitaus höhere Hürde – in Angriff nehmen: Sie musste zehntausend Mark beschaffen.

Mit einem tiefen Seufzer wählte sie Johannes' Nummer in der Bank. Nachdem die Sekretärin sie durchgestellt hatte, begrüßte ihr Jugendfreund sie gut gelaunt mit einem volltönigen »*Alaaf*«.

Ruth musste lachen. »Wir haben Aschermittwoch. Der Karneval ist vorbei.«

»Nachdem ich mich in Bad Schwalbach wie im Altenheim gefühlt habe, fängt für mich das Feiern heute erst an«, entgegnete Johannes trocken.

»Du Armer«, neckte sie ihn.

Ein empörtes Schnauben drang an ihr Ohr. »Das war das letzte Mal, dass ich mit Mutter irgendwohin gefahren bin. Ich Trottel! Sie wollte mich nur aus Wilmersbach abziehen, damit ich während der tollen Tage keine Frau kennenlerne.«

»Warum hast du dich abziehen lassen?«

»Weil es sonst wieder Streit gegeben und sie mir ein schlechtes Gewissen gemacht hätte.« Er seufzte aus vollem Herzen. »Für Frauen scheine ich kein Händchen zu haben. Egal, ob Mutter oder Freundinnen. Vielleicht könntest du mir in dieser Angelegenheit mal ein paar Tipps geben«, fügte er seufzend hinzu.

Ruth seufzte. Wie sollte sie ihrem Freund bei diesem Problem helfen? Zumal Heidi nach wie vor die Meinung vertrat, dass gerade sie selbst eine der Ursachen dieses Problems sei.

»Ich glaube, so pauschal kann man da gar keinen Tipp geben«, entgegnete sie ausweichend, fügte jedoch hinzu: »Aber ich werde darüber nachdenken. Wir können ja mal wieder zusammen essen gehen und in Ruhe darüber reden.«

Am Ende der Leitung blieb es still. Endlich, als Ruth auf ihr Problem zu sprechen kommen wollte, fragte Johannes: »Du hast wieder ein Geldproblem, stimmt's?«

»Wie kommst du darauf?«

»In letzter Zeit ist es doch meistens so, wenn du mich anrufst.«

Sie schluckte. Wie recht er hatte! Seit Paul im Steinbruch arbeitete, hatte sie Johannes vernachlässigt. Mehrmals hatte sie ihm abgesagt, wenn er mit ihr hatte Schach spielen wollen, sie jedoch die Stunden lieber allein in Gedanken an Paul verbringen wollte.

»Wie viel brauchst du dieses Mal?« Johannes klang nicht gerade so, als wollte er ihr Hoffnung machen.

Sie biss sich auf die Lippe. Ihr war bewusst, dass ihrem Kreditwunsch dieses Mal keinerlei Sachwerte als Sicherheit für die Bank gegenüberstanden.

»Da du nicht antwortest, liege ich also richtig«, sagte Johannes jetzt am anderen Ende der Leitung mit einem tiefen Seufzer in ihr Schweigen hinein.

»So ist es«, gestand sie ihm. »Ich muss Fräulein Hammes auszahlen. Mit zehntausend Mark.«

»Wie bitte?« Ein ungläubiges Lachen drang an ihr Ohr. »Deine hübsche Sekretärin? Warum?«

So knapp wie möglich schilderte sie ihm die Situation.

»Also ...« Johannes verstummte. Ihm hatte es die Sprache verschlagen. Er räusperte sich und begann von vorn:

»Also, das ist keine Sache, die wir am Telefon besprechen sollten. Ich schlage vor, wir treffen uns heute Abend in der Linde und reden bei einem guten Essen und einem Glas Wein in aller Gemütlichkeit darüber.«

»Ich will nicht gemütlich darüber reden, Johannes«, begehrte Ruth auf. »Ich brauche eine Lösung. Eine schnelle Lösung, damit ich damit abschließen kann.«

Sie hörte sein Feuerzeug aufschnappen, dann stieß er den Rauch zischend aus und sagte in glattem Geschäftston: »Grundsätzlich ist es so, dass uneheliche Kinder keine gesetzlichen Ansprüche auf das Erbe und den Pflichtteil haben, wenn sie im Testament oder Erbvertrag nicht bedacht wurden. Das weiß ich zufällig von einem aktuellen Fall, von dem ich während meines Kurzurlaubs bei Mutter in Bad Schwalbach gehört habe. Also bist du gesetzlich gar nicht verpflichtet ...«

»Das Gesetz interessiert mich nicht«, unterbrach sie ihn barsch in seinem Vortrag. »Gesetz hin oder her – ich werde Erika das Geld geben. Allein schon um mein Gewissen zu beruhigen.«

»Nun mal langsam«, entgegnete Johannes energisch. »Lass uns erst einmal in Ruhe darüber reden. Ich hole dich heute Abend um sieben ab.«

»Warum können wir nicht bei mir zu Hause darüber reden?«, schlug Ruth vor. Ihr stand der Sinn nicht nach Ausgehen.

»Weil ich es so möchte.«

Ruth schnappte nach Luft. Was war denn in Johannes gefahren, der sonst stets kompromissbereit war?

»Ich muss mal wieder unter Menschen in unserem Alter«, fügte er hinzu.

Obwohl sie sein Argument verstand, gab sie leicht brüskiert zurück: »Ich kann dir sagen, was eines deiner Probleme bei Frauen ist: Du führst dich wie ein Pascha auf. Das mögen Frauen nicht. Diese Zeiten sind vorbei.« Als Johannes schwieg, lenkte sie versöhnlich ein: »Meinetwegen, aber ich fahre selbst. Also um sieben auf dem Parkplatz der Linde.« Mit Nachdruck legte sie den Hörer auf die Gabel.

Auch an diesem Tag blieb Ruth nicht bis Betriebsschluss im Steinbruch. Das Bedürfnis, mit ihrem Großvater zu reden, war während des Tages immer stärker geworden. Er hatte von den Verhältnissen gewusst. Er mochte Erika. *Sie ist ein liebes Mädchen.* Er hatte ihr sogar seinen alten Benz ausgeliehen, was bedeutete, dass seine Beziehung zu ihr sehr eng sein musste. Wusste er inzwischen, dass Erika gekündigt hatte? Dass sie eine Entschädigung von ihr – ihrer Halbschwester – verlangte?

Ruth fuhr vom Steinbruch aus auf direktem Weg zum Bauernhaus. Die Laterne an der Haustür brannte – so als würde Josef Thelen Besuch erwarten. Als Ruth vor dem Gartentor parkte, schlugen wie immer die frei laufenden Gänse Alarm. Noch bevor sie die Gartenpforte öffnete, ging die Haustür auf. Ihr Großvater stand im Rahmen.

»Da bist du ja«, begrüßte er sie ganz selbstverständlich, ohne die Mutz aus dem Mund zu nehmen. »Komm herein.«

Ruth ging in die Stube. Ihr Blick erfasste drei benutzte Holzbrettchen und drei Messer neben dem Spülstein. Überrascht sah sie ihren Großvater an. »Hattest du Besuch?«

Noch während sie die Frage stellte, ahnte sie bereits die Antwort. Ihr Herz begann schneller zu schlagen.

»Erika war mit ihrem Freund hier«, sagte er dann auch tatsächlich.

Ruth schluckte. »Meine Halbschwester.«

Josef Thelen nickte. »Deine Halbschwester.«

Die Selbstverständlichkeit, die in seinem Ton lag, machte sie für ein paar Momente sprachlos – bestätigte sie ihr doch, dass ihr Großvater Erika Hammes genauso als seine Enkelin ansah wie sie.

Ruth rang um Fassung. »Warum? Warum habe ich nie etwas davon erfahren?«

»Deine Mutter hat es dir erklärt.«

Erstaunt sah sie ihn an. »Du hast mit Mutter gesprochen?«

»Sie war gestern hier und hat mir erzählt, was passiert ist.«

»Und heute war ...«, sie zögerte, wusste nicht wie sie sich ausdrücken sollte, »... heute war dann Erika hier.«

»Richtig.«

»Dann weißt du also Bescheid?«

Josef nickte.

»Auch, dass Erika zehntausend Mark von mir haben will?«

Ruth war mit dem festen Vorsatz gekommen, ihrem Großvater nichts von Erikas Forderung zu erzählen, aber jetzt hatten sich die Worte selbstständig gemacht. Zu tief saß die Enttäuschung, von den Menschen, die sie liebte, hintergangen worden zu sein. Zu sehr belastete sie die Sorge, Erikas Forderung nicht nachkommen zu können, ohne ihre wirtschaftliche Existenz zu verlieren.

Josef nahm einen tiefen Zug aus seiner Mutz und legte sie danach in den Aschenbecher. Er sah ihr ruhig in die Augen. »Es ist jetzt, wie es ist.«

Ruth erwiderte seinen Blick, ließ ihren forschend über sein zerfurchtes Gesicht gleiten, versuchte, etwas von dem tiefen Zusammengehörigkeitsgefühl wiederzufinden, das sie immer verbunden hatte. Doch mit einem Mal wurde ihr klar, dass er dieses Gefühl genauso ihrer Halbschwester entgegenbrachte. Diese Erkenntnis empfand sie wie einen Faustschlag in den Magen.

»Und? Wie findest du das?« Sie erkannte ihre eigene Stimme nicht mehr, die mehrere Oktaven höhergerutscht war.

»Es wird sich schon eine Lösung finden«, lautete die gelassene Antwort ihres Großvaters.

»Ja, es wird sich schon eine Lösung finden«, wiederholte sie abwesend, während ihr Blick durch die Stube glitt. Er blieb an dem Foto hängen, das ihren Vater im cremeweißen Sommeranzug mit dem Panamahut auf dem Kopf vor dem Tor der Thelener Ley I zeigte, den attraktiven Lebemann. Angesichts dieses Fotos, das so viel Selbstvertrauen, Erfolgssicherheit wie auch so viel Leichtlebigkeit ausstrahlte, flammte die Wut in ihr auf. Ja, ihr Vater hatte nur ihr Bestes gewollt – und dennoch hatte er alles falsch gemacht. Er hätte ihr Erikas Existenz nicht verschweigen dürfen. Um selbst Problemen aus dem Weg zu gehen, hatte er seinen beiden Töchtern letztendlich das Leben schwer gemacht.

Ruth trank den Eifelbrand, den Josef ihr wortlos eingeschenkt hatte, in einem Zug aus. Dann setzte sie sich aufrecht hin und sah ihren Großvater an. »Hast du Erikas neue Adresse?«

Josef zögerte kurz, hielt ihrem Blick stand. »Erika braucht noch Zeit – genauso wie du.«

»Ich brauche keine Zeit. Ich muss mit ihr reden«, begehrte sie auf. »Es gibt so vieles zu klären. Wir wissen doch kaum etwas voneinander. Oder erwartet sie etwa, dass ich ihr morgen das Geld überweise, und das war's dann?«

»Ich glaube, sie erwartet gar nichts.«

Verwirrt sah sie ihn an. »Das klingt ja so, als hätte sie bereits mit allem abgeschlossen.«

»Erika hat sich entschlossen, ihren Freund, einen gut situierten Weinbauern, zu heiraten und eine Familie zu gründen. Sie beginnt ein neues Leben, in dem die Vergangenheit keinen Platz mehr hat. Wenigstens erst mal nicht.«

Ruth sah ihren Großvater herausfordernd an. »Und warum hat sie gestern noch zehntausend Mark von mir gefordert?«

»Ach, Steinprinzesschen ...«, Josef lächelte müde, »so sind die Menschen nun mal – von Stimmungen geschüttelt. Gestern war Erika enttäuscht, fühlte sich benachteiligt vom Leben, war sich unsicher, ob ihr Freund sie überhaupt noch heiraten würde, weil sie ihn in den vergangenen Monaten vernachlässigt hat. Dann hat sie sich gestern mit ihm ausgesprochen. Er hat ihr einen Antrag gemacht, und sie hat Ja gesagt.« Er hob die Schultern. »Und was das Geld angeht – ich bin mir gar nicht sicher, ob sie das heute überhaupt noch will.«

Ruth fragte sich, ob Erika ihrem Großvater von Paul erzählt hatte.

»Sie hat mir von Herrn Herbig erzählt – als Rolf, ihr Freund, draußen bei den Gänsen war«, klärte Josef sie auf, als hätte er ihre Gedanken gelesen.

Seine Worte durchfuhren Ruth wie ein Blitz. »Daran bin ich unschuldig«, verteidigte sie sich erregt. »Ich habe ihr Paul nicht weggenommen.«

Ihr Großvater lächelte. »In den vergangenen Jahrhunderten ist es bestimmt hin und wieder vorgekommen, dass sich zwei Schwestern in den gleichen Mann verliebt haben.«

Ruths Herz hämmerte, ihre Hände waren kalt und klamm. Das Gespräch wühlte sie auf. Sie hatte nur den einen Wunsch, mit ihrer Halbschwester ins Reine zu kommen, um ihren Seelenfrieden wiederzufinden. »Wie dem auch sei – ich werde Erika das Geld geben. Das bin ich ihr schuldig«, versicherte sie ihrem Großvater. »Und vielleicht kommt irgendwann einmal die Zeit, in der wir uns aussprechen können. Das würde ich mir wünschen.«

Die Linde lag im Dorfkern von Wilmersbach. Das Speiselokal war weit über die Grenzen des beschaulichen Ortes bekannt für seine schmackhaften Gerichte. Um am Wochenende einen Tisch zu bekommen, musste man vorbestellen. Der Parkplatz, den im Sommer die ausladenden Kronen der Lindenbäume beschatteten, war auch an diesem Aschermittwochabend voller Autos. Johannes war bereits da. Ruth parkte direkt neben seinem roten BMW Cabrio.

»Dass die Leute vom Feiern immer noch nicht genug haben«, sagte sie verwundert, als Johannes, der bereits wartete, ihr galant die Fahrertür aufhielt.

»Die haben wahrscheinlich auch alle über Karneval ihre Mütter in der Kur besucht«, entgegnete Johannes so trocken, dass Ruth aus vollem Herzen lachte. »Aber erst einmal einen schönen, guten Abend«, fügte er dann hinzu, bevor er sie flüchtig auf die Wange küsste. Danach trat er einen Schritt von ihr zurück und fing sie mit einem Blick ein, den sie körperlich als unangenehm empfand. Es war der Blick eines Mannes, der das begehrte, was er sah.

Nach ihrem Besuch bei ihrem Großvater hatte sie zu Hause schnell ihre Hose und die Haferlschuhe gegen einen engen knielangen Tweedrock, einen taillierten senffarbenen Pullover und Pumps getauscht. Der braunrote Lippenstift ließ ihre Lippen voller erscheinen. Sie hatte einfach das Bedürfnis gehabt, sich wieder einmal ein wenig herauszuputzen. Johannes' geradezu lüsterner Blick, der ein paar Wimperschläge lang auf ihr ruhte, sagte ihr, dass das ein Fehler gewesen war.

Tief beunruhigt ging sie neben Johannes her, der sich gut gelaunt über die frühlingshaften Temperaturen an diesem Abend ausließ. Nach ein paar Schritten zuckte sie jäh zusammen. Unter all den anderen Autos entdeckte sie Pauls blaues Cabrio. Unwillkürlich hielt sie inne.

»Schau mal!«, rief Johannes da auch schon übertrieben erstaunt aus. »Dein Betriebsleiter ist auch hier.«

Sie sah ihn von der Seite an.

»Er soll öfter hier essen«, fuhr ihr Jugendfreund mit harmloser Miene fort.

»Ach, ja? Woher weißt du das?«

Lässig zuckte er mit den Schultern. »In einem so kleinen Ort wie Wilmersbach wird doch über alle und alles geredet. Am meisten von den Frauen. Und dann bei einem so gut aussehenden Junggesellen ...« Er zwinkerte ihr zu, umfasste besitzergreifend ihren Ellbogen und führte sie weiter in Richtung Eingang.

Hinter der schweren Holztür lag eine kleine Gaststube, durch die man in das Speiselokal gelangte. Hier vorn bekam man Kleinigkeiten wie Tartar mit Ei, Frikadellen oder Soleier zu essen. Die Gaststube war besonders bei den Männern beliebt, die hier nach der Arbeit bei einem Bier oder einem Glas Wein das Sport- und Weltgeschehen diskutierten. Im Raum bollerte ein gusseiserner Ofen, die Doppelfenster waren mit Küchengardinen bespannt und auf den Fensterbänken standen Topfpflanzen. Hinter der Theke stand seit jeher die inzwischen in die Jahre gekommene unverheiratete Schwester des Wirtes und zapfte Bier. Der kleine Gastraum war zu dieser Stunde gut besucht, die warme, rauchgeschwängerte Luft war zum Zerschneiden. Aus einem Lautsprecher an der dunklen Holzdecke klang Radiomusik – die *Caprifischer*. Es war jedoch nicht dieser Schlager, der Ruth ein sehnsüchtiges Ziehen im Herzen bescherte, sondern der Anblick Pauls, der mit dem Rücken zu ihr an der Theke saß.

Sie blieb stehen. Was sollte Paul denken, wenn er sie hier zusammen mit Johannes sah, der im gleichen Moment, als ihr das Blut in die Wangen stieg, den Arm um ihre Schultern legte.

»Sieh mal da!«, rief er so laut aus, dass sich einige der Anwesenden wie auf Befehl umdrehten. »Da sitzt ja Herr Herbig!«

Ruth schluckte. Unfähig, sich aus Johannes' einnehmender Umarmung zu befreien, sah sie Paul an, der sich ebenfalls umgedreht hatte. Als sich ihre Blicke trafen, glitt einen Sekundenbruchteil lang der Ausdruck von Erstaunen über sein Gesicht. Dann fing er sich sofort wieder. Seine Miene wurde völlig ausdruckslos.

»Guten Abend, Herr Herbig«, fuhr Johannes überfreundlich fort, während er auf Paul zusteuerte – und sein Arm sie noch enger an sich zog. »Gönnen Sie sich auch ein Bierchen zum Feierabend?«

Johannes' joviale, Ruths Empfinden nach sogar überhebliche Art, löste endlich die Starre in ihr. Voller Widerwillen schüttelte sie Johannes' Arm ab und trat einen Schritt zur Seite.

»Wir wollen zu Abend essen«, klärte Johannes ihren Betriebsleiter unnötigerweise auf. »Wir gehen öfter hierher. Das Essen ist vorzüglich. Und heute Abend ...«, mit einem wölfischen Lächeln streckte er die Hand aus und strich ihr über die Wange, bevor er fortfuhr: »... und heute Abend haben wir etwas zu feiern. Ich war über Karneval weg. Sie verstehen ...« Er brach den Satz ab und bedachte Paul, der Johannes bis jetzt mit ausdrucksloser Miene angesehen hatte, mit einem verschwörerischen Zwinkern.

Johannes spielt gerade den Platzhirsch, schoss es Ruth voller Entsetzen durch den Kopf. Wut flammte in ihr hoch.

»Wir haben geschäftlich etwas zu besprechen«, stellte sie mit vor Zorn bebender Stimme richtig. Dabei sah sie Paul eindringlich an. »Es geht um das Geld, das ich Erika zahlen soll, und Herr Prümm hatte vorgeschlagen, das bei einem Abendessen zu bereden.« Während sie sprach, spürte sie Johannes' Blick auf sich, der sie zu durchbohren schien.

Paul lächelte zuerst Johannes, dann sie an und sagte nur: »Dann wünsche ich gutes Gelingen und guten Appetit.« Mit diesen Worten drehte er ihnen den Rücken zu.

Wie benommen folgte Ruth ihrem Jugendfreund in das Speiselokal, das sich an die rustikale Gaststube anschloss.

Nachdem der Kellner ihnen den reservierten Tisch in der Fensternische zugewiesen hatte, ließ sie sich auf den Stuhl fallen.

»Was sollte das denn gerade?«, brach es aus ihr heraus. »Du hast dich unmöglich benommen. Du hast Herrn Herbig gegenüber so getan, als wären wir beide ein Paar.«

Mit schmalen Augen sah Johannes sie an. »Ist dir das unangenehm? Hast du es etwa auf ihn abgesehen?«

Ruth schnappte nach Luft – zumal Johannes ja gerade tatsächlich ins Schwarze getroffen hatte.

»Du weißt, dass ich es hasse, wenn irgendetwas anders erscheint, als es in Wirklichkeit ist«, erwiderte sie hitzig.

»Ja, ja, die Wirklichkeit ...«, wiederholte Johannes in süffisantem Ton, während er betont langsam sein Zigarettenetui nebst Feuerzeug aus der Jacketttasche zog. »Ich weiß inzwischen genau, wie die Wirklichkeit ist«, fuhr Johannes mit stechendem Blick fort, während ihr das Blut in den Schläfen pulsierte. »Abgesehen davon, dass du deinem Betriebsleiter anscheinend tiefe Einblicke in dein Privatleben gibst, wie ich gerade gehört habe, habt ihr beide an Rosenmontag auch stundenlang sehr innig miteinander getanzt, und jeder im Saal hatte den Eindruck, dass du über beide Ohren in ihn verliebt bist.« Er verstummte, schien zu überlegen, ob er eine Zigarette oder lieber ein Zigarillo rauchen sollte, und zündete sich schließlich eine Zigarette an. Dann hob er wieder den Kopf und blies den Rauch mit überlegenem Lächeln zu ihr hinüber.

Ruth war wie vor den Kopf geschlagen. Was sollte sie dazu sagen? Sollte sie Johannes etwa Rechenschaft darüber ablegen, ob und wie lange sie mit Paul getanzt hatte?

Dass sie sich in ihn verliebt hatte? Seit Johannes' Rückkehr vergangenes Jahr hatte sie ihm nichts anderes vermittelt, als dass sie ausschließlich freundschaftliche Gefühle für ihn hegte. Ruth legte die Hand an den Hals. Ihr war, als müsste sie ersticken.

»Jetzt sei nicht sauer«, lenkte Johannes ein. »Sieh es mal so: Durch das Vortäuschen falscher Tatsachen habe ich dich wahrscheinlich gerade vor einem neuen Problem bewahrt. Da Fräulein Hammes nicht mehr da ist, könnte dein Betriebsleiter doch auf die Idee kommen, zukünftig mit dir zu flirten. Und da bekanntermaßen Geschäftliches und Privates strikt zu trennen sind ...« Den Rest des Satzes ließ er in der Luft hängen und schenkte ihr stattdessen ein Lächeln.

Es kostete Ruth beinah übermenschliche Anstrengung, ruhig zu bleiben. Da alle Tische um sie herum besetzt waren und in dem Lokal eine ruhige, gediegene Atmosphäre herrschte, erinnerte sie sich an ihre gute Erziehung, um nicht laut zu werden.

»Ich weiß wirklich nicht, was in dich gefahren ist«, sagte sie mit unterdrückter Stimme. »Es ist ja sehr edel von dir, Probleme von mir fernhalten zu wollen, aber um mein Privatleben und in wen ich mich verliebe, kümmere ich mich immer noch selbst. Das ist nun mal so.«

Johannes' Brauen schnellten hoch. »Tatsächlich? Aber die zehntausend Mark, die du von mir haben willst, gehören doch auch zu deinem Privatleben. Oder?«

Da reichte es ihr. Sie atmete tief durch und erwiderte kalt: »Das stimmt. Das wird mir auch gerade bewusst.« Sie stand auf und deutete eine Verneigung an. »Danke, dass du mir das klargemacht hast. Du bist wirklich ein guter Freund.« Bevor sie sich umdrehte, nahm sie gerade noch Johannes' verdutzten Blick wahr.

Als sie durch die Gaststube ging, war Pauls Platz vor der Theke leer. Sein Auto war weg. Was mochte er gedacht haben? Ob sie morgen mit ihm über Johannes' Auftritt reden sollte?

Als Ruth nach Hause kam, lag ihr Elternhaus wie eine Lichtoase auf der kleinen Anhöhe. Wieder einmal wurde ihr bewusst, wie privilegiert sie dort lebte. Und sie musste an Erika denken.

Arno begrüßte sie mit freudigem Gebell in der Eingangshalle und lief voran in den Wintergarten, wo ihre Mutter vor dem gemauerten Kamin saß, in dem ein behagliches Feuer brannte. Wie stets sah Liliane aus, wie einem Modejournal entsprungen. Sie müsste viel mehr unternehmen, ging es Ruth durch den Kopf. Sie müsste viel mehr Unterhaltung haben.

»Du bist schon zurück, Liebes?«, fragte ihre Mutter.

»Ja.« Ruth konnte einen Stoßseufzer nicht unterdrücken, bevor sie sich in einen der Korbsessel fallen ließ. Erst jetzt merkte sie, wie erschöpft sie war.

Liliane tupfte sich mit der weißen Stoffserviette über die Lippen und stellte den Teller, auf dem noch eines von Helmas appetitlich angerichteten Schnittchen lag, auf den Beistelltisch. »Möchtest du auch etwas essen?« Forschend sah sie ihre Tochter an.

Ruth lachte kurz auf. »Vielen Dank, aber mir ist der Appetit gründlich vergangen.«

»Ein Glas Rotwein?«

»Gerne.«

Ihre Mutter stand auf, nahm eines der bauchigen Rotweingläser vom Bartisch und schenkte ein. Nachdem sie sich zugeprostet hatten, fragte sie: »Hast du mit Johannes Streit bekommen?«

Ruth erzählte, was passiert war.

»Vielleicht hat er diese Situation ganz bewusst herbeigeführt«, mutmaßte Liliane, während sie mit nachdenklicher Miene ihr Glas auf dem Handteller drehte. »Vielleicht wollte er durch seine Einladung in die Linde Herrn Herbig vor Augen führen, dass du und er ein Paar seid.«

Ruth nickte. »Der Verdacht ist mir auch gekommen. Er wusste anscheinend genau, dass Paul dort oft hingeht.«

Ihre Mutter lächelte fein. »Heidi und ich haben immer gesagt ...«

»Ich weiß, Mutter«, unterbrach Ruth sie. »Spätestens heute Abend habe ich es auch begriffen.«

»Und wie geht es nun weiter?«

Ruth zuckte mit den Schultern. »Es gibt schließlich noch andere Banken.«

»Aber keine, die dir als Neukundin ohne Sicherheiten einen Privatkredit von zehntausend Mark geben wird. Den hätte dir nur Johannes oder sein Vater mit viel gutem Willen geben können. Und das weiß Johannes auch.«

Seit dem Tod ihres Vaters überraschte ihre zerbrechlich und ätherisch wirkende Mutter Ruth immer aufs Neue mit ihrem glasklaren Verstand, viel psychologischem Einfühlungsvermögen und einem guten Geschäftssinn. Ruth musste nur daran denken, wie sie mit dem Spielsalonbesitzer aus Bonn umgegangen war.

»Warum lächelst du?«

Ruth winkte ab und setzte sich gerade hin. »Sag mir, Mutter, was soll ich jetzt tun?«

»Distanzier dich von Johannes. In ihrer Eitelkeit verletzte Männer können gefährlich werden.« Sie trank einen Schluck, bevor sie fortfuhr: »Vielleicht kannst du dich mit Erika darauf einigen, die Summe in Raten zu zahlen. Sie heiratet ja bald und ist somit finanziell versorgt.«

»Und wo soll ich diese Raten hernehmen?«, begehrte Ruth auf.

»Darüber habe ich mir eben beim Abendessen Gedanken gemacht«, erwiderte ihre Mutter ruhig.

»Und?«

»Ich denke, es ist Zeit für eine Veränderung. Ich könnte mir gut vorstellen, zu Marlene nach Frankfurt zu ziehen. In ihrem Haus ist eine Wohnung frei geworden. Dort könnte ich mehr am kulturellen Leben teilnehmen, vielleicht sogar Klavierstunden geben. Dann könntest du hier die oberste Etage vermieten und in meine Räume ziehen. Heidi wird bestimmt nicht hierher zurückkommen. Die Mieteinnahmen könntest du Erika monatlich zukommen lassen und so die Entschädigung abzahlen – wenn dir das so wichtig ist. Obwohl sie als uneheliches Kind keinen Anspruch darauf hat«, fügte Liliane mit eindringlichem Blick hinzu.

»Wir haben noch nie fremde Leute im Haus gehabt. Abgesehen von den Rosenbaums während des Krieges, aber das war ja etwas anderes.«

»Die Zeiten ändern sich, mein Schatz«, erwiderte ihre Mutter gelassen. »Es herrscht immer noch Wohnungsnot, und die Leute stehen wieder in Lohn und Brot. Du würdest bestimmt sofort nette, finanzkräftige Mieter finden.«

Fassungslos sah Ruth ihre Mutter an. Sie wusste nicht, was sie sagen sollte.

»Schau mal, Liebes«, fuhr Liliane fort, »vielleicht möchtest du einmal eine Familie gründen. So jung bist du auch nicht mehr. Dieses Haus ist groß genug für viele Kinder, Haustiere und auch für Helma – und ich würde euch dann regelmäßig einmal im Monat besuchen.«

»Mutter!«, rief Ruth mit enger Kehle aus. »Der Gedanke, dass ich dich auch noch verlieren soll ...« Ihre Stimme brach.

Da griff Liliane nach ihrer Hand und hielt sie fest. »Das sind doch erst einmal nur Ideen von mir. Wir müssen das noch genau durchdenken, aber verlieren würdest du mich nie.« Sie schenkte Ruth ein spitzbübisches Lächeln. »Und wenn ich alt bin, komme ich zurück und bringe meinen Enkeln Klavierspielen bei. Versprochen.«

Da konnte Ruth sich nicht länger beherrschen. Sie begann zu schluchzen. Die Tränen rannen ihr in Strömen über die Wangen. All das, was in den vergangenen Tagen auf sie eingestürzt war, forderte jetzt seinen Tribut.

»Komm mal her«, sagte ihre Mutter leise, setzte sich auf die Sessellehne und nahm ihre Tochter in die Arme. So blieben die beiden eine Zeit lang eng umschlungen sitzen, bis Ruths Tränenstrom versiegt war.

»Wie hat dein Vater immer gesagt?«, fragte Liliane schließlich mit zärtlichem Lächeln.

Ruth wusste sofort, was sie meinte, und antwortete schniefend: »*Wenn du denkst, es geht nicht mehr, kommt von irgendwo ein Lichtlein her.*« Kaum hatte sie den Satz beendet, musste sie wieder an ihre Halbschwester denken, die ihr diesen Spruch auch einmal gesagt hatte, als sie sie tröstend in die Arme genommen hatte. Diese Erinnerung bekräftigte sie nur noch einmal in ihrem Entschluss, Erika die geforderte Geldsumme zu zahlen.

»Und was hat er auch immer gesagt, wenn er ein Problem zu lösen hatte?«, fragte ihre Mutter.

Ruth lächelte durch einen Tränenschleier. »*Morgen ist auch noch ein Tag.*«

»Genau. Und bedenke, Kind, manche Probleme lösen sich auch von selbst.«

Als Ruth am nächsten Morgen zum Steinbruch fuhr, zeigte sich im Osten ein erster heller Streifen. In den Senken lag noch der Morgennebel wie ein zartes Tuch über Feldern, Wiesen und Sträuchern. Zeitgleich mit Ruth strömten auch die Arbeiter in die Grube, manche zu Fuß, andere auf dem Fahrrad. Nur ganz wenige besaßen ein Auto, das sie draußen vor dem Grubengelände abstellten. Paul war noch nicht da. Wie mochte er ihr heute gegenübertreten – nach Johannes' peinlichem Auftritt in der Linde, fragte sich Ruth, als sie die Stahltreppe hinaufstieg.

Während der Ofen ihr Kontor langsam erwärmte, stand Ruth am Fenster und ging in Gedanken den Tag durch. Um zehn Uhr würde sich Frau Zorn vorstellen. Wenn sie als Nachfolgerin Erikas infrage käme, wäre Ruth ein Problem los. In der Mittagspause musste sie unbedingt wieder einmal einen Spaziergang mit Arno machen, den sie in den vergangenen Tagen vernachlässigt hatte. Nach der Arbeit war es immer schon dunkel, sodass die Runden mit ihm meistens kurz ausfielen.

Ruth beobachtete, wie sich die ersten Sonnenstrahlen dieses Tages wie glühende Lava über die sanft gewellten Höhen am Horizont ergossen. Der Himmel war so klar und rein, als gäbe es nichts Ungeklärtes und keinen Grund für Zweifel. Und mit einem Mal durchlief sie eine Welle von Energie, wie sie sie lange nicht mehr gespürt hatte. Sie begann zu lächeln. Sie würde sich nicht unterkriegen lassen. Sie würde schon eine Lösung finden – auch ohne Johannes' Hilfe.

Mit frischer Kraft machte Ruth sich an die Arbeit. Kurz vor zehn klopfte es an die Vorzimmertür, und Ruth stand Anna Zorn gegenüber. Fast hätte sie die Frau in dem streng geschnittenen grauen Kostüm mit der schneeweißen Bluse darunter und der schicken Kurzhaarfrisur, auf der keck ein kleiner grauer Hut saß, nicht wiedererkannt. Anna Zorn wirkte jünger als damals, als sie sie zum ersten Mal in Kittelschürze und mit Haarknoten in ihrer Wohnung gesehen hatte.

»Guten Morgen, Fräulein Thelen«, begrüßte Anna Zorn sie mit angenehm ruhiger Stimme. »Ich soll mich heute bei Ihnen vorstellen.« Ihr Auftreten wirkte bescheiden, jedoch selbstsicher. Ihr Blick war offen und intelligent. In diesem Augenblick wusste Ruth instinktiv, dass Anna Zorn hier am richtigen Platz sein würde.

Erleichtert ging sie auf sie zu und reichte ihr die Hand. »Schön, dass Sie gekommen sind, Frau Zorn.« Sie sahen sich in die Augen, während sie einen festen Händedruck tauschten, der alles bereits vorweg zu besiegeln schien.

»Bitte.« Ruth machte eine einladende Geste, »gehen wir doch in mein Kontor und setzen uns.«

Anna Zorn nickte.

»Sie haben eine neue Frisur«, begann Ruth das Gespräch, nachdem sie beide in der Sitzecke Platz genommen hatten.

Anna Zorn strich sich verlegen übers Haar. »Ja, gestern Nachmittag war ich beim Friseur. Mein Mann meinte …« Sie lächelte vielsagend.

»Sie steht Ihnen sehr gut«, bestätigte Ruth ihr.

»Danke.« Die Frau des selbst ernannten Betriebsrats saß aufrecht vor ihr. »Fräulein Thelen, ich würde gerne wieder ein paar Stunden in der Woche arbeiten«, kam Frau Zorn dann zur Sache, während Ruth ihr einen Kaffee einschenkte. »Ich war auf der Sekretärinnenschule. Das ist zwar schon eine Weile her, aber das Maschinenschreiben beherrsche ich immer noch aus dem Effeff. Ich habe vor meiner Ehe in einem großen Sägewerk im Büro gearbeitet. Ich denke, die Abläufe sind ähnlich, hier wie dort. Und Sie müssen wissen – das ist mir sehr wichtig: Es ist nicht etwa so, als wäre mein Mann unzufrieden mit seinem Lohn hier oder dass wir mit dem Geld nicht auskommen. Ich wünsche mir jetzt, da die Jungs schon größer sind, eine neue Aufgabe.« Anna Zorn hatte ruhig und in angenehmer Lautstärke gesprochen. Man konnte ihr gut zuhören.

Und der Inhalt des Gesagten war ganz nach Ruths Geschmack. Sie war sich sicher, dass sie mit Anna, die Ende dreißig sein mochte, gut auskommen würde. Mit einem herzlichen Lächeln sagte sie: »Ich würde sehr gerne mit Ihnen zusammenarbeiten – auch wenn Sie zunächst nur ein paar Stunden in der Woche kommen können. Damit ist mir schon sehr geholfen.« Sie zwinkerte ihrer zukünftigen Sekretärin zu. »Vielleicht gefällt Ihnen die Arbeit ja so gut, dass es irgendwann mehr Stunden werden.«

»Das könnte gut sein«, erwiderte Anna mit verschmitztem Lächeln. »Mein Mann muss sich nur erst einmal daran gewöhnen. Aber er meinte bereits, dass ich, falls das hier klappt, in naher Zukunft den Führerschein machen soll, damit ich mit dem Auto kommen kann.«

»Das hätte ich ihm gar nicht zugetraut«, platzte Ruth heraus.

Da lachte Anna. »Ja, man muss ihn erst näher kennenlernen, um zu merken, dass er ein guter Mann ist«, fügte sie mit liebevollem Lächeln hinzu.

Nachdem die beiden den Arbeitsvertrag durchgegangen waren, schlug Ruth vor: »Ich würde Sie jetzt gerne Herrn Herbig vorstellen, unserem Betriebsleiter. Mit ihm werden Sie natürlich auch viel zu tun haben. Er ist sozusagen das Verbindungsglied zwischen den Arbeitern und mir.« Mit diesen Worten stand sie auf und ging zum Telefon.

Paul kam wenige Minuten später, um sich mit Anna Zorn bekannt machen zu lassen. Mit einnehmendem Charme und viel Herzlichkeit begrüßte er die neue Mitarbeiterin. Ruth beobachtete die Szene mit einem entspannten Lächeln. Da Anna mit ihrem Mann glücklich war, brauchte sie sich wenigstens keine Sorgen darüber zu machen, dass sie sich in Paul verlieben würde.

»Großvater hat heute Morgen angerufen«, teilte Liliane ihrer Tochter am Mittagstisch mit.

Ruth sah auf. »Was wollte er?«

»Mit dir reden.«

»Warum hat er mich dann nicht direkt im Steinbruch angerufen?«

»Wahrscheinlich wollte er dich nicht bei der Arbeit stören. Ich soll dich fragen, ob du heute oder morgen bei ihm reinschaust.«

»Mach ich.«

»Und ich soll dich von Heidi grüßen«, fuhr ihre Mutter fort. »Sie kommt morgen Abend mit dem Acht-Uhr-Zug und bleibt übers Wochenende.«

»Dann hat ihr ihre Wirtin wahrscheinlich doch von meinem Anruf erzählt.«

»Davon hat sie nichts erwähnt. Sie sagte nur, sie hätte so ein komisches Gefühl, als sei irgendetwas nicht in Ordnung.«

Ruth musste lachen. »Heidi und ihre Intuition. Wobei sie meistens richtig damit liegt.« Sie sah ihre Mutter an. »Hast du ihr von Erika erzählt?«

»Nur kurz. Heidi ist natürlich aus allen Wolken gefallen – trotz ihrer Intuition«, fügte sie scherzend hinzu. »Hat sich Johannes bei dir gemeldet?«, wechselte sie ernst das Thema.

Ruth schüttelte stumm den Kopf.

»Er müsste sich eigentlich bei dir entschuldigen.«

»Das würde jetzt auch nichts mehr ändern.«

Inzwischen hatte Helma den Wirsing mit Bratwurst aufgetragen und auch am Tisch Platz genommen. Wie immer, wenn sie nur zu dritt waren, sprach Helma das Tischgebet.

»Ich werde gleich mit Arno spazieren gehen«, sagte Ruth, bevor sie den Löffel in die Suppe tauchte. »Dann könnte ich ja kurz bei Großvater vorbeischauen.«

»Mach das, Liebes.« Ihre Mutter sah sie fragend an. »Was hat denn heute Morgen das Gespräch mit Frau Zorn ergeben?«

Ruth erzählte ihr begeistert davon.

»Damit bist du ja schon einmal eine Sorge los.«

Ruth wandte sich an Helma, die stets schwieg, wenn sich die Tischunterhaltung um geschäftliche Themen drehte. »Soll ich dir von Großvater Eier mitbringen?«

»Mach das, Ruth, dann backe ich fürs Wochenende einen Frankfurter Kranz.«

»O ja, den mag Heidi so gern«, stimmte Ruth erfreut zu. Wie lange hatte sie ihre Freundin nicht mehr gesehen! Sie sprachen sich nur selten. Während der Arbeitszeit konnte Heidi immer nur kurz telefonieren, und ihre Vermieterin begrenzte die Telefongespräche ihrer Untermieter strikt auf fünf Minuten.

Nachdem sie eine große Portion von Helmas deftigem Wirsingeintopf mit Bratwurst gegessen hatte, stand Ruth auf. »Entschuldigt bitte, aber auf das Obst und den Kaffee verzichte ich heute. Ich gehe jetzt mit Arno.«

Ihr Hund sprang sofort auf und lief voraus in die Eingangshalle, als wolle er an diesem Mittag möglichst viel Zeit mit seinem Frauchen verbringen.

Zu dieser Mittagsstunde war es viel zu warm für Ende Februar. Die Sonne schien von einem blitzblanken Himmel, und ein lauer Südwind brachte einen Hauch von Frühling mit sich. Als Ruth über den Hof ging, entdeckte sie entlang der Steinmauer die ersten Krokusse, die ihre gelben und blauen Köpfe neugierig aus der Erde streckten.

So leicht wie die Luft war, so leicht war auch Ruths Stimmung, als sie forschen Schrittes in den Wald eintauchte.

Hier war es noch kalt, obwohl die Sonnenstrahlen sich alle Mühe gaben, den Weg zwischen den kahlen Ästen hindurch zu finden. Vögel zwitscherten so laut, als wollten sie ihren Artgenossen, die sich vor dem Winter auf die Reise in den Süden begeben hatten, verkünden, dass dieser bald zu Ende sein würde.

An der Wegkreuzung, wo es links zu dem kleinen See mit der Anglerhütte ging, blieb Ruth kurz stehen. Wie gerne würde sie dort mit Paul wieder einmal einige kostbare Minuten verbringen – herausgehoben aus dem Alltag mit all seinen Problemen, Pauls besonderes Lächeln genießen, das dann nur ihr allein gehören würde. »Weiter geht's, Arno«, forderte sie ihren vierbeinigen Begleiter forsch auf, um diese Sehnsucht zu unterdrücken.

Als sie in der Ferne den großväterlichen Hof liegen sah, begann ihr Herz schneller zu schlagen. Was mochte ihr Großvater ihr zu sagen haben? Sie vermutete, dass es etwas mit Erika zu tun haben musste. Vielleicht hatte ihre Halbschwester sich jetzt doch dazu entschlossen, mit ihr zu reden.

Arno lief voraus. Er wusste genau, wohin es ging, und wie immer ließ er sich mit den Gänsen auf ein lautstarkes Wortgefecht ein, woraufhin Josef Thelen aus der Tür trat.

»Da bist du ja!«, begrüßte er seine Enkelin. »Deine Mutter hat mir Bescheid gegeben, dass du kommst.«

Ruth gab ihm einen Kuss auf die raue Wange. »Ja, hier bin ich.«

»Komm herein, Mäderscher!«

Ruth folgte ihm in die Küche, wo es nach Graupensuppe roch. »Hhm, lecker«, sagte sie und warf einen Blick in den Kochtopf. »Hat deine Haushälterin die gekocht?«

Josef schüttelte den Kopf. »Erika. Sie war heute Vormittag noch einmal hier mit ihrem Freund und hat sie mir mitgebracht.«

»Schon wieder?«, kam Ruth vorschnell über die Lippen – und nicht gerade im freundlichsten Ton. »Was wollte sie denn? Sie war doch erst vorgestern bei dir.«

Ihr Großvater setzte sich an den Tisch und befeuerte seine Mutz. Nachdem er ein paar Züge getan hatte, sah er sie durch die Rauchschwaden hindurch an. »Für Erika ist das auch alles nicht leicht. Sie hat jetzt Sorge, dass sie den Kontakt zu mir verlieren könnte.«

Ruth zog die Stirn zusammen. »Weil ich dich gegen sie aufhetzen könnte? Was ich natürlich niemals tun würde«, fügte sie rasch hinzu.

»Ihr seid beide gleichermaßen meine Enkelinnen.«

Ruth schluckte. Warum nur regte sich in ihr immer eine leichte Eifersucht, wenn ihr Großvater ihr vermittelte, dass er auch Erika liebte? Bei diesem Gedanken kam ihr zum ersten Mal in den Sinn, ob ihr Vater sie vielleicht besser gekannt hatte als sie sich selbst. Wäre sie als kleines Mädchen oder auch später vielleicht doch eifersüchtig geworden, wenn sie von der Existenz einer Halbschwester erfahren hätte?

»Erika hat sich inzwischen beruhigt. Sie und ihr zukünftiger Mann haben beschlossen, auf die zehntausend Mark zu verzichten«, teilte Josef ihr nun mit. »Ich hoffe, sie findet bei ihm das Zuhause, das sie nie gehabt hat.«

Der letzte Satz traf Ruth mitten ins Herz – machte er ihr doch wieder bewusst, auf wie viel ihre Halbschwester hatte verzichten müssen. Im Gegensatz zu ihr. Beschämt senkte sie den Kopf, schwieg ein paar Sekunden und erwiderte dann leise: »Genau aus diesem Grund verstehe ich Erikas Forderung. Und ich bin ja auch bereit, ihr das Geld zu geben, nur ...«

»Das musst du nicht mehr«, unterbrach Josef sie da ruhig. »Erika hat eingesehen, dass du ja gar nichts für das kannst, was ihr an Schlimmem widerfahren ist. Du hast ja nicht einmal gewusst, dass es sie gibt.«

Erstaunt sah Ruth ihn an.

»Ich habe mir eine andere Lösung überlegt, die ich Erika und ihrem zukünftigen Mann heute mitgeteilt habe.«

»Und welche?«

»Ich werde Erika die zehntausend Mark zahlen. Sozusagen als Mitgift. Sie soll nicht ohne Besitz in die Ehe gehen. Schließlich ist sie eine von uns.« Ihr Großvater warf ihr einen forschenden Blick zu. Als sie voller Verwirrung schwieg, fuhr er fort: »Wenn ich sterbe, sollt ihr beide zu gleichen Teilen erben. Dann werden diese zehntausend Mark von Erikas Hälfte abgezogen. Ich denke, so ist es für alle Seiten zufriedenstellend und auch gerecht. Morgen habe ich einen Notartermin. Dann kommt alles unter Dach und Fach, damit es später keine Streitereien gibt.«

»Großvater!« Ruth stiegen die Tränen in die Augen.

»Ist das auch in deinem Sinne, Steinprinzesschen?«, fragte Josef mit zärtlichem Lächeln.

Da konnte sie nur nicken. Tränen der Erleichterung und der Dankbarkeit verschlossen ihr die Kehle.

Auf dem Nachhauseweg schaute sie hoch zu dem immer noch klaren Himmel. Er hatte an diesem Morgen tatsächlich nicht zu viel versprochen.

Freitagabend fielen sich Ruth und Heidi auf dem Bahnsteig in die Arme. Auf der Fahrt zum Haus stellte Heidi Fragen über Fragen, und Ruth kam mit dem Antworten gar nicht hinterher.

»Komm doch erst einmal an«, sagte Ruth lachend. »Wir haben das ganze Wochenende Zeit, um über alles in Ruhe zu reden.«

Natürlich war dann beim Abendessen, das sie zusammen mit Liliane einnahmen, Erika Hammes das wichtigste Gesprächsthema. Als sie beim Dessert – Helmas Apfelkuchen – angekommen waren, empfand Heidi auch Mitleid für Ruths Halbschwester.

»Ich habe nichts dagegen, mal zu dritt etwas zu unternehmen«, meinte sie. »Wir könnten Erika ja auch an der Mosel besuchen.«

»Sie möchte nichts mit uns zu tun haben«, erwiderte Ruth. »Zumindest jetzt noch nicht. Sie möchte erst einmal mit allem abschließen.«

»Aber mit Großvater will sie anscheinend doch was zu tun haben«, warf ihre Freundin da beleidigt ein.

»Mit dem hat sie ja schon seit vielen Jahren eine gute Beziehung. Die beiden haben sich lieb.«

Heidi sah Ruth unschuldig an. »Na ja, vielleicht würden wir uns dann alle miteinander liebhaben.«

Ruth musste lachen. »So etwas kann man nicht übers Knie brechen. Ich denke, wir sollten Erika die Zeit geben, die sie braucht, um zu uns eine Beziehung aufzubauen«, sagte sie ernst. »Und wenn sie es nicht will, dann ist das nun mal so.« Sie sah ihre Mutter an. »Was meinst du?«

»Die Situation ist sehr schwierig. Das Ganze muss eine große Belastung für sie gewesen sein. Erika hat es auf alle

Fälle verdient, zur Ruhe zu kommen«, fand auch Liliane. Damit war das Thema abgehakt.

Wie früher saßen Ruth und Heidi am späten Abend mit untergeschlagenen Beinen in ihren Nachthemden auf Ruths Sofa und tranken Eckes Edelkirsch.

»Und was ist jetzt mit Paul?«, fragte Heidi.

Ruth seufzte. »Ohne Paul wäre die Sache mit Erika wahrscheinlich nicht so aus dem Ruder gelaufen und ...«

»So ein Quatsch«, unterbrach ihre Freundin sie energisch. »*Was wäre, wenn?* Das weiß doch niemand. Alles hängt miteinander zusammen. Ohne Paul hättest du den Steinbruchbetrieb wahrscheinlich längst nicht mehr, und du hättest nie mit Erika zusammengearbeitet. Es ist, wie es ist. Also, wie geht ihr inzwischen miteinander um?«

Da erzählte Ruth ihr von dem Rosenmontag, als sie mit Paul getanzt hatte.

»Warte mal ab, irgendwann wirft der seine Prinzipien über Bord«, meinte Heidi mit wissender Miene. »Er braucht nur ein bisschen länger als andere Männer.«

»Vielleicht hat er sogar recht. Stell dir mal vor, wir würden ein Paar werden und ein paar Monate später feststellen, dass es zwischen uns doch nicht klappt! Dann müsste er kündigen, und ich würde wieder ohne Betriebsleiter dastehen.«

»Liebe ohne Risiko gibt es nicht«, sagte Heidi kategorisch, bevor sie einen Schluck Edelkirsch trank.

»Was ist denn jetzt mit Matze?«, wechselte Ruth das Thema.

»Matze heißt seit Rosenmontag Horst.«

»Wie bitte?« Ruth sah ihre Freundin erstaunt an. »Hast du mit Matze Schluss gemacht?«

»Was soll ich mit einem Mann, der nur unter der Woche kann? Nein, dafür bin ich mir zu schade.«

»Sehr gut. Und wer ist jetzt Horst?«

»Horst ist Ingenieur. Bei ihm ist es genau andersherum. Horst arbeitet während der Woche in Duisburg auf einer Werft und ist nur am Wochenende in Bad Neuenahr. Dort lebt er bei seiner Mutter.«

»Ach, du liebe Güte! Also unselbstständig wie Johannes.«

»Überhaupt nicht. Er sieht viel besser aus als Johannes, ist vielseitig interessiert und ein richtiger Mann.« Heidi verstummte und schenkte noch einmal nach, wobei sie einschränkte: »Na ja, so richtig nun auch wieder nicht. Horst kann nämlich keine Kinder zeugen. Was bedeutet, dass er keine Familie gründen kann. Und das wiederum bedeutet ...«, Heidi hob den Zeigefinger, um die Bedeutung der nachfolgenden Worte zu betonen, »dass er so leicht keine Frau finden wird, weil die meisten ja Kinder haben wollen.« Sie strich sich divenhaft über das platinblonde Haar und fügte hinzu: »Er kann sich also glücklich schätzen, mich kennengelernt zu haben.«

Staunend hatte Ruth ihr zugehört. »Das hört sich so an, als wäre er der Richtige.«

Heidi zuckte mit den Schultern. »Weiß ich es? Wir kennen uns doch erst seit Montag. Aber für diese Lebensphase passt es vielleicht.« Sie fing Ruths Blick ein und hielt ihn fest. »Und Johannes?«, wechselte sie Thema.

»Johannes!« Ruth verdrehte die Augen und erzählte ihr von Johannes' Auftritt in der Linde.

»Habe ich es dir nicht gleich gesagt, nachdem er zurückgekommen ist?««, trumpfte Heidi auf. »Ich glaube, der ist irgendwie gestört. Vielleicht durch seine Erziehung. Aber für Männer ist es generell schwierig, mit einer attraktiven Frau nur befreundet zu sein.«

Ruth seufzte. »Mag sein.« Gedankenverloren nippte sie an ihrem Likör. »Ich werde mich künftig von Johannes fernhalten. Ich habe, ehrlich gesagt, ein bisschen Angst, dass er mir die Abfuhr irgendwann heimzahlen könnte.«

16

Obwohl die Temperaturen zum Wochenbeginn wieder in den einstelligen Bereich zurückgingen, blieb der Himmel wolkenlos und klar. Die Mittagspausen verbrachte Ruth nun mit Arno im Wald. Zum Leidwesen Helmas verzichtete sie dafür aufs Mittagessen.

Anna Zorn erwies sich als Glücksfall für den Betrieb. An den drei Vormittagen schaffte sie für die ganze Woche. Sie war überpünktlich, und wenn sie morgens ins Büro kam, wehte mit ihr der Duft von frischer Luft und sauberer Wäsche herein. Sie kam stets in Rock, Bluse und Jacke – und mit rosa Lippenstift. Ihre festen Schuhe tauschte sie vor Arbeitsbeginn gegen blank gewienerte Pumps – so als säße sie im Vorzimmer einer Chefetage mit viel Publikumsverkehr.

Als Ruth ihr dafür ein Kompliment machte, erwiderte sie mit spitzbübischem Lächeln: »Das muss sein. Ich bin doch schließlich eine Chefinnensekretärin.«

Ruth musste über ihre Wortschöpfung hellauf lachen.

Paul verhielt sich Ruth gegenüber weiterhin freundlich-distanziert. Johannes' Auftritt in der Linde erwähnte er nicht. Manchmal reichten ihre Wortwechsel auch übers Geschäftliche hinaus – es ging ums Wetter, das auffällig lange schon so schön war, oder sie sprachen über Anna Zorn, die einen so guten Draht zu den Männern in der Grube hatte, was deren Ehemann mit Stolz erfüllte. Paul erzählte ihr von seinen Wanderungen durch die Eifel – wobei sie vergeblich darauf hoffte, dass er sie fragen würde, ob sie ihn am Wochenende vielleicht einmal begleiten wolle.

Mitte März, an einem Dienstag, Anna Zorn hatte einen ihrer freien Tage, staunte Ruth nicht schlecht, als sie morgens ihr Kontor betrat. Sie sah sich einem kleinen Empfangskomitee gegenüber, das sich aus ihrer Sekretärin, deren Ehemann und Paul zusammensetzte.

»Herzlichen Glückwunsch zum Geburtstag«, begrüßten die drei sie im Chor.

Ruth verschlug es die Sprache.

»Die ganze Belegschaft gratuliert Ihnen ganz herzlich«, sagte Manfred Zorn, während er hervortrat und ihr einen riesigen Blumenstrauß überreichte. »Wir wünschen Ihnen Gesundheit und weiterhin viel Erfolg, an dem wir tüchtig mitarbeiten wollen.«

Ruth war überwältigt von den herzlichen Worten und dem üppigen Strauß. Woher wusste man hier im Steinbruch, dass sie heute Geburtstag hatte?

»Ein paar der Arbeiter wussten noch aus der Zeit Ihres Vaters, wann Sie Geburtstag haben«, klärte ihr »Betriebsrat« sie auf. »Dann ist Ihr Herr Vater immer schon mittags nach Hause gefahren, um mit Ihnen zu feiern.«

Bei seinen Worten überfiel Ruth die Erinnerung daran, wie wichtig ihrem Vater immer ihr Geburtstag gewesen war und wie großzügig er sie beschenkt hatte. Zum ersten Mal fand dieser Tag nun ohne ihn statt. Es fiel ihr schwer, der Wehmut, die jäh in ihr aufstieg, Herr zu werden.

»Auch ich möchte Ihnen gratulieren.« Mit diesen Worten trat Anna Zorn auf sie zu und reichte ihr die Hand. »Ich wünsche Ihnen von ganzem Herzen, dass alle Ihre Wünsche im neuen Lebensjahr in Erfüllung gehen mögen.«

»Vielen, vielen Dank. Die Blumen sind wunderschön«, erwiderte Ruth mit belegter Stimme. »Ich bedanke mich bei allen sehr, sehr herzlich. Sagen Sie das auch den Männern im Steinbruch.«

»Ja, dann ...« Zorn sah seine Frau unsicher an.

»Dann machen wir uns jetzt wieder an die Arbeit, und ich kümmere mich um den Haushalt«, führte Anna seinen begonnenen Satz energisch zu Ende. »Ihnen wünsche ich einen schönen Tag. Lassen Sie sich feiern.« Kurz entschlossen zog sie ihren Mann aus dem Büro.

Paul blieb stehen. Warum geht er nicht mit den beiden?, fragte sich Ruth, während ihr Herzschlag sich beschleunigte. Sie sah hoch und blickte geradewegs in Pauls Augen, die einen warmen, zärtlichen Glanz hatten. Wie eine Liebkosung empfand sie seinen Blick. So hatte er sie noch nie angesehen. Dann schenkte er ihr sein Lächeln, dieses einzigartige Lächeln, das Wärme in ihr Herz spülte.

»Ja, die beiden haben ja bereits alles gesagt«, begann er mit seiner tiefen, rauen Stimme. Sie spürte, dass jetzt etwas Besonderes passieren würde. Paul griff in die Seitentasche seiner Tweedhose und holte etwas heraus. Dann hielt er ihr seine rechte Hand entgegen. »Ich habe auch etwas für dich«, sagte er feierlich. »Obwohl ich weiß, dass du auch in Zukunft immer deinen Weg finden und gehen wirst, möchte ich dir das hier schenken.« Er öffnete seine Rechte, in der ein goldener Kompass lag. »Mein Großvater hat ihn mir geschenkt. Mit seiner Hilfe habe ich den Weg aus Russland zurück nach Hause gefunden. Jetzt soll er dir gehören.«

Ruth hob den Blick. Vor Rührung begannen ihre Augen in Tränen zu schwimmen. »Das ist ...« Ihre Stimme brach. Während sie um Fassung rang, legte sie die Blumen auf den Schreibtisch und streckte zögernd die Hand aus – so als befürchtete sie, dass sich Pauls Geschenk, wenn sie es berühren würde, in Luft auflösen könnte.

Der Kompass fühlte sich glatt und schwer an. Seine goldene Einfassung war kunstvoll ziseliert. Auf der Rückseite war der Name *Paul Herbig* eingraviert. Ergriffen strich sie mit dem Zeigefinger über die eingravierte Schrift, drehte den Kompass um, und liebkoste die Vorderseite. Dann hob sie den Kopf und sah Paul an, der sie lächelnd betrachtete.

»Danke. Er ist wunderschön«, sagte sie leise. »Ich verspreche dir, dass ich dieses Geschenk in Ehren halten werde. Solange ich lebe.«

»Das weiß ich, Ruth«, erwiderte er ernst. Er stand vor ihr, viel zu nah.

Sie sahen sich in die Augen. Ruth hielt den Atem an. Sie fühlte sich gefangen zwischen dem Wunsch, Paul zu küssen, und der Wirklichkeit. Geschäftliches und Privates ... Paul musste den ersten Schritt machen. Noch mehr konnte sie ihm nicht entgegenkommen. Das verbot ihr ihr Stolz.

Da umfassten Pauls Hände ihr Gesicht, seine Finger griffen in ihr Haar, und ihre Lippen trafen sanft aufeinander. Paul küsste ihren Mund, ihre Wangen, ihre Stirn, ihre geschlossenen Augen. Und sie küsste ihn mit der gleichen

Inbrunst zurück. Dabei hatte sie das Gefühl, jeder einzelne Nerv ihres Körpers würde gerade zum Leben erwachen. Alles in ihr vibrierte unter Pauls Berührungen. Sie schmeckte Sehnsucht, spürte Geborgenheit und wünschte sich, diese Arme, die sie so wundervoll umschlossen hielten, würden sie niemals mehr loslassen. Als sie sich irgendwann benommen voneinander lösten, hielten sie sich an den Händen und sahen sich wieder an – erstaunt und verlegen wie zwei junge Menschen, die zum ersten Mal von der Liebe und der Leidenschaft übermannt worden waren. Paul ließ ihre Hand los. »Ich muss jetzt gehen.« Er trat einen Schritt zurück, lächelte sie an und strich ihr übers Haar. Dann drehte er sich um, und die Eisentür fiel hinter ihm zu.

Ruth blieb noch eine Weile stehen, versuchte, den Zauber festzuhalten, und fragte sich, wie es nun mit ihnen weitergehen mochte.

Nach diesem ersten Kuss veränderte sich Ruths Leben. Obwohl es in den nächsten Tagen zu keinem weiteren mehr kam, hatte Ruth das Gefühl, als hätte dieser eine Kuss ein Band zwischen ihnen gewoben, das nicht mehr zu zertrennen sein würde.

Ein köstliches Gefühl erfüllte ihr Herz, wenn Paul ihr Kontor betrat, wenn sie den Glanz in seinen Augen sah, der ihr verriet, dass er sich ebenso nach ihr sehnte wie sie sich nach ihm. Und wenn er am Ende eines Arbeitstages die Hand ausstreckte, um zum Abschied nur ganz kurz ihre Wange zu berühren, lag in dieser Geste etwas so Selbstverständliches, als wären sie längst ein Paar. So ging der März zu Ende, und Ruth wurde immer sicherer, dass Pauls Grundsatz ins Wanken geraten war. Paul brauchte nur noch ein bisschen Zeit.

Johannes ließ nichts mehr von sich hören. Selbst zum Geburtstag hatte er ihr nicht gratuliert.

»Mach du den ersten Schritt«, riet Heidi ihr, als Ruth ihr von Pauls zögerndem Verhalten erzählte. »Sonst wird das nie was mit euch.«

Ruth seufzte. »Aber wie?«

Mit dem 1. April zog der Frühling in die Eifel ein – gerade rechtzeitig zum Osterfest. Über Nacht zeigten Bäume und Büsche einen ersten grünen Schimmer. Am Wiesenrand streckte der Huflattich seine gelben Blütenköpfe ins helle Licht, und aus dem Waldboden keimten junge Farnwedel.

Gründonnerstagabend, nachdem Ruth und Anna die Lohntüten an die Arbeiter ausgegeben hatten, war es dann so weit: Bei dem Gedanken, Paul über die Ostertage nicht zu sehen, verspürte Ruth schon jetzt Sehnsucht. Bevor sie nach Hause fuhr, fasste sie sich ein Herz und hielt vor seinem Büro.

»Ich wollte dich etwas fragen«, begann sie ruhig und gefasst. »Und könnte verstehen, wenn du *Nein* sagen würdest«, fügte sie hinzu, um ihn nicht unter Druck zu setzen.

Paul sah sie an, mit einem amüsierten Lächeln in den Augen. »Frag!«

»Ich möchte morgen zum ersten Mal in diesem Jahr einen Motorradausflug machen. Hast du Lust, mich auf deiner Maschine zu begleiten?«

Kaum hatte sie zu Ende gesprochen, da las sie schon in seiner Miene, dass seine Antwort *Nein* lauten würde. Sie spürte schon die Enttäuschung, die sich in ihr ausbreiten wollte.

Doch dann sagte er: »Ich möchte dich auch etwas fragen. Hättest du Lust, morgen einen Ausflug mit meinem Cabrio zu machen? Ich habe mein Motorrad nämlich noch gar nicht angemeldet.«

Am nächsten Tag fuhr Ruth nach dem Mittagessen zur Anglerhütte. Langsam ließ sie das Motorrad über den mit Fichtennadeln bedeckten Weg rollen. Am Waldrand hielt sie an und blickte auf die Lichtung, auf der der kleine See mit dem Holzhaus lag. Wie lange war sie nicht mehr hier gewesen! Und wie oft hatte sie sich in den vergangenen Monaten nach diesem Ort gesehnt! Da Paul ihren Besuch als aufdringlich hätte empfinden können, hatte sie diese Sehnsucht stets unterdrückt. Jetzt war sie hier – auf Pauls Einladung hin. Aus Vorfreude darauf, die nächsten Stunden mit ihm zu verbringen, wollte ihr das Herz in der Brust zerspringen.

Langsam fuhr sie auf die Hütte zu. Als Paul aus der Tür trat, stieg sie von ihrer Maschine, nahm die Lederkappe ab und schüttelte ihre langen Locken. Dann sah sie Paul an. Seinen bewundernden Blick auf ihre Haarpracht wertete sie als stummes Kompliment. Statt Motorradkleidung trug sie eine lange Hose, feste Schuhe und unter dem taillierten Jackett eine weiße Seidenbluse, die sie sehr weiblich aussehen ließ. Auch Paul war feiertagsmäßig gekleidet. Stoffhose, weißes Hemd mit Krawatte und cognacfarbenes

Wildlederblouson. Er sah aus wie ein amerikanischer Filmstar.

»Schön, dass du da bist«, begrüßte er sie, wobei sein Blick in ihren tauchte.

»Ich habe mich auf heute gefreut«, erwiderte sie mit einem Beben in der Stimme, das ihre Aufregung verriet.

»Wollen wir los?« Er zeigte auf seinen Wagen, dessen Verdeck er bereits heruntergeklappt hatte.

Sie nickte und sog seinen Duft von Sandelholz und Zitrone ein, den der laue Wind ihr um die Nase wehte.

»Welch ein Tag!«, rief Ruth begeistert aus, als sie in dem offenen Fiat durch den Wald zur Landstraße fuhren. Die Luft war voller Würze. Der warme Fahrtwind spielte mit ihrem Haar. Ein tiefblauer Himmel blitzte durch das Geäst, und über ihnen, hoch oben im Sonnenlicht, wirkten die Baumwipfel wie mit Honig übergossen.

In geruhsamem Tempo ging die Fahrt durch schattige Waldstücke, an Wiesen mit Gänseblümchen und Löwenzahn vorbei, an bereits gepflügten Feldern, die auf ihre erste Saat warteten. Jenseits der Landstraße war hier und da eine Burgruine oder ein verfallener Römerwall zu sehen.

»Hast du ein bestimmtes Ziel im Blick?«, fragte Paul, während er das Cabrio sicher mit der rechten Hand lenkte. Dabei lag sein linker Arm lässig auf dem heruntergekurbelten Fenster. Das vom Fahrtwind zerzauste Haar gab ihm etwas Verwegenes.

»Ich möchte dir von den vielen Maaren der Vulkaneifel die drei bekanntesten zeigen«, antwortete sie. »Das

Schalkenmehrener, Gemündener und Weinfelder Maar. Sie liegen dicht nebeneinander.«

»Darüber habe ich gelesen. Stimmt es, dass das Wort sich von dem lateinischen Wort *mare* ableitet und *Meer* bedeutet?«

»Das stimmt. Die Maare sind Vulkantrichter, die sich nach dem Ausbruch mit Wasser gefüllt haben. Clara Viebig, eine Eifeler Erzählerin und Dichterin, die vergangenes Jahr gestorben ist, hat die Maare einmal als *Augen der Vulkaneifel* bezeichnet. Tatsächlich sehen sie von oben auch wie Augen aus – kreisrund und nachtblau. Du wirst es gleich sehen. Wir gehen nämlich auf den Mäuseberg.«

»Gehen oder klettern?«

Sie lachte. »Gehen. Warst du eigentlich noch einmal in der Thelener Ley I klettern?«, fiel ihr ein.

»Nein, aber ich würde gerne mal wieder hin. Jetzt im Frühling ...«

Dann pass bitte auf dich auf, wollte sie schon spontan erwidern, konnte sich aber gerade noch bremsen. Paul wusste schon, was er tat. Dennoch, der Gedanke, ihm könnte bei dieser abenteuerlichen Kletterei etwas zustoßen, ließ ihr jetzt schon das Blut in den Adern stocken. Tief im Herzen gehörte er schon längst zu ihrem Leben.

Um sich abzulenken, konzentrierte sie sich auf die Landschaft. Sie fuhren an Streuobstwiesen vorbei, in denen in der Klarheit der Nachmittagssonne einzelne Höfe lagen. Es waren derbe Steinhäuser, die dem oft rauen eifeler Wetter seit Jahrhunderten trotzten.

»Gleich musst du rechts abbiegen«, sagte sie nach einer Weile, in der sie beide geschwiegen und die Fahrt genossen hatten.

Ein paar Minuten später erreichten sie einen Parkplatz, auf dem der Fiat der einzige Wagen war.

»Ostern ist hier bestimmt mehr los«, sagte Ruth. »Die Maare sind für Ausflügler aus dem Kölner und Bonner Raum ein sehr beliebtes Ziel.«

Paul zeigte auf die Anhöhe, auf der ein Turm stand. »Ist das der Mäuseberg, den du eben erwähnt hast?«

»Genau. Er ist 561 Meter hoch und erhebt sich zwischen dem Gemündener Maar rechts und dem Weinfelder Maar links. Der Turm heißt Dronketurm. Er wurde 1902 als Denkmal für Dr. Adolf Dronke erbaut, der 1888 den Eifelverein mitbegründete.«

Paul lächelte.

Dabei strich er ihr nur einen Herzschlag lang mit dem Zeigefinger über die Wange und sagte: »Danke, Frau Lehrerin, schön, dass Sie mich heute begleiten.«

Sie lächelte zurück, doch da wandte er sich schon ab und verschloss das Cabrio.

Forschen Schrittes ging Ruth auf dem steilen Weg zum Dronketurm voran. Paul folgte ihr. Oben angekommen, blieben sie stehen. Ruth sah ihn an. »Schaffst du den Aufstieg auf den Turm noch, oder wollen wir erst einmal eine Pause einlegen?«, neckte sie ihn.

Das ließ sich ihr Himmelstürmer nicht zweimal fragen. Er gab ihr einen kameradschaftlichen Knuff in die Seite, spurtete los und rief ihr über die Schulter übermütig zu: »Wer zuerst oben ist!«

»Das ist gemein!«, rief sie lachend hinter ihm her. »Du hast doch jetzt schon einen Vorsprung!«

Schließlich kamen sie beide schwer atmend auf dem elf Meter hohen Turm an. Paul natürlich als Erster.

»Welch eine Aussicht«, sagte er in andächtigem Ton beim Anblick des Panoramas, das sich ihnen von hier oben bot. Wie ein Mosaik aus Rotbuchen, Fichten, Wiesen, Feldern, schroffen Felsformationen und Maaren lag die Eifeler Vulkanlandschaft vor ihnen.

Ruth streckte den Arm aus. »Schau! Dort hinten am Horizont kannst du, weil das Wetter heute so schön ist, die Höhen des Hunsrück sehen.«

Paul blickte nach unten auf die drei tiefblauen Gewässer. »Die Maare wirken von hier oben tatsächlich wie Augen.«

Als er den Kopf wieder hob und sie ansah, fiel ihr auf, dass seine Augen die gleiche Farbe hatten wie die Maare unter ihnen. Mein Himmelsstürmer, dachte sie mit aufwallender Zärtlichkeit. Sie standen so nah nebeneinander, dass sich ihre Hände, die sie aufs Geländer gestützt hatten, fast berührten. Die Sonne umarmte sie mit ihren warmen Strahlen. Vögel zwitscherten, Schmetterlinge taumelten im milden Wind, Funken sprühten durch die Luft, während ihre Blicke ineinanderlagen. Ruth konnte die Spannung zwischen ihnen, das Knistern, geradezu körperlich spüren. Irgendwann hielt sie es kaum mehr aus. Nur noch zwei, drei Augenblicke – und sie hätte sich Paul entgegengeneigt, um ihn zu küssen. Doch da trat er einen Schritt zur Seite. Sein Blick schweifte zum Horizont. »Wollen wir den Abstieg wagen?«

»Vor ein paar Tagen habe ich in der Kantine ein Gespräch zwischen ein paar Arbeitern mitbekommen ...«, begann Paul, als sie vom Parkplatz fuhren.

Dass er den begonnenen Satz abbrach, ließ Ruth aufhorchen. Sie sah ihn an. »Und?«

»Einer der Männer erzählte, dass du verheiratet bist.«

Pauls Worte empfand sie wie einen Schlag in die Magengrube. Benommen blinzelte sie ihn an. »Verheiratet?«

Er warf ihr einen Seitenblick zu. »Ja, verheiratet.«

»Das ist ...« Im ersten Moment wusste sie nicht, was sie sagen sollte. Es verwirrte sie, dass ihr Privatleben Gesprächsthema unter den Arbeitern war. Doch noch mehr verwirrte sie, dass Paul sie gerade jetzt, an diesem wunderschönen Tag, auf den dunkelsten Punkt in ihrer Vergangenheit ansprach. Wollte er, nachdem sie sich eben auf dem Turm wieder so nah gewesen waren, Klarheit über ihre private Situation haben?

»Also ...«, sie atmete tief durch. »Entschuldige, aber darauf war ich nicht vorbereitet, dass du mit mir jetzt über meine Ehe reden willst.« Sie lachte kurz auf – ein wenig hilflos, wie es sich für sie anhörte. »Aber ich habe nichts zu verbergen«, fügte sie dann forsch hinzu. »Mein sogenannter Ehemann wurde am Tag unserer Hochzeit in den Krieg eingezogen. Noch während der Feier in der Linde. Er war Parteimitglied und bis dahin als Betriebsleiter in einem kriegswichtigen Betrieb in Bonn als *unabkömmlich* eingestuft gewesen. 1944 brauchten sie jedoch für den sogenannten Endsieg jeden Mann. Die Ehe ist also nie vollzogen worden. Ich habe mich nie als verheiratet empfunden.«

»Und dann?«, fragte Paul sachlich, während er in gemächlichem Tempo über die Landstraße fuhr.

»Was – und dann?«

»Die Arbeiter sagen, er wäre vermisst.«

»Georg ist gefallen«, stellte sie in entschiedenem Ton richtig.

»Gefallen oder vermisst?« Paul blickte kurz zu ihr hinüber, aber so eindringlich, ja geradezu stechend, dass sie innerlich zusammenzuckte.

»Zuerst galt er als vermisst«, antwortete sie energisch. »Dann kam jedoch von seiner Einheit die Nachricht, er wäre gefallen. Allerdings erhielt ich nicht seine Identifikationsmarke. Auf meine Nachfrage hin, sagte man mir, er wäre durch eine Bombe zerfetzt worden, und seine Marke bei der Bergung der Leiche verloren gegangen. Nach etwa einem halben Jahr bestätigte mir jemand aus Wilmersbach, der in Georgs Einheit gewesen war, dass er tatsächlich bei einer Bombardierung der Russen gefallen war.«

»Dann bist du also Witwe.«

»Streng genommen noch nicht einmal Witwe«, widersprach sie Paul. »Wie gesagt, es hat gar keine Hochzeitsnacht gegeben.«

»Vor dem Gesetz seid ihr verheiratet gewesen.«

Sie drehte sich zu ihm um und fragte unwirsch: »Sag mal, was soll das jetzt? Das ist Jahre her. Sieben Jahre. In all diesen Jahren habe ich nicht mehr daran gedacht. Ich habe Georg nicht geliebt. Ich habe ihn nur geheiratet, weil ...« Mit wenigen Worten erzählte sie Paul die Geschichte. »Heute kann ich nicht begreifen, dass ich mich darauf eingelassen habe.«

Da griff Paul nach ihrer Hand, die sie im Schoß mit der anderen so fest verflochten hatte, dass die Fingerknöchel weiß hervortraten. »Ich wollte keine bösen Erinnerungen wecken«, sagte er, während er den Blick auf die Straße gerichtet hielt. »Ich wollte nur Klarheit haben.«

Bevor sie seine Hand hätte festhalten können, legte er sie wieder ans Lenkrad zurück.

Schweigend fuhren sie durch einen Fichtenwald, in dem die Luft merklich kühler war. Ruth zog die Schultern zusammen. Plötzlich fror sie. Lag es an der kühlen Stimmung, die jetzt zwischen ihr und Paul herrschte?

Erst im nächsten Dorf brach Paul das Schweigen erneut. Hier wurde ihre Fahrt durch eine Gruppe Jugendlicher aufgehalten, die mit hölzernen und blechernen Gegenständen über die Dorfstraße zogen.

»Was machen die denn da?«, fragte er erstaunt.

»Die klappern«, antwortete Ruth und begann wieder zu lächeln. »Das ist ein Brauch in der Eifel. Gründonnerstag feiern die Gläubigen das Abendmahl, und der Pfarrer stimmt das *Gloria* an. Danach läuten noch einmal feierlich alle Glocken, um dann bis zum Ostersonntag zu schweigen. Die Alten sagen: Die Glocken sind nach Rom geflogen. Von jetzt an übernehmen die Schuljungen die Ankündigung der Gottesdienste. Rasselnd ziehen sie durch den Ort, um die Gläubigen zum Kirchgang aufzurufen. Das ist hier in allen Orten so, die auch nach dem Krieg aufs Brauchtum Wert legen.«

»Erzähl weiter«, bat Paul sie, während er im Schritttempo hinter der kleinen Gruppe herfuhr.

»Spannend wird es dann in der Osternacht. Mancher Junge geht gar nicht erst ins Bett, sondern legt sich auf die Küchenbank, um die wichtige Stunde nicht zu verpassen: die Ankündigung des Ostertages. In aller Herrgottsfrühe versammeln sich die Jungen, gehen durch den Ort und rufen: *Stieht opp, stieht opp, et óss Uustadaach!*«

»Steht auf, steht auf, es ist Ostern«, übersetzte Paul.

Ruth lachte. »Genau. So rufen sie vor jedem Haus. Zur ersten Messe läutet nun wieder die Kirchenglocke. Nach dem Hochamt ziehen die Jugendlichen erneut von Haus zu Haus, um sich fürs Rasseln ihren Lohn abzuholen. Das können Eier, ein Kuchen oder sogar Geld sein. Am Ende wird alles gezählt und von den Ältesten verteilt. Den Löwenanteil sichern sich die Ältesten. Das ist überkommenes Recht. Im darauffolgenden Jahr ist dann der nächste Jahrgang der Nutznießer.«

Paul schmunzelte. »Interessant.«

»Habt ihr im Elbsandsteingebirge auch Bräuche?«, fragte Ruth.

»Natürlich. Osterbräuche, Weihnachtsbräuche ...« Pauls Miene verschloss sich – für Ruth ein Zeichen, nicht weiter über dieses Thema zu reden. Zu sehr litt Paul noch darunter, seine Heimat verloren zu haben.

Sie hatten den Ort jetzt hinter sich gelassen. Paul gab Gas, und der Fiat schoss die Landstraße entlang, die eine weitläufige, leicht hügelige Landschaft durchschnitt, in der hohe Wacholdersäulen wie stumme Wächter aus dem kargen Boden ragten. Ruth sah Paul an. Wieder bemerkte sie den Ausdruck von Verlorenheit und Schmerz auf seinen Zügen – wie beim allerersten Mal, als sie sich am See begegnet waren.

Dieser Ausdruck tat ihr körperlich weh. Sie legte ihre Hand auf sein Knie und fragte sanft: »Denkst du an deine Heimat?«

»Es tut mir nicht gut, daran zu denken«, lautete seine Antwort.

Da er ihre Hand nicht wegschob, wagte sie es, dann doch weiterzufragen: »Wünschst du dir manchmal, dorthin zurückzukehren?«

Da sah er sie an. In seinen Augen blitzte es zornig auf. »Niemals werde ich je wieder den Boden betreten, der heute von den Menschen regiert wird, die meine Familie umgebracht haben.«

Da sie merkte, wie sehr ihn dieses Thema schmerzte und wütend machte, zog sie ihre Hand zurück und schwieg. Sie schwiegen nun beide, bis sie die Anglerhütte erreicht hatten. Ruth hatte sich innerlich bereits darauf eingestellt, dass Paul den Abend allein verbringen wollte – was sie sogar verstand. Sie hatte ihm voller Freude ihr Land gezeigt – und ihn dadurch daran erinnert, dass auch er eine Heimat besaß, die er genauso liebte wie sie die Eifel. Ihr Ausflug mochte viele Erinnerungen in ihm hochgespült haben. Sie wollte ihm die Zeit geben, in dieser Stimmung allein sein zu können. Denn sie wusste nur zu gut, dass sie ihn nicht hätte trösten können.

Ganz Kavalier, hielt Paul ihr die Beifahrertür auf und sie stieg aus. »Bleibst du noch?«, fragte er zu ihrer Überraschung.

Auf Pauls einladende Geste hin setzte sich Ruth an den kleinen Holztisch auf der überdachten Veranda.

»Was möchtest du trinken?«

Lächelnd sah sie zu ihm hoch. »Das, was wir bis jetzt immer hier am See getrunken haben.«

»Also ein Bier.« Paul verschwand in der Hütte.

Zu gerne wäre sie ihm gefolgt, um zu sehen, wie er sich dort eingerichtet hatte. Nach Helmas Beschreibung lebte er sehr spartanisch. *Nichts Persönliches, kein Foto, nichts ...* Der Anstand verbot ihr jedoch, ihm unaufgefordert zu folgen.

Als er wieder auf die Terrasse trat, brachte er nicht nur Bier mit. Auf dem großen Tablett, das Karl einst selbst gezimmert hatte, waren auch Brot, Käse, Hartwurst, Tomaten, ein Glas mit Gewürzgurken und Senf. »Ich habe gestern nach der Arbeit noch schnell eingekauft«, sagte er.

Hatte er gestern schon vorgehabt, nach dem Ausflug noch Zeit mit ihr zu verbringen? Gemeinsam deckten sie den Tisch ein. Dabei machte der Jubel in ihrem Herzen Ruth fast schwindelig. Eigentlich hatte sie es ja schon an ihrem Geburtstag gewusst, als er ihr den Kompass geschenkt hatte: Paul hatte sich auch in sie verliebt.

Nachdem sie sich zugeprostet hatten, sah sie ihn an und sagte schlicht: »Ich finde es sehr schön, mit dir zusammen zu sein.«

»Die Fahrt hat mir auch gefallen«, lautete Pauls Antwort. »Du bist eine gute Reiseführerin.« Dann zeigte er auf den Tisch. »Bitte, greif zu. Ich weiß nicht, wie es dir geht, aber ich habe einen Mordshunger.«

Ruth schluckte ernüchtert und widmete sich dann der deftigen Brotzeit. Während sie aßen, kam die Unterhaltung wieder in Gang. Sie erzählten sich gegenseitig von ihren Vorlieben beim Essen und Trinken, sprachen über Musik und Literatur und stellten fest, dass sie fast immer den gleichen Geschmack hatten.

»Das nächste Mal könnten wir zum Nürburgring fahren«, schlug Ruth vor. »Warst du schon einmal dort?«

»Nein, ich habe nur davon gelesen«, erwiderte Paul.

»Es gibt hier so viele schöne Ziele, so viele unterschiedliche Landschaften«, sprach sie weiter, ungeachtet ihrer Enttäuschung darüber, dass Paul nicht gleich für einen neuen Ausflug ein Datum festlegte. »Auch die Mosel mit ihren kleinen Weindörfern ist sehenswert oder das Ahrgebirge oder die Schneifel«, fuhr sie eifrig fort.

»Schneifel?« Paul sah lachend von seinem Teller auf. »Das klingt lustig.«

»Die Schneifel ist ein Gebirgszug in den westlichen Hochlagen der Eifel. Sie verläuft entlang der Grenze zu Belgien«, erklärte Ruth ihm. »Obwohl sie im Winter sehr schneereich ist, hat der Name jedoch nichts mit Schnee zu tun. *Schneifel* leitet sich aus dem früheren Sprachgebrauch dieser Region ab und bedeutet so viel wie Schneise, die über den Höhenzug verlief. Irgendwann ist dann mal das Wort *Schnee-Eifel* daraus geworden.«

»Da hat wieder die Lehrerin gesprochen!«, neckte Paul sie.

Sie lachte, bevor sie – einmal in ihrem Element – begeistert weiterdozierte: »Kennst du den Heidedichter Hermann Löns? Er machte unserer Gegend einmal eine sehr schöne Liebeserklärung. Er sagte: »*Sie ist ein Naturkind mit Vergangenheit, eine Schönheitskönigin ohne Schminke, eine Verführerin ohne Absicht ... Und alle bleiben ihr treu!*«

Da legte Paul das Messer zur Seite und sah sie an, als würde er sie zum ersten Mal richtig wahrnehmen. Seine tiefblauen Augen glitten über ihr Gesicht und schienen sich jede Einzelheit einzuprägen. Was Paul bisher noch nicht ausgesprochen hatte, las sie jetzt in seinem Blick, all ihre Gefühle für ihn spiegelten sich darin wider.

Und dann begann er zu lächeln und sagte mit vor Zärtlichkeit rauer Stimme: »Das bist auch du, Ruth – ein Naturkind mit Vergangenheit, eine Schönheitskönigin ohne Schminke, eine Verführerin ohne Absicht ...«

Nicht nur sein Blick, ebenso seine poetischen Worte – auch wenn sie nur zitiert waren – bescherten ihr eine Gänsehaut.

»Ist das auch eine Liebeserklärung?«, fragte sie leise.

»Ruth ...« Paul biss sich auf die Lippe. Sein Blick wich ihrem aus und glitt zu dem Weiher hinüber, wo das Entenpärchen seine Bahnen zog.

»Ja, ja, ich weiß ...«, fuhr sie voller Zärtlichkeit fort. »Geschäftliches und Privates ...« Sie seufzte in sich hinein. Warum nur machte er dem Zauber zwischen ihnen immer wieder ein so abruptes Ende?

Er stand auf. »Möchtest du noch ein Bier?«

Sie blickte zu ihm hoch. »Hast du auch Wein im Angebot?«

»Rot oder Weiß?«

»Rot.«

Als er in die Hütte ging, stand sie auf und schlenderte zum Seeufer. Sie setzte sich ins Gras, das noch die Wärme der Nachmittagssonne abstrahlte. Sie wollte *neben* Paul sitzen und nicht *ihm gegenüber* – so weit voneinander entfernt.

»Da bist du!«, rief er aus, als er mit der Flasche und zwei Gläsern auf die Veranda trat.

»Kommst du auch? Es ist so schön hier!«, rief sie zurück. »Früher hab ich hier oft gesessen und auf den See geblickt.«

Er ließ sich neben ihr nieder und schenkte ein. Nachdem sie getrunken hatten, sagte Ruth voller Dankbarkeit: »Wie gut geht es uns doch! Vor noch nicht allzu langer Zeit sind hier Bomben gefallen.«

»Darüber lass uns jetzt bitte nicht reden.«

Ehe er sich wieder in sich zurückziehen konnte, wechselte sie rasch das Thema. »Bist du zufrieden hier? Ich meine, gefällt es dir in der Hütte, oder brauchst du mehr Platz?«

»Nein«, lautete seine Antwort, während sein Blick dem Entenpärchen folgte, das jetzt das gegenüberliegende Ufer erreicht hatte und wendete.

Verzweiflung darüber, dass sie den Kontakt zu ihm gerade wieder verloren hatte, machte sich in ihr breit. Wie dumm von ihr, vom Krieg angefangen zu haben!

»Paul?« Sie sah ihn ernst an, war entschlossen, jetzt alles auf eine Karte zu setzen. Diese Nebelzonen in seinem Verhalten, diese Ungewissheit, das Vor-und-zurück hielt sie nicht länger aus.

»Ja?« Er wandte ihr den Kopf zu und sah sie genauso ernst an.

»War das eben eine Liebeserklärung an mich?«

Da begann er zu lächeln, so als wäre er ihr dankbar, dass sie die Hürde, die er zwischen ihnen aufgebaut hatte, niedergerissen hatte. »Ja, Ruth, das war es. Aber ich habe Angst.«

»Aber wovor denn?«, fragte sie, nahm sein Gesicht in beide Hände und zwang ihn so, sie anzusehen.

Doch er befreite sich aus dieser zärtlichen Geste und wandte den Kopf ab. »Ich habe schon so viel verloren.«

Seine Zweifel trieben sie an den Rand des Wahnsinns. Hilflos saß sie neben ihm. Sie verstand ihn ja: Der Krieg hatte ihm seine Wurzeln genommen. Er traute dem Leben nicht mehr, hatte Angst, noch einmal den Anker auszuwerfen. Er wusste ja nur zu gut, dass eine neue Woge diesen Anker wieder ausreißen und sein Boot erneut aus dem Hafen treiben konnte. Aber trotzdem! Spürte er denn nicht, dass er ihrer Liebe vertrauen konnte? Dass sie ihm eine gleichberechtigte Partnerin sein, Gutes wie Schlechtes mit ihm teilen wollte?

Fest nahm sie seine Hand in ihre und beteuerte ihm: »Aber du verlierst mich nicht. Niemals. Das verspreche ich dir.«

Er sah sie an. »Das wissen wir heute noch nicht.«

Obwohl sie ihm tief im Herzen recht gab, war sie fest entschlossen, ihn eines Besseren zu belehren – vielleicht weil sie selbst unbedingt an die ewige Liebe glauben wollte.

Sie sprang auf die Füße, ging vor ihm in die Hocke, sodass ihre Gesichter voreinander waren. »Paul«, begann sie in eindringlichem Ton. »Du musst es doch auch spüren. Du und ich – wir gehören zusammen. Ich habe es vom ersten Augenblick an gewusst. Und im Steinbruchbetrieb klappt es doch auch mit uns beiden«, fügte sie schwach hinzu, während sie in Pauls verschlossene Miene blickte.

Niemals zuvor hatte sie sich derart einem Mann in die Arme geworfen, aber sie war auch niemals zuvor einem Mann begegnet, bei dem sie sich so sicher gewesen war, dass er der Richtige war. Sie musste um diese Liebe kämpfen.

Da hob Paul die Hand und verschloss ihr die Lippen mit dem Zeigefinger. Sie sah das sehnsüchtige Leuchten in seinen Augen. Dennoch machte er keinerlei Anstalten, sie in die Arme zu nehmen, sie endlich zu küssen.

»Ich will keine Liebelei mit dir, Ruth«, sagte er. »Ich will was Richtiges, was mit Zukunft.«

»Das will ich doch auch, Paul. Mit dir. Nur mit dir«, erwiderte sie voller Inbrunst.

Da stand er auf, zog sie an der Hand hoch und ging mit ihr zurück zur Hütte. Am Fuße der Treppe blieb er stehen.

Dort nahm er sie in die Arme, so behutsam, als würde er etwas besonders Kostbares und Zerbrechliches umfassen. Die Gesichter ganz nah, sahen sie sich an.

»Möchtest du es auch?«, fragte Paul heiser.

»Ja«, antwortete sie mit fester Stimme.

Hand in Hand betraten sie die Hütte, durch deren Fenster die tief stehende Sonne ihre goldenen Strahlen sandte. Als sie sich dann endlich küssten, versank die Welt um sie herum, und die Natur hielt den Atem an. Ihre Küsse wurden inniger, verlangender, ließen Sinne und Denken miteinander verschmelzen. Da wusste Ruth, dass von jetzt an für den Rest dieses Tages jede Regel außer Kraft gesetzt war. Alles war möglich. Pauls Hände, Lippen, seine Zärtlichkeit, seine Leidenschaft waren das Einzige, was noch zählte.

Mit jedem neuen Tag machte sich der Frühling deutlicher bemerkbar. In der Eifel begann das große Blühen. Die Buchen erstrahlten in leuchtendem Grün. Die Nadelhölzer setzten helle Spitzen an. Am Rand der saftigen Wiesen versprühten Ginsterbüsche goldene Funken. Auch Ruth blühte auf. Ihr schien der Himmel über den Hügeln am Horizont jeden Tag in ein noch strahlenderes Blau getaucht. Wie lange hatte sie sich nicht mehr so lebendig gefühlt! Die Arbeit ging ihr leicht von der Hand. Dieser versteckte, zärtliche Blickwechsel mit Paul in Anwesenheit Dritter, wenn einer wusste, was der andere gerade dachte; ihr gemeinsames Überlegen, gemeinsames Planen, wenn es um Neuanschaffungen im Steinbruch ging ... Und dann war da die Zeit am Wochenende, wenn sie lange Wanderungen mit Arno unternahmen, Schach spielten, Motorrad fuhren, ins Kino oder zum Tanzen gingen. Diese Tage ließen sie dann abends bei Paul in der Anglerhütte ausklingen. Das tiefe Verständnis zwischen ihnen, als würden sie sich bereits ein Leben lang kennen, das gemeinsame Lachen und die unumstößliche Gewissheit, dass sie zusammengehörten – dieses übermütige und fassungslose Glück – machten die Hütte an dem kleinen See jeden Abend aufs Neue zum Paradies.

Pfingstsonntag war Paul zum ersten Mal bei Ruths Mutter eingeladen. Heidi war natürlich auch da. Paul verstand es, durch seinen Charme und gute Manieren, die Sympathie der beiden Frauen auf einen Streich zu gewinnen. Nach dem Abendessen spielte Liliane auf dem Klavier die neuesten Schlager. Paul begleitete sie auf seiner Mundharmonika, und Ruth tanzte mit Heidi ausgelassen zu *Pack die Badehose ein* und *Du bist die Rose vom Wörthersee*.

»Dass Tante Liliane nichts dagegen sagt, wenn du die Nacht bei Paul verbringst …«, wunderte sich Heidi, als die beiden Freundinnen den Pfingstsonntag bei einem Gläschen Eckes Edelkirsch auf Ruths Sofa ausklingen ließen. »Wo es doch gegen Sitte und Moral ist«, fügte sie zwinkernd hinzu.

Ruth lachte. »Sie tut so, als würde sie es nicht bemerken, wenn ich erst in den frühen Morgenstunden nach Hause komme. Und vergiss nicht, sie ist Halbfranzösin und in Paris, der Stadt der Liebe, geboren.«

»Wenn Onkel Friedrich noch am Leben wäre, dürftest du nicht über Nacht wegbleiben.«

»Stimmt.« Ruth seufzte. »Am 15. Juni ist sein erster Todestag. Wie schnell die Zeit vergeht.«

»Tante Liliane hat erzählt, dass sie danach eine Woche zu ihrer Cousine Marlene nach Frankfurt fahren will.«

»Ich weiß. Mutter hat sogar schon davon gesprochen, dorthin zu ziehen.«

»Sie hat ja hier auch wirklich zu wenig Abwechslung.«

»Das stimmt schon, aber die Vorstellung, Mutter würde tatsächlich wegziehen, tut mir jetzt schon weh.«

»Sag mal ...«, Heidi nippte an ihrem Likör, »inzwischen weiß doch bestimmt jeder in Wilmersbach und Umgebung, dass du und dein Betriebsleiter ein Paar seid.«

Ruth lachte. »Wahrscheinlich. Du weißt doch, wie es auf dem Land zugeht.«

»Und wie verhält sich Johannes?«

»O weia! Da fragst du was! Beim Tanz in den Mai sind wir ihm begegnet. Er hat wieder eine Freundin. Sie scheint sehr viel jünger zu sein als er.«

»Dann ist sie ja für Louise leichte Beute.«

»Es war eine unangenehme, gezwungene Begegnung«, fuhr Ruth ernst fort. »Wir haben nur ein paar höfliche Worte miteinander gewechselt. Paul hat er völlig übersehen, und seine Freundin war stumm wie ein Fisch.«

»Wahrscheinlich wird Johannes nie verwinden, dass er dich nicht bekommen hat«, mutmaßte Heidi. »Hoffentlich findet er auch bald sein Glück, sonst wird er dir deins immer neiden.«

17

Nichts geschah in der nächsten Zeit, was Ruths Glück hätte trüben können. Die Tage waren hell und leuchtend. Am 16. Juni, einen Tag nach dem Jahresgedächtnis ihres Vaters, heiratete Erika ihren Freund an der Mosel.

»Es war eine schöne Hochzeit«, erzählte Josef, als er mit Ruth am nächsten Tag vor seinem Haus auf der Bank in Mittagssonne saß. »Das ganze Dorf war eingeladen, und Erika kam mir richtig glücklich vor. Sie ist übrigens schwanger. Im zweiten Monat«, fügte er mit versonnenem Lächeln hinzu.

Ruth schob ihre Hand in seine und drückte sie. »Ich freue mich für Erika und würde ihr gerne gratulieren. Gibst du mir ihre Adresse?«

Ruth schickte ihrer Halbschwester eine Karte, aus deren Zeilen viel Herzlichkeit sprach. Eine Woche später erhielt sie eine vorgedruckte Danksagung für alle guten Wünsche und Geschenke zur Vermählung. Enttäuscht steckte sie die Karte in ihre Schreibtischschublade.

Das Getreide reifte heran. Warmer Dunst stieg aus den Feldern. Es roch nach Gräsern und Kräutern – es roch nach Sommer. Ruth und Paul durchlebten diese Zeit in vollen Zügen.

An einem der langen Sommerabende hatten sie nach der Arbeit mit Arno einen Spaziergang gemacht, danach waren sie im See schwimmen gewesen. Jetzt saßen sie am Ufer und genossen ihr kleines Paradies. Das Geißblatt verströmte seinen süßen, betörenden Duft, Leuchtkäfer flogen durch die warme Luft, und ein kreisrunder Mond überzog die Lichtung mit silbrigem Licht. Eng an Paul geschmiegt, betrachtete Ruth die Sternenbilder, die wie Schmuck aus glitzernden Kristallen am blauschwarzen Himmel hingen. In solchen Augenblicken konnte auch sie dem Glück, das mit Paul Eintritt in ihr Leben gefunden hatte, immer noch nicht so richtig trauen. Sie brauchte Pauls Nähe so sehr, dass es ihr manchmal Angst machte. Rasch schob sie ihre Hand in Pauls, die ihre fest umschloss. So blieben sie sitzen, und Ruth spürte, dass sie vollkommen glücklich war.

Als sie sich kurz vor Mitternacht mit Arno auf den Heimweg machte, waren Wolken aufgezogen. Ein kühler Nachthauch zog durch den Wald, und der Wind hatte aufgefrischt und bewegte die Wipfel der schwarzen Fichten. Ein Wetterumschwung kündigte sich an.

Am nächsten Morgen wurde Ruth vom Trommeln der Regentropfen an ihrer Fensterscheibe geweckt. Das Schlafzimmer war so düster, dass sie die Lampe anknipsen musste, um sehen zu können, wie spät es war. Acht Uhr. Sie stand auf und ging zum Fenster. Der Regen verhüllte die Landschaft. Sie konnte nur wenige Meter weit sehen. Bei diesem trostlosen Anblick fielen ihr die Anfangszeilen von Schillers *Don Carlos* ein: *Die schönen Tage in Aranjuez sind nun zu Ende* ... Mit einem tiefen Seufzer machte sie sich an ihre Morgentoilette. Sie konnte sich Zeit lassen. Mit ihrer Sekretärin war sie für zwölf Uhr im Steinbruch zur Ausgabe der Lohntüten verabredet. Da es vor einigen Wochen bei der Auszahlung zu Unstimmigkeiten gekommen war, hatte Anna vorgeschlagen, fortan dabei zu sein. »Vier Augen sehen mehr als zwei«, hatte sie gesagt.

Ruth saß mit ihrer Mutter noch gemütlich beim Frühstück und erzählte ihr gerade, dass Paul sich an diesem Samstag im Westerwald einen gebrauchten Kran ansehen wollte, als Arno aufsprang und in die Eingangshalle stürmte. Sein Bellen hörte sich alles andere als freundlich an. Es galt eindeutig einem Fremden, der in sein Revier eingedrungen war. Ruth und ihre Mutter wechselten einen erstaunten Blick.

»Wer mag denn da kommen?«, fragte Ruth.

Liliane hob die Schultern. »Ich habe niemanden eingeladen.«

Den Bruchteil einer Sekunde später hörten sie das Hämmern des Türklopfers.

»Ich mache schon auf!«, rief Helma ins Speisezimmer.

Es folgten ein paar Momente Stille, dann begann Arno aufs Neue zu bellen. Ruth konnte nicht verstehen, was an der Tür gesprochen wurde. Als sie krachend zuschlug, sprang sie auf, lief in die Eingangshalle und sah sich Helma gegenüber, die Arno am Halsband festhielt. »Was ist los?«

»Da draußen steht wieder so ein Staubsaugerverkäufer«, sagte Helma mit düsterem Blick. »Die kommen jetzt fast jede Woche vorbei. Arno mag sie nicht. Ich habe ihn gar nicht erst zu Wort kommen lassen und ihm gesagt, wir hätten bereits einen Vorwerk.«

Kaum hatte Helma zu Ende gesprochen, da klopfte es noch einmal, und Arno begann erneut wie wild anzuschlagen.

»Nimm ihn bitte mit in die Küche«, bat Ruth. »Ich regle das.«

Energischen Schrittes ging sie zur Tür und öffnete. Vor ihr stand ein Mann in langem Trenchcoat, an dem der Regen herunterlief. Dass dieser Mantel viel zu groß war, erkannte sie auf den ersten Blick. Die braune Hutkrempe, von der ebenfalls das Wasser tropfte, beschattete das Gesicht des Mannes, der etwa gleich groß war wie sie, trotz der gebeugten Haltung.

Für einen kurzen Moment empfand sie Mitleid mit dem Fremden. Trotz des schlechten Wetters zog er über Land, um seinen Unterhalt zu verdienen. Viel konnte dabei nicht herumkommen, denn trotz des Wirtschaftswunders konnten sich nur wenige Menschen teure Haushaltsgeräte leisten.

»Nichts für ungut, aber wir kaufen nichts«, begrüßte sie den Vertreter freundlich, aber entschlossen. »Sie sollten es lieber in den Städten versuchen, wo viele Menschen nebeneinander wohnen. Dort sind die Wege kürzer bei dem schlechten Wetter.«

Da hob der Mann den Kopf und sah sie an. Sein Gesicht war ausgemergelt, seine Haut blass, und die blauen Augen lagen in tiefen Höhlen. Bestimmt ein Kriegsheimkehrer, ging es Ruth durch den Kopf, während sich erneut Mitleid in ihr regte.

»Guten Tag«, hörte sie da den Fremden mit einer Stimme sagen, die ihr bekannt vorkam.

Während sie noch überlegte, wo sie diese Stimme schon gehört haben könnte, wich sie von der Tür zurück. Es dauerte einen langen, einen furchtbar langen, Moment, bis ihr ins Bewusstsein drang, wer dieser Mann war. Die Erkenntnis machte ihr jede Reaktion unmöglich. Völlig erstarrt stand sie da und hoffte darauf, aus diesem Albtraum aufzuwachen.

»Kennst du mich noch?«, fragte der Fremde.

»Georg?«, flüsterte sie voller Unglauben, während sie sich an der Tür festhielt. Was hatte dieses dürre Gespenst mit Georg Breuer zu tun, diesem schneidigen, jungen Mann, groß, blond, blauäugig, sportlich und kerngesund? Ein Schwiegermuttertyp, dessen Charme selbst ihre Mutter anfangs erlegen war, bis sie erfahren hatte, dass Georg in der Partei war. Dieser Mann, der jetzt ihren Blick suchte, wirkte wie ein an Körper und Seele gebrochener Mensch.

»Ich bin vor einem halben Jahr aus der Gefangenschaft entlassen worden«, sprach ihr Ehemann weiter, ohne sich von der Stelle zu bewegen. »Die erste Zeit war ich im Krankenhaus, dann bei einem Kameraden in Marburg. Du solltest mich so nicht sehen. Aber jetzt geht es schon besser«, fügte er mit einem Lächeln hinzu, das tatsächlich entfernt dem stets siegessicheren Lächeln Georg Breuers ähnelte.

»Ruth?«, drang da aus einer anderen Welt, aus der Welt, in die sie gehörte und die sie liebte, die Stimme ihrer Mutter an ihr Ohr. »Was gibt es denn?«

Ruth drehte sich um – unfähig zu antworten. Da sah sie der Miene ihrer Mutter an, dass auch sie Georg erkannte.

Liliane ging auf ihn zu. »Georg?«

»Ja.« Georg Breuer straffte sich. »Darf ich reinkommen?«

Da standen sie nun in der Eingangshalle unter dem riesigen Kronleuchter. »Darf ich?« Ohne eine Antwort abzuwarten, zog Georg seinen Mantel aus, nahm den Hut ab, der seinen fast kahlen Kopf zum Vorschein brachte, und legte beides auf seinen Koffer. Der braune Anzug und der Hemdkragen des gelbstichigen Hemdes waren genauso zu weit wie sein Mantel.

»Helma?«, rief Liliane in Richtung Küche, deren Tür verschlossen war. »Bitte bring Kaffee und Gebäck in den Wintergarten und kümmere dich um die nasse Kleidung.«

»Kann ich Arno rauslassen?«, rief Helma zurück.

»Besser noch nicht.« Liliane deutete Georg durch eine Geste an, ihr zu folgen.

Ruth bewunderte die aufrechte Haltung ihrer Mutter, die ihr Schutz gab in einer Situation, in der ihre Kraft sie verlassen hatte. Ihre Glieder bewegten sich mechanisch, als seien sie von einer fremden Macht gesteuert. Sie fühlte sich leer, wie ausgehöhlt, doch sie ahnte, dass dieser Zustand bald enden würde und vielfältige Gefühle in ihr hervorbrechen würden – Entsetzen, Verzweiflung, Wut, Angst ... Zugleich wusste sie aber auch, dass es keinen Ausweg aus diesem Schrecken geben würde. Vielmehr hatte der Wahnsinn gerade erst angefangen.

Während Georg Kaffee trank und ein Plätzchen nach dem anderen aß, fand er zu seiner alten Form als routinierter Unterhalter zurück. Wort- und gestenreich schilderte er seine schwere Zeit an der Ostfront, seine Verletzungen, die

Qualen in der russischen Gefangenschaft, die Erniedrigungen, seine Hungerödeme, seine erfrorenen Füße. Liliane unterbrach seinen Vortrag hin und wieder mit Fragen. Ruth hörte nur zu. Dabei war ihr, als würde sie sich selbst durch einen Nebel in einem entsetzlichen Schauspiel beobachten. Ganz langsam durchdrang die Erkenntnis ihr Bewusstsein, dass sie mit diesem Mann, der ihr in dem Korbsessel gegenübersaß, verheiratet war – ob sie wollte oder nicht. Diese Erkenntnis löste mit einem Mal die Starre in ihr. Ihr Verstand nahm seine Arbeit wieder auf. Wie sollte es jetzt weitergehen? Warum war Georg gekommen? Und das erst nach einem halben Jahr? Wie wurde sie ihn möglichst schnell wieder los? Er konnte doch nicht im Ernst glauben, dort mit ihr weitermachen zu können, wo sie vor sieben Jahren aufgehört hatten! All diese Überlegungen füllten ihren Kopf, drohten, ihn zum Platzen zu bringen.

Sie setzte sich aufrecht hin und sah Georg geradewegs in die Augen. »Warum bist du hier?«

Ihre direkte Frage schien ihn zu verunsichern. Dann glitt ein glattes Lächeln über seine ausgemergelten Züge, und er antwortete sanft, als spreche er mit einer Verwirrten: »Wir sind verheiratet, Ruth. Du bist meine Ehefrau. Alle Kriegsgefangenen kehren zu ihren Familien zurück. Haben sie es nicht verdient, wieder aufgenommen zu werden? Wir haben schließlich an der Front für euch gekämpft und dabei jede Minute um unser Leben gefürchtet.«

Ruth konnte ein bitteres Auflachen nicht unterdrücken, bevor sie aufgebracht entgegnete: »Leute wie du – hohe Parteimitglieder und Betriebsleiter in Rüstungsfabriken – haben uns diesen Krieg eingebracht, in dem wir alle um unser Leben gefürchtet haben. Wenn es Leute wie dich nicht gegeben hätte, hätte es auch keinen Krieg gegeben.«

Georgs Blick lag ein paar Sekunden lang mit kaltem Ausdruck auf ihr. Dann begann er zu lächeln. »Der Krieg und die Politik sind ein anderes Thema, Ruth. Jetzt geht es um uns beide. Du warst mein Halt in all den Jahren. Ich habe nur auf den Tag hingelebt, an dem ich dir wieder gegenübersitzen darf. Schick mich nicht weg.«

Ruth schoss das Blut in den Kopf. Nicht etwa aus Betroffenheit, sondern aus Empörung. Als sie Georg in jungen Jahren geheiratet hatte, war sie zu naiv gewesen, um ihn zu durchschauen. Doch heute war sie eine gestandene Frau, die sich durchgeboxt hatte. Georg Breuer konnte ihr nichts mehr vormachen. Er liebte sie nicht, hatte sie nie geliebt – genauso wenig wie sie ihn. Diesbezüglich waren sie einander nichts schuldig. Georg hatte es nur auf ihr Geld abgesehen gehabt. Er stammte aus einfachen Verhältnissen und hatte schon damals gewusst, wie man sich hocharbeitete – mithilfe der Partei und gutgläubiger Menschen. Und heute suchte er nur irgendwo einen Unterschlupf.

Sie schenkte ihm ein kühles Lächeln und antwortete in sachlichem Ton: »Sieh die Sache bitte so, wie sie ist: Da unsere Ehe nie vollzogen worden ist, existiert sie für mich nicht. Ich will und werde dir bei deiner Wiedereingliederung in die Gesellschaft nicht helfen, das sage ich nur für den Fall, dass du so etwas von mir erwarten solltest. Und deshalb bitte ich dich zu gehen.«

Aus dem Augenwinkel bemerkte sie, wie ihre Mutter den Atem anhielt. Lilianes sorgenvoller Blick wanderte zwischen ihr und Georg hin und her. Da wandte sich Georg höflich an seine Schwiegermutter: »Würdest du mich bitte eine Weile mit meiner Frau allein sein lassen, Schwiegermutter?«

»Meine Mutter bleibt hier«, ereiferte Ruth sich.

Doch Liliane stand auf. »Ich glaube, es ist besser so, Liebes«, sagte sie zu ihrer Tochter und verließ den Wintergarten.

»Bekomme ich hier denn wenigstens was zu trinken?«, fragte Georg mit Blick auf den Bartisch.

Ruth schluckte und stand auf. »Was soll es denn sein?«, fragte sie spöttisch.

»Cognac.«

Nachdem Georg das bauchige Glas auf einen Zug geleert hatte, hielt er es ihr entgegen. »Noch einen.«

Sie schenkte nach und setzte sich.

Nach einem weiteren Schluck beugte er sich vor. Dabei hielt er den Cognacschwenker in beiden Händen zwischen den spitzen Knien. »So, Ruth, jetzt lass uns in Ruhe und vernünftig reden«, begann er. »Unsere Ehe wurde damals zwar nicht vollzogen, aber besteht nach wie vor. Dem entsprechenden Gesetz des von den Alliierten gegründeten Kontrollrats zufolge wäre unsere Ehe nur nichtig, wenn du mich für tot hättest erklären lassen.«

»Das habe ich leider versäumt«, kam es ihr vorschnell über die Lippen – was ihr im nächsten Moment leidtat. Sie wollte Georg nicht verletzen, sie wollte nur, dass er möglichst schnell wieder ging.

Georg tat so, als hätte er ihre Worte nicht gehört. »Und was das Vollziehen der Ehe angeht ...« Er sah sie mit eindeutigem Lächeln an, »das können wir nachholen. Du bist immer noch eine sehr schöne, begehrenswerte Frau. Und ich ein gesunder Mann – zumindest in dieser Hinsicht.«

Seine Worte, sein lüsterner Blick, sein siegessicheres Lächeln erzeugten Ekel in ihr. »Niemals, Georg«, sagte sie mit bebender Stimme. »Niemals. Außerdem werde ich bald heiraten.« Nur einen Sekundenbruchteil später bereute sie die Lüge. Instinktiv wusste sie, dass sie gerade einen Fehler gemacht hatte.

Georg wirkte jedoch nicht überrascht. Er leerte das Glas, stand auf und schenkte sich ganz selbstverständlich nach. Während er sich wieder setzte, sagte er gelassen: »Deinen Betriebsleiter.«

Verblüfft sah sie ihn an. »Woher weißt du das?«

»Meine Liebe«, er lehnte sich zurück und streckte die Beine aus, »ich bin seit gestern in Wilmersbach. Sozusagen um nach den vielen Jahren erst einmal Tuchfühlung aufzunehmen. Ich habe in der Linde übernachtet. Und wen traf ich dort gestern Abend zufällig? Deinen Jugendfreund Johannes Prümm. Der hat mir so einiges erzählt. Es hat ihm richtig Spaß gemacht, mich über alles aufzuklären. Nun gut ...« Georg trank einen Schluck und lächelte sie gönnerhaft an. »Es waren schwere und turbulente Jahre. Du warst jung und einsam und als Frau dieser Aufgabe, einen Steinbruch zu leiten, nicht gewachsen. Aber jetzt bin ich ja da, und du kannst dich zurücklehnen. Morgen werde ich mir erst mal ein Bild von allem machen. Danach treffe ich Entscheidungen. Und die Sache mit diesem Paul ...« Er winkte ab. »Schwamm drüber. Wie gesagt, es waren schlimme Zeiten. Ich werde ihm kündigen, du wirst ihn vergessen, und wir beide fangen neu an.«

Ruth starrte ihn an – ohne ihn richtig wahrzunehmen. Vielmehr fiel ihr jäh die Besitzerin des Cafés in Bad Godesberg ein, Frau Frick, von der Heidi ihr erzählt hatte. Deren Mann hatte nach seiner Rückkehr aus der Gefangenschaft auch das Regiment übernommen. In Erinnerung daran durchzuckten sie wie grelle Blitze nicht nur unbändige Wut, sondern auch größte Panik. Sie sprang auf. Mit geballten Fäusten baute sie sich vor Georg auf und schleuderte ihm entgegen: »Denk gar nicht erst daran! Du hast in meinem Steinbruchbetrieb überhaupt nichts zu sagen. Ich verbiete dir, auch nur einen Fuß in die Grube zu setzen. Und wenn ich die Polizei zu Hilfe holen müsste ... Außerdem werde ich mich umgehend scheiden lassen. Und jetzt«, sie streckte den Arm aus in Richtung Tür, »und jetzt verlässt du dieses Haus und wirst es nie wieder betreten. Du wirst niemals bestimmen, was ich zu tun und zu lassen habe. Das schwöre ich dir!« Mit diesen Worten drehte sie sich um, lief durch die Eingangshalle, die Treppe zu ihrem Schlafzimmer hoch und warf die Tür hinter sich zu. Mit dem Rücken an die Tür gelehnt, blieb sie schwer atmend stehen. Das Zimmer drehte sich um sie, während ihr Verstand unter dem Schwall von Emotionen aufzugeben drohte. Sie schüttelte mehrmals den Kopf, als könnte sie so den Nebel vertreiben, der sie umgab. Das konnte doch alles nicht wahr sein! Und plötzlich verließ sie ihre Kraft. Sie schleppte sich zum Bett und setzte sich. Ein paarmal atmete sie tief durch, rieb sich die Schläfen und versuchte, zur Ruhe zu kommen. Sie wusste zwar, dass die Frauen im Grundgesetz der Bundesrepublik Deutschland von 1949 den Männern gleichgestellt waren. Genauso wusste sie jedoch auch, dass es mit dieser

Gleichberechtigung im Alltag nicht weit her war. Immer noch konnte der Ehemann über Wohnung und Wohnort der Familie bestimmen sowie ganz nach Belieben über das Einkommen seiner Ehefrau verfügen, wenn zuvor keine Gütertrennung vereinbart worden war. Was bedeutete das in ihrer jetzigen Situation? Das wollte sie sich gar nicht ausmalen.

Auf der Treppe wurden Schritte laut. Feste Schritte. Nein, das würde Georg nicht wagen, dachte sie noch, als auch schon ihre Schlafzimmertür aufflog. Breitbeinig stand Georg da, kalkweiß im Gesicht. Sie sah ihm an, dass er sich nur mit Mühe beherrschte. Sie sprang vom Bett auf. Ihr Zeigefinger stach in seine Richtung. »Wage es nicht hereinzukommen. Verlass auf der Stelle unser Haus, sonst hetze ich Arno auf dich.«

Georg blieb stehen, stierte sie an. Seine Hände schlossen und öffneten sich, als würde es ihn danach verlangen, sie mit einem Faustschlag zum Schweigen zu bringen. Plötzlich bekam sie Angst. Hilflosigkeit breitete sich in ihr aus. Wie konnte sie diesen Menschen loswerden?

Dann entspannte sich Georgs Haltung. Er betrat das Zimmer und schloss die Tür hinter sich. Er lächelte sie an, doch sie sah diesem Lächeln an, wie schwer es ihm fiel. Alles in ihr war in Alarmbereitschaft. Sie hatte zu harte Worte gewählt, hatte übertrieben reagiert, hatte ihn zu sehr verletzt. Diese Gedanken rasten durch ihren Kopf, während sich ihre Blicke kreuzten. Georg trat auf sie zu, blieb dicht vor ihr stehen, schien sie zurück aufs Bett drängen zu wollen. Blitzschnell wich sie ihm aus, trat zur Seite auf die Frisierkommode zu, wo sie mehr Bewegungsfreiheit hatte. »Bitte, Georg«, begann sie ruhiger. »Du musst auch mich verstehen. Nach sieben Jahren stehst du hier plötzlich vor der Tür und willst über mein Leben verfügen, das ich mir in all den Jahren aufgebaut habe.«

»Scheidung?«, wiederholte Georg mit höhnischem Lächeln, als hätte er ihr gar nicht zugehört. »Glaube mir: Bevor ich mich auf den Weg zu dir gemacht habe, habe ich mich kundig gemacht. Nach Beantragung der Scheidung gibt es eine dreijährige Trennungsfrist, bevor die Scheidung ausgesprochen wird. In diesen drei Jahren habe ich das Recht, hier zu leben, so, wie wir es für die Zeit nach der Hochzeit vereinbart haben. Noch bestimmt der Ehemann den Wohnort.«

Angesichts Georgs überheblicher Miene und seiner Worte schoss Ruth erneut das Adrenalin in die Adern. Vergessen waren ihre Angst und ihr Wille, die neue Situation sachlich und ruhig zu klären.

»Daran glaubst du doch selbst nicht!«, entgegnete sie mit bebender Stimme. »Das hier ist mein Elternhaus. Hier bestimmen meine Mutter und ich.«

Georg sah sie herausfordernd an. »Das haben die Gerichte zu entscheiden. Ich bin ein Kriegsheimkehrer, ohne Wohnsitz und ohne Arbeit. Und dein Ehemann. Wo soll ich denn hin?«

Vielleicht hatte er sogar recht? Ruth griff sich an die Stirn. Wie nur konnte sie diesem Drama hier ein schnelles Ende machen? Sie merkte, wie sehr die Situation sie erschöpfte. Noch einmal reckte sie sich entschlossen, als könnte diese äußere Haltung ihr auch innerlich die Stärke zurückgeben, die sie für dieses Gespräch noch brauchen würde. »Hör auf, mir Angst einjagen zu wollen«, sagte sie mühsam beherrscht. »Und nimm zur Kenntnis, dass ich mir in all den Jahren ein Leben aufgebaut habe, in dem kein Platz für dich ist. Das ist nun mal so.«

In seinen Augen saß ein böses Funkeln. Dennoch erwiderte er gefasst: »Selbst wenn ich in eine Scheidung einwilligen würde, käme diese dich teuer zu stehen, meine Liebe. Du hast mich betrogen und trägst damit die Schuld. Untreue Ehefrauen stehen vor dem Gesetz schlecht da. Außerdem bin ich kriegsversehrt und werde vielleicht gar nicht mehr arbeiten können …«, schloss er seine Worte mit wölfischem Lächeln ab.

»Und wenn es mich alles Geld der Welt kosten würde – niemals würde ich mein Leben mit dir teilen«, stieß sie hervor. Sie wollte sich an ihm vorbeidrängen, wollte aus dem Zimmer laufen, weil sie diese Situation nicht länger ertragen konnte. Doch da holte Georg mit der Rechten aus. Sie spürte den brennenden Schlag auf der Wange. Er traf sie mit solcher Wucht, dass sie das Gleichgewicht verlor und nach hinten fiel. In der nächsten Sekunde flog die Schlafzimmertür auf, und Arno sprang Georg von hinten an, sodass dieser zur Seite taumelte. Damit gab er Ruth die Sicht auf ihre Mutter frei, die in ihrem silbergrauen Seidenensemble in der Tür stand und das Jagdgewehr ihres verstorbenen Ehemanns im Anschlag hielt.

Mutter, wollte Ruth rufen, doch die Schmerzen ließen sie verstummen. Ihr Verstand nahm gerade noch wahr, woher die Schmerzen kamen: Sie war gegen den Spiegel der Frisierkommode gefallen und lag nun inmitten der Scherben, die sich in ihre Haut bohrten. Übelkeit stieg in ihr hoch. Weiße Punkte erschienen vor ihren Augen, der Raum kippte zur Seite und verdunkelte sich. Ruth hörte ihre Mutter und Georg etwas sagen, weit weg, und dann war alles dunkel.

Als Ruth aufwachte, fühlte sie sich seltsam entrückt und nahm ihre Umgebung wie durch Watte wahr.

»Wie geht es Ihnen?«, fragte ein Mann. An seinem weißen Kittel erkannte sie, dass es sich um einen Arzt handeln musste.

»Wo bin ich?«, fragte sie kraftlos. Am liebsten wäre sie auf der Stelle wieder eingeschlafen.

»Im Krankenhaus. Sie haben eine Gehirnerschütterung, und wir mussten Sie operieren.«

»Operieren?« Sie blinzelte zu ihm hoch.

»Sie hatten einen Unfall. Sie sind rücklings mit voller Wucht in einen Spiegel gefallen. Wir mussten Sie in Narkose versetzen, um all die Splitter herauszuholen.«

Sie wollte sich aufrichten, fiel dann jedoch aufstöhnend vor Schmerzen aufs Kissen zurück. Da spürte sie, wie eine Kanüle in ihren Arm geschoben wurde. »Schlafen Sie noch ein bisschen«, hörte sie den Arzt sanft sagen. Sie schloss die Augen, und ihr Bewusstsein zog sich wieder an einen Ort zurück, wo es weder Schmerzen noch Angst gab.

Als Ruth das nächste Mal aufwachte, nahm sie als Erstes den Duft weißer Lilien wahr, der sich unter den von Desinfektionsmitteln mischte. Eine weiche Hand streichelte ihre Wange. »Ruth, Liebes …«

Ruth schlug die Lider auf und blickte in das besorgte Gesicht ihrer Mutter.

»Da bist du ja wieder, mein Schatz«, begrüßte Liliane sie erleichtert. »Wie geht es dir?«

Ruth fühlte sich schon etwas besser als beim ersten Aufwachen. Sie nahm ihre Umgebung klarer wahr – das Bett, in dem sie lag, die gelb gestrichenen Wände mit den bunten Blumendrucken, die Neonröhren an der Decke, das Fenster, an dessen Scheiben der Regen herunterrann. Und mit einem Mal fiel ihr alles wieder ein: Warum sie hier im Krankenhaus lag, dass sie mit Anna die Lohntüten hatte austeilen wollen, dass sie am Nachmittag zu Paul wollte ... Jäh richtete sie sich im Bett auf. Doch die stechenden Schmerzen, die sie überall am Körper spürte, ließen sie gleich wieder ins Kissen zurückfallen. Sofort war die Hand ihrer Mutter da, die sie sanft streichelte. »Ganz langsam, mein Schatz.«

»Wie spät ist es?«, fragte Ruth mit hämmerndem Herzen.

»Kurz vor achtzehn Uhr.«

»Ich war mit Frau Zorn verabredet.«

Liliane lächelte sie beruhigend an. »Anna weiß inzwischen Bescheid. Sie hat angerufen, weil du nicht gekommen bist.«

»Und Paul?«

»Er hat sich noch nicht gemeldet.«

»Ich wollte gegen fünf bei ihm sein.«

»Vielleicht ist er noch gar nicht zurück aus dem Westerwald. Er wird sich bestimmt noch bei mir melden.«

»Was ist mit ...?« Ruth wollte den Namen nicht einmal mehr aussprechen.«

In Lilianes Mundwinkeln spielte ein triumphierendes Lächeln, bevor sie antwortete: »Nachdem Arno ihn in die Hand gebissen hat und ich ihm mit dem Jagdgewehr den Weg zur Haustür gewiesen habe, hat er sich getrollt. Er war übrigens mit einem Auto mit einer Marburger Nummer hier.«

»Warum war er dann so nass?«

»Er muss außerhalb des Hofes geparkt haben. Frau Zorn hat es mir erzählt. Von uns aus ist er nämlich in die

Thelener Ley gefahren und hat sich dort als zukünftiger Chef aufgespielt. Die Männer waren so entsetzt, dass sie angedroht haben, am Montag zu streiken, falls Georg tatsächlich sich anmaßen sollte, den Betrieb weiterführen zu wollen.«

Ruth griff sich an die Stirn. In ihrem Kopf hämmerte es. »Georg muss wahnsinnig sein«, sagte sie mit erstickter Stimme. »Was soll ich denn nur machen?«

»Du kannst jetzt erst einmal gar nichts machen«, erwiderte ihre Mutter ruhig. »Ich habe Herrn Zorn gebeten, noch heute neue Schlösser in alle Gebäude einzubauen, sodass Georg vor verschlossenen Türen steht, falls er wiederkommt. Was soll er schon machen, wenn alles verschlossen ist und die Männer nicht weiterarbeiten? Inzwischen stehen die Arbeiter geschlossen hinter dir und werden für einen Fremden, auch wenn er dein Ehemann ist, keinen Finger rühren. Sie wissen von Herrn Zorn, dass Georg keine Befugnisse hat.« Ihre Mutter sah sie eindringlich an. »Im Übrigen solltest du gegen ihn Anzeige erstatten wegen Körperverletzung.«

»Ich weiß nicht …«, sagte Ruth leise, während sie den Kopf zur Seite drehte. »In den Gerichten sitzen Männer an den entscheidenden Stellen. Letztendlich werden sie mir noch die Schuld geben, dass ich hingefallen bin«, fügte sie kraftlos hinzu.

»Durch Georgs Schlag.«

Ruth seufzte leise. »Sobald ich hier raus bin, werde ich die Scheidung einreichen – auch wenn ich wegen Paul schuldig geschieden werden sollte. Ich will lieber den Rest meines Lebens in Armut verbringen als mit diesem Menschen weiterhin verheiratet zu sein.«

Da glitt ein siegessicheres Lächeln über das Gesicht ihrer Mutter. »Keine Sorge, mein Kind, du wirst nicht schuldig geschieden werden.«

Ruth sah sie überrascht an. Da öffnete Liliane ihre Handtasche und zog einen weißen Briefumschlag hervor. »Hier steht schwarz auf weiß der Beweis für Georgs Untreue drin. Er hat die Ehe schon lange vor dir gebrochen.«

Ruth blinzelte. »Ich verstehe nicht ...«

»Hör zu.« Liliane legte ihre Hand auf die ihrer Tochter. »Als du mit Georg im Wintergarten gesessen hast, habe ich die Gelegenheit ergriffen, seinen Koffer zu durchsuchen. Dort fand ich diesen Brief. Er stammt von seiner langjährigen Freundin namens Ulrike aus Marburg. Er hat sie vor eurer Ehe schon gekannt und sogar während seines Kriegseinsatzes zweimal besucht – statt dich, seine frisch angetraute Ehefrau. Er ist wohl nie richtig von dieser Frau losgekommen. Als er dann aus der Gefangenschaft kam, ist er zuerst zu ihr gegangen. Das Glück hat jedoch nicht lange gehalten, und sie hat sich von ihm getrennt. Von Marburg aus ist er dann auf direktem Weg nach Wilmersbach gefahren, um bei uns Unterschlupf zu suchen. Denn der Brief ist erst von vorgestern.« Liliane lächelte zufrieden. »Das alles kann man diesem Brief entnehmen. Georg hat also von euch beiden zuerst die Ehe gebrochen, schon kurze Zeit nach eurer Hochzeit. Damit wird er keinerlei Anspruch auf Unterhalt haben.«

Fassungslos hatte Ruth ihrer Mutter zugehört. »Und ich war damals so dumm ...«, flüsterte sie kopfschüttelnd.

»Nicht du, Liebes.« Energisch schüttelte Liliane den Kopf. »Ich sage es ungern, aber dein Vater war so dumm. Er war damals nach Erichs Tod viel zu sehr auf einen Erben konzentriert, um zu erkennen, dass Georg kein guter Mensch ist. Und du hast aus Liebe zu deinem Vater seinen Wunsch erfüllt.« Sie biss sich auf die Lippe und schwieg ein paar Sekunden. Dann jedoch fuhr sie in aufmunterndem Ton fort: »Wenn Paul gleich anruft, um zu erfahren, wo du bleibst, erzähle ich ihm alles. Dann wird er bestimmt sofort zu dir ins Krankenhaus fahren, und ihr könnt weitere Schritte besprechen.« Zärtlich strich sie ihrer Tochter übers Haar. »Noch ein paar Tage, dann kannst du wieder nach Hause. Und vielleicht hat Georg bis dahin eingesehen, dass er hier bei uns nichts ausrichten kann.«

Ruth wartete vergebens auf ein Zeichen von Paul. Er rief auch nicht bei ihrer Mutter an, um sich zu erkundigen, warum sie nicht gekommen war. Auch am Sonntag hörte Ruth nichts von ihm.

»Vielleicht ist er beleidigt, dass du eure Verabredung gestern nicht eingehalten hast«, mutmaßte ihre Mutter. »Er weiß ja nicht, was passiert ist und dass du im Krankenhaus liegst.«

»Das glaube ich nicht«, widersprach Ruth ihr. Ihr ging es schon wieder so gut, dass sie ihrer Mutter in einem der Sessel am Fenster gegenübersitzen konnte. »Er kennt mich doch und weiß, dass ich mich bei ihm gemeldet hätte, wenn ich nicht hätte kommen können.« Entschlossen schüttelte sie den Kopf. »Ich habe Angst, dass ihm auf dem Weg in den Westerwald etwas passiert ist. Vielleicht ein Autounfall, und er liegt jetzt auch irgendwo im Krankenhaus.«

Liliane nestelte an ihrem Nackenknoten, während sie zum Fenster hinaus in den Regen sah. Schließlich sagte sie: »Weißt du was? Ich fahre jetzt zur Hütte. Danach wissen wir mehr.«

Ruth kam die Zeit, bis ihre Mutter zurück war, wie eine Ewigkeit vor. In dieser Zeit sprangen die Gedanken wie wilde Affen durch ihren Kopf. Was würde Georg als Nächstes tun? Wie konnte sie verhindern, dass er nochmals in ihre Nähe kommen würde? Wie würde Paul am Montag reagieren, falls Georg tatsächlich im Steinbruch auftauchen würde? Auch Johannes kam ihr in den Kopf. Ihr Jugendfreund hatte ganze Arbeit geleistet, indem er Georg alles erzählt hatte. Johannes hatte sich dadurch für all ihre Zurückweisungen gerächt – das Hahneköppenfest, den Tanzschulkurs, seine vielen Einladungen – und für Paul, den sie ihm vorgezogen hatte.

Endlich ging die Krankenzimmertür auf, und ihre Mutter kam herein.

»Und?« Ruth richtete sich im Bett so hastig auf, dass ihr wieder schwindelig wurde.

»Paul war nicht zu Hause«, sagte Liliane und ließ sich auf den Bettrand fallen.

»Was heißt das? Waren sein Auto oder sein Motorrad denn da?«

»Er muss mit dem Wagen unterwegs sein. Sein Motorrad stand an der Rückseite der Hütte.«

»Vielleicht hat er gestern doch einen Autounfall gehabt.«

»Vielleicht ist er heute auch nur irgendwo unterwegs.«

»Ich kann nicht glauben, dass er mir böse ist«, sagte Ruth entschieden. »Paul ist kein Mensch, der sich bei Unklarheiten beleidigt in sich zurückzieht. Er würde mich aufsuchen und erfahren wollen, warum ich nicht gekommen bin.«

»Warte ab bis morgen«, riet ihre Mutter ihr. »Ich werde sofort morgen früh in den Steinbruch fahren und mit ihm reden.«

Trotz des Schlafmittels wachte Ruth in der Nacht zu Montag immer wieder auf. Es waren nicht die Schmerzen, die sie nicht schlafen ließen. Es war die Ahnung, dass durch Georgs Auftauchen ihr Leben gänzlich auseinandergebrochen war. Und es war die diffuse Gewissheit, dass sie auch Paul verloren hatte. Sie konnte es kaum erwarten, bis ihre Mutter am Vormittag kam.

»Paul ist heute Morgen nicht zur Arbeit erschienen«, teilte ihr Liliane mit ratloser Miene mit.

»Dann ist ihm etwas passiert«, sagte Ruth entsetzt. »Niemals würde er, ohne mir oder Anna Zorn Bescheid zu geben, der Arbeit fernbleiben.« Mit den verbundenen Händen strich sie sich das Haar aus dem Gesicht. »Und was können wir jetzt tun? Wie soll es weitergehen?« Hilflos sah sie ihre Mutter an.

»Frau Zorn erzählte mir, dass Georg heute Morgen um acht Uhr im Steinbruch gewesen ist. Er hat sich schrecklich aufgeregt, dass er nirgendwo mehr reinkam, und hat den Arbeitern mit sofortiger Kündigung gedroht, falls sie die Arbeit verweigern würden. Doch auf Anweisung von Herrn Zorn haben sich die Männer in die Grube gesetzt und gestreikt. Georg ist schließlich unverrichteter Dinge nach einer Stunde wieder weggefahren. Danach haben alle die Arbeit wiederaufgenommen.«

»Aber ohne Paul ...«, sagte Ruth leise, mit bebenden Lippen.

»Ich habe mit Herrn Zorn besprochen, dass er übergangsweise Pauls Arbeit, so gut es geht, übernehmen wird. Ich habe ihm gesagt, dass du spätestens in einer Woche wieder da sein wirst.«

»Mutter«, Ruth griff nach Lilianes Hand und hielt sie fest in ihrer, »bitte fahr noch einmal zur Hütte. Nimm Helma mit, und dann geht ihr beide rein. Vielleicht findet ihr irgendeinen Hinweis darauf, was mit Paul passiert ist. Und falls nicht, benachrichtige bitte die Polizei. Ich muss wissen, ob Paul überhaupt noch lebt.«

Nachdem ihre Mutter weg war, fiel Ruth in einen Dämmerschlaf, aus dem sie jedoch schnell wieder geweckt wurde, als die Krankenzimmertür aufging. Ein grauhaariger, gutmütig aussehender Mann im Arztkittel kam herein – mit strahlender Miene. »Ich bin Professor Schneider«, stellte er sich vor. »Wir hatten noch nicht das Vergnügen.« Er deutete eine Verbeugung an. »Schöne Nachrichten überbringe ich meinen Patienten gerne persönlich. Wir haben soeben Ihre Werte aus dem Labor bekommen. Alles in bester Ordnung – und dem Fötus hat der Unfall nicht geschadet.«

Ruth starrte ihn an. Sie hatte seine so fröhlich dahingesagten Worte gehört, aber sie wollten einfach nicht in ihr Bewusstsein dringen.

»Wussten Sie das nicht?«, hörte sie ihn nun fragen. »Sie sind in der sechsten Woche.«

Sie konnte nur mit dem Kopf schütteln.

Er lachte. »Nun, dann ist das ja schon die zweite schöne Neuigkeit für Sie.«

Jetzt erst sickerte diese Neuigkeit langsam, ganz langsam in Ruths Bewusstsein – und in ihrem Gehirn bildete sich nur ein Satz: Paul und ich bekommen ein Kind, und Paul ist tot.

»Ist alles in Ordnung?«, erkundigte sich der Professor.

Sie schluckte. »Das kommt überraschend«, brachte sie mühsam hervor.

Wieder lachte der ältere Herr. »Das haben wir oft. Aber glauben Sie mir, wenn Sie sich erst einmal an den Gedanken gewöhnt haben, können Sie es kaum erwarten, Ihr Kind in den Armen zu halten.« Er warf einen Blick auf seine Armbanduhr und verabschiedete sich: »Ich muss weiter. Wenn Sie Fragen haben, lassen Sie mich rufen oder einen meiner Kollegen.«

Nachdem der Professor gegangen war, sank Ruth zurück in die Kissen. Ein Kind von Paul. Sie bekam ein Kind. Sie bekamen ein Kind. Mit allem hätte sie gerechnet, aber nicht damit. Zwar hatte sie bemerkt, dass sie überfällig war, aber das kam hin und wieder vor. Und jetzt war sie schwanger. Ihre Hand legte sich wie von selbst auf den Bauch. Sie begann zu lächeln. Diese Nachricht war bestimmt ein gutes Omen: Paul lebte, und alle Missverständnisse würden sich bald aufklären. Ob Paul sich freuen würde? Bestimmt. Sie gehörten zusammen – und würden in acht Monaten eine kleine Familie sein.

Während diese und ähnliche Gedanken durch Ruths Kopf gingen, kam ihre Mutter zurück.

»Und?« Ruth richtete sich erwartungsvoll auf.

Mit ernster Miene legte Liliane ihr einen Brief auf die Bettdecke. »Der ist von Paul an dich. Er lag in der Hütte auf dem Tisch.«

Während sie ihre Mutter ansah, ahnte Ruth Schreckliches. Dieser Brief war ein Abschiedsbrief.

»Ich kann nicht«, flüsterte sie, während sie am ganzen Körper zu zittern begann.

»Soll ich ihn für dich öffnen?«, fragte ihre Mutter sanft.

Sie konnte nur nicken.

Mit dem rot lackierten Daumennagel riss ihre Mutter den Umschlag auf und zog ein Blatt Papier hervor.

»Lies du«, bat Ruth.

Liliane nahm die Brille aus der Handtasche und begann laut vorzulesen.

Liebe Ruth, es ist Sonntag, achtzehn Uhr. Du bist gestern nicht gekommen und hast dich bis jetzt nicht gemeldet. Ich muss davon ausgehen, dass Georg Breuer die Wahrheit gesagt hat. Liliane blickte auf. Entsetzen zeichnete sich auf ihren Zügen ab.

»Weiter.«

Nachdem ich am Samstagnachmittag aus dem Westerwald zurück war, kam dein Ehemann. Er hat mir gekündigt und mich darüber aufgeklärt, dass ihr beide bereits seit einem Vierteljahr wieder Kontakt habt. Dass ihr vor ein paar Tagen beschlossen habt, eure Ehe wiederaufzunehmen und du nicht den Mut hast, mir diese Entscheidung selbst mitzuteilen. Er hat jedoch auch nicht verschwiegen, dass du diese Entscheidung weniger aus Liebe zu ihm gefällt hast, sondern mehr aus Mitleid wie auch aus finanziellen Gründen. Da du die Ehe mit mir gebrochen hast, würde dich eine Scheidung finanziell ruinieren. Das sehe ich ein. Dennoch habe ich bis vor einer Stunde gehofft, dass du noch kommen würdest, um zumindest mit mir persönlich zu sprechen. Umsonst. Wie sehr habe ich deine Stärke bewundert und geliebt! Ich war mir so

sicher, dass du anders bist als andere Frauen. Habe ich mich so in dir getäuscht? Lässt du fortan tatsächlich dein Leben von deinem zurückgekehrten Ehemann verwalten? Hast du mich so wenig geliebt? Da ich dich nicht in den finanziellen Ruin stürzen möchte, gehe ich. Mein Motorrad wird ein Bekannter zeitnah abholen.
Ich wünsche dir alles Gute.
Paul.

Bleich und starr sank Ruth zurück aufs Kissen. Eine Zeit lang fühlte sie nichts. Dann schlugen ihre Zähne wie im Schüttelfrost aufeinander. Stöhnend presste sie die verbundenen Hände vor den Mund und wimmerte wie ein Kind. Sie konnte gar nicht mehr aufhören. Schließlich klingelte Liliane nach einer Schwester, die Ruth eine Beruhigungsspritze gab. Nachdem diese ihre erste Wirkung zeigte, sagte Ruth leise zu ihrer Mutter: »Ich bin schwanger. Jetzt wird Paul nie erfahren, dass wir ein Kind zusammen haben werden.«

Ruth weinte die ganze Nacht. Obwohl sie abends noch einmal eine Beruhigungsspritze bekommen hatte, warf sie sich im Schlaf unruhig von einer Seite auf die andere und rief nach Paul. Als sie am nächsten Morgen aufwachte, blieb sie teilnahmslos liegen. Sie schaffte es nicht, die Augen zu öffnen oder den Kopf zu wenden. Sie wollte nicht aufwachen und erkennen müssen, dass der Albtraum, Paul verloren zu haben, Wirklichkeit war.

So ging es zwei Tage und Nächte lang. Am dritten Tag wurde Ruth durch die Sonnenstrahlen geweckt, die ins Krankenzimmer fielen. Sie öffnete die Augen. Nach den

Regentagen war der Himmel an diesem Morgen tiefblau und wolkenlos. Langsam tauchte sie aus den Tiefen des Unterbewusstseins auf. Ihr Herz war eine einzige Wunde, ihr Hals rau, und ihr Kopf dröhnte. Dennoch – an diesem Morgen war etwas anders. Zum ersten Mal hatte sie nicht von Paul geträumt, sondern von ihrem Kind, davon, wie es sich anfühlte, ihr Baby im Arm zu halten. Dieses Gefühl klang jetzt noch in ihr nach. Es gab ihr neue Kraft. Zum ersten Mal wurde ihr richtig bewusst, dass sie Mutter wurde und Verantwortung für ihr Kind zu tragen hatte. Und mit einem Mal spürte sie eine Veränderung in sich, die gerade ihren Anfang nahm. Sie war fest entschlossen, ihrem Kind eine starke Mutter zu sein – auch wenn sie als Alleinerziehende mit einem Makel behaftet sein würde. Eine Mutter, auf die sich ihr Kind immer verlassen konnte. All ihre Liebe würde sie ihm geben. Es sollte niemals so wie Erika darunter leiden, dass es keinen Vater hatte.

Ruth richtete sich auf, hielt ihr Gesicht mit geschlossenen Augen den warmen Strahlen entgegen und spürte, wie neue Energie sie durchflutete. Langsam stand sie auf und trat vors Fenster. Sie war noch etwas wackelig auf den Beinen, wusste aber, dass sich das bald geben würde.

»Ihre Mutter wird sich wundern, wenn sie Sie gleich hier am Fenster sitzen sieht«, sagte die rundliche, lebenslustige Krankenschwester, die während der letzten Tage vergeblich versucht hatte, sie aufzumuntern. »Wenn Sie so weitermachen, werden Sie bestimmt morgen zum Wochenende nach Hause dürfen.«

Nach dem Frühstück blieb Ruth an dem niedrigen Tisch am Fenster sitzen und wartete auf ihre Mutter. Es dauerte gar nicht lange, bis es klopfte und sich die Krankenzimmertür öffnete. Doch Ruth sah sich nicht ihrer Mutter gegenüber – sondern Georg. Bei seinem Anblick zuckte sie zusammen. In dem zerknitterten Hemd, der zerknautschten Hose und mit den ausgemergelten Zügen sah er aus wie ein Landstreicher.

»Was willst du hier?«, fragte sie mit belegter Stimme.

»Bitte!« Georg hob beide Hände. »Ich möchte mich bei dir entschuldigen. Darf ich reinkommen?« Ohne ihre Antwort abzuwarten, kam er auf die Sitzecke zu und ließ sich in den Sessel ihr gegenüber fallen. »Ich bin völlig am Ende«, sprach er weiter. »Ich habe drei Nächte im Auto geschlafen und weiß nicht mehr weiter.«

»Und was willst du hier bei mir?«, fragte sie tonlos.

»Ich möchte dich bitten, mir zu helfen.«

Seine Worte machten sie sprachlos. Dann entrang sich ihrer Kehle ein kurzes, hartes Lachen. »Helfen? Du hast in wenigen Stunden mein Leben zerstört!«

Georg beugte sich nach vorn – ihr entgegen. Dabei nahm sie den Geruch von Schweiß und kaltem Rauch wahr.

»Ruth«, begann ihr Ehemann eindringlich, »es tut mir wirklich leid, dass mir die Hand ausgerutscht ist und du in den Spiegel gefallen bist. Dennoch erdreiste ich mich, dich zu bitten, mir zu helfen.«

Sie setzte sich aufrecht hin und legte beide Hände auf die Lehne. Ihre Stimme zitterte vor Wut. »Es geht nicht um meine äußerlichen Wunden. Was hast du mit Paul gemacht?«

Georg sank in sich zusammen. »Ich war nicht mehr Herr meiner Sinne. Ich werde mich natürlich auch bei ihm entschuldigen und ...«

»Das geht nicht mehr«, unterbrach sie ihn scharf. »Er hat mich verlassen. Er ist weg.«

Georg wirkte ehrlich erstaunt.

»Wo ist Paul hin? Hat er dir was gesagt?«, drängte sie. »Sag es mir! Ich muss es wissen.«

»Ich ... ich weiß es nicht. Wirklich nicht.«

»Hat Paul irgendwas dazu gesagt, was er jetzt vorhat?«

Georg schüttelte den Kopf – und sie glaubte ihm.

»Es tut mir leid.« Er senkte den Blick. »Da habe ich wohl ganze Arbeit geleistet«, fügte er leise hinzu.

Wieder lachte sie bitter auf. »Mehr fällt dir zu diesem Irrsinn nicht ein? Das hast du doch ganz bewusst getan, um dich hier breitmachen zu können. Im Steinbruch wie in meinem Leben«, fügte sie mit brennenden Wangen hinzu. »Aber ich sage dir jetzt was: Niemals, niemals wird dir das gelingen, und ich ...« Abrupt hielt sie inne. Jäh wurde ihr bewusst, dass sie einem Menschen noch nie so viel Hass entgegengeschleudert hatte. Das war doch nicht sie – Ruth Thelen!

»Ich verstehe dein Verhalten, Ruth«, sagte Georg nun in sachlichem Ton. »Ich kann meines leider nicht mehr rückgängig machen – auch wenn ich es jetzt gerne würde. Ich habe die Situation falsch eingeschätzt. Ich gebe dir jedoch mein Wort darauf, dass dies die letzte Begegnung zwischen uns sein wird. Ich muss weg aus dieser neuen Bundesrepublik. Als ehemaliges Parteimitglied der NSDAP kriege ich hier keinen Fuß mehr in die Tür. Wer gibt mir Arbeit? Ich kann keinen ergaunerten *Persilschein* vorweisen wie so viele andere, weil ich während der Entnazifizierungsphase in Gefangenschaft war. Aber ein ehemaliger Kamerad aus Bonn, bei dem ich gestern war, hat mir erzählt, dass viele von uns – seien es ehemalige hochrangige Offiziere oder Mitläufer wie ich – inzwischen in Südamerika leben. In Argentinien oder Bolivien. Er hat mir diesbezüglich Hoffnung gemacht. Er hat Kontakt zu Leuten dort.«

Plötzlich ahnte Ruth, warum Georg hier vor ihr saß.

»Ich brauche Geld«, bestätigte er ihr da auch schon ihre Ahnung. »Geld für eine Passage nach Buenos Aires und für einen neuen Pass.«

Mit einem Mal wurde sie ganz ruhig. Jäh wurde ihr bewusst, dass sie Georg in der Hand hatte. Völlig emotionslos fragte sie: »Wie viel Geld?«

»Fünftausend Mark.«

Die Höhe des Betrags schockte sie nicht – wurde sie ihren Ehemann doch damit ein für alle Male los. Sie musste jetzt an ihr Kind denken. Würde ihr Kind während ihrer Ehe geboren, würde Georg vor dem Gesetz der Vater sein – Pauls Kind, das Letzte, was sie mit ihm verband, was sie von ihm hatte!

Sie drückte den Rücken durch. »Ich werde dir das Geld geben – unter einer Bedingung. Du musst unterschreiben, dass du in die Scheidung einwilligst, dass du mich mit einer Frau namens Ulrike aus Marburg betrogen hast und deshalb auf jegliche Unterhaltszahlungen meinerseits verzichtest.«

Als sie sah, wie sich auf Georgs Miene Widerspruch andeutete, fügte sie rasch hinzu: »Sonst helfe ich dir nicht.«

Ihr Ehemann fuhr sich mit beiden Händen durchs Gesicht. Dann sah er sie an: »Wann kannst du mir das Geld geben?«

»Ich hoffe, noch heute, am späten Nachmittag. Ich werde meiner Mutter Bescheid sagen. Sie wird alles regeln.«

»Im Gegenzug bekomme ich den Brief zurück, den ihr mir aus dem Koffer geklaut habt«, forderte Georg mit schmalen Augen.

»Irrtum«, entgegnete sie mit kühlem Lächeln. »Den behalte ich.« Sie hob die Schultern und fügte betont gleichmütig hinzu: »Du kannst es dir überlegen.«

»Habe ich eine Wahl?«

»Nein.«

18

Samstagmittag, einen Tag später, saß Ruth mit ihrer Mutter und Heidi im strahlenden Sonnenschein auf der Terrasse. Heidi war Freitagabend erst spät aus Bad Neuenahr gekommen und hatte Ruth zur Begrüßung ganz vorsichtig in die Arme genommen. »Tut es noch weh?«, fragte sie ihre Freundin mitfühlend.

Ruth sah sie traurig lächelnd an. »Meinst du die Wunden an meinem Körper oder die an meiner Seele?«

Heidi hatte Tränen in ihren großen himmelblauen Augen, als sie leise sagte: »Es tut mir so leid.«

»Jetzt setzen wir uns erst einmal und trinken eine gute Tasse Bohnenkaffee«, schlug Liliane vor.

Helma brachte Kaffee und eine Schale mit ihren Butterplätzchen nach draußen. Inzwischen wusste auch sie, dass es im Hause Thelen Nachwuchs geben würde. Sie sah sich bereits in der Rolle der zweiten Großmutter.

»Magst du dich zu uns setzen?«, lud Liliane sie ein – was die altgediente Haushälterin nur allzu gerne tat.

»Ich bin so froh, dass du Georg los bist«, sagte Heidi mit einem erleichterten Seufzer zu Ruth. »Und das für immer. Soll er doch mit all seinen alten Kameraden in Argentinien sein krankes Gedankengut verbreiten. Seine einzige

Chance, hier beruflich wieder Fuß zu fassen, war tatsächlich dein Steinbruchbetrieb. Gefangenschaft hin oder her – einen Persilschein hätte der doch nie bekommen. Alle hier wussten von seiner politischen Einstellung.«

»Das habe ich nur Großvater zu verdanken«, erwiderte Ruth mit dankbarem Lächeln. »Er hat Mutter gestern sofort eine Vollmacht geschrieben, und sie hat die Summe von seinem Konto abgehoben.«

»Großvater hat Georg Breuer nie gemocht«, erwiderte Heidi.

»Ich finde am wichtigsten, dass Ruth jetzt schnell geschieden wird – und das schuldlos«, sagte Liliane, bevor sie einen Zug von ihrer Zigarette nahm.

»Scheidungen sind inzwischen ja regelrecht in Mode gekommen«, wusste Heidi zu berichten.

»Kein Wunder«, sagte Helma. »Die vielen Kriegsheimkehrer sind ihren Familien oft entfremdet, andere Paare werden durch die Zonengrenze getrennt, und etliche zerbrechen an der Not des Alltags. Das habe ich aus der Zeitung«, fügte sie stolz hinzu.

»Und wieder andere nehmen sich Liebhaber«, fügte Heidi zwinkernd hinzu. Dann wurde sie sofort wieder ernst. »Fest steht: Die Wirklichkeit sieht heute so aus, dass Scheidungen inzwischen viel unproblematischer geworden sind. Und eine Frau, die »unschuldig geschieden« wird, kann sogar einen angemessenen Unterhalt beantragen«, fügte sie an Ruth gewandt hinzu.

»Also bitte! Niemals würde ich an so etwas auch nur im Entferntesten denken«, erwiderte Ruth aufgebracht. »Ich bin dankbar, wenn ich Georg los bin. Mehr will ich nicht.«

»Wahrscheinlich würdest du ohnehin nichts bekommen, wenn Georg erst mal in Argentinien untergetaucht ist«, beendete Heidi das Thema.

Die vier schwiegen ein paar Atemzüge lang – jede in ihre Gedanken versunken. In dieses Schweigen hinein klingelte das Telefon. Paul!, schoss es Ruth durch den Kopf. Wie elektrisiert sprang sie vom Stuhl auf. Durch die jähe Bewegung drehte sich plötzlich alles um sie herum, und sie sank auf den Sitz zurück. Helma stand auf. »Ich gehe schon.«

»Ich habe eine Neuigkeit für euch«, sagte Liliane, um Ruth abzulenken. »Stellt euch vor, Johannes heiratet im September.«

»Wie bitte?« Heidi sah sie groß an.

»Bevor ich Ruth heute Morgen aus dem Krankenhaus abgeholt habe, traf ich Louise in der Metzgerei.«

»Wer ist denn die Glückliche?«, fragte Ruth überrascht.

»Das junge Mädchen, mit dem du Johannes beim Tanz in den Mai gesehen hast.«

»Und was sagt seine Mutter dazu?«

Liliane lachte. »Ich glaube, Louise ist ganz zufrieden. Die kann sie wenigstens noch so formen, wie sie sich ihre Traumschwiegertochter vorstellt.«

»Ich freue mich für Johannes«, sagte Ruth aufrichtig. »Vielleicht ist es dieses Mal die Richtige.«

Ihre Mutter hob die Schultern. »Wer weiß.«

»Ein Herr ist am Telefon, der seinen Namen nicht nennen will«, teilte Helma dann den drei erwartungsvoll dasitzenden Frauen mit.

Ruth musste sich beherrschen, sitzen zu bleiben.

»Herr Herbig ist es nicht«, sagte Helma sanft zu ihr. »Der Mann hat einen leichten französischen Akzent und möchte Frau Thelen sprechen.«

Da stand Liliane so abrupt auf, dass ihr Stuhl nach hinten kippte und Arno vor Schreck aufsprang. »Entschuldigt mich«, stammelte sie, bevor sie in die Eingangshalle lief.

Die drei sahen ihr mit großen Augen nach.

»Majusebetter!«, sagte Helma leise. »Was hat denn das zu bedeuten?«

Ruth und Heidi hoben die Schultern.

»Na, dann gehe ich mal in die Küche«, meinte Helma.

»Wer mag der Mann sein?«, fragte Heidi und griff nach der Zigarettenpackung.

»Keine Ahnung.« Ruth lächelte. »Ich denke, Mutter wird es uns gleich erklären.«

Nachdem Heidi sich eine Zigarette angezündet hatte, sah sie Ruth eindringlich an. »Was machst du jetzt mit Paul?«

Ruth lachte bitter auf. »Was soll ich machen? Ich weiß es nicht«, fügte sie mit bebender Stimme hinzu. »Sag du es mir!«

»Ich kann gar nicht glauben, dass er seinen Brief ernst meint. Er muss dich doch kennen und wissen, dass du so was niemals machen würdest.«

Ruth biss sich auf die Lippe. Während sie Arno streichelte, der jetzt zu ihren Füßen saß und die Butterplätzchen fixierte, sagte sie leise: »Paul war immer auf der Hut. Ich glaube, er hat unserem Glück nie so richtig getraut.«

»Warum nicht?«

»Er hat durch den Krieg alles verloren und wagte es nicht mehr so richtig, sich noch einmal aufs Glück einzulassen.«

»Aber ihr seid doch sehr glücklich miteinander gewesen«, beharrte Heidi.

»Ja, aber ich glaube, Paul hat tief im Innern immer bezweifelt, dass es für immer sein könnte.«

»Glaubst du, er kommt irgendwann zurück, wenn ihm klar wird, dass du niemals so feige wärst, deinen Ehemann vorzuschicken, um mit Paul Schluss zu machen?«

Ruth seufzte. »Natürlich wünsche ich mir nichts sehnlicher, und ich habe die Hoffnung auch nicht aufgegeben, aber mein Verstand sagt mir etwas anderes. Durch seine Vergangenheit ist Paul geübt im Loslassen. Seine Charakterstärke und Kompromisslosigkeit haben ihn vor drei Jahren, als er aus der Gefangenschaft nach Lohmen zurückkam und vor den Trümmern seines Lebens stand, davor bewahrt aufzugeben. Und jetzt wird er über unsere Trennung hinwegkommen.« Leise fügte sie hinzu: »Was bedeutet es für jemanden, der alles verloren hat bis auf einen goldenen Kompass und sein Leben, eine Frau zu verlieren, die er kaum ein Jahr gekannt hat? Und die auch noch angeblich zu ihrem Ehemann zurückgegangen ist.«

»Gib doch mal eine Suchanzeige für den Köln-Bonner-Raum auf«, riet Heidi ihr.

»Daran habe ich auch schon gedacht. Aber vielleicht ist er ja in einer ganz anderen Region und kann diese Anzeige gar nicht lesen.«

»Das ist besser als nichts. So hast du aber wenigstens das Gefühl, etwas getan zu haben. Oder eine Detektei!«

»Mit welchen Daten soll ich die denn füttern? Außer Pauls Namen, sein Geburtsdatum, seinem Geburtsort und einer Beschreibung seines Aussehens kann ich der doch gar nichts liefern. Wo soll ein Detektiv ihn suchen? Ich glaube nicht, dass die alle Einwohnermeldeämter Deutschlands abklappern.«

»Willst du etwa gar nichts tun?«, fragte Heidi ungläubig.

Bevor Ruth antworten konnte, betrat Liliane wieder die Terrasse. Die beiden jungen Frauen sahen sie erwartungsvoll an.

»Nun erzähl schon!«, drängte Ruth ihre Mutter. »Du siehst ja ganz aufgeregt aus.«

Liliane tat unschuldig. »Wirklich?«

»Du hast ganz rote Wangen«, stellte Heidi fest.

Liliane setzte sich. »Das war Pierre Dupont«, sagte sie dann ganz selbstverständlich.

»Wer?«, fragten Ruth und Heidi wie aus einem Mund.

Liliane lächelte die beiden an. »Pierre ist ein Großvetter von mir. Er gehört zur verwandtschaftlichen Linie meiner Mutter. Wenn ich mit Maman früher in Frankreich war, haben Pierre und ich immer viel miteinander unternommen. Wir sind im gleichen Alter. In den Ferien hat er uns oft in Frankfurt besucht und Deutsch gelernt. Er hat in Paris Musik studiert und ist Lehrer geworden. Die Musik und die schönen Künste hatten uns damals miteinander verbunden«, fügte Liliane mit einem Blick hinzu, der sich mit träumerischem Ausdruck am Horizont verlor.

»Und weiter?«, drängte Ruth.

»Als ich dann deinen Vater kennenlernte, ist der Kontakt zu Pierre schnell abgebrochen.« Sie lächelte Ruth an. »Dein Vater war immer sehr eifersüchtig.«

»Und wie kommt es, dass Monsieur Dupont dich heute angerufen hat? Nach so vielen Jahren?«, fragte Heidi.

»Pierre und Marlene, die sich natürlich auch von Kindheit an kennen, hatten über all die Jahre hinweg immer mal wieder Briefkontakt.« Liliane sah zuerst Heidi, dann Ruth an, bevor sie fortfuhr: »Marlene hatte Pierre von Friedrichs Tod erzählt, woraufhin er angekündigt hatte, sich nach dem Trauerjahr in einem angemessenen Abstand einmal bei mir zu melden. Tja – und das hat er gerade getan.«

»Ist er verheiratet?«, fragte Ruth.

»Witwer.«

»Und wo wohnt er?«, wollte Heidi wissen.

Lilianes Lächeln vertiefte sich. »In der Nähe von Trier, auf luxemburgischem Gebiet.«

»Also gar nicht so weit weg von hier.«

»Werden wir ihn mal kennenlernen?«, fragte Ruth.

Lilianes Röte in den Wangen vertiefte sich. »Mal sehen ...«, lautete ihre ausweichende Antwort. »Wir haben ja gerade erst ein paar Minuten lang miteinander telefoniert.«

»Das kam uns aber sehr viel länger vor«, platzte Heidi heraus.

Liliane stand auf. »Seid mir nicht böse, Mädchen, aber ich lege mich ein wenig hin. Wir sehen uns heute Abend zum Essen.«

Ruth und Heidi sahen ihr nach.

»Das ist doch wunderbar!«, rief Heidi begeistert aus. »Das Trauerjahr ist vorüber, und warum sollte sie zukünftig keinen netten Verehrer haben? Bis nach Trier ist es ungefähr eine Stunde. Dort könnten die beiden sich treffen, Konzerte besuchen oder ins Theater gehen. Das finde ich viel besser, als wenn sie nach Frankfurt zu ihrer Cousine ziehen würde. Zumal sie ja bald Großmutter wird.«

»Stimmt!« Ruth lächelte. »Ich bin sicher, dass auch Großvater das verstehen wird. Erst vor ein paar Tagen noch hat er gesagt, dass Mutter mehr unter Leute müsste.«

»Ich freue mich so für sie und bin schon ganz gespannt auf Monsieur Dupont.«

»Nun mal langsam mit den jungen Pferden«, bremste Ruth sie. »Ich denke, es wird noch einige Zeit dauern, bis Mutter ihn uns vorstellt. Sie muss ihn doch erst mal nach dieser langen Zeit wiedersehen. Vielleicht verstehen die beiden sich heute gar nicht mehr.«

»Bestimmt«, meinte Heidi zuversichtlich im Brustton der Überzeugung.

Ruth fühlte sich am Sonntag körperlich wieder so gut, dass sie ihre Freundin nach dem Mittagessen zum Bahnhof bringen konnte. Danach fuhr sie in den Steinbruch. Die Thelener Ley II lag still und verlassen da. Ruth atmete den ihr so vertrauten Geruch von Staub und warmem Stahl ein, der ihr immer das Gefühl von Sicherheit und Beständigkeit gab. Bevor sie in ihr Kontor ging, blieb sie ein paar Augenblicke vor Pauls Büro stehen. Sie brachte es nicht fertig hineinzugehen, obwohl sie die Schlüssel für alle neuen Schlösser bei sich trug. Wieder wurde ihr jäh bewusst, dass ihre Zeit mit Paul für immer zu Ende sein würde. Er war viel zu verletzt, als dass er zu ihr zurückkommen würde. Und sie wusste nicht, wo sie ihn suchen sollte. Diese Endgültigkeit trieb ihr erneut die Tränen in die Augen. Wie blind stieg sie langsam die Stahltreppe hinauf.

Anna hatte bereits alles für sie für den nächsten Arbeitstag vorbereitet. Auf ihrem Schreibtisch lag die Post der vergangenen Woche – Kundenanfragen, amtliche Schreiben, Rechnungen darunter auch die Rechnung für das Dynamit, das Paul noch bestellt hatte. Ruth sah sich in ihrem Kontor um, in dem sich die Wärme des Wochenendes staute. Ja, es hätte so schön sein können, ging es ihr durch den Kopf. Paul hatte nicht nur als Mann wunderbar zu ihr gepasst, sondern auch in ihren Betrieb. Öfter in der letzten Zeit hatte sie schon den Gedanken gehabt, ihn als Geschäftsführer einzusetzen. Und wenn sie irgendwann geheiratet hätten, wäre er der Chef gewesen. Jetzt stand sie wieder alleine hier – wie nach dem Tod ihres Vaters und Karls. Anders als letztes Jahr jedoch hatte sie heute keine Probleme mehr mit den Arbeitern. Inzwischen respektierten alle sie als Chefin. Und mit Manfred Zorn kam sie auch gut zurecht – was bedeutete, dass sie Pauls Stelle erst einmal nicht neu besetzen musste. Wenn ihr Kind dann auf der Welt war, musste sie neu planen. Der Gedanke an ihr Baby spülte auch jetzt wieder Wärme in ihr Inneres. Ja, Vater, sagte sie in Gedanken, mit versonnenem Lächeln, ich werde der Thelener Ley einen Erben oder eine Erbin schenken. Es wird weitergehen – auch noch nach mir. Ich glaube, das würde dir gefallen.

Die Arbeit in der nächsten Woche tat Ruth gut. Ihr Verstand ließ sie handeln und lächeln – obwohl er die schwarze Wolke über ihrer Seele nicht verdrängen konnte. Abends trank sie Helmas Baldriantee, der ihr beim Einschlafen half. Doch in der Stunde zwischen Nacht und Morgen gönnten die Schatten, die auf ihrem Herzen lagen, ihr keine Ruhe mehr. Dann fing sie wieder an zu weinen. Allein der Gedanke, aufzustehen und weiterzumachen, erschien ihr unerträglich. Wenn dann der Morgen dämmerte, wusch sie sich das Gesicht mit kaltem Wasser, kühlte ihre geschwollenen Augen und fuhr in den Steinbruch.

So reihten sich die Tage aneinander. Als Ruth Ende der Woche von Pauls Bank in Wilmersbach die Nachricht erhielt, er habe seine Bankverbindung dort aufgelöst, erkannte auch endlich ihr Herz, dass dieser Abschied endgültig war. Trotz mehrmaliger Bitten, ihr mitzuteilen, auf welche Bank Paul sein Konto verlegt hatte, blieb der Sachbearbeiter unnachgiebig. *Bankgeheimnis* – so hieß es.

Gegen alle Vernunft spazierte Ruth dennoch regelmäßig mit Arno zur Thelener Ley I in der Hoffnung, es würde noch einmal das Wunder geschehen und sie würde ihren Himmelsstürmer dort an einer der Basaltsäulen entdecken. Nach der Arbeit fuhr sie mehrmals in der Woche zur Anglerhütte. Nach vierzehn Tagen fehlte das Motorrad – ohne jeden Hinweis darauf, wer es abgeholt hatte oder wohin es gebracht worden war.

Anfang August legte das schöne Wetter eine Pause ein. Es regnete ohne Unterlass, an den Wacholderbüschen riss der Wind, und die Kyll trat über ihr Ufer. Wenn Ruth dann in der Anglerhütte saß, durchlebte sie die Stunden mit Paul noch einmal in ihrer Erinnerung. Es war erst vier Wochen her, dass sie in diesem breiten Bett gelegen hatten. Die Tage waren warm und endlos gewesen, der Himmel voller Sterne. Ihnen hatten die Erde und der Himmel gehört, der Tag und die Nacht, nur nicht die Zukunft. Manchmal, wenn sie so in Gedanken an dem Holztisch saß und der Regen aufs Dach prasselte, kam es ihr vor, als ob Paul ihr ganz nah sei, als seien seine Gedanken bei ihr. Dann versuchte sie ihn mit reiner Willenskraft zur Rückkehr zu zwingen – und wusste doch nur zu gut, dass dies unmöglich war. In jenen Stunden wurde ihr das Wissen darum, dass sie sein Kind unter dem Herzen trug, zum einzigen Trost. Dieses Kind war ein Teil von ihm – und ihre Zukunft.

19

Mitte August wurde es über Nacht wieder sommerlich schön. Der Himmel wirkte am Samstagmorgen wie frisch geputzt, die Vögel jubilierten. Als Ruth das Speisezimmer betrat, saß ihre Mutter bereits am Frühstückstisch.

»Du hast heute länger geschlafen«, wunderte sich Liliane. »Gehst du nicht in den Betrieb?«

»Natürlich. Heute ist doch Lohnauszahlung. Ich bin nur neuerdings immer so müde«, fügte Ruth lächelnd hinzu.

»So ist das oft in der Schwangerschaft«, sagte ihre Mutter. »Sei froh, dass dir nicht ständig übel ist und du sonst keine Probleme hast.« Sie schob Ruth die Platte mit der Leber- und Blutwurst zu. »Du musst jetzt tüchtig essen.«

Ruth lachte. »Keine Sorge, mein Baby verhungert schon nicht. Heute Mittag will Helma Ahrforelle machen. Sie sagt, Fisch ist gut für mich.« Sie griff in den Brotkorb. Während sie das Brötchen aufschnitt, fragte sie erstaunt: »Warum bist du eigentlich schon so früh auf den Beinen? Und dann so schick?«

Ihre Mutter sah an diesem Morgen besonders schön aus. Das cremeweiße Kostüm, die Perlenkette und der elegante Nackenknoten betonten ihre zarte Weiblichkeit.

»Ich fahre gleich nach Trier«, antwortete Liliane.

»Pierre Dupont?« Ruth sah sie überrascht an.

»Wir haben gestern Abend miteinander telefoniert, und da das Wetter heute so schön sein soll, ganz spontan entschieden, uns zu treffen.« Ihre Mutter seufzte leise und gestand ihr: »Ich bin sehr aufgeregt, obwohl wir jetzt doch schon so oft miteinander gesprochen haben und es fast wieder so vertraut zwischen uns ist wie früher.«

»Miteinander telefonieren oder sich nach Jahrzehnten gegenüberstehen ist schon etwas anderes.«

Liliane nestelte an ihrem Knoten. »Vielleicht bin ich ja auch noch gar nicht so weit«, murmelte sie vor sich hin.

Ruth nickte ihr aufmunternd zu. »Schau ihn dir mal an. Du willst ihn ja nicht gleich heiraten.«

Da lachte ihre Mutter auf. »Ganz bestimmt nicht. Ich werde überhaupt nicht mehr heiraten. Dein Vater wird immer mein Ehemann bleiben. Zumindest in meinem Herzen. Bei Pierre denke ich eher daran, einen Begleiter zu haben. Jemanden, mit dem ich mal ausgehen kann. Das ist doch nichts Schlimmes, oder was meinst du?«, fragte sie unsicher.

»Das ist überhaupt nichts Schlimmes, Mutter«, beschwichtigte Ruth sie. »Ich finde ...« Bevor sie weitersprechen konnte, schlug Arno in der Eingangshalle an. Die beiden wechselten einen Blick. So kündigte Arno Besuch an, den er kannte.

Für ein paar Schläge setzte Ruths Herz aus. Paul?

Arno begann, freudig zu winseln, und während sich ihr Puls beschleunigte, erschien auch schon Heidi in der Speisezimmertür. Sie sah aus wie der Sommer höchstpersönlich: hellblaues, geblümtes Kleid, weiße Pumps, weiße

Spitzenhandschuhe, Sonnenbrille und ein hellblaues Seidentuch um das platinblonde Haar gebunden. »Guten Morgen!«, rief sie strahlend aus. »Ich wollte mit euch frühstücken.«

»Wo kommst du denn her?«, fragte Ruth erstaunt.

»Aus Bad Neuenahr«, erwiderte Heidi ganz selbstverständlich.

»Bist du etwa mit den hohen Schuhen vom Bahnhof bis hierher gelaufen?«

»Ich bin mit dem Auto gekommen«, antwortete Heidi voller Stolz.

»Horst?« Ruth sah sie mit großen Augen an.

Heidi kicherte vor Übermut. »Ohne Horst. Ich bin selbst gefahren. Er hat mir sein Auto geliehen. Ich habe nämlich gestern meine Führerscheinprüfung bestanden.«

Ruth sprang auf. »Du hast den Führerschein gemacht? Einfach so, klammheimlich?« Mit ausgebreiteten Armen ging sie auf ihre Freundin zu. »Das verzeihe ich dir nie, dass du mir das verschwiegen hast«, sagte sie in gespieltem Ernst, bevor sie Heidi umarmte.

Nun gab es viel zu erzählen. Helma brachte noch einmal frisch aufgebrühten Kaffee, Eier, Schinken und Käse. Auch Liliane, die zuerst vor Aufregung keinen Hunger gehabt hatte, griff nun beherzt zu. Irgendwann blickte sie auf die Standuhr und erschrak. »Oje, jetzt muss ich mich aber beeilen.« Sie stand auf und sah die beiden bedeutsam an. »Ich mache mich noch einmal frisch, und dann fahre ich.«

Auf Heidis fragenden Blick hin erklärte Ruth ihrer Freundin, was ihre Mutter an diesem Samstag vorhatte.

»Das hätte sie vor ein paar Monaten auch noch nicht gemacht«, staunte Heidi. »Allein in Onkel Friedrichs Daimler nach Trier fahren, wo sie sich überhaupt nicht auskennt ... Ich bin gespannt, was sie heute Abend zu erzählen hat.«

»Kannst du denn überhaupt bis morgen bleiben?«, fragte Ruth überrascht.

»Nur bis morgen früh. Ich habe Horst versprochen, am Vormittag zurück zu sein. Seine Mutter hat mich zum Essen eingeladen.«

»Horst scheint wirklich sehr nett zu sein.«

»Ja, das ist er«, erwiderte Heidi mit einem Lächeln, das Ruth traurig vorkam.

»Du klingst so, als gäbe es noch ein Aber.«

Heidi zögerte. Schließlich antwortete sie: »Es gibt eine Neuigkeit. Ich werde für ein halbes Jahr nach Paris gehen, um mich bei Dior weiterzubilden.«

Ruth rutschte auf die Stuhlkante vor. »Dior?«

»Ja, du hast richtig gehört. Natürlich werde ich dort keine Mode entwerfen, sondern erst einmal nur als Zuarbeiterin tätig sein. Aber immerhin habe ich dadurch einen Fuß in der Tür. Viele haben so schon ihre Weltkarriere gestartet.«

»Und wie bist du ...?« Sprachlos sah Ruth sie an.

»Durch eine Ausschreibung, von der meine Chefin gehört hatte. Ich habe die Unterlagen ausgefüllt, ein paar Arbeitsproben eingeschickt und bin angenommen worden.«

»Davon hast du mir auch nichts erzählt.«

Heidi sah sie entschuldigend an. »Ich hatte doch eigentlich gar nicht damit gerechnet, dass die mich nehmen.«

»Trotzdem.« Ruth senkte den Kopf.

»Komm, sei nicht böse. Du hast doch zurzeit selbst so viele Probleme, und da wollte ich nicht ...«

»So ein Blödsinn«, unterbrach Ruth sie. »Gerade in solchen Zeiten ist es doch besonders wichtig zu wissen, dass es Menschen gibt, die einem nahestehen.«

»Aber wir sind uns doch ganz nah«, widersprach Heidi.

»Den Eindruck habe ich gerade nicht«, erwiderte Ruth ungerührt.

»Ich habe dir den Führerschein und die Bewerbung nur verschwiegen, weil ich, wenn es nicht geklappt hätte, als Versagerin dagestanden hätte«, verteidigte Heidi sich. »Und du bist in allem so erfolgreich.«

Da lachte Ruth bitter auf. »Nur in der Liebe nicht. Da scheinst du ja mehr Erfolg zu haben.«

»Stimmt doch gar nicht! Die Sache mit Horst wird sich auch bald erledigt haben, wenn ich für ein halbes Jahr nach Paris gehe. So lange wird er ganz bestimmt nicht auf mich warten.«

»Das sind aber deine eigenen Entscheidungen«, widersprach Ruth ihrer Freundin. »Weil dir deine Karriere wichtiger ist als die Liebe. Ich aber hatte gar keine Chance, mich zu entscheiden. Das hat Georg für mich gemacht.«

»Apropos – Georg …« Heidi sah sie forschend an.

Ruth hob die Schultern. »Von dem habe ich nichts mehr gehört. Ich habe die Scheidung eingereicht. Mal sehen, wie lange es dauert.« Dann sah sie ihre Freundin an und sagte leise: »Ach, Heidi, ich glaube nicht, dass du nach einem halben Jahr zurückkommen wirst.«

Ihre Freundin lachte unsicher auf. »Das weiß man ja alles noch nicht. Aber eines verspreche ich dir hier und jetzt: Zur Geburt deines Kindes werde ich da sein.«

Nachdem Heidi nach dem Sonntagsfrühstück nach Bad Neuenahr zurückgefahren war, ging Ruth mit ihrer Mutter in die Kirche – nach langer Zeit wieder einmal. Die salbungsvollen Worte des Pfarrers jedoch verstärkten ihren Schmerz nur noch. Paul sollte mit ihr hier sein. Sie lenkte sich ab, indem sie sich ausmalte, wie sie am Nachmittag mit Arno durch die Wälder wandern würde. Nach der Messe begegneten sie auf dem kleinen Kirchplatz Johannes Prümm. Er war in Begleitung seiner Eltern und seiner Zukünftigen – einer unscheinbaren jungen Frau, die ihn anhimmelte. Mit heuchlerischer Freundlichkeit begrüßte er Ruth und spielte den charmanten Plauderer. Sie antwortete nur das Nötigste, um die Form zu wahren, und verabschiedete sich schnell.

Nach dem Mittagessen suchte sie Ruhe und Frieden in der Natur. Sie wanderte zu ihrem Stein. Pauls Kompass mit beiden Händen fest umschlossen, ließ sie den Blick über die Landschaft schweifen. Blaue Kornblumen und rote Flockenblumen setzten bunte Farbtupfer in die schillernden Wiesen. Gelbe Trollblumen und violetter Storchschnabel säumten die Feldwege. Weit hinter diesem Bild von Unbeschwertheit ragten am Horizont die Hügelketten empor – unverrückbar für alle Ewigkeit.

Während sie Pauls Kompass mit beiden Händen fest umschloss, hielt sie ihr Gesicht der Sonne entgegen und spürte der Energie nach, die sich in ihrem Inneren ausbreitete. Trotz aller Veränderungen und Niederlagen würde ihr Leben weitergehen – so wie sich die Erde jeden Tag aufs Neue um die Sonne drehen würde. Sie würde wieder aufstehen – wenn auch nicht heute oder morgen – und den

Weg mit ihrem Kind allein gehen. Pauls Kompass würde sie dabei auf Schritt und Tritt begleiten.

»Komm, Arno«, sagte sie entschlossen zu ihrem vierbeinigen Begleiter. »Wir besuchen Großvater.«

Als Ruth auf der Buchenallee war, die von der Landstraße geradewegs auf den Hof zuführte, hielt sie im Schritt inne. Vor dem Haus ihres Großvaters stand ein weißer Lieferwagen. An einem Sonntag?, fragte sie sich verwundert. Langsam ging sie weiter. Da kamen auch schon die Gänse an den Zaun gelaufen, und für Arno gab es kein Halten mehr. In dem Radau ging Ruth am Lieferwagen vorbei und las die Aufschrift: Weingut Müller – Bad Bertrich. Abrupt blieb sie stehen. Erika! Etwa ein halbes Jahr hatten sie sich nicht mehr gesehen.

Ihr Großvater trat aus der Tür, und die Gänse beruhigten sich. »Komm rein!«, rief er ihr zu. »Wir sitzen im Hof und wollten gerade Kaffee trinken.«

Unschlüssig blieb Ruth vor dem Gartentor stehen. Ob es Erika recht war, dass sie hier auftauchte?

Da erschien ihre Halbschwester auch schon in der Haustür. Sie wirkte unsicher, aber dann winkte sie ihr zögerlich zu. Ruths Herz begann schneller zu schlagen. Freude und Erleichterung breiteten sich in ihr aus. In der letzten Zeit hatte sie immer weniger an Erika gedacht, aber wenn sie ihr in den Sinn gekommen war, dann stets mit freundlichen Gedanken.

Entschlossen öffnete sie das Gartentor. Nachdem sie ihren Großvater mit einem Kuss auf die stachelige Wange begrüßt hatte, ging sie auf Erika zu, die immer noch in der Tür stand. Sie war etwas runder geworden, ihre Gesichtszüge weicher. Die Schwangerschaft stand ihr sehr gut. Sie trug das braune Haar jetzt etwas länger und mit einem roten Band aus der Stirn gebunden. Das Rot fand sich in dem geblümten Umstandskleid wieder. Ihre leicht gebräunte, frische Haut verriet, dass sie sich viel draußen aufhielt. Nun standen sie sich nach der langen Zeit gegenüber und sahen sich an.

»Guten Tag, Erika«, sagte Ruth mit einem zurückhaltenden Lächeln.

»Guten Tag, Ruth«, erwiderte ihre Halbschwester.

Da fasste sich Ruth ein Herz. Sie machte einen Schritt auf Erika zu und berührte ihren Arm. »Ich freue mich, dich zu sehen«, fuhr sie mit vor Rührung bebender Stimme fort. »Wirklich. Von Großvater weiß ich, dass es dir gut geht.«

»Ja, es geht mit gut«, erwiderte Erika, und während sie ihre rechte Hand, an deren Ringfinger ein goldener Reif in der Sonne aufblitzte, auf den Bauch legte, fügte sie strahlend hinzu: »Es geht uns gut. Zum ersten Mal in meinem Leben habe ich das Gefühl, genau dort zu sein, wo ich hingehöre.« In Erikas Stimme schwang so viel Wärme, so viel Glück mit, dass Ruth die Kehle eng wurde. Aus einer spontanen Regung heraus nahm sie ihre Halbschwester in die Arme. Erika erwiderte diese innige Umarmung. So blieben die beiden ein paar Atemzüge lang stehen, bis ihr Großvater mit belegter Stimme sagte: »So, ihr beiden, jetzt geht mal in den Innenhof. Sonst wird der Kaffee kalt. Erika hat einen Kuchen gebacken.«

Nach dem Kaffeetrinken, während Erika begeistert von der bevorstehenden Weinernte und dem Zusammenhalt in Rolfs Familie erzählte, zog sich Josef zurück.

»So, Mäderschers, ich muss noch in den Stall. Ich komme später noch mal zu euch.«

Ruth wusste nur zu gut, dass er sie mit ihrer Halbschwester allein lassen wollte. Wie Erika wusste auch Ruth in den ersten Momenten nicht, wie sie mit dieser Situation umgehen sollte.

»Ich möchte nicht mehr über die Vergangenheit sprechen«, sagte da Erika in ihr Schweigen hinein. Sie sah Ruth in die Augen. »Was meinst du?«

»Das sehe ich genauso«, antwortete Ruth ernst. »Lass uns neu anfangen – als Schwestern.«

Da glitt ein weiches Lächeln über Erikas Züge, das Ruth an ihren gemeinsamen Vater erinnerte. »Und wie geht es dir?«, fragte ihre Halbschwester.

»Hat Großvater es dir erzählt?«

Erika nickte. »Er macht sich Sorgen um dich.«

Ruth senkte den Kopf und lächelte. »Das muss er nicht«, sagte sie leise. »Ich schaffe das.« Dann sah sie Erika an. »Hat er dir auch erzählt, dass ich schwanger bin?«

Erika fuhr zurück. »Schwanger? Doch nicht etwa von deinem Ehemann?«

»Nein.« Sie konnte nicht anders, ihr Blick wurde weich, wie immer, wenn sie an ihn dachte. »Von Paul.«

Erika sah sie sprachlos an.

»Paul weiß es nicht. Ich habe es auch erst vor Kurzem erfahren.«

»Ach, du meine Güte.« Erika lehnte sich in dem Gartensessel zurück. »Paul sollte das doch wissen, oder?«

Ruth lehnte sich ebenfalls zurück. »Ich habe keine Ahnung, wo er sein könnte. Er hat sich nicht mehr gemeldet. Er geht davon aus, dass ich zu Georg zurückgegangen bin.«

Da beugte sich Erika vor und griff nach ihrer Hand. »Das tut mir leid. Paul hat dich geliebt, das habe ich gespürt – und mir leider lange Zeit etwas vorgemacht, wofür ich mich heute noch schäme. Aber ich kann mir gut vorstellen, dass ihn die Lüge deines Ehemannes so sehr verletzt hat, dass er mit alldem hier abschließen musste.« Erika seufzte leise. »Mein Gott, wie tragisch!«

Ruth nickte stumm.

»Und was willst du machen, wenn dein Baby auf der Welt ist? Ich meine, was soll dann aus dem Steinbruchbetrieb werden?«

Ruth sah sie eindringlich an. »Du weißt, dass ich nicht nur für Kind und Haushalt leben möchte. In den ersten Monaten nach der Geburt werde ich ganz sicher beruflich kürzertreten, aber danach werden meine Mutter und auch Helma mir helfen, die Situation zu meistern. Langfristig werde ich natürlich einen neuen Betriebsleiter brauchen. Herr Zorn ist jetzt schon ein bisschen überfordert – auch wenn er sich noch wacker hält.«

»Kann ich dir irgendwie helfen?«, fragte Erika.

»Danke.« Ruth beugte sich zu ihr hinüber und drückte ihre Hand. »Im Moment läuft alles rund. Im Betrieb, meine ich. Was mich persönlich angeht ...« Sie verstummte. Aufsteigende Tränen drückten ihr die Kehle zu.

»Du liebst Paul immer noch, nicht wahr?«

Ruth nickte. »Ich werde ihn immer lieben«, sagte sie mit belegter Stimme.

Da schüttelte Erika mit hilfloser Miene den Kopf und flüsterte wie zu sich selbst: »Wenn ich dir nur helfen könnte ...«

Für Ruth glitten die Tage gleichförmig vorüber. Der Sommer hatte seinen Zenit überschritten. Auf den Feldern wurden die Kartoffeln und Rüben eingebracht, und Helma hatte alle Hände voll zu tun, das Obst zu verwerten. Dann kam der Herbst, der die Wälder in bunten Farben leuchten ließ. Die Luft roch nach Pilzen und modriger Erde. Schwalben und Stare bereiteten sich auf ihre lange Reise in den Süden vor. Die Tage wurden wieder kürzer.

Die Schwangerschaft ließ Ruth aufblühen. Die kleine Wölbung ihres Bauches verriet bereits, dass sie guter Hoffnung war. Ihre Seele jedoch fühlte sich immer noch wie eine einzige Wunde an, und es kostete sie tagsüber viel Kraft, sich dies nicht anmerken zu lassen. Zwei Suchanzeigen waren erfolglos geblieben. Und die Detektei in Bonn hatte den Auftrag mit den Worten abgelehnt: »Wenn Sie gar keine Anhaltspunkte haben, wie zum Beispiel Freunde oder eine neue Arbeitsstelle, können wir den guten Mann nicht finden.«

Immer noch wanderte Ruth sonntagsnachmittags regelmäßig mit Arno zur Thelener Ley I. Einmal glaubte sie sogar, von ferne Motorengeräusch in der Grube zu hören. Als sie dann jedoch atemlos die Abbruchkante erreichte, sah sie hinunter in eine öde Steinwüste. Das Gleiche passierte ihr, als sie einmal zur Anglerhütte ging. Dieses Mal war es das Geräusch eines Motorrads. Doch dann lag die

Lichtung verlassen vor ihr. Obwohl ihr Verstand ihr sagte, dass Paul nicht zurückkommen würde, erlag ihr dummes Herz immer wieder der trügerischen Hoffnung.

Heidi war inzwischen in Paris und schickte wöchentlich begeistert klingende Postkarten vom Eiffelturm, dem Arc de Triomphe und den Champs-Élysées. »Wenn ich daran denke, dass ich in fünf Monaten wieder in Bad Neuenahr sein werde, bin ich jetzt schon traurig«, schrieb sie – und Ruth ahnte, dass Heidi ihre Zeit in Paris verlängern würde.

Nachdem Ruth ihre Halbschwester wiedergesehen hatte, telefonierten die beiden jede Woche miteinander. Erika interessierte sich für die Abläufe im Steinbruch und war Ruth eine aufmerksame Zuhörerin und gute Beraterin. Ruth ihrerseits erfuhr von Erika viel über Schwangerschaft, Geburt und Stillen.

Als Ruth an einem nasskalten Novembertag, als der Nebel durchs Kylltal zog und der Wind in die Zweige der Bäume griff, von der Arbeit zurückkam, wurde sie von ihrer Mutter im Wintergarten empfangen.

»Setz dich, Liebes«, forderte Liliane sie auf. »Ich habe eine Überraschung für dich.« Mit diesen Worten reichte sie Ruth einen großen braunen Briefumschlag.

Ruth hob die Brauen. »Was ist das?«

»Ich habe ihn nicht geöffnet. Nur den Absender gesehen«, erwiderte Liliane mit geheimnisvollem Lächeln.

Ruths Herz begann schneller zu schlagen, als sie den Absender las: Deutsche Botschaft in Buenos Aires. Sie sah ihre Mutter an, die ihr auffordernd zunickte. Mit zittrigen Fingern öffnete Ruth den Umschlag. Als sie die Scheidungsunterlagen in den Händen hielt, durchflutete eine Welle der Erleichterung ihr Inneres.

»Gott sei Dank«, sagte sie leise, während sie in den Korbstuhl sank. »Georg hat tatsächlich Wort gehalten und unterschrieben. Jetzt wird mein Kind nicht mehr während der Ehe mit ihm geboren werden.«

»Das sollten wir feiern«, schlug ihre Mutter nicht weniger erleichtert vor. »Was hältst du davon, wenn wir beide heute Abend ins Kino gehen? Vergangene Woche ist der Film *Briefträger Müller* mit Heinz Rühmann angelaufen.«

»Mutter, das ist eine gute Idee!«, rief Ruth begeistert aus. Sie sprang auf und umarmte ihre Mutter. »Und nach dem Kino lade ich dich in die Weinstube zu einem Gläschen Riesling ein. Den trinken wir auf Pierre Dupont – ohne den du vielleicht schon längst bei Tante Marlene in Frankfurt wohnen würdest. Das darf ich mir gar nicht vorstellen ...«

»In diesen Film sollten Sie auch mal mit Ihrem Mann gehen«, sagte Ruth am nächsten Morgen zu Anna Zorn. »Wir haben so viel gelacht!«

»Das mache ich«, erwiderte ihre Sekretärin sofort. »Die Jungs sind ja schon so groß, dass sie abends mal zwei Stunden allein bleiben können, ohne Unsinn zu machen. Dann werde ich meinen Mann einladen«, fuhr sie voller Stolz fort. »Jetzt, da ich selbst Geld verdiene.«

»Warten Sie nicht zu lange«, riet Ruth ihr. »Der Film läuft nur noch ein paar Tage hier in Wilmersbach.«

Anna lächelte ihr spitzbübisch zu. »Schöne Sachen sollte man nie aufschieben. Einen Abend werde ich brauchen, um meinen Mann zu überreden, aber übermorgen dürfte ich es geschafft haben.«

Ruth lachte. »Dann viel Glück.«

Als sie an ihrem Schreibtisch saß, dachte sie wieder einmal daran, wie viel sie mit Paul zusammen unternommen hatte. Jede Stunde, jede Minute mit ihm waren schön gewesen. Um sich von dem Schmerz, der sich gerade wieder in ihr ausbreiten wollte, abzulenken, suchte sie die Telefonnummer des Dachdeckers heraus, mit dem sie bereits wegen des Brechergebäudes telefoniert hatte. Sie wartete auf seinen Kostenvoranschlag. Vor dem ersten Schneefall musste das Loch im Dach dringend geschlossen werden. Ruth wollte schon den Hörer von der Gabel nehmen, als das Telefon klingelte.

»Zeche Zollverein in Essen, Grabowski am Apparat«, meldete sich eine forsche, weibliche Stimme. »Ich rufe wegen eines Ihrer ehemaligen Mitarbeiter an – Herrn Herbig.«

Ruth war, als hätte sie einen Stromschlag bekommen. »Paul Herbig?«, fragte sie.

»Laut seiner Aussage war die Thelener Ley II seine letzte feste Arbeitsstelle.«

Ruth begann zu zittern. War das wahr? Bekam sie jetzt endlich einen Hinweis darauf, wo sie Paul finden konnte?

Bevor sie die richtigen Worte fand, sprach die Frau am anderen Ende der Leitung weiter: »Wir haben Herrn Herbig vor zwei Wochen eingestellt – unter der Bedingung, dass er uns das Zeugnis seines letzten Arbeitgebers nachreichen wird. Das ist bis heute trotz mehrfacher Aufforderung nicht erfolgt. Nun fragen wir uns, ob sich Herr Herbig vielleicht unter Vorspiegelung falscher Tatsachen die Stelle bei uns erschlichen hat.«

Zeche Zollverein ... Paul arbeitete also jetzt im Bergbau in Essen.

»Sind Sie noch dran?«, fragte die Frau unwirsch.

»Ja, sicher«, antwortete Ruth rasch. »Herr Herbig hat tatsächlich in unserem Steinbruchbetrieb als Betriebsleiter gearbeitet.«

»Und warum kann er kein Zeugnis vorweisen? Haben Sie ihn unehrenhaft entlassen?«

Ruths Gedanken überstürzten sich. Jetzt nur nichts falsch machen! Sie wollte nur eines: mit Paul reden.

Sie räusperte sich und sagte dann nicht weniger energisch als ihre Gesprächspartnerin: »Geben Sie mir bitte die Adresse von Herrn Herbig.«

»Wir geben die Anschrift unserer Mitarbeiter nicht heraus«, lautete die frostige Erwiderung. »Das Zeugnis können Sie auch direkt an unsere Adresse senden.«

»Wenn Sie mir die bitte mitteilen würden«, sagte Ruth förmlich. Ihre Hand zitterte, als sie mitschrieb.

»Ich sage Ihnen aber direkt«, fuhr Frau Grabowski fort, »falls uns das Zeugnis bis Freitag nicht vorliegt, werden wir Herrn Herbig mit sofortiger Wirkung entlassen. Unsere Belegschaft wächst täglich, da gibt es kein langes Hin und Her – auch nicht bei Mitarbeitern in leitenden Positionen.«

»In Ordnung«, beeilte sich Ruth zu sagen.

»Ich werde die Sache gleich an meine Kollegin weitergeben, da ich ab heute Mittag Urlaub habe«, entgegnete ihre Gesprächspartnerin hörbar zufrieden und verabschiedete sich.

Nach dem Gespräch blieb Ruth wie benommen am Schreibtisch sitzen. Paul ging also lieber das Risiko ein, die Stelle in der Zeche zu verlieren, als sie um ein Zeugnis zu bitten. Wie verletzt musste er sein! Wie fest entschlossen, mit ihr nichts mehr zu tun haben zu wollen! Sie sah auf ihre Fliegeruhr. Heute würde sie es zeitlich nicht mehr schaffen, nach Essen zu fahren, um Paul bei Betriebsschluss abzufangen. Aber morgen.

Am nächsten Vormittag brachen Ruth und ihre Mutter nach Essen auf.

»Ich lasse dich nicht alleine fahren«, hatte Liliane am Abend entschieden gesagt. »Nicht in deinem aufgewühlten Zustand.«

Ruth hatte eigentlich auf der Fahrt ungestört ihren Gedanken nachhängen wollen, war jedoch jetzt froh, ihre Mutter bei sich zu haben. Es regnete in Strömen. Die Scheibenwischer des Daimlers wurden der Wassermassen kaum Herr. Bei diesem Wetter hatten sie rund einhundertfünfzig Kilometer zu fahren, wie Ruth mithilfe der Straßenkarte errechnet hatte.

»Fahr langsam«, riet ihre Mutter ihr. »Wir haben genug Zeit.«

»Normalerweise könnten wir in etwa zwei Stunden da sein«, sagte Ruth. »Aber bei dem Wetter ...«

»Wenn du müde wirst, übernehme ich das Steuer.«

Ruth warf ihr einen liebevollen Blick zu. »Danke, dass du mitgefahren bist.«

Auf der Höhe von Düsseldorf legten sie an einer Raststätte eine Pause ein. Inzwischen hatte der Regen etwas nachgelassen und fiel in feinen Schleiern vom grauen Himmel.

»Was ist denn eigentlich jetzt mit dem Zeugnis von Paul?«, fragte Liliane, als sie weiterfuhren. »Hast du das gestern Abend noch geschrieben?«

»Nein«, antwortete Ruth. Sie sah, wie ihre Mutter sie erstaunt von der Seite ansah.

»Ich will, dass Paul zurückkommt – zu mir, zu unserem Kind, zur Thelener Ley. Wenn er erst mal die Wahrheit kennt, wird er doch nicht länger in Essen arbeiten wollen. Dann ist doch alles wieder gut«, fügte sie mit einer Stimme hinzu, die ihre aufsteigenden Tränen ankündigte. Als ihre Mutter schwieg, warf sie ihr einen Seitenblick zu. »Oder denkst du, er liebt mich nicht mehr?«

»Das glaube ich eigentlich nicht, aber möglich ist alles«, antwortete Liliane und fügte hinzu: »Jetzt rede erst mal mit ihm. Du musst ihm natürlich auch Zeit geben, das Ungeheure, das Georg angerichtet hat, zu verarbeiten. Aber wenn er erfährt, dass er Vater wird, ist bestimmt alles wieder gut zwischen euch.«

Ruth wusste, dass ihre Mutter davon nicht so überzeugt war, wie sie sich anhörte. Und tief im Innern war auch sie sich nicht so sicher, ob sie am Ende ihrer Reise wieder so glücklich sein würde, wie sie einmal gewesen war. Vielleicht hatte Paul längst mit ihr abgeschlossen. Vielleicht gab es sogar schon eine andere Frau in seinem Leben. All diese Überlegungen beschäftigten sie, bis sie schließlich in Essen-Stoppenberg gegenüber dem Zecheneingang anhielt. *Zollverein* stand in hellen Lettern auf dem düster wirkenden, quaderähnlichen Gebäude hinter dem Werkstor, das von einem riesigen Fördergerüst überragt wurde. Ruths Hände waren eiskalt und klamm. Sie fror, obwohl es im Wagen angenehm warm war.

»Und jetzt?«, fragte ihre Mutter. »Wir sind früh dran. Wollen wir hier so lange warten, bis Paul Betriebsschluss hat?«

Ruth biss sich auf die Lippen. »Das kann noch lange dauern.« Dann atmete sie tief durch und sagte entschlossen: »Ich steige jetzt aus und bitte den Pförtner, ihn zu holen.«

»Gut.« Ihre Mutter lächelte sie aufmunternd an. »Ich warte hier.«

Ruth stieg aus und drückte den kleinen grünen Hut auf ihre bernsteinfarbenen Locken, die ihr über den ebenfalls grünen Wollmantel fielen. Dann überquerte sie die regennasse Straße und ging auf das Werkstor zu. Dabei schlug ihr das Herz hart in der Brust. Wie würde Paul auf ihren Besuch reagieren?

Vor dem Pförtnerhaus blieb sie stehen. Der ältere Mann schob die Glasscheibe zur Seite und sah sie freundlich an. »Kann ich Ihnen helfen, Fräulein?«

Sie bemühte sich um ihr schönstes Lächeln. »Ich möchte zu meinem Verlobten. Er arbeitet hier.«

»Na, wie heißt er denn?«

»Paul Herbig.«

»Dann wollen wir mal sehen.« Der Mann zog eine große Kladde heran und begann in aller Gemütsruhe zu blättern.

Ruth schlug den Mantelkragen hoch. Es wehte ein kalter Wind, der ihr den Regen ins Gesicht wehte.

»Der arbeitet nicht mehr hier«, sagte der Pförtner schließlich.

»Das kann nicht sein. Gestern hat er hier noch gearbeitet«, widersprach sie ihm, wobei Verzweiflung in ihrer Stimme mitschwang.

»Gestern ja, aber heute nicht mehr. Herr Paul Herbig ist heute Morgen entlassen worden. Das steht hier. Jede Veränderung muss ich hier eintragen. Ich erinnere mich, dass ich den Anruf heute Morgen von der Personalabteilung bekommen habe. Warten Sie! Hier liegt noch der Zettel.« Er griff nach rechts neben sich und nahm ein Blatt Papier in die Hand. »Fristlos entlassen, heißt es hier.«

Ruths Schultern fielen herunter. Das durfte doch nicht wahr sein! Das konnte ja nur mit dem fehlenden Zeugnis zu tun haben. Wahrscheinlich hatte Frau Grabowski vergessen, ihre Kollegin zu benachrichtigen, dass es bis Freitag da sein würde.

Sie trat näher an die Scheibe heran. »Bitte – können Sie mir denn wenigstens sagen, wo Herr Herbig wohnt?«

Der Mann sah sie mit hochgezogenen Brauen an. »Sie wissen nicht, wo Ihr Verlobter wohnt, Fräulein?«

Vor Verlegenheit schoss ihr die Röte ins Gesicht. »Wir haben uns zerstritten, aber ich muss ihn unbedingt sprechen. Ich bin extra aus der Eifel gekommen, um ...«

»Ich habe keinen Einblick in die Adressen der Belegschaft«, unterbrach er sie mit bedauernder Miene.

»Dann rufen Sie doch bitte in der Personalabteilung an.« Flehend sah sie ihn an.

Der ältere Mann zögerte. Offensichtlich tat sie ihm leid. »Moment, ich versuch's mal«, sagte er mit Blick auf ihren Babybauch unter dem grünen Mantel.

Während der Regen ihr in den Kragen rann, sprach der Pförtner hinter der Scheibe am Telefon auf seinen Gesprächspartner ein. Schließlich nickte er mit betretener Miene und legte auf.

»Nichts zu machen, Fräulein, die geben sie nicht raus«, sagte er. »Ich wünsche Ihnen trotzdem viel Glück.« Mit diesen Worten zog er die Glasscheibe wieder zu.

Auf der Rückfahrt saß Liliane am Lenkrad und Ruth auf dem Beifahrersitz. Ruth war ihrer Mutter dankbar, dass sie ganz selbstverständlich das Steuer übernommen hatte. So konnte sie sich ihren Gedanken überlassen. So viele Fragen und keine Antworten ... Mit jedem Kilometer, den sie in Richtung Heimat zurücklegten, schwand ihre Hoffnung immer mehr, Paul jemals wiederzusehen und ihm alles erklären zu können. Würde noch einmal irgendwann ein Unternehmen oder eine Firma anrufen, um von ihr Referenzen über ihn einzuholen? Sehr unwahrscheinlich.

»Vielleicht soll es so sein«, sagte Liliane irgendwann in Ruths Schweigen hinein. »Sieh es als Wink des Schicksals. Wir haben alles getan, um ihn zu finden.«

»Schicksal! So ein Quatsch!«, entgegnete Ruth mit aufwallender Wut. »Du redest ja schon wie Großvater.«

»Aber du siehst doch, dass es nicht in deiner Hand liegt, Paul zu finden. Dann soll es so sein.«

Ruth schwieg. Sollte sie jetzt ihre Zukunft einem ominösen Schicksal überlassen? Sie, die ihr Leben lieber selbst in die Hand nahm? Aber was konnte sie noch tun? Sie wusste es nicht.

»Lass Paul los, Kind«, beantwortete da ihre Mutter ihre stumme Frage. »Nimm Pauls Entscheidung an – auch wenn er sie aufgrund falscher Annahmen getroffen hat. Aber er scheint ja mit dieser Entscheidung leben zu können, sonst wäre er längst zurückgekommen, um mit dir zu reden.«

Die klaren Worte ihrer Mutter schnitten Ruth ins Herz – doch sie waren wahr. Manches Mal hatte sie sich das selbst schon gesagt. Wenn Paul sie wirklich geliebt hätte, wäre es ihm doch ein Bedürfnis gewesen, wenigstens noch einmal mit ihr zu reden – trotz der furchtbaren Leiden und Verluste, die er im Krieg und danach erlitten hatte.

Nachdem sie lange Zeit geschwiegen hatte, sagte sie schließlich leise: »Du hast recht, Mutter. Aber es tut so weh.«

»Der Schmerz wird vergehen«, erwiderte Liliane sanft. »Die Zeit wird ihn heilen. Du musst nur einen klaren Schlussstrich ziehen und dich nicht immer wieder durch die Hoffnung irreleiten lassen.«

Auf der Rückfahrt hatte der Regen nachgelassen. Hinter Köln brach sogar hie und da die Sonne durch die grauen Wolken. Sie kamen schnell voran. Ruth fühlte sich innerlich leer. Ihre Kraft war erschöpft. Sie wollte sich für den Rest des Tages nur noch von allem zurückziehen und allein sein.

Nachdem ihre Mutter den Daimler auf dem Hof geparkt hatte, ging die Haustür auf, und Arno begrüßte sie. Ruth stieg aus und streichelte ihn. Seine überschäumende Freude darüber, dass sie wieder da war, seine bedingungslose Liebe und seine treuen Augen, die ergeben zu ihr aufschauten, lockerten ein bisschen die eiserne Klammer, die ihr Herz während der Fahrt fest umschlossen hatte. Sie beugte sich zu ihm hinunter und vergrub ihr Gesicht ein paar Sekunden lang in seinem Fell. Als sie wieder aufblickte entdeckte sie ihn. Paul stand in der Haustür und sah zu ihr her.

Ruth erstarrte, blinzelte. Vielleicht träumte sie. Vielleicht halluzinierte sie. Vielleicht hatte sie jetzt sogar völlig den Verstand verloren und beschwor Bilder herauf, nach denen sie sich am meisten sehnte. Da stieg Paul die Treppe hinunter und kam auf sie zu. Sie begann zu zittern, schlang die Arme fest um sich. Nein, sie würde sich nicht freuen, kein Glücksgefühl zulassen, solange sie nicht sicher war, dass sie sich diese Situation nicht nur einbildete. Vielleicht würde Paul, wenn sie ihn gleich berühren würde, einfach wie ein Geist verschwinden, und sie würde allein zurückbleiben. Vielleicht war er wirklich nur ein Trugbild, das sie geschaffen hatte, um sich vor der trostlosen Wahrheit zu schützen, ihn nie mehr wiederzusehen. Dann stand Paul vor ihr, und sie atmete seinen Duft ein. Ihre Lippen versuchten, seinen Namen zu formen, doch sie zitterten zu stark. Dafür hörte sie ihn jetzt ihren Namen aussprechen: »Ruth.«

Erschöpft und am ganzen Körper bebend sagte sie leise: »Bitte zeig mir, dass du echt bist.«

Da fühlte sie Pauls Arme um sich. Ihre Kraft und Wärme durchfluteten sie, und das Zittern hörte auf. Dann fanden sich ihre Lippen. Paul hielt sie so fest, dass sie beide kaum atmen konnten. Er drückte sie an sich, die Hände in ihrem Haar, auf ihrem Rücken, ihrer Taille, als wollte er alles an ihr auf einmal fühlen. »Ruth, mein Gott ...« Ruth überließ sich seinen Küssen, die Arme um seinen Hals geschlungen, ihr Mund auf seinen gepresst. Sie spürte, roch und schmeckte Paul, konnte gar nicht genug von ihm bekommen. Sie genoss seine zärtlichen Lippen, seine Liebkosungen, die Liebesworte, die er tief in seiner Kehle formte zwischen ihren Küssen. Sie wollte nicht wissen, welche höhere Macht ihn ihr wiedergegeben hatte, wo er während der Zeit gewesen war, was er erlebt und erlitten hatte. In diesen Minuten, in denen sie hier auf dem Hof standen, der von der Nachmittagssonne beschienen wurde, zählte für sie nur, dass er zurückgekommen war.

Später saßen Ruth und Paul auf dem Ledersofa in der Bibliothek und hielten sich an den Händen. Bisher hatten sie kaum miteinander gesprochen, sich nur immer wieder umarmt, berührt und sich flüsternd ihrer Liebe versichert.

Endlich fragte Ruth: »Sag mir, was machst du hier? Warum bist du erst jetzt gekommen? Ich habe dich doch überall gesucht.«

Paul sah sie an, so als könne er noch gar nicht glauben, dass sie leibhaftig neben ihm saß. Dann schluckte er und antwortete: »Ich war heute in Bonn, nachdem ich aus Essen weggefahren bin. Dort habe ich Erika getroffen. Natürlich zufällig, auf der Straße. Sie war mit ihrem Mann dort einkaufen.«

Vage erinnerte sich Ruth daran, dass ihre Halbschwester noch vor zwei Tagen am Telefon erwähnt hatte, demnächst in der Bundeshauptstadt Einkäufe machen zu wollen.

»Erika hat mir alles erzählt. Über deinen geschiedenen Mann, was zwischen dir und ihm passiert ist und auch, dass du ...«, er hielt inne, begann zu lächeln und fuhr mit bewegter Stimme fort, »dass wir ein Kind bekommen. Da bin ich sofort losgefahren, und hier habe ich dann von Helma erfahren, dass du mich die ganze Zeit gesucht hast und heute mit deiner Mutter nach Essen gefahren bist.« Er nahm ihre Hände in seine und hielt sie fest. »Wäre ich Erika heute nicht begegnet, würde ich jetzt hier nicht sitzen. Ich hatte nämlich bis heute gedacht, das Kind wäre von deinem Ehemann.«

»Woher wusstest du denn überhaupt, dass ich schwanger bin?«, fragte Ruth überrascht.

Paul lächelte sie wehmütig an. »Du glaubst gar nicht, wie oft ich hier in der Eifel war. Zweimal habe ich dich sogar gesehen. Beim letzten Mal vor drei Wochen konnte ich erkennen, dass du in anderen Umständen bist.« Er senkte den Kopf und schluckte schwer. »Da wusste ich, dass ich dich für immer verloren hatte.«

»Mein Gott«, flüsterte Ruth tief berührt. »Und ich habe dich die ganze Zeit gesucht. Als sich der Pförtner am Eingang der Zeche schließlich auch noch geweigert hat, mir deine Adresse zu geben, habe ich auf der Rückfahrt jede Hoffnung darauf, dich jemals wiederzusehen und dir sagen zu können, dass du Vater wirst, für immer begraben. Und nun plötzlich ...« Ihre Stimme brach. Schluchzend fügte sie hinzu: »Und nun bist du hier ...«

Für eine Weile weinte sie in Pauls Armen weiter. Sie konnte einfach nicht aufhören. Doch dieses Mal waren es Tränen der Freude. Sie hatte das Gefühl, nach einem Marathonlauf endlich am Ziel angekommen zu sein – in Pauls Armen, die sie nie mehr loslassen würden.

Als Ruth und Paul am Ende dieses Tages in dem breiten Bett in der Anglerhütte lagen, wussten sie, dass ihnen fortan nicht nur die Tage und Nächte gehören würden, sondern auch die Zukunft.

EPILOG

Ruth und Paul heirateten Anfang Dezember 1953 im engsten Familienkreis in Wilmersbach. Sie zogen in das Herrenhaus, in dem Liliane fortan die oberste Etage bewohnte. Helma hatte unter dem Dach ihr Zimmer.

Am Ersten Weihnachtstag brachte Erika ein Mädchen zur Welt, dem sie den Namen Friederike gaben. Im Februar 1954 schenkte Ruth einem Jungen namens Friedrich das Leben.

Heidi siedelte im Sommer 1954 von Paris nach New York über, wo sie als Directrice in dem exklusiven Atelier von Óscar de la Renta arbeitete. Im Herbst zog Pierre Dupont nach Wilmersbach in eine kleine Wohnung und gründete zusammen mit Liliane eine Musikschule für Kinder.

Johannes Prümm wurde im Frühjahr 1955 geschieden. Ende des Jahres verunglückte er tödlich mit seinem Sportwagen auf dem Nürburgring.

Im gleichen Jahr bekam Erika Zwillinge – zwei Mädchen.

1956 kam Ruths Tochter Alexandra zur Welt. Josef war seinen vier Enkelkindern noch ein paar Jahre lang ein stolzer und liebvoller Urgroßvater.

Nach seinem Tod 1960 kaufte Ruth ein Stück Land, die Thelener Ley III, die zusammen mit der Thelener Ley II fortan das Thelen-Herbig-Basaltwerk bildete, das in den nächsten Jahrzehnten zum größten Arbeitgeber in der Region wurde.

1984 gaben Ruth und Paul die Leitung des Thelen-Herbig-Basaltwerks an ihren Sohn ab. In der Thelener Ley I entstand der Ruth-Herbig-Park – ein Paradies für Freikletterer.